浮生三纪

诗意栖居的艺术

赵力行 著

ZHEJIANG UNIVERSITY PRESS
浙江大学出版社

图书在版编目（CIP）数据

浮生三纪：诗意栖居的艺术 / 赵力行著. — 杭州：
浙江大学出版社，2020.12
ISBN 978-7-308-20787-4

Ⅰ．①浮… Ⅱ．①赵… Ⅲ．①随笔－作品集－中国－
当代 Ⅳ．①I267.1

中国版本图书馆CIP数据核字(2020)第225043号

浮生三纪：诗意栖居的艺术

赵力行　著

责任编辑	牟琳琳
责任校对	王荣鑫
装帧设计	春天书装
出版发行	浙江大学出版社
	（杭州市天目山路148号　　邮政编码　310007）
	（网址：http://www.zjupress.com）
排　　版	杭州林智广告有限公司
印　　刷	杭州高腾印务有限公司
开　　本	880mm×1230mm　1/32
印　　张	13.75
插　　页	6
字　　数	340千
版 印 次	2020年12月第1版　2020年12月第1次印刷
书　　号	ISBN 978-7-308-20787-4
定　　价	56.00元

《山居秋暝》

《童年碎影》

《无事此静坐》

《秋日印象》

《赤壁夜游之意境》

《甘做花奴》

《面朝大海春暖花开》

《天籁之音》

自 序

　　戊戌暮春的一天晚上，位于杭州湖墅南路的浙话艺术剧院门前，由布景搭建的里西湖北山街老式别墅灯光闪烁，剧场内，正在上演一部由新新饭店和浙江话剧团联合出品，描写胡适和表妹曹诚英一段欲断难离恋情的话剧《新新旅馆》，我有幸应邀观剧。

　　1923 年 6 月，在北京大学任教的胡适来到杭州休假，说是养病，其实是来探望刚刚与丈夫离异的表妹曹诚英。两个多月前，趁出差上海的机会，胡适就到杭州来住过几天，与幽怨的表妹已互有情愫。这次，在杭州第一女子师范读书的曹诚英正放暑假，胡适在临湖的新新旅馆住了几日，索性在南山的烟霞洞旁租了三间僧寮，携曹诚英上山住在了一起。

　　这是一段充满诗意的生活。民初的西湖南线林木幽深，游客罕至，两位深情的恋人或携手登山，或相偎赏景，有时亭中品茗弈棋，有时下山观潮访友……事后，曹诚英回味烟霞山居的日子，对好友汪静之说："我们在烟霞洞真像神仙一样，快乐死了！"胡适也有同感，虽在病中（脚肿和痔疮），但"心里快乐"；那一年，他文章写得少，新诗写得多，结集的诗集名为《山月》。

　　此剧的编导没有把剧情落在胡曹烟霞山居的卿卿我我上，却另选角度，集中描写了事后胡适与发妻江冬秀离婚不成，无奈回到新新旅馆，与曹诚英协商分手的伤心场景。这是多么刻骨铭心，而又不得不忍痛割爱的一段恋情啊。从此，每逢游山，胡适都会忆及烟霞洞的那段缠绵日子。他的诗《秘魔崖月夜》，读来满纸都是泪痕："依旧是月圆时，依旧是空山，静夜；我独自踏月归来，这凄凉如何能解！翠微山上的一阵松涛，惊破了空山的寂静，山风吹乱了窗纸上的松痕，吹不散我心头的人影。"而曹诚英更是终身未再嫁，且一度想出家为尼："孤啼孤啼，倩君西去，为我殷勤传意。道她末路病呻吟，没半点生存活计。"悲苦心绪，尽在给胡适的这首诗里。

演出中剧场里反复播放的那首主题曲，歌词是宋代慧开禅师所作之诗："春有百花秋有月，夏有凉风冬有雪。若无闲事挂心头，便是人间好时节。"

千年前的禅诗，在现代剧场中反复吟唱，难道仅仅是因了"风花雪月"的契合？细思之，我豁然憬悟，编导如此安排，应有深意在焉。

想当年，胡适从黄沙蔽天的北平，赶到了山清水秀的杭州，又是和心上人同居同吃在石窟名胜烟霞洞，远方的"人间天堂"虽然就在脚下，但"爱别离"的人生至苦，却如影随身，搅得一对恋人生不如死，心灵备受创伤。作为"槛内人"，心头的"闲事"如何了却得去？胡曹这场畸恋，烟霞洞貌似仙侣般的生活，实际上隐伏着的，是此后内心无尽的煎熬；面对着的，是现实世界极难摆脱的羁绊。勘破了，真是有何诗意可言。

远方非必有诗，眼前的苟且也不见得就一定无诗。

唐代杜甫客居蜀地，筑草堂而安身，茅屋为秋风所破，却仍要"歌"之，以抒忧国忧民之积郁；宋代苏东坡谪居黄州，吃和住，都要靠自己开荒搭屋来解决，却依然葆有"回首向来萧瑟处，也无风雨也无晴"的旷达。远方的迁徙，眼前的苟且，并没有与"诗"的存在与否，产生必然的因果关系。

我何曾没有去过远方，且旅行的目的惬意多了，不是像杜甫入蜀的初因是避战乱；也不是像苏轼因遭冤案而被贬官流放，我辈"说走就走"的远行，纯粹为了游玩。但恰如旅伴自我调侃的那样"上车睡觉，下车拍照"。这样的旅行，诗意何来？

想起了曾经的甘肃之旅。一天清早，导游带我们离了敦煌，驱车近百公里，去游览玉门关和周边的汉长城遗址。戈壁茫茫，路途迢迢，秋日的阳光，透过车窗晒在我们的身上，暖洋洋的，一车人都打起了瞌睡。车行约3个多小时，大家都迷迷糊糊之际，只听导游举着手提话筒在喊："玉门关到了！"上车前，我就在暗诵唐代王之涣那首著名的《凉州词》："黄河远上白云间，一片孤城万仞山，羌笛何须怨杨柳，春风不度玉门关。"闻听召唤，当即睁开睡眼，提着相机，跑下车去："在哪，在哪儿？"只见导游指着百米远一处黄土夯成的方形城墙遗址，说："看，那就是呀！"却原来经历了千年的风霜，玉门关早就圮废，塌陷成了一垛残垣。惋惜之后，我们又赶去参观汉长城，想不到风尘仆仆地颠了半天车，看到的，也只不过是几截十来米长、二三米高的黄土丘，失望的情绪顿时挂在了每一个游客脸上。导游宽慰大家："一路上，那绵亘的祁连山，苍凉的戈壁滩……还是很壮观的呀！"人们都说"大家都在闭眼打瞌睡，哪里看到过这样的美景"。

这种为旅行而旅行的游客，国外也并不少见。说走就走，仓促上路；蜻蜓点水，所获甚浅；疲惫而归，懊悔连连……恰如英国作家阿兰·德波顿所言，乏味的旅行，大抵如此。

为了改变人们的积习，德波顿积数年的研究，专门写了一本《旅行的艺术》。此书自2002年出版以来，长期名列英美畅销书排行榜。

该书的宗旨，意在阐述旅行的深层意义和实现这种意义的方式方法即艺术。作者结合人文历史和切身体验，以随笔的形式，对"旅行艺术"这一课题，展开了一场既带文学性又具学术性的深刻探讨。如作者以梵高的画作，引领我们作普罗旺斯之游；而大文豪福楼拜，则成了阿姆斯特丹之旅的引路人。德波顿用自己的亲身感受和名人的过往经历告诉我们：旅行是有艺术，并且需要讲究艺术的。譬如，我们不能只凭了导游或宣传手册的指点，直奔目的地，而忽略了旅途过程中种种细微之处的精彩。"我们总是太多概念，太多假设、太多追随、太多知识、太多传闻，而舍弃了本来最值得珍惜的耳目直觉和具体细节，结果哪儿都走到了，却走得那么空洞，那么亦步亦趋、人云亦云。"

旅行如此，居住而求诗意，应该也是这样。

"诗意地栖居"，虽是200年前由德国诗人荷尔德林首先提出，二战后经哲学家海德格尔极力推介才得以扬名的概念；而事实上，中国的古人却早在践行；而温饱以后的如今，像"诗和远方"一样，被很多国人甚至是房产开发商挂在了嘴边。

"诗意地栖居"，听着就舒心，倾诉的，恰是国人对于美好生活的向往嘀。

问题在于，如何才能实现？

我想，首先，当然要有一定的物质基础。生存一定要有基本的保障，温饱问题都没解决，哪有实力和心思奢谈"诗意地栖居"。而一旦有了改善住宅的能力，面临的，就是选择怎样的居处，才能在现有物质条件下，最大限度地提升自己的生活品质。或乐山，或乐水，仁者、智者，会有不同的喜好。靠山，临湖，或隐于市井，各有优势，也各有欠缺，这得依各人的生活习惯和审美趣味而定，很难划一死板的标准。一般来说，风景优美、民风淳朴之处，接地气、有人气，宜居之地总是比较更具诗意。

但是不是说，有了经济能力，住上了或依山或傍水，自带院落，所谓"有天有地"的排屋别墅，就一定能过上诗意浓浓的日子？答案也是不确定的。心有烦事，情郁气结，人会寝食难安。而神定气畅，则"斯是陋室，惟吾德馨"（唐刘禹锡），"此心安处是吾乡"（宋苏东坡）。因此，很多时候，一个人的心态，会影响甚至决定他的生活品质。心态不好，触目都是伤悲，都是腌臢；心态调整得好了，一年都是好季节，落霞孤鹜皆是诗。

美和诗意，不乏存在；在于的是发现。如果没有发现美、感受美的愿望和鉴赏力，就会对身边的诗情画意无感无睹。故此，有了诗意栖居的条件以及爱美惜美的心态，如何寻找并欣赏身边日常生活中的美好，就成了实现诗意栖居人生规划的最后一步。

看来，实现"诗意地栖居"，既需要物质层面的基础，也需要精神层面的支撑；既是一个认识问题，也是一个实践问题。

自从选择了杭州西郊午潮山麓的林间小屋，作为自己晚年的居所，就想对"诗意地栖居"这一话题，谈些个人的想法和生活感受，做些认识论方面的深入思考。从什么角度，以何种形式切入并探讨这一问题？以文学的方式，可看，却往往会过于感性，流于肤浅；以论文的方式，理性，可读起来恐怕又会显得乏味枯燥。这一矛盾，纠结了我很长时间，直到看了阿兰·德波顿所著之《旅行的艺术》，积年凝滞，才豁然化解。

德波顿所著，给我以极大的启发。"旅行"要讲艺术，"诗意地栖居"何尝不是这样。把自己、亲友、心仪之古人、接触的名人……各式人等关于诗意栖居的所思、所为，予以采撷梳理。以选择诗意的生活居处（择居）、选择良好的生活心态（择心）、选择快乐的生活方式（择乐）为纲，以人物故事和行状为基本内容（书中部分人物所具是化名），以随笔思辨的形式来诠释和探讨这一牵涉面极广的学术性主题。写作这本书的思路，遂基本成形。

浮生所系，无非安居，如能诗意地生活，此生夫复何求？

赵力行

2020 年 11 月 1 日于西湖以西双南山居

目 录

引　言

　　清晨，五月的阳光透过橡树的枝叶，洒在德国西南部图宾根小城一座古老的塔楼上，一个老人草草地吃了两片烤面包，披上了一件缀满补丁的风衣，步出了房门。尽管年迈体衰，衣衫褴褛，老人却仍保留着晨起散步的习惯。他佝偻着背，拄着拐杖，一步一歇，慢慢地向街尽头的教堂走去。老而衰，贫且病，这是人生的大悲哀，但老人深陷的双眼却精光外露，充满梦幻般的神采。这位老人就是诗人荷尔德林。

　　此刻，荷尔德林靠在教堂庭园的铁艺长椅上，满足地舒了一口气，他目光四顾，看到晴空湛蓝，旭日初升，阳光洒在教堂的尖顶上，熠熠闪亮；春风过处，屋顶上的风向标嗖嗖转动，而屋檐下，刚孵出不久的小燕子张开稚口，正在呢喃学语；钟声响了，早祷刚刚结束，人们又开始了一天静谧安详的生活。面对此情此景，老人的心如春雪般融化了，荷尔德林诗兴萌动，从上衣口袋里掏出纸笔，写下了一首名为《在柔媚的湛蓝中》的诗歌：

> 在柔媚的湛蓝中
>
> 教堂钟楼盛开金属尖顶。
>
> 燕语低回，蔚蓝萦怀。
>
> 旭日冉冉升起，尽染金属尖顶，
>
> 风中，风向标在高处瑟瑟作响。

1

谁在钟底缘阶而下，

谁就拥有宁静的一生，因为

一旦外表被极度隔绝，

适应性便在人之中彰显。

钟声中的窗，恰如向着美的门。

同样，因为门依然遵循着自然，

便具有林中秀木的相似性。

纯真毕竟也是美。

严肃的心灵生自逝去之物的内部。

影像如此单纯、神圣，以至于

我们事实上时常畏惧于将之描绘。

上苍，始终至善至美，

拥有富足、德行与愉悦。

人或可仿效。

当生命充满艰辛，人

或许会仰天倾诉：我就欲如此这般？

诚然。只要良善纯真尚与心灵同在，

人就会不再尤怨地用神性度测自身。

神莫测而不可知？神如苍天彰明昭著？

我宁愿相信后者。神本人的尺规。

劬劳功烈，然而诗意地，

人栖居在大地上。

我是否可以这般斗胆放言，

那满缀星辰的夜影，

要比称为神明影像的人

更为明澈洁纯？

经朋友推荐，这首诗不久就刊发在了当地的一份杂志上，但并没有引起人们的过多关注。知道荷尔德林身世的人们，或以为这是老人悲悯尘世的宗教情怀，毕竟荷尔德林出生于教士家庭，年轻时受过教会学校的系统教育；或以为这是老人追忆往事的幻觉，荷尔德林神学院毕业后放弃神职去当了一名家庭教师，结果与东家的妻子相爱，事发后落得个挟起包裹走人，不久忧思成疾精神分裂的凄惨结局。亏得人有遗忘痛苦记住美好的心理自愈功能，到了精神恍惚的晚年，荷尔德林或许又沉湎在了往日恋情中也未可知。总之，人们不相信荷尔德林"诗意地栖居"的真实性，一个贫病交逼、无家无眷、靠一位好心木匠收留才得以寄居塔楼度日的疯癫老人，竟然歌颂"诗意地栖居"，的确很难使人信服。

荷尔德林 73 年坎坷的人生，用以下这段简单的年谱就可概括：1770 年 3 月 20 日生于内卡河畔的劳芬，早年在登肯多夫、毛尔布隆修道院学校学习。1788—1793 年在图宾根神学院学神学。1793 年起先后在瓦尔特斯豪森、法兰克福、瑞士的豪普特维尔和法国的波尔多等地当家庭教师。1798 年后，因情场失意，身心交瘁，处于精神分裂状态，1802 年徒步回到故乡。1804 年在霍姆堡当图书馆馆员。1807 年起精神完全错乱，生活不能自理，1843 年 6 月 7 日卒于图宾根。

何况人生实苦。荷尔德林生活的年代，欧洲大地战乱不断，哀鸿遍野，尤以 1815 年，拿破仑亲率的法军和反法联军的那场滑铁卢大战最为惨烈。在北美，殖民地居民与大英帝国发生激烈冲突，经济矛盾终于激化成一场独立战争。东方的中国，大清皇朝正由盛转衰，第一次鸦片战争，清政府战败，被迫签订了丧权辱国的《南京条约》，从此中国逐渐沦为半殖民地半封建的国家。

荷尔德林去世后，天下依旧不太平。20 世纪上半叶，第一次和第二次世界大战，更使整个世界陷入生灵涂炭、家园被毁的惨烈处境。百年过去，荷尔德林的墓木已拱，他苦心吟成的诗章也早已鲜有人知，他念兹在兹"诗意地栖居"，在那种乱世，无异痴人梦呓，自然不会被人关注。

第二次世界大战后，天下初平，此事出现转机。

1951 年 8 月，德国著名哲学家海德格尔，在达姆斯塔特的"人与空间"专题会议上做了题为《筑·居·思》的演讲；两个月后，他又在比勒欧做了一次有关诗意栖居的演讲，把湮没百年的荷尔德林和他的诗歌及哲思，郑重推荐到了世人面前。

马丁·海德格尔，德国哲学家，20 世纪存在主义哲学的代表人物，1889 年出生于德国西南巴登邦的一个天主教家庭，1976 年逝世。

海德格尔从荷尔德林泛黄的诗作中，嗅到了与存在主义哲思类似的气息。海德格尔开始在演讲和著述中，极力推荐这位同胞前辈，并用自己的语言，对荷尔德林的诗作和思想内涵，进行了深入的阐述和发挥。

请看海德格尔的名言：

　　　存在是存在者的存在，存在者存在是该存在者能够对其他存在者实施影响或相互影响的本源，也是能被其他有意识能力存在者感知、认识、判断、利用的本源。

诗人从跃动、喧嚣不已的现实中唤出幻境和梦。

思就是在的思……思是在的，因为思由在发生，属于在。同时，思是在的，因为思属于在，听从在。

充满劳绩，然而人，诗意地栖居在大地之上。

按照海德格尔的说法，"诗意地栖居"完全是一种内心的感受，只要心无桎梏，"人安静地生活，哪怕是静静地听着风声，亦能感受到诗意的生活"。

感谢海德格尔，重新发掘、宣扬荷尔德林"诗意地栖居"的哲思。遗憾的是，海德格尔在强调内心体悟的同时，却忽略了美好生活都是需要一定的物质基础的。只有生存乃至温饱的问题有了着落之后，人才能吟风弄月，体味诗情；同样，也只有心中有"诗和远方"，生活才不至囿于"眼前的苟且"。而如何平衡两极，不走极端，物心双顾，内外皆修，营造和享受"诗意地栖居"的境界，那是一门艺术。

择居纪

小引

好的环境，能激发人的诗情，那是无疑的。

台湾现代诗人杨牧曾有过一次风雪中诗意观山的经历，他在大陆出版的《杨牧诗选》自序中说，有一次他独自开车经过北美一处山地，正是冬末春初的严寒季节，入山渐深，寒气渐浓。随着山势的逐渐升高，"则路边早已满积昨宵残余，未融的白雪，不久看到迎面又有新雾飘至，能见度愈差，乃将车暂停路边一巨松下，前临断崖，瞬息只见白茫茫一片，谷底森林尽陷雪中"。孤身一人，异域荒山，风雪交加，杨牧自忖，此刻真个是遗世独立，任谁也找不到自己了。他感慨良久，下车远眺，只见"山岭逐渐现形，早雪俄然停止，浮云诡谲，纷纭舒卷"，撩拨得诗人心绪激荡，"许多古典诗赋的形象和节奏不断涌向心头"，诸如"'雨雪瀌瀌，见晛曰消'、'凭云升降，从风飘零，值物赋象，任地列形'之类，竟以恍惚的形状快速穿过针叶林木往复回旋若有意携我朝谷壑深处隐藏，使我目不暇给"，"须臾又仿佛天籁赍起，化为长歌，绵亘纳入无垠时空之外，提醒我须赶快准确诚实地索引，使用，赞颂"。

缥缈的山景和澎湃的诗情，在此融为一体，令人神往。

还是这位杨牧，真的住到山上去，却有了截然不同的感觉。那一次，杨牧到离家并不太远的一座山里去住了一段日子。临走时，他对友人说，他是去享受寂寞的。可他住了没几天就受不了了。他在《山中书》中说道："那次去到山中，本是为了'面对冷漠'，也是我自愿的事，后来怪风，怪雨；好像一切都是外加的，那不是太违心了吗？"杨牧回忆："我只是叹息，叹息——叹息我消逝的纯洁，叹息我已经看不见'自然的美，自然的力'。我总是坐在窗口，披着冬衣，把书置放在膝头，望着山下的灯火出神。而我为什么到那山中去？难道我不是为了参悟一点寂寞的真谛吗？""我一个人散步，一个人听风，听水，看云，看星……"他自责："那次我在山上，埋怨得太多，想得太少，我断送了一个寒冬的闲适，我忘记了生命的瑰丽和真义。"

其实，这也真怪不得诗人。山居有其静好的一面，同样也有其寂寥的另一面。而湖居、江河居、滨海居……又何尝不是这样呢！从精神享受的角度而言，这类接近自然美景的居处，能使人们浮躁的心安静下来；而从生活方便的角度看，这些居处远离红尘，俗世的很多乐趣，要享受就没有那样便捷了。巷居和市井居弥补了上述的缺陷，可人气旺了，远离山水，同样有其固有的不足。

这种两难的生活处境，其实自古就有，唐代大诗人白居易就写有一诗，试图给人们开出一种解开纠结的良方。诗曰：

> 大隐住朝市，小隐入丘樊。
>
> 丘樊太冷落，朝市太嚣喧。
>
> 不如作中隐，隐在留司官。
>
> 似出复似处，非忙亦非闲。
>
> 不劳心与力，又免饥与寒。
>
> 终岁无公事，随月有俸钱。
>
> 君若好登临，城南有秋山。

君若爱游荡，城东有春园。

君若欲一醉，时出赴宾筵。

洛中多君子，可以恣欢言。

君若欲高卧，但自深掩关。

亦无车马客，造次到门前。

人生处一世，其道难两全。

贱即苦冻馁，贵则多忧患。

唯此中隐士，致身吉且安。

穷通与丰约，正在四者间。

白居易认为，人们所说的大隐隐于市，太喧嚣；小隐隐于山，太冷落；不如选择中隐，在城里谋份清闲的官职，一年到头没有什么差事，每个月都有一份俸禄可拿，说忙不忙，说闲不闲，不劳心力，可免饥寒；秋山可登，春园可游，想喝酒可去赴宴，想聊天可约朋友，如果想睡懒觉，那就只需关上大门躲进深院，绝对不会有人冒失前来打扰；人生一世，贱则受冻饿，贵则多忧患，两全的事是很少的；只有做这样的中隐之士，才能处于穷贱和富贵两端之间，既温饱又平安。

白氏的设想，无疑是美好的，但这样的闲职，恐怕在任何一个朝代，都是难觅的。

大凡一个好的居住环境，或是能让人亲近锦绣之大自然，或是能让人融身温暖的人世间，而两者皆有独特之意趣，非别处所能取代。当然，若能两者皆顾，出则通衢闹市，入则山环水抱，那是再好不过了。但这样的居住条件，如北京的王府，如苏州的园林，除了权贵巨贾，普通百姓岂敢奢想。

结庐在人境，而无车马喧。

问君何能尔？心远地自偏。

采菊东篱下，悠然见南山。

山气日夕佳，飞鸟相与还。

此中有真意，欲辨已忘言。

东晋陶渊明此诗，可谓对如何达到诗意栖居，做了一个经典的诠释。山气佳是外因，人悠然是内因，内外互补互促，和谐美好才能达成。恰如辛弃疾所言："我见青山多妩媚，料青山见我应如是。"优美景色和悠然心境相辅相成，是成就诗意栖居的两个重要因素。

诗意栖居，需要身心两方面的安定和惬意。从这种意义而言，居所是一个重要的物质载体，但绝非必要的先决条件。如何在不尽如人意的居住环境下，通过心境的脱俗，达到身心的安适，这是我们面临的又一重考验。

一、我爱山居好，傍屋都种竹

庐山独步

40多年前，我还是杭州一家小厂的一名青工，因机缘巧合，有机会与上级局机关的一位资深办事员老杜一起到九江公干。正是酷热的夏季，当我们乘绿皮火车汗湿淋淋地到达目的地车站时，才发觉是周六，这意味着明天所有的机关都不办公，我们不得不在这座长江边上的火炉城市干等一天。那时还没有空调，旅馆房间里的那把摇头电扇转起来"嗡嗡"作响，看来用了已有些年份，扇出的风都是热的，根本没有一丝凉意。

晚饭后，我和老杜摇着蒲扇到阳台上乘凉，有如下一番对话：

"老杜，九江你以前来过吗？"我问。

"没有！"老杜回答。

"听说这里离庐山很近。"

"是吗？"

"我刚才问过大堂服务员，说是有专线班车可以直达山顶。"

"哦！"老杜用蒲扇不停地赶着脚边的蚊子，心不在焉。

"正好明天没事，我们去庐山玩玩吧！"

"去那做啥，山有什么好玩的！"老杜有点不耐烦，蚊子总是喜欢叮他那白皙细嫩的皮肤，看来久坐机关不晒太阳也未必是件好事。

"庐山可是天下名山，避暑胜地！"我还想说服他。

"省省吧，再好的山，还不就是一堆岩石几蓬树！"老杜胖胖的脸上已有了几个红艳的蚊子包，油汗沁出，语气开始变得不耐烦。

"那我单独去了！你咋安排呢？"

"我会去逛商场！"

"好吧！"我说。

"你上庐山的来回车票可得自掏腰包，不能报销的！"老杜点上蚊香，准备洗洗睡了，冲澡前还不忘提醒我一句。那时候虽穷，但公私分清，钱财方面的风气还算正的。

第二天一早，我就坐上了去庐山的班车，两小时左右车程，票价并不贵，记得还不到两元钱。

那是我第一次上庐山，车一入山，身上的汗就收进了，到了牯岭下车，山风习习，松涛起伏，整个人、整颗心就凉爽清静了下来。

好一座庐山！如果说，仙人洞的清幽，三叠泉的灵动，含鄱口的气象，挺立的劲松，飞溅的瀑布，缥缈的云海，给我留下了难忘的印象；那么，山顶平坡牯岭街上那成片的住宅，那悠然自得的居民，却让我心生羡慕。我平生第一次发现，原来像庐山这样的大山上还可以常年住人，而居民们一个个生活得那么自在，如此神仙般的日子，怎能不让人心生艳羡。

我深为老杜没上庐山可惜，谁知回去一说，他嗤笑连连："山上有啥住头，我老家就在浙西山里，走一脚平路都万难。"

自此我渐知晓，再好的事物也有两面，如何评判，各人性格、经历、教养不同，会有相异乃至截然相反的结论。

而山居，无疑是有诗意情怀之人，不论古今中外，共同的向往和期盼。

四季山居

中国古代写山色之美和山居之清幽的诗词很多，下面只选录春夏秋冬四季各一首供大家鉴赏。

鹧鸪天·代人赋

陌上柔桑破嫩芽，东邻蚕种已生些。平冈细草鸣黄犊，斜日寒林点暮鸦。

山远近，路横斜，青旗沽酒有人家。城中桃李愁风雨，春在溪头荠菜花。

这是宋代著名诗人辛弃疾的一首《鹧鸪天》，将春日山野平冈草长，溪岸花开，山里人家牧牛沽酒、采桑饲蚕的美好生活，描绘得别有诗意。

夏日山居

淡泊何干世？无求孰侮予？

窗明蜂作鼓，花静蝶成间。

地僻能逃客，天长好读书。

性灵随处养，绝妙是山居。

这是清代乾隆年间诗僧慈海所做的一首诗。首句表明了自己远离世俗，不图功名，无欲无求，以避侮辱的清高志向。接下去描述夏日山居，阳光明亮，花引蜂蝶的景象：群飞的蜜蜂撞到窗纸上，犹如击鼓；古词义二十五家为一间，蝶成间，即形容蝴蝶成群的意思。而山居僻远，可躲避来客的打扰。夏天昼长，正可用来静静地读几本书。

看来陶冶情操、怡养性情，最佳的选择莫如山居了。

海公的诗，大多平和冲淡，寓意又极含蓄深沉。这首五言律诗便是一个最好的例子。出家人山居，自属平常。要能在居山住静的孤寂生活中找到乐趣，获得享受，定心长住，那就不容易了。一些年轻僧人喜欢行脚游方，参学问道固是理由，难耐山居岑寂或许亦是原因之一吧。据资料所载，海公却是始终乐意住山的。从这首诗中，我们大概也能看出究竟：淡泊无求、看蜂赏蝶、逃客读书、养性山居，这些便是海公山居生活的诗意内涵。海公于此享受着禅隐之乐，静修之趣，所以他有资格称道"绝妙是山居"。

山居秋暝

空山新雨后，天气晚来秋。

明月松间照，清泉石上流。

竹喧归浣女，莲动下渔舟。

随意春芳歇，王孙自可留。

唐代王维的这首诗，应该是脍炙人口的了。晚秋雨后，溪漫涧石，月上松林，浣纱女子穿过竹林回家了，渔舟上的男人撩开莲叶正要解缆夜作。诗情和画意，在这里得到了美好的融合。

冬天是一个萧瑟的季节，但习惯山居的宋代诗人舒岳祥却一连写了10首诗，夸说"冬日山居好"。下面是其中一首：

冬日山居好，尤于老叟便，

年衰催酿酒，骨冷早装绵。

> 著帽来梅下，扶舆到雪边。
>
> 兴来聊复尔，微倦自高眠。

诗人没有描绘冬天山中的雪景，却只管抒发自己山居生活的惬意和雅兴。上年纪了，老骨头怕冷，诗人早早就穿上了丝绵袍子，饭前想喝几口酒暖暖身体，他一个劲地催家人赶紧可以酿酒了。梅花开了，他会戴上帽子去观赏，飞雪了，老人甚至会让人用轿子抬着，到野外去看雪景。屋内炉火旺，兴致来时，老人会唠唠叨叨和家人侃大山，稍微有点困倦了，那就自顾自上床睡大觉。冬日住在山里竟然也不错，尤其对老年人颐养天年，那就更适宜了。

栖霞岭艺居

1948 年秋，内战的硝烟弥漫中原，83 岁高龄的画家黄宾虹受西湖艺专之聘，决定离开北平，避居杭州。其时，西湖艺专的校舍在孤山，教师宿舍则在西边不远的栖霞岭 19 号。栖霞岭是南北走向的一道小岭，有山道连接北边的黄龙洞和南面的岳庙，昔时山坡上曾遍植桃树，春来桃花盛开，漫山若红霞栖落，因而有栖霞之名。近来，桃花早已被翠竹取代，万竿修篁夹道而栽，岭上愈显清幽。黄宾虹见此山景，满心喜悦，他先是暂住在 19 号宿舍，过了几年迁住栖霞岭 32 号独门小院，总算圆了自己多年以来的山居梦。

黄宾虹平生爱山、游山、画山；而与山川的相视相守，也给了他丰富的灵感和启迪，最难忘的是古稀之年的巴蜀之游，促成了他画艺的两次关键性突破。

一次被他称为"青城坐雨"，发生在 1933 年的早春。那天黄宾虹去青城山写生，途中遇雨，全身湿透，老人索性坐于雨中细赏山色变幻。黄宾虹一直想找到如北宋名家那样笔墨攒簇、水墨淋漓的山水画技法，却苦练不得其法。这次坐观山景，看雨水打在岩壁上，然后汩汩而下，不禁心中大悟。这不就是平日我们常见的"雨淋墙头"的景象嘛。雨淋在墙上，水滴随意流淌氤氲，墙上湿痕，或浓而重，或干而白，呈现出道道"屋漏痕"的自然轨迹。第二天，黄宾虹模仿这种技法，运用积墨、泼墨、渍墨、干皴加铺水，接连画了十余幅青城烟雨图，终于找到了北宋全景山水的绘画章法！

另一次"瞿塘夜游"，则发生在游罢青城山不久。黄宾虹回沪途中经过奉节，入夜，他沿江而行，忆及杜甫夜游此地所作之诗"请看石上藤萝月，已映洲前芦荻花"，便萌发去实地看看的兴致。三峡的这一段，夜景美得那真是没话说。黄宾虹边走边看，月光下的峡山深深地吸引了他。他掏出速写本，在江风中整整画了 1 个多小时。翌晨，黄宾虹看着速写稿不由兴奋得大喊："月移壁，月移壁！实中虚，虚中实。妙，妙，妙极了！"黄宾虹由此悟出了夜山的最佳表现手法。

晚年，黄宾虹在与弟子王伯敏谈话中，总结自己的绘画心得：[①]

> 山峰有千态万状，所以气象万千，它如人的状貌，百个人有百个样。有的山峰如童稚玩耍，嬉嬉笑笑，活活泼泼；有的如力士角斗，各不相让，其气甚壮；有的如老人对坐，读书论画，最为幽静；有的如歌女舞蹈，高低有节拍。当云雾来时，变化更多，峰峦隐没

---

① 王伯敏编：《黄宾虹画语录》，上海人民美术出版社，1978 年。

之际，有的如少女含羞，避而不见人；有的如盗贼乱窜，探头探脑。变化之丰富，都可以静而求之。此也是画家与诗人着眼点的不同处。（1952 年）

　　写生只能得山川之骨，欲得山川之气，还得闭目沉思，非领略其精神不可。余游雁荡过瓯江时，正值深秋，对景写生，虽得图甚多，也只是瓯江之骨耳。（1948 年）

　　石涛曾说"搜尽奇峰打草稿"，此最要紧。进而就得多打草图，否则奇峰亦不能出来。懂得搜奇峰是懂得妙理，多打草图是能用苦功；妙理、苦功相结合，画乃大成。（1955 年）

　　山上树木多，氧气足；人口稀，病菌少；果蔬新鲜，营养丰富……山居，于人之身体健康，无疑是十分有益的。黄宾虹一辈子与山为侣，活到了 90 岁。

　　群山巍峨，人居其中，真如蚍蜉息于大树，狂妄之心会顿时平息。远山如黛，你走近山，万丈红尘都撇在了身后，整个人都会安静下来。而山又是灵动的，鹿呦高埠，雀鸣涧中，松风浩荡，白云出岫，坐对变幻的山色，人的身体是安静的，心思却起伏飞扬，会生发出很多绝妙的灵感来。李白游安徽宣城，独坐敬亭山，留下"众鸟高飞尽，孤云独去闲。相看两不厌，唯有敬亭山"的名句，正是对物我互动、山景日新，观山居山者有所思悟的真实写照。黄宾虹算是尝到了得山川之气，助艺术升华的甜头了。

黄公望故居

遗憾的是，山，并非都是宜居的。

有的太高，终年积雪，空气稀薄；有的太旱，长年无雨，寸草不生；有的太深，交通不便，举步维艰……这些山，偶尔去旅游一趟是可以的，吉林的长白山，新疆的火焰山，乃至西藏的喜马拉雅山，都成了中外游客和驴友的向往之地；但要长住，柴米油盐酱醋茶，开门七件事，都会有不少麻烦。

有的临近名胜或本身就是名胜，居住成本太高。20世纪中叶，中国画坛有"北齐南黄"之说，北有齐白石，南，就是国立艺专特聘教授黄宾虹。而东南形胜，钱塘自古繁华，要在西湖山水间"诗意地栖居"，没有像黄宾虹这样的名头和实力，几乎是奢想。

或说，秀山柔水如西子，湖景房、山景房，非达官贵人、富商名士，难能栖止。但天下佳山水有的是，只要有心，总能圆我山居之梦。

这话不错，着实励志！且钱塘江畔，早已有这样的范例。

在荷尔德林首倡"诗意地栖居"之前500年，东方中国，浙江富阳，已经有人踏遍青山，在尝试着挑选一处兼具诗情画意的居处了。

却说钱塘江穿山越岭来到了富阳境内，江水更加清澈，岸山愈发妩媚，北岸一抹如黛的丘陵人称大岭山。那些天，岭上的原住民惊讶地发现，村后的山道上，经常会有一个陌生的老人策杖在那里逶巡。老人约莫有70左右年纪，披一件缀有补丁的黑氅，一把白发盘在头上用一支玉簪绾住，耷拉的眼皮掩不住双目内含的精光，身子骨看起来还十分硬朗。只见他一会儿攀上岩石远眺，一会儿抚着松树吟哦，半僧半道，似狂似痴。有好事者上前与其搭讪，问他："哪里人氏？"只说:"不远,不远!"又问:"所来何事?"却道:"没事没事,到处走走,随便看看。"

半个月后,事情有了着落。老人找到村里长者,从包袱内掏出一把碎银,说是喜欢此地的风景,想在山里搭个茅棚居住。从老人的口中,村民们约略得知,此翁姓黄,是个道士。至于其祖籍哪里,经历如何?说者支支吾吾,听者云里雾里,谁都弄不灵清。

自此,这位老者就在山上搭建小屋长住了下来。他常常晨出暮归,终日在四周岭上转悠。天朗气清时,老人会寻一处峰崖的豁口,倚松而立,看山下的春江如练,风帆如鲫在江面上争游;雨雾迷蒙时,老人会择一块山顶上的磐石,戴笠而坐,看眼前山色变幻,白云在山峰间如江潮般涌动……老人随身带有一只皮囊,里面装着纸笔画具,每见山中胜景,必取笔展纸,将其描绘下来。见老人痴看山景盘桓整日薄暮时分方才回家,村民们都觉奇怪,问其究竟,老人眉目含笑,翻来覆去只赞四字:"绝妙山色,山色绝妙!"时间久了,村民们只当他有些痴呆,也就见怪不怪,不把这当回事了。多年以后,国宝级长卷《富春山居图》名世,人们才知晓这位老人的大名——黄公望。

尽管名闻遐迩,但查考史料,大家至今仍不能确知这位国画大师的真实出身。元明间,黄公望的朋友常州人王逢认为其是"杭人",他在《题黄大痴山水》诗中写道:"大痴名公望,字子久,杭人……";但元朝人钟嗣成认为黄公望是松江人,元代末年绘画鉴藏和史论家夏文彦认为黄公望是常熟人,有人则认为黄公望是衢州人;1461年成书的《明一统志》卷三十八称:"黄公望,富阳人",明朝万历年间陈善《杭州府志》则又增加了"徽州人"的说法;清朝乾隆年间的《大清一统志》

卷五十九写道："黄公望，莆田人"；元末明初，黄岩陶宗仪认为黄公望是永嘉（今温州）人。他在《辍耕录》卷八《写山水诀》里写道："黄子久散人公望，自号大痴，又号一峰，本姓陆，世居平江常熟，继永嘉黄氏。"至清初，曹栋亭刊本《录鬼簿》，说黄公望本姑苏陆姓，名坚，"髫龄时，螟蛉温州黄氏为嗣，因而姓焉。其父九旬时方立嗣，见子久，乃云：'黄公望子久矣'"。于是改姓黄，名公望，字子久。

不论黄公望是何方神圣，其浪迹天下，独爱奇峰秀山，却是不争的事实。黄公望留下的传世名画除《富春山居图》外，还有《富春大岭图》《溪山雨意图》《九峰雪霁图》《丹崖玉树图》《天池石壁图》《九珠峰翠图》《洞庭奇峰图》等，十有八九都是以山作为绘画之主题。黄公望一生与山相伴，恋山、居山、画山，青山经他之手入画，他也以这些画作而名留青史。

圆梦午潮山

看了黄公望的画，又专程到富阳寻访了他的故居，激起了我埋藏心底已久的山居愿望。

早就想在山里买一间房子，附带一个庭院，坐在窗前，就可见青翠的山色，走到廊下，最好能听到泉水穿石激起的叮咚之声。院子小，就种一些自己喜爱的花草；空地大，那就辟个菜园，瓜豆蔬果，自播自种，现摘现吃。退休之后有的是空暇，葡萄架下，竹椅一张，清茶一杯，闲书一本，所谓"诗意地栖居"，我想大约也不过如此了。

离退休还有七八年时间，手中也积蓄有一点闲钱，我开始追逐梦想，频繁地到杭州郊县看房。杭州西湖"三面青山一面城"，城郊东南北三个方向的房子我没有兴趣，光挑西面有山的余杭、临安、富阳三地搜寻。余杭的闲林、临安的青山湖一带，都有山有水，但出城的道路比较拥堵，城郊接合部的繁杂和喧嚣也不惬我意。唯独杭城至富阳这一段，城里是南山片西湖风景区，过了六和塔是之江旅游度假区，汽车开过中村进入富阳境内，北边是午潮山、南面是黄公望国家森林公园，320 国道这一段，可称全线都是风景区。车行其中，两侧林木葱郁，山峦起伏，整个人都会安静下来。

新世纪开始，改善住房已经有了需求，开发商着手在有条件的地方建造排屋别墅。我的眼光盯在了杭富路两侧，但买不买，买哪个楼盘？心中并没有底。

似乎摸透了我这类潜在客户的心思，朋友老吴所在的房产公司，在中村附近开发了一个山居楼盘，一时撩动了许多有"黄公望"情结的杭州人。2000 年春节将临，老吴盛邀我们一帮老朋友去山居看看。背靠青山，曲径通幽，幢幢小楼坐落在绿荫丛中。参照现在的房价比较，当时的房价真不贵，一套三层楼带院子的排屋，开价不过 100 万元左右。但我们一行谁都没有认购，看了一圈，赞了半天，拎着老吴赠送的土产年货回转了。说实话，房子是好的，环境也没得说，但其时工薪阶层，即使是我等白领，积蓄也有限。而杭州市中心的房价，每平方米也才不过 4000 元。

转眼 10 多年过去，那一带当年的排屋毛坯房，现在二手市场挂牌叫价都在 500 万元以上了。老吴看见我们这帮朋友就要打趣："当年，送你们发财机会不要，一人拎着一只老母鸡回家了。"呵呵，世上后悔药是没有的，再说，谁能有这样的远见呢！

近十年，房价一直在节节攀升，杭州城里的住宅，像我所住的小区，2000 年单位分配时，房价仅每平方米 4000 元，而到了现在，都已涨了十倍还不止。城郊一些热门的别墅区，独幢均价不少已经突破了千万元。"有天有地有院子"的居住理想，看来是越来越遥不可及了。但我山居之心却从未泯灭。一有闲暇，我就会打开电脑，搜看各家房产网，比较评判各类住宅信息，希望能像收藏爱好者"捡漏"那样，找到人们忽略的宝贝。我发现，尽管城区的房价猛涨，但郊区特别是富阳银湖地块仍是价格洼地。推想原因，我想主要是不少人的择居观念还没有更新，虽说经济条件已经宽裕，但仍习惯于拥挤在热闹的城市，对郊区田园生活并不是十分向往。反观发达国家，稍有财力，人们都乐意把家安在自然景致好的郊外。我估摸，国内民众的择居趋势也必然会这样，现在只不过大多数人还没意识到这一点而已。我一定要抓住这稍纵即逝的最后机会。

机会总是垂青于有准备之人。2015 年，国家出台各项限购限贷政策，杭州房价略有回落。一天上午，我在浏览房产网时，惊喜地发现午潮山脚下有一套排屋，开价只要 230 万元。我赶紧联系了中介商，下午就与老伴驱车前去看房。

这是一片群山怀抱的坡地，原本是山民聚居的一个村落，征地建设后，500 多幢别墅排屋依山势而建，散落在七峰两山一溪间，完全保留了那种原生态山居的面貌。我们要看的排屋坐落在小区的最高处，从大门进去，一路山环水绕，林木森森，溪水潺潺，白鹭惊飞，使人心情大好。那是一幢三层楼的房子，西边套，230 平方室内面积，赠送车库和阳台，外加南北 200 平方院子。房东是在杭州读的大学，欣赏此地山水好，买房想今后来养老，现在定居深圳，女儿在美国留学，估计全家不可能再回杭州住了，这才打算把房子卖掉。我和老伴一层一层看上去，层层都有厕所和阳台，南北开窗都能见到青山，心中已生欢喜；下楼到院子巡看，进门南院栽有一株桂花，几枝芭蕉，两棵红叶李，穿过竹径来到后院，所种茶花、紫薇、玉兰我是识得的，其他两株乔木，请教陪同看房的物业师傅才知晓，原来中间那株是重瓣樱花，墙角那棵大树则是香椿，我和老伴都啧啧称奇，原来香椿还能长成十米多高。物业介绍说，香椿是一种木质芳香的吉树，老底子盖新房，院前屋后，不少人家都喜欢种一株。我闻言大喜，心想，这所房子我算买定了。第二天，我就到中介那儿付定金，讨价还价，竟然又给我便宜了 4 万元。

一年后，新居装修完毕，恰逢 G20 盛会在杭召开，和我同样的房子，价格涨了 100 万元，老伴笑着说，我们的装修钱赚进了。时隔两年，这里的排屋价格翻番，老伴笑得合不拢嘴，说是早知道，当时我们应该借钱再买一套，那这房子就可白住了。

226 万元，就到手了一套山怀水抱的三层小楼，要知道这些钱，当时在市区，只能买一所 70 平方米左右二居室的中套。如今，当我在门前小径清扫落叶，经常会碰到一些看房者，对花团锦簇的我家庭院啧啧称羡。我还碰到过一对夫妇，聊起时，说是这房前年他们也来看过，但顾虑这顾虑那，结果没有下单。他们在这附近已经看了五十多套房子，时间一年年过去，房价越来越贵，至今没能圆梦。

面对这对无奈的夫妻，我庆幸自己当时的决断。事实证明，即使是选择一处心仪的住宅，眼光也不能"苟且"在当下，一定要把握生活未来的走向。"诗"和"远方"，并非仅是一种心灵的憧憬，在日常生活中，有这样的愿景和判断，往往也同样重要。

可"仁者乐山，智者乐水"，不同性格和文化背景的人，对居所环境的选择标准，也是各异的。有人在乎进出的方便，有人贪图购物的近捷，有人喜欢邻里的热闹……从这些方面考量，山居的确存在欠缺。如果心思不安于室，性格没有大山般的安定和静谧，山居也是难以忍受的。恰如前面择居"小引"中所说，诗人杨牧为避都市的烦嚣，曾到山上去住了一个冬季，但没住几天，就受不了了。他在《山中书》中忆道："夜来时总有点忧虑，这忧虑不知从何时而起，似乎整个人被包涵在黑暗中——黑暗吸吮着你；就如同现在，夜渐渐深了，也渐渐凉了。灯下，一种莫名的感觉越积越高，越高越浓。从前不知道古人为什么种了芭蕉，又怨芭蕉，现在渐渐了解了，原来生命中点点滴滴的烦恼都和自己的观念脱不开。"

所以，择山而居，还是要有缘分的。其实，人生的各种选择，何尝不也是这样的呢？

更深层次的问题还在于，即使你下了决心，抛了血本，买了郊外的排屋别墅类住宅，或依山，或面湖，或临江，兼具园林之胜、山水之美，诗意栖居的环境条件，可以说是完全具备的，但是否就一定能享受诗情画意、花前月下的美好生活，其实也未必。

因为接下来的问题是装修，这直接关系到你对眼前美景的认可与取舍。国人自古以来就很讲究住宅的美化和诗化。如果说，"窗含西岭千秋雪，门泊东吴万里船"，是对宅地大环境的选择；那么，"宁可食无肉，不可居无竹"，则是对住家小院植被的讲究了……

回想当初我买了午潮山麓这所房子，得房后，特地参观了周围一些邻居正在装修或已经入住的排屋别墅，看后的感触是：不少住宅装潢得虽"豪"，离"诗意地栖居"，却仍相去甚远。不是说业主舍不得花钱，他们的装修，选材考究、工程浩大，耗资起码上百万；不是说业主不动脑筋，为了打造豪宅，他们是绞尽脑汁，费尽心思，把可拆的非承重墙都拆了，把可挖的地下层都掏空……目的只有一个，那就是要争取尽可能多的住房面积。他们把卧室和阳台之间的墙拆掉外移，以扩大房间的面积；把南北的露台都用玻璃密封，成为一个个"阳光房"；把二楼三楼宽敞的起居室重新砌墙分隔，凭空多出了两三个房间；把楼层基础内的填土统统掏空，挖出了一间间地下室；而高敞的顶楼和楼梯上方，"空着实在太可惜"，不少人家都不惜工本，架槽钢、搁预制板，搭起阁楼以作贮藏室；更有极端的，甚至将入户庭院都加盖屋顶成了房间……如此大动干戈的结果，原本建筑师精心设计的房屋结构完全变样：外观不再和谐，南北难以通风，阳光和新鲜空气，统统被拒之室外。院子内物业规定不能搭建，这是他们最大的遗憾，那就调整规划布局，将草坪铲除铺上瓷砖"硬化"，把"无用"的灌木杂树一概清除。我亲见一个高档小区，原本开发商在每家每户门前都栽有几株芭蕉，业主入住后，几乎都将其连根挖掉。曾听一位业主抱怨："现在连香蕉都卖不出价钱，何况芭蕉，枯茎败叶的，谁吃得介空去打理！"

惜乎，古人营造，尝知亭、台、楼、阁之分：楼房宴息、暖阁负暄、水亭纳凉、露台赏月，各有各的用处。而今天的人们，钱袋子是鼓了，住宅条件也极大地改善了，家中人均住房面积尽管已经够大超大，可观念还停留在刻板实用的框架上。在一些人的心目中，只有屋顶下的方寸，才是真正的住房面积，而这，可是要卖几万元一平方米呢！他们装修的心血，都花在扩面积求增值的算计上头，不知道也没有兴趣去了解、欣赏美好住宅所能营造的诗情画意了。

芭蕉叶阔，雨打其上，簌簌有声，夜来闻之，更为撩人。"隔窗知夜雨，芭蕉先有声""芦叶西风惊别浦，芭蕉夜雨隔疏窗""流光容易把人抛，红了樱桃，绿了芭蕉"皆是古人叹芭蕉的不朽名句。若是连这样的窗前之物都不能容忍，还有什么心绪体味"诗意地栖居"。

装修时，我保留了山居原本所有的建筑结构，留下了院中所有的花卉树木，山光蕉荫，蝉声竹声……本就是我所向往的意境，我何苦将它们屏隔和排弃呢！

二、篱落鸡豚傍水涯，萧萧杨柳放新芽

别梦依稀湖畔居

我年轻时，在一家工厂当钳工，业余时间埋头创作，希望能通过文学改变人生。

木心先生忆及年少时有诗："那时日子慢，一辈子只够爱一个人……"回想我辈当年，自己也感到好笑，似可将先生之诗改为："那时心思纯，稍有文墨，皆是文学青年，都想往作家这条道上挤……"

却说一天中午，传达室大伯递给我一封信，是当地报社一位姓向的编辑寄来的，约我去报社面谈。我前几天刚有一篇小小说寄给他，讲的是江南某小镇无水源，一位青工上山找水，终于解决了居民吃水难的故事。今天编辑来信约谈，莫非是稿子被采用了，要做见报前的最后修改？我请了两小时假，骑上自行车就赶到了报社。文艺组的向编辑是一位胖胖的中年女士，说话糯糯的，带一点苏州口音。她说报社十分重视培养青年作者，尤其是像我这样的青工，能坚持业余创作，更加难能可贵。我心里甜滋滋的，真准备听"喜讯"，她话锋一转，和我探讨起了那篇作品的不足："人们生活离不开水。大凡城镇，一般都是临水的。"她开导我说，"要先有生活，再有创作，写小说也不能凭空杜撰。"

虽说我那篇处女作最终未能发表，但向老师的一席话却至今难忘。回到家里，我摊开地图，细细查看，果然大城小镇，不是靠海就是临

江，几乎都有水源可以依傍。如杭州周边的几个县区，余杭瓶窑沿苕溪，桐庐南堡临分水江，临安昌化近天目溪……大城市更不必说了：外国，巴黎有塞纳河，伦敦横跨泰晤士河，莫斯科有运河与伏尔加河相连……中国，甘肃兰州傍黄河，山城重庆临嘉陵江，首都北京除了有永定河，隋代为便利漕运，还不惜人工开挖了一条大运河，以贯通南北。

水是人类生活之必需，水有灌溉和舟楫之利，逐水而居，既是古今中外人们的生存共识，也是而今人们"诗意地栖居"的重要选项。

如果让我自主决定，江太喧，海太远，水居的首选，当属静谧的湖边。

170 多年以前，当大批美国人纷纷涌往西部淘金时，东部的马萨诸塞州，有一位哈佛大学毕业的高才生，却鄙夷名利，试图遁迹湖山，过一种极简的生活。

1845 年 3 月底，冰雪还未完全消融，他就迫不及待地开始实施自己的计划。他从朋友那里借了一把斧头，只身来到了家乡康科德镇西北一处僻静的湖岸，尝试伐木建屋。他在湖畔选了一块长满了松树的坡地，透过松树可以看见湖和一小片林中空地。一连几天，小伙子用那把窄小的斧头，砍削栋木、立柱和椽子。他把主要的栋木砍削成 6 英寸见方，多数立柱只砍削两边，椽子和地板只砍削一边，其余的都保留着树皮。他很有成就感，"它们和锯出的木料一样直，而且结实得多"。尽管工作辛苦，中午仅靠自带的几片面包黄油充饥，可他乐在其中："中午时坐在砍下来的青翠的松枝之间看用来包午餐的报纸，面包上带着松树的芳香，因为我的手上沾了厚厚的一层松脂。"劳作时，他还兴致勃勃地吟唱诗歌。只花了半个月，他就把屋架竖起来了。他又从一个爱尔兰移民手中买了一处废弃的简陋小木屋，当天上午就把屋子拆了，好利用它的木板盖屋顶。他还在小山的南坡挖了一个地窖，6英尺见方，7英尺深，一只旱獭曾在那里挖过洞。他挖去了漆树和黑莓的根，一直挖到沙土层。这样深的地窖，不论什么样的冬天，马铃薯放在里面都不会冻坏。7月4日，木屋终于建好了，他高高兴兴地立马住了进去。

这位年轻人名叫梭罗，1854年，他以自己湖畔隐居两年多的经历撰写的书正式出版，这就是而今热销全球的名著《瓦尔登湖》。

在书中，梭罗这样描写他的湖居生活：

瓦尔登湖的景色不很起眼，虽然很美，却谈不上壮丽，不常来的人，或不在湖边居住的人也不会对它有多大的兴趣；然而这个湖是这样深，这样纯净，值得加以特别的描写。

在温暖的黄昏，我常常坐在船里吹笛子，看到鲈鱼仿佛被我笛声的魔力所吸引，在我周围游来游去，看到月亮移过呈现出罗纹的湖底，湖底上散布着森林中的碎木残片。

把午夜的时光消磨在小船里在月光下钓鱼，猫头鹰和狐狸为我唱小夜曲，并且时不时地听到近处某只陌生的鸟儿嘎嘎的叫声。这些经历对我来说是十分珍贵难忘的。

在九月一个平静的下午，我站立在湖东端一片平坦的沙滩上，薄雾中对岸的轮廓影影绰绰，此刻我明白了"湖平如镜"一词的由来。

九月或十月里这样的一天，瓦尔登湖是一面完美的森林明镜，四周石头镶边，在我的眼中，都是稀有珍贵之石。

在秋天一个晴朗的日子，坐在这样一个高处的树墩上，尽情享受着阳光的温暖，俯瞰倒映着天空和树木的湖面，端详连续不断出现的圆圆的水涡，如果不是这些小水涡，湖面是很难辨认出来的。这真是一件令人心旷神怡的事情。

通过道道水纹或片片波光，我能够看到风从那里吹过。我们能够俯视水面，真是奇妙无比。

湖泊是自然景色中最美也是最富表现力的一部分。它是地球的眼睛；凝视湖中，人能够衡量出自己本性的深度。湖边的水生树木是它周围纤细的睫毛，四周树木苍郁的群山和山崖是突出于其上的眉毛。

夏天的上午，我常在湖上度过许多时光，我把船划到湖心后，就任凭轻风吹着我的船只荡漾，自己仰面躺在座位上，沉醉在幻想之中。

梭罗盛赞瓦尔登湖："这湖无疑是一位勇者的杰作，他身上没有一丝欺诈！他用手围起了这片水。在心田里使它深化、净化，作为遗产将它留给了康科德。我从它的水面上看到，来此的是同样的倒影；我几乎要说，瓦尔登，是你吗？"

写到这里，梭罗不由诗兴勃发：

> 我的梦想，
> 不是去装点诗行；
> 我无法比居住在瓦尔登
> 更接近上帝和天堂。

我是它的石岸，

是清风拂过湖畔

它的水和沙晶莹

闪亮在我的手心，

在我的手心里捧着的

是它的水和它的沙，

它幽深的胜地

高踞在我心里。

　　梭罗是一个先验主义者，他宁愿以自己的行动，来传达大自然本具的诗意及自己沐浴其中的哲思。他用两年多的亲验，告诉人们：要想在秀丽的湖畔获得诗意的生活，至少有两条是值得考虑的。

　　一是美好的生活并不是不可企及的，除了有心，关键是还要有行动。湖畔木屋造好后，梭罗列出了一份建房成本清单：

木板　　　　　　　　　　　8.035 美元，主要是旧木屋板

屋顶和墙用的废旧木面板　　4 美元

板条　　　　　　　　　　　1.25 美元

两扇带玻璃的旧窗　　　　　2.43 美元

一千块旧砖　　　　　　　　4 美元

两桶石灰　　　　　　　　　2.4 美元

毛状纤维　　　　　　　　　0.31 美元

壁炉架用铁　　　　　　　　0.15 美元

钉子　　　　　　　　　　　3.90 美元

铰链和螺丝钉	0.14 美元	
门闩	0.10 美元	
粉笔	0.01 美元	
运费	1.40 美元	大多是自己背的
总计	28.125 美元	

花费如此之少，除了 170 多年前物价低廉、美元值钱外，主要原因恰如梭罗自己所说，这些就是全部材料，但不包括原木、石头和沙子，土地是他依法在政府公地上定居，有权免费使用的，房子完全是他自己盖的，所以不用算人工费。

他万分感慨："人类建造自己的房屋和鸟儿搭自己的巢一样，有着一些同样的合理性。谁知道呢，如果人用自己的双手建造自己的住处，用简朴而正当的手段提供食物养活自己和家人，他们的诗歌才能说不定会得到普遍的发展，就像鸟儿在做这些事的时候普遍都会欢唱一样？"

二是大自然并不缺乏美，上苍也从不吝啬施予众生美的享受，关键在于要有一颗爱美之心，只有善于发现美、由衷爱护美，人们才能感受生活的诗意，真正享受美。梭罗在书中深情地赞美瓦尔登湖，也专门提及了离它只有一英里之遥的另一个湖泊。这是一个已归私人所有的大湖，湖名就是主人的名字，称为弗林特湖。梭罗提起此人，就怒不可遏："那个肮脏愚蠢的农夫，他的农场毗邻这片上苍赐予的湖水，还残酷无情地把岸边的树木砍伐一尽，他有什么权利把自己的名字给了这个湖。"梭罗揭穿了此人的铜臭内心："这个人只想到湖的金钱价值……耗尽了周围的地力，而且还想排尽湖里的水；他唯一的遗憾是，这里不是生长英国牧草或越桔的草地，——在他的眼里，什么也无法补偿这个遗憾，——要是能行，他会抽干湖水拿湖底的泥来卖钱。这水又不能转动他的磨坊，他也不觉得观赏湖景对他是莫大的荣幸。"梭罗断言，这种人不配享受湖畔诗意的生活："他从来没有欣赏过这个湖，从来没有在湖里洗过澡，从来没有爱过它，从来没有保护过它，从来没有称赞过它，也没有感谢上帝造就了这个湖。"

和荷尔德林相似的是，梭罗的《瓦尔登湖》，在他生前以至死后很长一段时间，并没有引起世人的关注。直到近代，当物质生活日渐丰富，而人们忙碌，享受之余，却仍感到生活逼仄，百无聊赖，身心无处归栖，读梭罗此书，才如诗人徐迟所感："语语惊人，字字闪光，沁人肺腑，动我衷肠。"

说到湖，杭州西湖应该是最美的了。"水光潋滟晴方好，山色空蒙雨亦奇。若把西湖比西子，淡妆浓抹总相宜。"苏东坡的这诗句，道尽了西湖的妩媚。

我亦有幸，近距离地在西子湖畔生活过相当时日，得以如梭罗那样，贴身感受湖居的魅力。

20 世纪 60 年代，我大姐结婚了，姐夫是浙江省高级人民法院的干部，单位分配的新房，就在圣塘路西湖岸边。圣塘路是一条幽静的林荫路，南端接六公园，北头连昭庆寺往断桥。民国时，路西边临湖都是私家园林别墅，新中国成立后，房产归公，省法院入驻办公，南边两幢三层楼的别墅，就成了法院的干部宿舍。姐夫的新房分在一楼，20 多平方米方方正正的一大间，原本是别墅主人家的客厅，墙上的壁炉都还保留在那儿。别墅临湖一边没有围墙，住家开门出去，穿过庭院就可亲近西湖。

我生在杭州，住在杭州，年少时，不管是学校组织远足，还是发小结伴出游，目的地几乎都是西湖。我曾多次站在宝石山上俯瞰西湖全景，苏白两堤如玉带，将一块如镜般翡翠湖面切分为三；阳春三月，我骑着单车横穿湖西，从苏堤六桥呼啸而下，间株桃花间株柳，一路春风扑面而来。夏日午后，我亦曾避雨断桥碑亭，看黑云翻墨，暴雨骤降，水打在荷叶上滚如跳珠……明代书画鉴藏家汪珂玉在其《西子湖拾翠余谈》中说："西湖之胜，晴湖不如雨湖，雨湖不如月湖，月湖不如雪湖"，我自诩是晴雨月雪之湖都赏遍，但如要说与西湖朝夕相对，深切体验住在湖边的感觉，却还从未有过。

那年姐姐家搬住到了西湖边，使我得以有机会贴身赏识西湖了，我开始隔三岔五地往大姐家跑，有时候借口陪小外甥玩，一日三餐都在那里了。

住得久了，我诧异地发现，住在湖边的人们，那年月，好像并不把西湖当回事儿。在他们的心目中，西湖好像是自家后面的一口池塘，不少邻居在湖边洗菜洗衣，有的甚至在湖里洗拖把荡痰盂；姐姐姐夫工作忙，早出晚归，除了晾衣服，也很少有闲心步至庭院朝西湖望一眼。

看来人们认识事物，真的如古代禅宗大师开导弟子悟禅所说，有看山是山，看水是水；看山不是山，看水不是水；看山仍然是山，看水仍然是水三个层次。过去居家离西湖远，我带着童心带着好奇，一趟趟到湖边玩，赞赏湖山秀丽，那完全是一种游客的眼光，距离产生美；一旦有机会住在湖畔，与西湖朝夕相处，新鲜感渐失，人们多少会发生审美疲劳，西湖作为一泓水源，洗洗涮涮的实用功能凸现，人们看待它的，更多是一种居家心态。如何提升自己的审美境界，获得诗意湖居的绝妙感觉，按照梭罗的经验，那就必须突破庸常，全身心地热爱之、亲近之，才能实现。

玩赏且与湖水亲密接触的方法有三种，那就是湖面划船、湖岸钓鱼或干脆下水全身心投入。梭罗三种办法都尝试过，他调皮地指点捷径，亲近的最好办法，就是下水在湖里洗个澡。我想洗澡未免太俗，游泳应该文雅一点吧。正巧那年月，领袖号召民众到江河湖海里去游泳，大风大浪里去锻炼，西湖不准游泳的禁令废止。那就让我也来体验一回。

记得一个初夏的清晨，天气还有一丝凉意，无风，湖平似镜，我耐不住一冬一春的停练，早早地跃入湖中，开始了入夏以来第一次晨泳。那是我学会游泳的第二年，一心希望7月份报名参加横渡钱塘江的活动，刻意训练耐力，计划今天起码从六公园游到平湖秋月再回头。我下到了水里，用双手试划了一下平静的湖面，湖水起了一圈圈涟漪，向远处荡漾开去。我感到水温正好，凉丝丝的，沁人心脾。湖水清澈，看得见有几条小鱼好奇地向我游来，鱼嘴轻啄一下我的小腿，倏忽又游开了。时间还早，晨雾尚未散去，淡淡地飘浮在湖面上，如梦如幻。那天正好是工作日，岸上游人很少，游船也还系在码头没有出湖，环顾天地，好像只我一人在与西湖缠绵，独享西子的那份柔情。我习的是蛙式，手划脚蹬，往湖深处游去，慢慢地，堤岸渐远；我双臂划水，为了省力，干脆头潜入水，有节奏地游几米再抬头换一口气，俯仰之间，但觉耳边水声叮咚，如闻仙乐，又如同西子姑娘在和我讲悄悄话。这样一路游到锦带桥，我竟一点没有疲累之感。归程我换了一种姿势，改为仰泳，这才发觉不知何时，天竟下起了毛毛雨。湖水起了轻浪，我仰身水面，犹如躺在起伏的摇篮里；那芒种时节的细雨，落在湖面上悄然无声，落在我脸上柔柔的痒痒的，如同儿时母亲的唇在轻轻地吻我。人与湖的亲密无间，此时此刻，我算是领略到了极致。

大姐家所在的圣塘路后来改成了环湖公园，高院连同家属宿舍都搬迁了，那幢小别墅作为历史建筑得以保留，以房养房变成了高档茶楼，即为杭州人熟知的"湖畔居"所在。西湖也早已不准游泳，我少年时的那段经历，成了无法重温的旧梦。

枕流东河忆东坡

与短暂的湖居时日相比，回顾以往，江河居的生活，却伴随了我前半生的大段时光。

儿时，我家住在杭州东河边的一条小巷子里。老宅无厕所，每天清晨，读小学的我，第一份家务，就是给父亲倒尿壶。我将尿倒在巷尾的公厕里，然后提着尿壶来到东河边，舀水将壶内壶外冲洗干净。20 世纪 50 年代，东河的水还是清的，站在河岸定睛细看，常可发现小鱼小虾成群地从水底掠过。早饭已吃过，上学时间还早，我会在河边玩一会儿。我从口袋里掏出一小块吃剩的烧饼，掰成碎屑，撒在水面，立马就有一群小鱼，杭人俗称"鲳条儿"，争相游拢来抢食。鱼食喂光了，只好"撒瓦爿儿"玩，挑饼干大小的一块石头，薄薄的，最好是碎瓦，贴着水面扔出去，如果轻重适度、用力得当，石片会在水面上弹跳着，飞得很远。东河与运河是连通的，有时候，河上会有起早的木船划过，那是周边萧绍平原的农民进城来了，他们把成熟的西瓜、番薯或甘蔗运进城，然后收垃圾、收鸡粪，装满一船，运回去壅田作肥料。那些农夫裸着精壮黝黑的臂膀，或摇橹或撑篙，兴致很高，看到我拎着夜壶在河边玩，会在船上对我大声喊叫："小官人，好孬（萧绍方言，意为不要）搞哉，再勿归去，上课要迟到哉！"我则会装着鬼脸，回他们刚学会的童谣："摇啊摇，摇到外婆桥……带我去吃年糕好勿好？"

那年月，城乡似乎没有明确的分界，我家所在的城东一带，所巷附近据说有72口池塘，城河两岸都是空地，塘里养鱼，河边种菜，周边的住家说是居民，实际上不少都是渔民菜农。暮春时节，河两岸油菜花一片金黄，哪用得着像今天这样，路远迢迢到江西婺源去看风景。

东河边枕流而居，好在生活滋润接地气。那时城里人少空地多，我有一个小学同学，家里是开染坊的，就将河边空地当作了晒场。太阳好的日子，高高的木架上晾满了五颜六色的绸和布；放学了，我们一帮小伙伴最喜欢钻进钻出在里面躲猫猫。我家沿河走几步就有一个菜场，不远有一座石桥，桥堍就是埠头。星期天没课，我会跟着母亲去买菜。这时候，小菜场不去了，母亲会直接到河埠头，去选购农民用船运来的鱼虾和时令蔬果。初冬，塘栖成捆的青皮甘蔗既甜又脆；清明前后，则要吃临安过来的孵鸡笋了；夏至，专挑萧山杜家紫得发黑的杨梅；深秋，郊区霜打过的油冬儿青菜，炒年糕是再好不过了，水磨年糕有咬劲，油炒过的青菜又糯又鲜，回味还稍带一点甜。

有一只桐乡来的农船，每次进城积肥，也会泊在这里。据说农家肥中，鸡粪是力道最足的。这只船上的农民，别的不要，打出牌子就只收这玩意儿。那时城里居民，只要有一点空地的，几乎家家都养鸡，我家小天井里，也养了一群。每到周末，奶奶把一星期积存的鸡粪装在一只竹畚箕里，我和她祖孙俩一人拎一边，来到河埠头，就把鸡粪卖了。换得的两三毛钱，在当时可不是小数目。奶奶花三分钱买支赤豆棒冰给我作犒劳，其余的钱补贴家用，又可以对付两天开销。任务完成，奶奶回家了，我还要在桥边玩一会儿。那里通常都很热闹，春秋两季，只要有风，便会有很多伢儿在桥上放纸鹞；夏天晨昏，老人们会排坐在桥墩上乘风凉；冬日晴朗，此地则又是孵太阳的好地方。石桥边有株古樟树，枝繁叶茂，冷天蔽风，热天遮阳，树下横卧一块断成三截的石碑，正好成为人们休憩之地。每逢周末午后，这里总会有一位朱先生，前来给街坊义务说书。老朱本是附近小学的历史老师，退休后在家闲得发慌，经不过邻居撺掇，就来给大家说古。我也常挤在人堆里听得津津有味。包龙图铡美、关云长义释曹操……诸如此类江湖故事，我都是在这里第一次听说。

昔时城东河边，多植杨柳。最喜初春天气，雨雾迷蒙，平日热闹的埠头，寂静无人，一只摇橹船从桥洞慢慢驶出，真是"欸乃一声山水绿"。

多少年后，读到老树配画之诗："早春应作江南游，看尽梅花，新绿柳梢头。醉里闲梦小客栈，酒醒凭栏过云楼。古人常常说春愁，无非相思，装作挺温柔。何如纵身江湖上，烟雨深处弄扁舟。"我总会发出会心之笑。

"窗含西岭千秋雪，门泊东吴万里船"，江畔居，似乎比湖居和河居，更有气势，当然也更富含诗意。

宋神宗元丰二年（1079 年）八月，苏轼被小人诬告"作诗讪谤朝廷"而入狱，在狱中 100 多天，受审 10 余次，惨遭折磨。后经多方营救，于当年十二月释放，贬为黄州团练副使，但不得签署公事，不得擅去安置所。元丰三年二月，苏轼由开封到了黄冈，直到元丰七年四月转调临汝，在长江边上的这座小城整整住了四年零两个月。

"滚滚长江东逝水，浪花淘尽英雄"，在被贬黄州的五年内，苏轼于元丰五年七月和十月，先后两次游黄州赤壁，留下了千古不朽之《前赤壁赋》和《后赤壁赋》。

第一次是阴历七月十六，夏末秋初的一个月夜，"清风徐来，水波不兴"，苏轼和友人泛舟江上，"饮酒乐甚，扣舷而歌"，一个朋友更是把一支洞箫吹得"呜呜然，如怨如慕，如泣如诉"，引发了大家对三国赤壁大战前尘往事的无限怀想。有朋友感慨：像曹操这样麾下"舳舻千里，旌旗蔽空"的"一世之雄"，"而今安在哉？"更不要说像我们这样"寄蜉蝣于天地"的小人物了。而身处逆境的苏轼却在大自然的光风霁月之下，精神获得了极大的升华。苏轼以为，如果从变的角度看天地万物，的确每一瞬间都在变化；但如果从不变的角度来观照，"则物与我皆无尽也"。"惟江上之清风，与山间之明月，耳得之而为声，目遇之而成色，取之无禁，用之不竭，是造物者之无尽藏也，而吾与子之所共适。"美，是客观存在的，而对美的感悟和诗化的表达，使苏轼得以和天地日月一起，达到了不朽的境界。

第二次是阴历十月十五，初冬的节候了，入晚，月白风清，苏轼和几个朋友兴致很高，"携酒与鱼，复游于赤壁之下"。这次大家先是沿岸步行上山，"江流有声，断岸千尺，山高月小，水落石出"。景色与三个月前，自是迥然不同。回程改为乘船了，"时夜将半，四顾寂寥"，苏轼肃然独立，念及自家身世，心中不免感到了深深的寂寞。"适有孤鹤，横江东来"，白身黑尾，飞鸣着，"掠予舟而西也"。至此，《后赤壁赋》冬夜江游凄冷的基调，有了一个明亮的转折，苏轼用自己的诗赋宣告，即使夜幕沉沉，即使孑然一身，自由的灵魂也要向天而歌。

苏轼是个理想主义者，也是一个乐观主义者，但如果以为苏轼的人生，只有今人所称道的"诗和远方"，那就未免太偏颇了。

今天的人们喜欢念叨："这个世界不只有眼前的苟且，还有诗与远方。"其实反过来说也成立："这个世界不只有诗与远方，还有眼前的苟且。"对大多数人、大多数时间而言，生活就是"苟且"，就是柴米油盐，就是一地鸡毛。而如何在日常的"苟且"中，保持初心，提升境界，体悟诗意，实在比一味憧憬"远方"更为艰难。而苏轼，却为我们树立了一个学习榜样。

因为是犯官，苏轼贬谪黄州，官家是不予分配住宅的，无奈，苏轼和陪同他前来的长子苏迈，只能暂至一所名叫定慧院的寺庙栖身。长江边上的这座山寺，偏远破败，人迹罕至，苏轼栖居于此，日子虽苦，却不忘以诗词抒怀。他作有《卜算子·黄州定慧院寓居作》：

> 缺月挂疏桐，漏断人初静。谁见幽人独往来？缥缈孤鸿影。
>
> 惊起却回头，有恨无人省。拣尽寒枝不肯栖，寂寞沙洲冷。

既描写了古寺荒凉的居住环境，又借孤鸿择枝而栖的意象，抒发了自己不随俗流，甘守寂寞的清高志向。

冬去春来，定慧院东边，杂花开满山坡，其中有一株海棠，静静地绽放着，虽然名贵，却无人前来观花赏识。苏轼见此景象，有感而发，又作诗一首，首四句为：

> 江城地瘴蕃草木，只有名花苦幽独。
>
> 嫣然一笑竹篱间，桃李漫山总粗俗。

作者叹惜名花置身荒野杂花中的孤独，但又赞美其笑傲群花的品格，即使漫山都是桃李，与海棠相比，也尽显粗俗。这无疑是苏轼的夫子自况，是其宁可孤芳自赏，也不愿随波逐流之心境的真实写照。

没多久，苏轼的妻子和次子苏适、三子苏过等家人，在被贬为筠州（今江西高安）监酒的弟弟苏辙护送下也到了黄州。破旧的小寺定慧院住不下苏家这么多人，在素慕苏轼文名的黄州太守陈君式安排下，苏轼一家搬到了长江岸边的一个水驿临皋亭居住。

驿站进出是方便了些，但居住条件并没多大改善，生活状况恰如苏轼《寒食雨二首·其一》中写的那样：

> 春江欲入户，雨势来不已。
>
> 小屋如渔舟，濛濛水云里。
>
> 空庖煮寒菜，破灶烧湿苇。
>
> 那知是寒食？但见乌衔纸。

君门深九重，坟墓在万里。

也拟哭途穷，死灰飞不起。

　　淫雨霏霏，江水漫涨，好像要冲入屋里似的，此刻的临皋亭就如一只渔舟，漂泊在茫茫云水之间；空空的厨房里，只有一些冰冷的蔬菜，干柴没有，破灶里烧的只是江边砍来的那些湿湿的芦苇；如果不是看到飞鸟嘴中衔有人们上坟烧剩的纸钱，还真不知道今天是寒食节呢。京城和故乡都在万里之遥，不能事君，无力孝亲，身陷穷途，不由人心如死灰，沉沦而飞舞不起哪！在江城谪居的那些日子里，苏轼以孤鸿和名花自况，也以这些破灶寒菜入诗，借此度过逆境中这漫漫长夜。

　　而黄州，也以它奔涌的大江、耸立的赤壁、竹林村舍和纯朴的乡情，拥抱了这位诗之赤子，给予了他脱离俗世羁绊的力量和蓬勃的诗情。

　　住的地方有着落了，食的问题又接踵而至。在友人的斡旋下，官衙总算同意将黄州城东缓坡上一块营防废地划给苏轼耕作。年近半百的苏轼带领一家老小，清除瓦砾，刘拔野草，开荒整地，向当地村民请教，尝试种植稻麦蔬菜，开始过起了自耕自食的农夫生活。城东的这片坡地，成了苏轼全家赖以生存的基地，而苏轼也从此自号东坡居士，以自己躬耕的汗水，换取收成，也换来稼穑之乐。他在自己的诗中记叙了农耕的艰辛和对丰收的期盼。种子播下去还没一个月，麦苗就青葱一片覆盖了田地。苏东坡十分高兴，将此归因于十年荒芜地力得以蓄积之故，但老农提醒他，别让麦苗徒长，你想割麦烙饼有个好收成，当下就要放纵牛羊到地里去践踏麦苗。苏东坡闻言一再拜谢，说如果收成好有饱腹的那天，一定不敢忘记你的指教。

生活安定后，苏东坡又有了游兴。游蕲水清泉寺后作《浣溪沙》。寺临兰溪，溪水西流，他写道：

> 山下兰芽短浸溪，松间沙路净无泥，萧萧暮雨子规啼。
>
> 谁道人生无再少？门前流水尚能西！休将白发唱黄鸡。

夏夜雨后，苏东坡晨起散步，心情大好，归来作《鹧鸪天》，曰：

> 林断山明竹隐墙，乱蝉衰草小池塘。翻空白鸟时时见，照水红蕖细细香。
>
> 村舍外，古城旁，杖藜徐步转斜阳。殷勤昨夜三更雨，又得浮生一日凉。

长江奔流不息的涛声，如同母亲的枕语，抚慰了苏东坡心中的创伤，江居的时间愈长，他的心境愈益平和。一天晚上，苏东坡酒醉归家，家童竟已沉沉睡去，叫门都无人应。回不了家的苏东坡没半点恼怒，索性步行到江边听涛，心潮随着江潮起伏，写下了这首《临江仙》：

> 夜饮东坡醒复醉，归来仿佛三更。家童鼻息已雷鸣，敲门都不应，倚杖听江声。

长恨此身非我有，何时忘却营营。夜阑风静縠纹平，小舟从此逝，江海寄余生。

到了元丰五年（1082），委屈、孤寂、愤懑这些负面情绪，在苏东坡心中几乎已荡然无存。三月七日他和友人出游，"沙湖道中遇雨。雨具先去，同行皆狼狈，余独不觉。已而遂晴，故作此"。下面就是这首有名的《定风波》：

莫听穿林打叶声，何妨吟啸且徐行。竹杖芒鞋轻胜马，谁怕？一蓑烟雨任平生。

料峭春风吹酒醒，微冷，山头斜照却相迎。回首向来萧瑟处，归去，也无风雨也无晴。

苏东坡创作于这一时期的《念奴娇·赤壁怀古》，更以通达的哲思和雄奇豪迈的气魄，成为中华词库里的千古绝唱：

大江东去，浪淘尽，千古风流人物。故垒西边，人道是，三国周郎赤壁。乱石穿空，惊涛拍岸，卷起千堆雪。江山如画，一时多少豪杰。

遥想公瑾当年，小乔初嫁了，雄姿英发。羽扇纶巾，谈笑间，樯橹灰飞烟灭。故国神游，多情应笑我，早生华发。人生如梦，一樽还酹江月。

夏日长岛滨海居

滨海而居是我多年的梦想，想不到在退休之后托儿子福，得以成真。

儿子成成清华大学毕业后，申请到了奖学金，到美国辛辛那提读硕，学成后被猎头公司看中，应聘到纽约长岛一家公司搞科研，不久买房成家，转眼已有十来年。

长岛是从纽约伸向大西洋的一个狭长形海岛，与曼哈顿仅一河相隔，三面环海，东西长约200公里，南北宽约20—30公里。我家住在岛的中部，到南北两边的海滩都只需15分钟的车程，到最东端如鱼尾般分开的北叉或南叉，开车则要花1个多小时。长岛处在北纬41度线上，相当于我国沈阳的位置，四季分明。

退休之后，我和老伴已到长岛去过三次，头两次都是为帮助照顾孙子南南而去的，时间都在下半年，10月底过去，4月初回来，赶上了欣赏海岛深秋遍地的红叶、隆冬漫天的飞雪，初春灿烂的樱花，却未能亲近咫尺之隔的大西洋，领略滨海而居的最大妙处。儿子儿媳这次建议我们7月初过去，说是海滨生活夏天最舒服了。长岛即使盛夏气温一般也都在摄氏30度以内，住在纽约的老美每年这个时段，都要开车到长岛来休假避暑呢，南南四岁半了，吵着要陪爷爷奶奶去海边玩。

难得小辈一片孝心，2017年7月11日，我们如约飞抵纽瓦克机场，在儿子家住了3个多月，整个夏季和初秋，都是在岛上过的，算是实现了四季滨海而居的夙愿。

那段时间，每逢周日几乎都举家出游，或去古宅探幽或去海边踏浪，为图方便，中饭或晚餐就在外面吃，两三个月下来，居然也游遍了南北两岸的各处海滨浴场，遍尝了长岛的各种餐式。我有每天记流水账的习惯，就挑几篇岛居日记，以飨读者诸君。

7月22日　周六　晴　气温22—30℃

晨五时半醒，看微信，我们11日离开杭州，次日即高温，38度以上的气温已持续至今，亲友们都艳羡我们避暑避得及时。

将成成家前院橡树上一只知更鸟在孵蛋、后院两只野兔在吃草、屋边百合花开得正艳的照片遍发亲友，分享清凉。

可能是日前陪南南踢球、帮儿子除草之故，晨起腰胯有点酸胀，贴追风膏两张。

下午四时许，全家开车去岛东一海滩玩。车行40分钟到目的地，发现沿海小路旁，建有连片小楼，都是纽约客夏季来住的度假别墅。我们车一直开到路尽头，那边房子少了，一大片沙滩，游泳的人并不太多。

大西洋的浪真大，大约总有一米高吧，白浪翻卷，拍岸有声。年纪大，顾虑多了，只在海滩踏浪，不敢纵身搏浪了。老伴当年曾横渡过钱塘江，现在也只是在水边玩玩罢了。南南起初胆小，牵着他爸的手还不敢下水，后来胆子渐大，敢下到小腿肚深的水里了。海鸥成群地在岸上觅食，一点不怕人。拍了照片和视频，吃了带去的面包和水饺作晚餐。暮归，到家已天黑多时了。

7月30日　周日　阴转多云　气温20—28℃

上午阴天，风吹到身上已有秋天般的凉意。

傍晚云层散了，全家开车去东边更远的一处海湾泳场玩。此地由于是内海湾，所以风平浪静，沙滩没外海边的深广，游泳的人也相对多些。岸上有啤酒屋和凉篷搭起来的餐饮区，还有聘来的乐队在奏乐唱歌为大家助兴。

下海游了一会儿，起初感到冷，入水后反而比站在岸边暖和，盖因沾水的身体裸露在风中，更加容易感到冷。

南南仍在岸边玩沙，挖坑垒城堡，乐此不疲。

吃带去的面包片和酸奶。夏天日头长，太阳直到 7 时才下山。归途天渐黑，纵贯长岛东西的 419 高速公路上，车灯闪烁如长龙，都是在海边嬉水后赶回纽约城里的游客。南南在车上睡着了，到家也没醒。

8 月 4 日　　周五　　多云　　气温 21—27℃

晨 7 时起，腰胯酸痛已缓解一点。补记前几天的日记，杭州市仍高温 39℃。

儿子下午补休，全家又乘他的车去北边的海滩玩。本想去 Long Beach（长滩），结果车开到了才发现是 Short Beach（短滩）。是史密斯镇所辖的海滨公园，人比前两次的海滩少得多，环境也更加清幽洁净，唯一的缺点是沙石较粗，要穿拖鞋踏上去才舒服。

泳后岸上有专门淋浴房可冲澡，很方便。

日暮归家，已颇有凉意。

长岛的夏天就是这样，白天阳光灿烂，但阴处海风轻拂，并不感到太热。太阳一下山，风就大起来了，且这风是从海洋深处吹来，凉飕飕的，使人感觉很爽。可能是地理位置靠北吧，居住在长岛有一好处，那就是虽说三面吹来的都是海风，却不潮，也无海的咸腥味；另一惬意之处是岛上遍布森林，环境清爽，除了偶尔可见几只牛虻外，至今，我一只蚊子都没有发现过。

8月11日　　周五　　多云　　气温20—28℃

又到周末，云淡风轻，下午儿子调休了半天，全家去岛东头北叉海边吃生蚝。

长岛四季分明，森林茂密，海岸绵长，海水湛蓝，湾区浮游生物丰富，非常适合生蚝、龙虾等的生长，每年夏秋捕捞旺季，纽约客都会涌来长岛品尝海鲜。据说吃生蚝的最佳地点是在北叉的绿港（Greenport），傍晚时分，我们赶到港口一看，果然海边偌大的停车场已是车满为患。儿子在长岛工作多年，此地来过几次，已经熟门熟路。他不找那些架在栈桥上的热门"海上餐厅"，却领我们来到一家偏僻小店，说是"我们住在岛上，又不稀罕看海，这家店的生蚝才有特色！"

待到坐定，点菜上桌，我才惊叹这家名叫"诱惑（BAIT）"的特色餐厅，经营方式果真与众不同。特色之一，该店现捕的生蚝是让食客按桶点的，一桶18美元，内盛12只大蚝；特色之二，店里备有木夹、手套、小刀，客人可以亲手现撬现吃生蚝。这就极大地激发了大家尝试的兴趣。而自己手撬的蚝，吃到嘴里也似乎特别鲜美。我们吃光一桶再来一桶，结账时才发现竟然吃了三桶36只大生蚝，今天算是饱了吃蚝的口福。

9月28日　　星期四　　多云　　气温18—28℃

微风，晚霞很漂亮。

儿子昨天在网上看到，说是附近一家餐厅在搞活动揽客，点一份对虾可无限添加，吃畅为止。于是决定晚饭不烧了，全家去那儿就餐。

这家名叫"红龙虾（RED LOBSTER）"的餐厅门廊上就挂有一只硕大的龙虾造型，是一家专营虾类的海鲜餐馆。美食者大多知道，波士顿龙虾蜚声中外，长岛和波士顿隔着一道海湾，生态条件相仿，同样盛产各种高品质的海虾。这次我们是奔着对虾来的，大龙虾就不点了。

不是周末，尽管有活动促销，但顾客并不太多。菜一会儿就上来了，只见一只大托盘里面，排放着两串烤虾，旁边搁有三只瓷碗，两只盛着油灼虾仁，一只稍小点的碗内则是配菜。性急的孙子早就抓起一串烤虾大嚼了起来，我叉了一只虾仁品尝，毕竟现捕的活虾，味道鲜美中还带有一丝甜味；再舀了一调羹配菜细看，白的奶酪，红的番茄，紫的洋葱，切丁，淋橄榄油凉拌，入口果然鲜香爽口，别有风味。

说是吃畅管饱，只是一盘量已够大，人的胃纳毕竟有限，我们每人都只添了一小碗虾仁两串烤虾，就已肚皮滚圆个个讨饶了。

长岛暂居，其乐融融；我很想知道长住在海岛的居民，感受如何。当我把这想法在饭桌上说了后，儿媳笑了："老爸，我有一位朋友，在岛上已住了二三十年，她早就邀请我们去做客了，下星期我们不妨去她家看看。"

是纽约某大学的华裔女教授克敏，嫁了一个名叫查理的美国老公，查理毕业于哈佛大学，曾在《时代周刊》任职，是美东极负盛名的美术评论家。两人结婚近30年了，在布鲁克林学校旁有一套公寓，但除了上课或城里有事，不太去住，却在长岛东端买了一处滨海别墅，常年住在那儿。

儿媳是搞美术的，因艺事和克敏夫妇相识，成了忘年交。两个月前，儿媳带南南去超市购物，偶遇老两口，查理就用熟练的汉语逗南南："星期天来我家玩儿，爷爷带你去看羊驼。"这次正好我也有兴趣，那就全家开车去长岛东岬的克敏老师家做客。

是长岛东南海岸边的一处林地，一幢二层小楼隐现在几株高大的橡树之中，我们一行还没走进通向别墅的小径，热情的查理夫妇就迎了上来。克敏老师祖籍河北保定，行事利索，说话直率，性格中有燕人的豪爽；查理瘦削身材，能讲汉语，说话幽默，眉眼总是带笑。大家在前院落座喝下午茶，克敏老师招呼我们吃这尝那，查理跑进跑出递茶送饼，笑着自我调侃："我是你们中国人说的'妻管严'"，唯恐怠慢了妻子的客人。夫妇俩都接近退休的年龄了，但身手矫健，思维敏捷，完全没有一丝暮气。请教养生之道，说是全仗两个"动"字。一是"运动"，整个夏季，他们几乎每天下午都要到海里游两个小时的泳，难怪夫妇俩的皮肤都晒得那么黝黑；二是"劳动"，克敏带我们去后院参观他们的劳动成果。那是一片四五百平方米的土地，没有铺草坪，而是开辟成了种植园。靠近屋子一侧种满了玫瑰，花季已过，但仍有几丛迟开的在绽放花香，可以想见五月盛花期园内姹紫嫣红的灿烂。另外一侧，几畦地种的是当令蔬菜，红红的番茄挂满枝头，萝卜长势正好，肥大的叶子下已经膨出壮实的块茎。园子角落搭建有一间工具房，锄头铁耙一应农具都有，查理说，掘地、育苗、除草、打虫……所有地里农活都是他们夫妻俩一手落的。

孙子吵着要去看羊驼，查理于是带大家到邻居戴维家去参观。邻居家的范围更大，海边用木栏围着的一大片马场，都是戴维家的地盘。远远地，我们就见一位瘦老头系着围裙在清理马厩，查理悄悄地告诉我们，那就是戴维："He is very rich." 查理口中的富翁，那该是相当有钱了，想不到竟是眼前这位脚沾马粪手握铁锹的老头。戴维微笑着带我们去后院看羊驼。羊驼见有人来了，当即碎步跑了过来，戴维给了南南几块饲料饼干，让他去喂它们。孙子起初有点怕，见羊驼睁着一对圆圆的眼睛稚气地盯着饼干看，胆子大了不少，他摊开手掌伸进栅栏，羊驼当即探头过来舔吃饼干，软软的舌头舔得南南手掌痒痒的，格格格地笑个不停。

面对此情此景，我脑海中不由忆起了海子那著名的诗篇，心想，海边的生活，真的很美好。

从明天起做个幸福的人

喂马劈柴周游世界

从明天起关心粮食和蔬菜

我有一所房子

面朝大海春暖花开

从明天起和每一个亲人通信

告诉他们我的幸福

那幸福的闪电告诉我的

我将告诉每一个人

给每一条河每一座山取个温暖的名字

陌生人我也为你祝福

愿你有一个灿烂前程

给每一条河每一座山取个温暖的名字

愿你有情人终成眷属

愿你在尘世获得幸福

我只愿面朝大海春暖花开

海子 1964 年出生于安徽怀宁，15 岁考进北京大学法律系，是 20 世纪 80 年代名重一时的诗坛才子。上述这首而今看来充满正能量的诗，是海子 1989 年 2 月创作的，令人不解的是，过了才 1 个多月，诗人就在山海关卧轨自杀。

掩卷沉思，又使我想到了另一位与海子一样热爱大海，最后却也自杀身亡的著名作家，那就是海明威。

在长岛居住的第一年，冬天奇冷，头一场雪还没融化，第二场雪又纷纷扬扬地飘洒下来了。圣诞节加年休，儿子有 12 天假期，于是商定全家到东南隅的迈阿密避寒。在美国旅行，最便捷的方式就是自驾游。我们下了飞机，坐上了儿子早已在网上租好的汽车，先到南部的一个国家热带森林公园玩了两天，然后就驶上了一条由数十个小岛连接而成的岛链公路，向最南端的西礁岛进发。我们此行，是直奔位于岛上的海明威故居而去的。

1899 年 7 月 21 日，海明威出生在美国伊利诺伊州芝加哥郊外橡树园镇一个医生的家庭。可能是受喜爱文学的母亲之影响，海明威自小就对写作满怀兴趣。中学毕业后，海明威选择了到报社工作，密集的新闻采访生涯，极大地锻炼和提升了他的写作能力。一战和二战期间，海明威都投笔从戎上了前线，他数度负伤又都平安脱险，战争间隙埋头创作。1952 年，海明威发表的中篇小说《老人与海》，是他最具盛名的作品，我正是读了这部小说，才得悉海明威其人的。

西礁岛上的这座别墅，是海明威1931年花8000美元购买的，从1931—1939年，他和他的第二任妻子，在这里生活了整整9年。

西礁岛是佛罗里达群岛最南端的一座小岛，虽然现在有岛链公路与大陆相连，但从岛链北端到南端，车行也要两三个小时。我真很难想象，当年海明威夫妇在这样一座孤悬海外的小岛上，是怎样度过9年时光的。但当我们抵达故居时，一切似乎都有了答案。这真是一座宜居的岛屿，气候温热，海水湛蓝，洁净的空气中没有一粒尘埃，使得阳光显得格外明亮。海明威故居是一幢两层的砖木结构小楼，院子很大，遍植椰子、芭蕉、绿萝等热带亚热带花木。不知是由于水雾的滋润，还是光照的强烈，这里的林木长势葱郁，枝叶上如同涂过一层蜡，明晃晃的，显得特别有生机。故居内的布局都照原样，卧室、起居间、餐厅、厨房、书房都仍保持原来的摆设没有变更，屋内的家具皆是海明威和家人当年使用过的。听接待人员介绍，如果乘船，西礁岛至佛州南边海港乃至古巴，其实都不太远。故居起居室安放着的一对沙发，还是海明威夫妇住在法国时，他妻子在巴黎购买的，后来他们举家迁居此地，就把家具也运过来了。参观故居，一定不要错过观赏屋里屋外饲养着的几十只猫：看，书房里，有只老猫蜷伏在窗台上休憩；廊沿下，有匹黑猫悄无声息地在蹑足潜行；院子里，有两只小花猫，则蹿上跳下，在逗引那花丛中纷飞的彩蝶……猫一般都是前爪四趾，后爪五趾，可细看这些猫，都有一只爪子是六趾的，那可都是海明威当年宠爱之"六趾猫"繁衍的后代。有文献记载，海明威年轻时喜欢钓鱼、狩猎、划船、游泳……我想，在西礁岛生活的那些年月，他逐浪而居，一定乐在其中，他创作《老人与海》的那些素材，或许都是西礁岛生活的积累，而有闲心饲养宠物猫，也足见海明威当年心情之好，岛居的生活有多悠闲。

《老人与海》描写了一位老年渔夫驾船海钓，在远洋和一条大鱼较劲两天两夜，最后终于把它杀死的故事。这既是美国时代精神的缩影，也可视为海明威不屈不挠自我人格的写照。令人瞠目的是，就是这样一位硬汉，却在1961年7月2日饮弹自尽，结束了自己62岁的生命。

至于海子和海明威自杀的原因，世人有种种的猜测。有认为海子是因为失恋之故，有认为海明威是由于疾病缠身才走上绝路的。

在悲悼海子英年早逝、海明威巨星陨落之际，我们肯定会疑惑，为什么这两位大海的赤子，一个以滨海而居为生活的最高理想，一个从搏浪降波中获得生存的动能，两人皆视海洋为自己的精神归宿和力量源泉，却都决绝地弃世而去，给活着的人留下了不解的谜团和无穷的念想。

由此也使我们憬悟：实现"诗意地栖居"，需要有三个阶段，一是憧憬，二是追求，三是享受，三者缺一不可，且践行皆需艺术。海子第一步是做到了，向往"面朝大海，春暖花开"的居处，过一种"喂马劈柴周游世界"的幸福生活，惜乎他的人生规划只停留在想象之中，没有迈出不懈追求的第二步。海明威比海子要勇敢得多，他追求并几乎达到了自己的人生目标，却依然理想幻灭，最终未能好好享受。恰如人们所说："理想很丰满，现实很骨感"，即使有了"诗意地栖居"的条件，问题仍会纷至沓来。生活并不总是风花雪月，还有柴米油盐的琐事；婚姻也不总是耳鬓厮磨，还有夫妇勃豀的摩擦；而人"吃五谷，有百病"，生老病死更是每人必过之坎。海明威闯过了战场上的生死关，却没能摆脱伤病给自己带来的困扰，最终自杀以了余生，实在令人扼腕痛惜。

海子和海明威之死，给我们的警示是深刻的。如何在庸常中发现美，如何在磨难中保持"诗意"的初心，这是考验一个人的意志，也是检测一个人智慧的一场相伴终生的考试。

三、幽人住城市，清梦两三重

杭垣旧巷寻旧踪

不少人以为巷居生活都是简陋的，其实未必。

杭州城内坊巷，昔时不乏深宅大院，旧城改造之前，虽然已经不复往昔风貌，但墙门格局、房子骨架还在。好几处有名的老宅，我都曾入内观瞻过。

记得20世纪70年代，我还是杭州某小厂的一名青工，业余时间写点东西，混充是个"文学青年"。其时杭城文坛名气最大的，首推薛家柱老师。家柱老师本是杭州教师进修学院的一位老师，诗歌、小说创作都卓有建树，被调到了市文化局工作。其时，薛老师大约30出头年纪，身材瘦削。面容清秀，不改教师诲人不倦的本色，对热衷文学创作的年轻人十分提携。一次，市里要编刊一本《青工诗选》，我和同样喜欢诗词的兄长，各自写了几首诗去投稿，被主事的薛老师看到了，以为还有修改潜质，特地约我们兄弟俩有空去他家详谈。

我们如约找到了元宝街。说是街，其实只是鼓楼边上一条窄窄的巷子，两边斑驳的封火墙高耸，北向只有一个砖雕门楼，薛老师家即由此入内。那晚和家柱老师聊了什么，事隔40多年，都已不记得了。至今留存记忆的是：那墙门真大真高敞，里面厅连厅房连房，用板壁分隔，住了何止72家房客。那墙门真旧真杂乱，屋檐下精工雕刻的

"牛腿",蛛丝飞悬,灰尘积满;青石板和香糕砖拼花铺就的天井,污泥淤积青苔满地,好像一位百岁老人,岁月沧桑都写了脸上,令人感慨。经薛老师介绍,方知此地原本是清末红顶商人胡雪岩故居,后来胡氏家道败落,故宅分割出售,岁月变迁,以至于此。

因文章事,我亦曾到清吟巷小学去找过文友刘老师。他在这所小学教语文,业余也喜欢写点散文。刘老师带我参观校园,说此地本是王文韶的相府。王是清朝末代状元,庚子拳乱,王护驾有功,迁为大学士。王文昭处世圆滑,据说有后辈向他请教为官之道,他称唯六字诀,即"多磕头,少说话"而已!

高宅深院多故事。据《三句不离本"杭"》作者,抗战时曾任浙江省府民政厅厅长的阮毅成称,他居杭时听友人高氏讲过王文昭的一件轶事,说王系嵊县人,年少时来杭州应乡试,过清吟巷,见瞿府房屋甚好,乃曰:"他日得志,必住此巷。"后果拜相,乃购瞿宅之地以建新宅。谁料想经手建房之人为拍马屁,将正房盖成面向正南。杭州风俗,除皇帝、菩萨外,任何人都不宜正面向南而居。果然,新屋落成王文昭仅住了半年,就一命呜呼。

当然,凡此种种,只是百姓茶余饭后的八卦传说,无非是人们的兴衰感叹而已。百年之后,元宝街的胡雪岩故居、清吟巷的王文昭相府,都已腾空修复,成为文保古宅,重现了昔日气派。此种兴衰存替、风云变迁,细思之,确能令人浩叹,有诸多诗意存焉。

我大姐大哥年少时,都是在杭州葵巷私立安定中学念的初中,想不到和阮毅成讲古的友人,就是他们的校长高梦曾先生。且高先生也非等闲之辈,他们双陈巷高家,就是清末民初杭州有名之宅第,据说全盛时，府中的仆从人数要比主子多得多。

如此诗礼簪缨之家，日常生活究竟如何，外人是无法想见的。好在府上老祖宗高老太太有一本自费印行的诗集《云峰阁主人诗稿》存世，使后人得以一窥当时杭城名门世家的风采。高老太太生活的年代，正是慈禧当政，庚子拳乱，八国联军入侵北京的乱世，尽管蛰居深巷，高老太却对时局十分关切。诗集中有一首《花下围棋》绝句，即是高老太庚子年所作，诗曰："花下围棋笑语频，潜攻默守各通神。误将一子输全局，多少旁观冷眼人。"显然是在暗讽慈禧昏招迭出的无能。诗集中也能看到作者吐露家居心声的诗篇，如有一首《不寐偶成》写道："听尽长更与短更，愁怀难遣梦难成；残灯暗暗风吹窗，竹叶萧萧雨有声。不饮却能知酒味，多言渐恐拂人情；良宵独坐西窗下，夜半谁家砧杵鸣。"其幽怨悱恻，堪比纳兰词。

当然，即使像高家这样的世家，日常生活也离不开锅儿缸灶、儿女情长。高老太太有一个曾孙女名叫高诵芬，1918年出生，从小就生活在双陈巷这所高宅深院内，直到结婚出嫁。1994年，高诵芬和夫君随儿子迁居澳大利亚。白头老媪远适异邦，闲居无聊，回想儿时在杭州的巷居生活，点点滴滴皆在心头，展纸濡墨记之，竟然写了一本32万字的回忆录。在这本名为《山居杂忆》的书中，高氏记录了民初杭州巷居生活的诸多场景，富含诗情画意。

"大年初一，早晨一睁开眼，不等我开口说话，保姆就会将冷冰冰的桔子和干荔枝塞进我的嘴中。这是因为'桔'和'荔'两个字是'吉利'两字的近音字。"

"我们家以前也不准小孩穿丝绵和皮货，说是因为'小孩骨头嫩，要焐烊的'，其实当然也是要孩子懂得节俭。"

"我小时怕羞，不肯叫人，直到十岁都这样。于是每去外婆家，我二舅就说：'挖不开的黄蚬儿来了。''黄蚬'是杭州一带一种类似蛤蜊的贝类，可食。买来的黄蚬如已死，贝壳就会张开；而活的黄蚬，贝壳就闭得紧紧的，要到煮熟才会张开。所以舅舅就把不肯开口的我比作黄蚬。"

当然，诗意总离不开风花雪月及斗转星移的岁月变迁；高宅幽深的庭院和高耸的封火墙，并没有阻隔大自然四季的馈赠。

高氏居杭已有八世，以经营茶叶起家，清光绪年间就在西湖苏堤之西、今"花港观鱼"后面，建有别墅，名为"红栎山庄"，俗称高庄。可即使拥有如此雅静的湖边别业，高家人除了偶尔游湖暂歇，平日依然住在城内的老宅，毕竟日常起居，城里要方便得多。人虽然不去，但湖山的气息却能时时感知，这就多亏了男仆朱师傅。

"夏季从立夏节开始，立夏头一天，在高庄管庄的朱师傅必拿一大札青精饭叶子来。"供高府厨房煮乌米饭用。青精又称南烛，枝叶入药，性平，归心、脾、肾经，民间于初夏取其叶榨汁，和糯米煮，即为乌糯米饭，食之能益脾胃、强筋骨。杜甫《赠李白》诗中就有"岂无青精饭，使我颜色好"之句，可见此食俗由来已久。

"立夏之后很快就到端午节了。端午头一天，高庄的朱师傅会拿带根的艾叶和苍蒲各一大把来。"女仆们把苍蒲做成宝剑模样，然后把这种苍蒲剑和艾叶挂到各门各户上，用以辟邪。

"入伏那天，高庄的朱师傅又来了。这天是送庄园里的荷花来。曾祖母叫人把送来的荷花插入客堂里霁红色的大花瓶里去，可欣赏多日，望之即生凉意。送来的荷叶则交给老仆去做荷叶粉蒸肉。"

立秋一到，"朱师傅又送时鲜来了，这次是送嫩藕、莲蓬、青菱和红菱。藕、菱、莲蓬都是可以生吃而鲜嫩可口、可以煮熟加糖又清香扑鼻的水果。"

除了吃的，每逢农历七月初七"乞巧节"前夕，朱师傅还不忘在湖边山上摘些荆柳叶送来。"女仆将叶子采下，用淘箩搓洗，浸出水来，次日上午大家洗头。这水清凉、滑顺，比肥皂还佳十倍。"

岁月静好，巷居生活竟也可以如此入诗入画。

惜乎，并非人人都能像高诵芬那样，出身于大户人家。

那么，是否平民百姓的巷居生活，就一定缺乏诗意呢？其实不然。传世最有名的两首诗，却正是萌生于杭州的寻常巷陌。

一首是现代诗人戴望舒的《雨巷》：

撑着油纸伞，独自

彷徨在悠长、悠长

又寂寥的雨巷

我希望逢着

一个丁香一样地

结着愁怨的姑娘

她是有

丁香一样的颜色

丁香一样的芬芳

丁香一样的忧愁

在雨中哀怨

哀怨又彷徨

她彷徨在这寂寥的雨巷

撑着油纸伞

像我一样

像我一样地

默默彳亍着

寒漠、凄清，又惆怅

她默默地走近

走近，又投出

太息一般的眼光

她飘过

像梦一般地

像梦一般地凄婉迷茫

像梦中飘过

一枝丁香地

我身旁飘过这女郎

她静默地远了、远了

到了颓圮的篱墙

走尽这雨巷

在雨的哀曲里

消了她的颜色

散了她的芬芳

消散了，甚至她的

太息般的眼光

丁香般的惆怅

撑着油纸伞，独自

彷徨在悠长、悠长

又寂寥的雨巷

我希望飘过

一个丁香一样地

结着愁怨的姑娘

另一首则是南宋陆游的名作《临安春雨初霁》：

世味年来薄似纱，谁令骑马客京华？

小楼一夜听春雨，深巷明朝卖杏花。

矮纸斜行闲作草，晴窗细乳戏分茶。

素衣莫起风尘叹，犹及清明可到家。

用现代语讲即是：这些年世态人情淡薄得像一层薄纱，不是为了国事谁能让我骑马来到京城客居呢？只身宿于小楼中，听春雨淅淅沥沥了一夜。深幽小巷中，明早还会传来卖杏花的声音吧。短小的纸张斜着运笔，闲时写写草书。在小雨初晴的窗边，玩玩茶道，将开水注入碗中泛起白沫以泡茶。身着白衣不被重用也不要有风尘之叹，趁早回去或许清明前还赶得到家。

戴望舒描写的那条撩人情怀的雨巷，是否实有？如是，则所在何处？随着诗人 1950 年的猝然离世，已不可考证。

但陆游所居，虽事隔千年，史家却言之凿凿，那就是距我家不过百米之遥的孩儿巷是也。

孩儿巷是一条东西走向的小巷，南边与之平行的则是竹竿巷，史料记载，南宋爱国将领岳飞、韩世忠的宅所都在这一带，那么陆游暂居临安，选择住在将军府第北侧，闹中取静的孩儿巷，则是完全可能的。

小巷蛰居，要有诗意，我想离不开"深""静"两字。非"深"，不足以屏噪音；连遥远的市声传来，似有若无的，也不致烦人；此刻身虽居街巷，心却如入远山般淡定。非"静"，不能闻天籁，雨滴芭蕉，风吹竹梢，声声入耳，都成平仄诗韵；其时，无穷遐想、万缕幽思，都从这静中生发开来，使人提笔濡墨，想以诗以画一展心怀。而"深"和"静"这两者，又是互为因果的。我们可以说，因为巷道深，所以环境静；反过来说也未尝不可，正因为人迹稀环境静，所以巷子也就显得特别幽深。

从临安当时的城市格局来看，孩儿巷无疑是皆具这两个条件的。

杭州现今的中山路，据考古发掘，地下有大量的香糕砖路基遗存，被证实即是南宋御街之所在。而当时御街的繁华地段，集中在清河坊即今天的中山南路一带，过了众安桥，店铺就少了。孩儿巷虽邻近众安桥，其实也是深巷迂曲，不像今日之热闹。作为都城，日常用品都需郊县提供，南宋临安十座城门有其不同的贸易功能。如"武林门外鱼担儿""艮山门外丝篮儿""望江门外菜担儿""清泰门外柴担儿"……孩儿巷离其他九座城门都远，故无集市之嘈杂，唯独离西湖边的钱塘门最近。"钱塘门外香篮儿"，这里是人们湖畔踏青、朝山进香的必经之道，商贩卖的东西也最为雅致。盛香的竹篮、供佛的鲜花，雨后清晨，香客未至，偶有小贩就近到孩儿巷来叫卖杏花，顺理成章。

最接地气市井居

如果说，深巷蛰居图的是"静"，那么，市井居就难免"闹"了。

屏蔽"闹"，"躲进小楼成一统，管他冬夏与春秋"，这是一种定力。

而要拥抱"闹"，亲近之、欣赏之，且从"闹"中生发出一片诗意来，那就不仅需要定力，简直就要有点"化腐朽为神奇"的艺术了。

1925 年前后，俞平伯一直住在自家的西湖别业——孤山俞楼，那楼东邻"平湖秋月"，西近"曲院风荷"，是观赏湖光山色最佳的去处了。可住的时间长了，年轻的俞平伯宁可进城到清河坊闹市来逛街。他说："山水是美妙的伴侣，而街市是最亲切的。它和我们平素十二分稔熟，自从别后，竟毫不踌躇，蓦然闯进忆之域了。我们追念某地时，山水的清音，其浮涌于灵府间的数和度量每不敌城市的喧哗，我们大半是俗骨哩！（至少我是这么一个俗子。）白老头儿舍不得杭州，却说'一半勾留为此湖'；可见西湖在古代诗人心中，至多也只沾了半面光。那一半儿呢？谁知道是什么！这更使我胆大，毅然于西湖以外，另写一题曰'清河坊'。"

有亲友以为，这种文章不好做，可俞平伯却答道："我自信做得下去。"俞平伯坦言："我决不想描写杭州狭陋的街道和店铺，我没有那般细磨细琢的工夫，我没有那种收集零丝断线织成无缝天衣的本领，我只得藏拙。我所亟亟要显示的是淡如水的一味依恋，一种茫茫无羁泊的依恋，一种在夕阳光里，街灯影傍的依恋。"

通观《清河坊》全文，俞平伯确实没有描写一店一货，抒写的，恰恰是他和家人逛街的一种感觉和乐趣。俞平伯祖籍德清，是紧邻杭州的县治，故在俞氏心中，是将杭州视同自己的故乡的。或许正由了这份认可，在俞平伯的笔下，清河坊虽是石板铺筑的一条逼仄小街，人力车夫嚷嚷着拉车而过，"激起石板洼隙的积水溅上你的衣裳"，也比北京马路上汽车吓人倒怪地"哀嘶长唳"地疾驶而去，溅人一身泥浆，要来得温情一些。清河坊南宋时是御街，民国时期仍是杭城主要的商业区。但俞平伯以为："哪怕它十分喧阗，悠悠然的闲适总归消除不了。""我在伦敦纽约虽住得不久，却已嗅得欧美名都的忙空气；若以彼例此，则藐乎小矣。杭州清河坊的闹热，无事忙耳。他们越忙，我越觉得他们是真闲散。忙且如此，不忙可知。——非闲散而何？"在平伯先生眼里，故乡风物，总比别处要来得宜人。家乡小街，店伙计和顾客的关系也十分亲昵平和。俞平伯和女眷们去清河坊的次数多了，女眷们"常因配置些零星而去，我则瞎跑而已。有几家较熟的店铺差不多没有不认识我们的。有时候她们先到，我从别处跑了去，一打听便知道，我终于会把她们追着的。"家乡小街，店家和顾客的关系，竟也能如此亲昵平和。

一年以后，俞平伯回到了北京。"人到来年忆此年"，回忆江南之旅，俞平伯感慨连连："若我们未曾在那边徘徊，未曾在那边笑语；或者即有徘徊笑语的微痕而不曾想到去珍惜它们，则莫说区区清河坊，即十百倍的胜迹亦久不在话下了。我爱诵父亲的诗句：'只缘曾系乌篷艇，野水无情亦耐看'"。俞平伯内心对家乡旧游之地的那份偏爱，溢于言表。

俞氏此言深得吾心，正因为人的活动、情的萦牵，才赋予物以生命，使得主客双方相悦相喜，诗情画意得以缠绵。

而据此种意义而言，或许正是人的嗜好，使得原本嘈杂的街市，也变得生动有趣，令人一而再、再而三地光顾，直至流连忘返。

当代著名散文家黄裳嗜好藏书。他在上海《文汇报》工作期间，稍有空闲，不是在家看书，就是外出购书。《文汇报》同仁刘绪源曾感慨道：黄裳看书真多，每次去他家，总是在看书，桌上，沙发上，茶几上，都摊着几本看了一半的书。过去他当编辑，每天中午要上书店，自称是"书店巡阅使"。后来年纪大了，黄裳也一直要买书。刘绪源就替他买过许多书，书的种类非常杂，品位很高。

书店逛得久了，与不少书商都熟稔了。上海复兴中路淡水路口曾有一家名曰"春秋"的旧书店，主人严先生不但收书贩书，而且还会修补旧书，逢有购得的古籍散页脱落，黄裳常会请这位严先生帮助修订，一来二去，两人就成了朋友。新中国成立初期书市寥落，老严小本生意，经营也颇困难。一次，黄裳又到那里淘书，老严说浙东民间藏书甚丰，最近听说"天一阁"等藏书楼有一些旧书流散市面，他想去宁波收购，只是缺少盘缠，问黄裳能不能予以通融。黄裳于是借给老严50元，他答应书到之后请黄裳来看，选中的书作价折回借款。10天过后老严所收之书由轮船运到，约有几十麻袋，堆在书店隔壁的弄堂里。老严不失信用，第一时间通知了黄裳。黄裳大喜，当即赶去看书，一只只麻袋翻检来，黄裳后来回忆道：那天自己从清晨一直挑到过午，弄得两手如漆、浑身灰土。书大半是残本，明本不少，但没有一部全书。当时黄裳正收集明刻书影，大量的残本正是绝好的素材，就选了几十种。

住在上海如此，有时黄裳客居杭州，也不忘去逛书市。晚年的黄裳在文中回忆道：1953年的秋天，他在杭州住了两个月。有很多时间就消磨在书店里。住处在里西湖，出门叫一只小船横渡过去就是湖滨，上岸以后沿解放路走入新华书店，又从这里走到延龄巷、丰乐桥、清河坊，这些地方都零零落落开设着一些书坊。一次，黄裳来到了一家名叫"抱经堂"的古旧书店。当时，旧书业不景气，店里没一个顾客，只有女店家抱着孩子在守店。黄裳巡视桌上，只有几本零碎的破书，一无可观，正想离去，抬头看见书架背后放有一摞摞残书，书上的灰尘也积得有寸把厚了，似乎从来没有人翻动。黄裳走近书架，抽出几本来看，发现好几册上面有"结一庐"的印记。"结一庐"是清代著名的藏书楼，位于杭州市塘栖镇，主人朱学勤，一生好学，过目不忘，博通古典，政事之余，常喜搜罗古籍善本。知道手中这些书是从"结一庐"散出，黄裳心中暗喜。黄裳选了半日，挑出一叠，问价付钱，正乐滋滋地要离开时，男店主恰巧从外归来，见状大声叱责主妇，说她报错了书价。说着，从黄裳手中取回了旧书，说是无论如何也不肯卖了。最后讨价还价，以十倍于原价成交。还被抽下了一本吴枚庵抄的《百川书志》残卷。黄裳本以为捡漏成功，到头来空欢喜一场。

但作为一个骨灰级的书痴，淘书的乐趣毕竟比失落要多得多。杭州丰乐桥堍有松泉阁书肆，主人王松泉与黄裳的作家朋友阿英相熟，是颇有眼力的书业经营者。黄裳说，那年秋天，在他的店里买到不少清代杭州诗人的集子，携归旅寓，颇能驱遣岑寂。

黄裳沪上的居住条件并不宽裕，现代文学史学者陈子善对黄裳的书斋印象颇深。陈还记得黄裳没搬家之前，那个房子比较小，他的饭厅、客厅里全部是书，都堆到了天花板，所以不论哪里都是他的书房。但是他把书整理得很好，都拿牛皮纸包着保护着，是非常爱书的人。

黄裳生于 1919 年，卒于 2012 年，享年 93 岁。黄裳是以《文汇报》高级记者的身份退休的，一个新闻工作者能活到如此高龄实属不易，因为这个工作承受的压力太大：不避艰险采访，十万火急赶稿，夜以继日编版……长年累月这样做，对健康无疑是一种极大的伤害。挺不过去的夭折了，剩下的可谓人精。而黄裳就是这样一位历经千锤万击、老而弥坚的寿翁。

黄裳一生笔耕不辍，至老不改新闻人的本色。2010 年元宵是汪曾祺诞辰 90 周年，东方早报拟做纪念专版，编辑写信向黄裳约稿，但考虑到黄裳当时已 91 岁高龄，估计不会如愿。然而出人意料的是，第二天下午，就接到老人女儿的电话，嘱编辑去取稿件。原来黄裳当晚收到信后，感怀老友，次日上午便一气呵成写成了一篇2000多字的《忆曾祺》给报社。

黄裳文如其人，91岁还写稿与人争辩文事，坚执己见。唐弢先生曾评黄裳为文：常举史事，不离现实，笔锋带着情感，虽然落墨不多，而鞭策奇重。

如此激昂、如此入世，似不利于养生。但黄裳动如脱兔，静如处子，靠"痴书"，涵养自己一以贯之的"静气"。黄裳精研版本，善写书话，他在所著《榆下说书》里，谈版刻、谈字体、谈纸张彩墨，甚至行距排版，不亦乐乎。搜书、品书、用书，使黄裳如沐春风、如坐林泉，而这一切，极为有益他的健康。

有诗云："白酒酿成因好客，黄金散尽为收书。"逛书市，搜古籍，可谓黄裳沪杭都市居的最大乐趣。

黄裳抗战胜利后返回上海定居，他的好朋友，西南联大毕业的汪曾祺在沪上福煦路一所中学当教师。每逢假日，两人常结伴去福州路淘旧书。要说对古旧书的喜好程度，汪曾祺一点不逊于黄裳。

除了上书店，汪曾祺还喜欢逛地摊，那里的旧书价格，那是和废纸的价钱差不多的，但如留心搜寻，有时仍能觅得自己中意的好书。汪曾祺记得，最值得纪念的有两本。一本是张岱的《陶庵梦忆》，还有一本则是万有文库汤显祖评本《董解元西厢记》。这本书字大，纸厚，汤评是照手书刻印的。汤显祖的字似唐代著名书法家欧阳询的《张翰帖》，而秀逸处又有点像明末清初的书画家陈老莲，汪曾祺得之如获至宝。汪说："这本书跟随我多年，约十年前为人借去不还，弄得我想

71

引用汤评时，只能于记忆中得其仿佛，不胜惆怅！"痴书之态，溢于言表。

汪曾祺痴书，亦好美食，除却跑书店，逛菜场是他的另一爱好。汪自称："到了一个新地方，有人爱逛百货公司，有人爱逛书店，我宁可去逛逛菜市。看看生鸡活鸭、新鲜水灵的瓜菜、彤红的辣椒，热热闹闹，挨挨挤挤，让人感到一种生之乐趣。"

汪的小女儿汪朝曾说：爸爸在家里只有两个任务——写美文与做美食。汪曾祺在散文《老味道》中还专门写过一首小诗自嘲："年年岁岁一床书，弄笔晴窗且自娱。更有一般堪笑处，六平方米作郇厨。"郇厨说的是郇国公韦陟，嗜美食，厨中多美味佳肴，后以"郇厨"指代膳食精美人家的厨房。汪曾祺精美食，善烹饪，喜欢掌勺做菜给亲友享用，海内外诸多文化人，都以能到汪宅一尝老人家亲手烹制的美食为幸事。而汪曾祺也乐在其中，每当菜上齐后，他先每样尝两筷，然后就坐下抽烟品酒，笑眯眯地看着客人吃。他说："我最大的乐趣还是看家人或客人吃得很高兴，盘盘见底。"

北京文化圈里，汪曾祺和收藏家王世襄最投契，因为两人都爱美食，也都喜欢逛菜场。

汪曾祺的儿子清楚地记得，有个周末，王世襄骑着自行车找到汪家。进门之后，他打开手里拎的一个布袋子，跟老头儿（汪曾祺）说，刚才在虹桥市场买菜，看到茄子挺好，多买了几个，骑车送过来，尝个鲜。那是个大夏天，王先生上身穿一件和尚领背心，下面一条短裤，光脚穿了双凉鞋，和胡同里的老大爷没什么两样。两人没说几句话，王先生起身走了。看来，王世襄逛菜场，比汪曾祺还要来得勤一些。

菜篮子里面有四季，菜篮子里面有学问，菜篮子里面有人情，而这些，只有喜欢美食，热衷逛菜场的人才体会得到。

过去北京四季分明，什么节令有什么菜，王世襄心中最清楚。作为美食家，他并不以为价钱贵的食材，烧出来的就必定是佳肴；而坚信：时令蔬菜最好吃！如北京人说的"双冬"、杭州人称为"炒二冬"的这道菜，就一定要选用初冬上市的冬笋和冬菇才好吃。冬笋是还未钻出地面的笋芽，肉质比春笋更为细嫩，水发冬菇香浓味鲜，不像鲜货香味寡淡且容易出汤，如果用春笋和鲜香菇来替代，那色香味都会大打折扣。

菜场跑得久了，王世襄和菜贩以及一些老顾客都成了朋友。

过去北京几家稍大的菜市场，都有贩主自采的鲜蘑出售，后来随着城市建设的进展，这种摊点越来越少见了。朝内、东单、西单几个菜市都买不到野鲜蘑，连菜市口那位采蘑人老张也长久不见踪影了。爱吃鲜蘑的王世襄着急了，四处打听，总算辗转找到了老张家，问询后才得知，原来老张已找到了工作，在永定门外一所小学管传达室，没工夫采蘑了。王世襄于是向老张请教野鲜蘑的产处和采集的方法，空闲时就自己到郊外去采集。

那年月北京蔬菜供应还比较紧张。1966年初冬，我曾在北京丰台居住过一阵子，发现冬季普通百姓家的主菜，差不多就是秋后囤储的那些白菜和土豆。当时很多食品都要凭票供应，后来经济复苏，票证逐渐取消，但时鲜蔬菜的品种和供应数量还是有限。回忆二三十年前的往事，王世襄说，那年月，他几乎每天早晨在朝阳市场，市场一开门营业就往里冲。买完菜，再买一碗豆浆回家。那买菜的人，有些曾是名厨。比如从前给班禅做饭的刘师傅，也在那儿买菜。王世襄跟他们说的，都是烹饪界的行话，人家都以为他是大师傅。王世襄冲进菜场，占一个摊，就让别人在别的摊上给他带点别的，因为再去就没了。别人需要买的他给捎带，到时候交换。卖菜的每个人他都认识，天天见。王世襄说，骑着自行车买菜是吃之前最有乐趣的一件事。

除此之外，菜篮子里当然还有社情民意和经济。我 30 年前在省城某报当记者时，总编常要求我们跑商贸的记者，三日两头到菜场去转转。当然，与王世襄《春菇秋蕈总关情》这类美食美文相比，我们写的那些豆腐干新闻毕竟欠缺诗意，在此不提也罢。

过去农耕时代，去集市买卖菜蔬，是可以与另一休闲活动结合起来的，那就是泡茶馆，而这一做法，在杭嘉湖鱼米之乡的小镇，相沿已久，更是习以成俗。

我母亲祖籍萧山进化山头埠，是清末抗英名将葛云飞的故里。那一带原属山阴县，后山阴与会稽合并为绍兴县，1950 年区划调整，进化才归属萧山管理。山阴故郡，名人辈出，辛亥革命后浙江第一任都督汤寿潜以及他的女婿、国学大师马一浮都出于此。受耕读传家乡风之熏陶，这里的农家，再不堪，也要让家中的男孩开蒙读几年私塾。中不了科举，那也可以应聘做家庭塾师或进钱庄做学徒。母亲的爷爷科场落第，一辈子在外当私塾教师，本想把我外公也带出去的，外公从小耳朵重听，无奈，只能让他在家务农过活。浙东乡村，人们世代聚族而居。山头埠说是村落，但屋舍毗连，街巷交错，生活环境宛如一个小镇，母亲的老家就坐落在一处街角。记得儿时到外婆家小住，村里无啥好玩，外公就会带我去离家不远的王家闸赶集。那是乡政府所在地，一条商业街，虽短，茶馆酒肆烟杂小店，每早人流挤挤挨挨，倒也十分热闹。记得每逢出街，我们都起得很早。天蒙蒙亮，外公或在菜地割几把青菜，或拎上一桶昨晚在溪坑网得的野鱼，便领着我来到街上。外公先在沿街一家茶馆落座，把要卖的菜蔬放在街檐石槛上，然后给我买几块五香豆腐干，自己泡一壶茶，边品茗抽烟，边打着手势嚷嚷着和同桌的乡亲们聊天。茶馆里人声嘈杂，外公耳背，不这样根本听不清对方的言语。这样消磨一两个时辰，茶汤淡了，憋了一天的话也好像说尽了，外公心情大好。待到太阳升起，市声渐息，拿卖菜所得的钱换购一点油盐酱醋，我们一老一小就牵手回家了。晨雾消散，陌上花开，远远的村口，外婆倚着家门，烧好了豆沙汤圆，正等着我们回去吃早点呢。岁月静好，平和的日子自有其蕴含的诗意。

那时候，城镇规模小，城乡生活互相交融，即使像杭州这样的省城，农家的菜担儿会一直挑到市区来卖，菜市场多了，茶馆生意也随之兴隆。我儿时住过的所巷附近，方圆一两百米，就开有三四家茶馆。有一家规模最大的，就开在菜场边上，整天人声鼎沸，座无虚席。往往上午的集市散了，下午的说书先生已经登场，惊堂木一拍，《三侠五义》开讲，去得稍迟一步，就占不到座位，只能委屈站在后面，后背斜靠在墙上，听所谓"隔壁大书"。即使说书先生临时缺席，茶馆也绝不会冷清。其时杭州街头每到晚上，常有民间艺人悬起雪亮的汽油灯，一边编说噱头噱脑的八卦新闻，唱些俚俗开心小调，一边售卖止咳生津的梨膏糖块。茶馆门口，则是他们的首选之地。即使不听说书卖糖，光是闲坐，茶馆也绝对是个好去处。这里既是社会新闻的扩散之地，也是邻里纠纷的排解中心，很多误解、争斗，如果双方愿意"私了"，都可以让社会贤达人士调停，通过"吃讲茶"的方式化解。很多茶馆，大堂里都挂有关云长的巨幅画像，红脸关公秉烛挽须夜读《春秋》，周仓紧握青龙偃月刀站立一旁。我想，这与老辈做人，崇尚"忠孝节义"四字，应该不无关系。

老底子人，无论城乡，受教育的机会普遍不多，百科知识，包括为人处世的道理，不少都是从泡茶馆闲聊、听说书讲古中得来的。我有一位邻里发小，名叫金根，家里就是开茶馆的。可能是家境优裕吃得好的缘故，金根从小长得骨骼粗壮，体力要比同龄孩子好出一截。小学二年级，我搬了家，从此和童年的那帮邻居少了联系。转眼大家都读初中了，我个子蹿得快，初二就长到一米八十了，被市少体校选中，课余参加田径训练。一天午后，我正在操场上进行跨栏练习，见远处投掷队的教练领着几个新同学也来试训了，金根愣头愣脑地排在其中。半个月后，投掷队的集训名单正式公布了，我见里面并没有金根的名字，向教练打听，说是那位金同学发育得早，只有蛮力，成绩恐怕练不出来。升高中后，顾虑体训影响日后高考，我不再去少体校了。"文革"以后，同学星散，儿时的发小更是断了联系。直到20年后，我已在报社当了记者，一天到街道采访碰到老邻居，问起金根，那位发小说："金根当年支边去了边疆插队，一次群体械斗，被打得骨肉模糊昏死过去，亏得他懂偏方，醒后挣扎着爬到地头一个清水茅坑旁边，咕隆隆灌喝了一肚皮尿水，回家休养了几个月，硬是没留下一点陈伤。"我说："金根从小读书并不太好，怎么倒懂得这些民间偏方？"邻居说："你忘了他家当年是开茶馆的，那些说大书卖梨膏糖的，天上晓得一半，地上晓得全完，有哪样不懂！他耳朵聩着也都开窍啦！"我俩相视而笑，感叹世事，未免唏嘘不已。

台湾作家舒国治好穷游，善治文，他在《理想的下午》一书中忆及："在杭州，某个冬日早上五点，骑车去到潮鸣寺巷一家旧式茶馆（极有可能是硕果仅存的一家，七年前。今已不存），为的未必是茶（虽我也偶略一喝），为的未必是老人（虽也是好景），为的未必是几十张古垢方桌所圈构一大敞厅、上顶竹篾棚的这种建筑趣韵，都不是。为的是什么呢？比较是茶炉上的烟汽加上人桌上缭绕的香烟连同人嘴里哈出的雾气，是的，便是这些微邈不可得的所谓'人烟'才是我下床推门要去亲临身炙的东西。"

舒先生是真正懂得体味、欣赏茶馆市井烟火气的人。

和品茗一样，喝酒最好也要有对手，否则"独酌无相亲"，一个人喝闷酒，不但无趣，且是很伤身的。街坊多酒肆，市井居，可以为有事没事喜欢喝一杯的朋友，提供一处诗意栖居的场所。

居家边上的这种小酒馆，和通衢大街以及风景名胜区内的大酒店是有所不同的。它们没有包厢，不摆圆桌，也不预订酒筵，一般只提供散客即兴的"堂吃"。最习见的场景，恰如鲁迅先生在《孔乙己》中所描述的咸亨酒店那样：沿街放几排条凳条桌，一边置张曲尺形的柜台，上面放一只热水桶和几竿勺酒的串斗；顾客落座，招呼一声，酒保就会把桶内烫热的黄酒斟满杯、递上桌。下酒菜大多是冷盘，可以是一碟茴香豆或油氽花生米，也可以点一盘酱鸭或麻酱油浇好的现剥皮蛋。三二好友，小酒抿抿，牛皮吹吹，可以盘桓半日。也有性急的打工汉，干脆饭和酒菜一齐上了。最实惠的，是叫一客杭州人称为的"件儿饭"。一大海碗热气腾腾的米饭，要盛得拍拍满冒尖；上面放一块有精有肥的五花肉，用粽丝缚住，浓酱赤油红烧的，俗称"件儿肉"；如果再叫上一大碗酒，就菜下酒，这顿饭就吃得很落胃了。

带季节性的酒肆饭庄也有，最典型的，莫过于"掏羊锅"了。西北风一起，进补的时节到了，杭州近郊三墩、仓前镇上，一家家的羊肉酒肆都忙开了。店家把整只肥羊宰杀后，杂杂碎碎，全都倒入一口大锅中炖煮。且锅内所盛的皆是陈年的老汤，据说只有这样炖出来的羊锅，才肉鲜味美。往往一夜炖煮下来，店堂里已弥漫着诱人的香气。待到锅盖掀开，食客们可凭自己的口味，选掏锅内的食材，羊腿、羊肚、羊杂碎……各取所需，扶醉而归。

说到羊肉，杭州城里河坊街还有一家"羊汤饭店"不得不提。那是一家百年老店了。现在人们吃食只图鲜美，不太讲究节令，这家店是天天客流不断。而老底子的人斯文，吃"羊汤饭"，总是选夏天，据说这还是南宋传下来的习俗。暑天人们出汗多，羊肉清汤炖煮，鲜而不腻，正是夏令清补的最佳荤食。宋代朝廷上下皆以食羊肉为美。北宋苏轼曾有诗曰：猪肉"富家不肯吃，贫家不解煮"。苏被贬黄州时，发明了"东坡肉"的烧法，才使得猪肉逐渐上了大家的餐桌。宋室南渡后，苏轼的诗文得到士林的普遍推崇。陆游《老学庵笔记》上记载了当时的一则歌谣："苏文熟，吃羊肉；苏文生，吃菜羹。"告诫学子要熟读当时风靡朝野的苏轼诗文，只有这样，科举才有盼头，否则考试落第，只有喝菜汤的份了。这也从一个侧面，反映了南宋吃羊肉仍是人们的首选。

台湾作家高阳本名许晏骈，出生在杭州横河桥的名门望族许家。高阳在回忆儿时生活的文章《我的老家"横桥吟馆"》中说："吃'羊汤饭'总是在夏天……那种气氛令人难忘。自清静无人的街道上，踏入在昏黄的灯光下，蒙蒙的热气中，有人影往来的这个热闹的小天地，任何人都会在心头浮起一种无可言喻的温暖。……有时候吃'羊汤饭'是在游湖回来。西湖四时皆宜，但夜间游湖，只宜于夏天，且又宜于后半夜，因为前半夜的湖水，蕴含着白天所吸收的大量'日光能'，吹来的是'暖风'；只有后半夜的西湖，尤其是月夜，才真是'波心荡漾，冷月无声'的'清凉世界'。此时泊舟于里湖荷花丛中，遥望沿湖别墅高楼中疏疏落落的灯火；偶然有呜呜咽咽的箫声，随风微度，入耳令人兴起许多幻想——实在是绮想。这种只有在两宋词人笔下才有的境界，不知何时复能领略？"

故宅杂忆

旧宅的回忆总是温馨的。这倒不是因为过去住过的房子有多好，而是因为我在那儿消磨过生命的一段岁月，回想起来总令人心暖。

算起来，我在杭州也已生活了半个多世纪。自己单位分的宿舍不算，仅与父母一起住过的故宅就有三处，处处都有一些人事值得记叙。

我家最早租住的房子在东街路。那是一个大墙门，房东姓胡，曾拥有不少房产，人称"下半城"。可能是新中国成立后收租困难手头拮据的缘故吧，房东将私宅内的几间厢房也腾出来出租了，所以我们得以入住到这样的"豪宅"内，贴近观察大户人家的生活。可惜我那时还只有三四岁，混沌初开，在小孩的眼光中，只记得房东家的厅堂很大，中堂楹联，两排红木太师椅，老派的格局，完全和电影中看到的一样。只是为了赶时尚，在一面墙上贴了马恩列斯的彩像。记得我小小年纪就能把画上的领袖一一叫出，邻居都夸我有出息。时尚的事还有一件，那就是东家不知怎么想的，居然在厅堂里办起了一个既非小学又不像私塾的学龄前儿童读书班。我不愿受这样的拘束，母亲把我带进去，我溜出来，再赶进去，不一会儿，我又溜了出来。气得母亲把我抱了起来，吓唬说，要把我扔到街对面知足亭的塘里去。

墙门里还有一家房客是做染料生意的。男当家有痨病，整天躺在床上靠喝中药吊命。这家老少都很喜欢孩子，我去串门，他们总会给我一些糖果。但后来，母亲不让我到这户人家去了。直到长大了我才知道，是胡家少奶奶提醒母亲，说是那个生痨病的邻居是在喝童尿治咯血的，小孩的尿被人喝了会面黄肌瘦。母亲曾问我有没有在那家撒过尿，我闭上眼睛回忆，可真是一点也想不起来了。

6 岁时，我家搬到了东河边的一条小巷里。

是一条百米多长的窄巷，从巷头到巷尾，总共也只不过八九个墙门。那时候杭州城人口少，空置的老宅多，不少墙门，两扇乌漆漆的大门，都是长年关着的，静得有点瘆人。

我家所住的 5 号，大墙门套着小墙门。一条长长的甬道，右侧尽头一圆洞门进去，是房东陈先生家自住的院落。日式的三间平屋，后面一个园子，一桃一杏，余多空地，主人老了无心打理，任一种俗称"夜娇娇"的杂花蔓延乱开。房东夫妇都 60 开外年纪了，斯斯文文的，平时深居简出。一个儿子在药房工作，还没成家，早出晚归，不理人头。一个女儿在外地念大学，寒暑假回杭州，偶尔碰见，会跟邻居聊几句。姑娘身材高挑，衣着入时，说话却和和气气，没有娇小姐的矜持。左侧墙门前后三进，二层楼三开间的百年老宅，只有三进楼上，住着缪家、韩家和我们赵家三户人家；一进二进，偌大的厅堂，以及楼上楼下的正房厢房全都无人居住。听老人说，夜深时会有桌椅拖动的声音，恐有狐鬼出没。住在附近的小孩走过墙门口时总是疾跑而过，不敢停留。可我们住在里面却十分太平，我的小学同学都夸我胆大。

韩家是一对夫妇，新婚不久还没有小孩；缪家外婆平日一人独居，只有星期天，女儿会带着外孙前来探望；唯独我们赵家小孩多，刚搬去时，我才5岁，二姐8岁，大哥10岁，大姐12岁，正是彻天彻地贪玩的时候。老房子了，房东也不当回事情，地板朽蚀，门窗脱落，野猫做窝，都随它去。好了我们一班小孩，蹿上跳下，把整个大宅院当成了游戏场。

我最喜欢的游戏是"躲猫猫"。这座上百年的老房子如同迷宫，且到处都有暗室和暗道。每座楼梯上都装有厚重的木门，放下闩住，楼上楼下就隔成了两个空间。砖木结构的房间内也有机关，移开一块活络的板壁，里面竟有很长一段储物藏人的空间。这种"压煞门"和"隔墙"，据说都是当年为应付"长毛造反"而造的。清代太平军攻陷杭州是大战役，军民死伤无数，留存了这些老建筑，想不到百年后成了孩子们捉迷藏的好去处。

过了冬至，哥哥姐姐们都放了寒假。一天晚上，天阴森森的，似乎要下雪，我们吃了晚饭，早早钻进了被窝，只有母亲还在床头灯下为我赶缝棉裤。小孩好睡，一觉就到了天明。还没睁开眼睛，我就听到二姐在兴奋地喊叫"好大的雪嗬！"接着听到一连串脚步声，哥哥姐姐们都跑到空关着的一进楼上去看雪景了。我赶紧穿好衣服也跟了上去。一进前面是一个大天井，再远都是平房了，视野最为开阔。大姐把我抱到窗前，说："快看，多好的雪景！"我四处张望，只见近处，窗外屋檐下，悬挂着一溜溜冰柱；不远处巷子对面，鳞次栉比的民房，过去青黑的瓦顶，今朝都已被皑皑白雪遮盖。"雪景，雪景在哪儿呀？"我急得大叫。姐姐说："看远一点，远处远处！"我伸长脖子眯眼望远，但见朔风吹过，雪子飞舞，搅得天地寒彻，白茫茫的一片，什么也看不见。而今想来，不禁哑然失笑，都说少年不解风情，未开蒙的小伢儿，真是连什么叫"风景"也不懂呀！

　　天气一天天暖和起来，墙门口那株老柳树枝条开始泛青了，一对黑背燕飞到了一进的屋檐下衔泥做窝，我们知道春天来了。清明前后，母亲的菜篮子里多了这个季节才有的时鲜蔬菜，带泥的春笋、紫茎的马兰头、带壳的青蚕豆……每当母亲剥笋时，缪外婆家那只芦花鸡会悄悄踱到我家的厨房来，这母鸡最爱吃笋壳上面那层白白的嫩衣了，母亲把笋壳撒在地上，它会细细地啄食，好像很享受的样子。我吵着让母亲也买一只这样乖巧的生蛋鸡来养。可母亲说，老宅野猫多，说不定还有黄鼠狼，鸡兔都难养。几天后，我发现缪外婆在天井里褪鸡毛，才知道那只芦花鸡果然被黄鼠狼咬死了。晚上钻到鸡笼里咬鸡，鸡拖不出，啃点肉喝点血也好，这畜生也太可恶了。

　　秋天来了，小巷里的弄堂风吹在身上，已有凉意。芦花鸡死了，缪外婆有点寂寞，过去老人家淘米做饭时，老母鸡会围绕着灶台"咕咕咕"地叫，而缪外婆也总会撒一点米给它作为生蛋的犒劳。现在母鸡没了，主人也感到没了手势。米落锅了，缪外婆会边做针线边哼唱

"孟姜女哭长城"的小调，那词曲凄凄惨惨的，与寒秋的天气一样，惹人愁思。我蹲在缪外婆身边，发誓长大后一定要抓住那只黄鼠狼。老人笑谢说："不必了。房子老旧，什么都会有。除了黄鼠狼，这宅子里还有那个嘞！"

"那个"是什么？缪外婆不肯跟我说。我回来问母亲，她也不肯明说。后来还是大姐偷偷地告诉我，"那是狐仙"。一次，缪外婆跟母亲在讲悄悄话，正好被一旁在做作业的我姐听到。说是前天半夜，缪外婆起来解手，听到空关着的二进楼上有响动，细听，分明是旧桌椅被拖动的声音。第二天晚上正好缪外婆女儿来家，她跟女儿说，会不会是狐狸精在作祟。话音未落，就听到头顶瓦响，好像有谁在向屋顶砸石头一样。从此，缪外婆不敢再提"狐狸"两字，说起，也只含糊其词，代称"那个"完事。

那年月，还远远没有电视，更别提网络微信什么的了。秋晚寂寥，又逢淅沥冷雨，更是难耐。晚餐后，全家围坐堂前，我给父亲备好茶烟，缠着要他讲"狐仙"的故事，父亲微微一笑，说"狐狸精的故事，都是编造出来的'大头天话'，《聊斋》里面很多。你们人小胆怯，听了要做慌梦，大了自己看书吧。我今天给你们讲一个《儿女英雄传》的故事，秋夜给大家壮胆。"于是，吸着老刀牌卷烟，喝着茉莉香茶，伴着敲窗冷雨，父亲开讲清末这一传奇长篇：夜半、深山、古寺，上京为父申冤的书生安公子被恶僧劫掠，绑在柱上，正待开膛挖心之际，被一路暗中护送的侠女十三妹飞镖解救……小巷那秋夜的雨声，父亲那一惊一乍的讲辞，如诗如歌，时过60余年，每次忆及，还如同昨日那般清晰地回响在我的耳边。

过去的小巷地面，都是里山采来的青石板铺砌的；过去的夏天，不论大人小孩，家居都是光脚穿木屐的。巷道两边的封火墙高，遮阳，日落西山，穿堂风一吹，巷子里就荫凉下来。每逢此刻，在墙门里憋了一天的伢儿们，就会纷纷跑出家门。有的手提梢头蘸有柏油的竹竿，到巷尾河边去粘杨柳上的知了；有的揣着爹妈给的零花钱去巷口街上买棒冰，白糖棒冰三分一支，多添一分钱则可买到赤豆的了；我则常常跟着哥哥姐姐到巷口去租小人书看。天渐渐黑了，该回家吃饭了，寂静的巷道里又回响起"噼哩拍啦"的声音，那是孩子们木屐击打石板路的跫音。不知谁用双脚打出了"的笃的、的笃笃的，的笃的、的笃笃的……"之节拍，众孩学样，暮色中的小巷上空，顿时回荡起木琴般的乐音。

最喜夏日午后，雷雨初歇，檐沟下落的水汇流到庭前，一时无法外泄，将天井满成了池塘。哥哥姐姐把早已折好的纸船一只只下到了水里，母亲会用纸折驼背佬，此时也来凑趣，帮我把大大小小的纸人分别放到了船里。哥哥大喊一声："开船喽！"纸船便载着小人儿在水上漂来漂去。我蹲在地上，看着纸船，看着倒映在水中的彩虹，会痴痴地想，长大了我一定要乘坐真正的大船，像小人书上的鲁滨逊一样漂洋过海，去见识见识小巷外那广阔的世界。

而深巷，并没有隔绝里面的居民和大千世界的联系。夏末，有一群劳工背着钢钎、镐头来到了我们居住的那条小巷。他们是市政派来埋设大口径水泥管道的，要让西街的雨水有个出口，通过管道，下泄到东河去。工友们手挥铁镐，把巷道右侧的泥土掘开，形成一条深沟；又两人一组抬起数百斤重的水泥管，将它们一段段埋入沟中。小巷少有外人走入，更难得看到这样多的劳工进驻，墙门里的小孩都出到门楼里看热闹。天气热，工友们掘的掘、扛的扛，一个个光着膀子，黝黑、精壮的胸脯上仍汗水滴沥。可能是哥哥回去通报了，不一会，缪外婆和房东家二小姐抬着一缸凉茶也出来了。老人家招呼工友们到门楼里歇歇，二小姐一杯杯地舀水分茶，见大家在门槛、台阶上都坐下了，二小姐大大方方地施个礼，说："各位大哥辛苦了，妹子给你们跳个舞，慰劳一下吧。"说着，姑娘嘴里自哼乐曲，手脚轻舒，身体已舞动起来。那几年，西部边陲军民正在奋力开筑康藏公路，二小姐哼的，正是当时的流行曲："二呀么二郎山，高呀么高万丈……"那昂扬的词曲，和眼前的劳动场面，倒也十分般配。二小姐是南京师范艺术系的学生，上个月刚好回家度暑假，唱歌跳舞已具专业水平，舞姿初展，门楼里已是一片掌声。

平凡的巷居，自有不凡的诗情。

五年以后我们又搬了一次家，是一个老式墙门的边厢，据说原来是房东家的竹园，后来盖了房用于出租。我们搬进去时，房产早已归公了，只是大门上还可见一副楹联："极门清三径，高谈玩四时"，依稀得见旧日大宅门后院的风月。

墙门里72家房客，公用厨房，板壁隔墙，家里咳一声，邻居都能听见，全无隐私可言。住家虽多，但起初，环境还是很干净的，墙门进处一条长深弄堂，青石板铺地，纤尘不染，是我们这批伢儿放学后"旋陀螺"的好地方。60年代初饥荒，一度青菜都要由居委会分配到户。长深弄堂成了居民干部早上分菜的最佳场所。烂菜边皮堆在一角，住在西厢的老俞会动脑筋，腾出半间屋子，圈养了一只小猪，用糠拌菜喂食，年底杀翻，竟得了靠百斤白肉。一时家家看样，墙门里是鸡鸭成群，跨进门槛，就可闻到一股畜禽的膻味。我家那时养了一只母兔，没地方关，干脆像猫一样放养了，前院后院随处跑，也无人介意。有几天那兔不见了，以为是被人偷吃。谁料想半月以后，那畜生竟从隔壁张师傅家的地板洞里钻了出来，还带回了三只小兔，邻里作为笑谈。

我们那个墙门，房东老太四房子孙占住了一大半。他家过去是开机坊的，奈何儿孙多，如今坐吃山空，早成了一个空架子。但"文革"那阵子，是要查三代的，房东家，除了老大是神经病，其他三房都免不了挂黑牌站条凳的凌辱。"街上人来车往的，妨碍交通，在墙门口长深弄堂里站站算了"，等到抄家的人一走，住在巷口的治保委员董大妈便自作主张。大家毕竟邻舍多年……

参加工作后，我搬到了单位宿舍，从此别离了旧宅。我住过的三处老宅皆坐落在东河边。可惜的是，这些百年古宅在前几年的旧城改造中都已被拆除。某一天，我有事经过东河边的小巷，站在桥上，看昔日炊烟袅袅的故址已被夷为平地，幢幢新楼正在河边耸起，落木萧萧，周围阒无一人，心中百感交集，未免有不胜沧桑之叹。

闲来无事乱翻书，看到一则对美人的评价，说是无论男女，侧影看上去美的，那人一定漂亮。觉得此说有理，不禁想到了儿时的街坊尤姨。

尤姨曾是我们大东门一带邻里茶余饭后的谈资，一是由于她的漂亮，二是由于她的神秘。

尤姨的漂亮是没得说的。那乌发，那贝齿，那明眸，那娉婷的体态，那玉树临风般的侧影，那一颦一笑中流露的万种风情，无不令人倾倒。记得小时候我们在巷子里玩，正是春日的午后，尤姨小憩方起，倦靠在门前的一株柳树上嗑瓜子儿，几位美院的师生外出写生经过，那位带队的教师看见了尤姨，就像达·芬奇看见了蒙娜丽莎，悄悄叫大家四下散开，就取眼前这美人倚柳为景，各人画一幅炭笔速写。

尤姨的神秘之处，跟她身上的美妙，几乎一样多。就说她的年龄，街坊几位大嫂，私下里便曾讨论过好几次。有的根据她迁居至此的年份，说是 30 光景；有的则根据她的身材三围，说是 20 出头，各执己见，终无定论。

她的身世和家庭，也令人心存疑惑。尤姨住的是巷子拐角处一所"一门关进"的小院，一楼一底的灰幔洋楼，前面空地上，栽着一株桃树，一株石榴，因此从虚掩的大门望进去，春夏两季，总能看到嫣红的花朵。这样的居住条件，在我们那一片陋巷棚户之中，是相当优裕的了。可尤姨家的人口却不多，除了一个老妪（估计是她母亲），家中没有一个男丁。有一天薄暮，我与几个邻居小孩在巷子里踢皮球，见一位白净面皮的男青年走进了尤姨家。隔壁爱管闲事的二嫂手一甩，把皮球扔进了小院，然后嘴一呶，示意让我们进去捡。我与几个小同伴推开了那扇院门，见尤姨和那位老妪正在堂前接待来客，原来那小白脸是新来的街道干部，后来我们才得知，他姓邵，是分管侨务工作的，尤姨是侨眷，所以他来了解一些情况。

见我们怯怯地进了门，尤姨微笑着迎了上来："啊唷，小把戏，一个个弄得这么脏！"她倒了一盆水，给我们洗手。那天正好是端午节，尤姨显然十分喜欢孩子，她拿了调好的雄黄粉，手指蘸蘸，在我们每人的额头上写了一个"王"字，还从桌上抓了几个香袋，分给我们每人两个。那香袋用五彩丝线包裹而成，做得真精致呀。我们欢呼而出，等在井台边的二嫂却显得有点失落。

尤姨结婚过没有，也是一个谜。这份人家的黑漆门，关的时间多开的时间少，两位女人，走进走出，从不和街坊邻居交口。二嫂常到巷口井台边洗菜，曾仔细观察过尤姨的眉毛，因为据她绍兴娘家的说法，姑娘儿的眉毛是一支生的，结了婚，就散开了。但尤姨的两道柳叶眉清秀得像工笔描过的一样，看得二嫂连连摇头：莫非她还是个处子身？

尤姨不工作，可衣着时新，"脱套换套"的，家底似乎很殷实。她身材高挑，又喜欢打扮，走在街上，总会赢得很高的回头率。谁料想，正是因为这一点，竟给她招来了噩运。"破四旧"那阵子，一批批的学生开始到街上剪小脚裤、大包头，尤姨竟浑然不觉，居然还穿着束腰的旗袍上街去做头发。她的"奇装异服"实在是太触目了，当场便被人拿下，在巷口站了高凳，挂了黑牌。此后的一切都按当时的程序进行，先是抄家，人们把抄得的那些娇艳的衣服和皮鞋都挂在了她的颈上，然后大字报也上了墙。至此我们才知道，尤姨的前夫是上海一个大资本家，1949 年去了香港。她靠过去的一点积蓄，日子过得并不轻松。尤姨曾学过戏，凭着自己的悟性，她为一些剧团缝制戏装，赚一点外快，补贴家用。她身上所穿的衣裳，都是自己裁剪的。那老妪也并非尤姨的母亲，只是她上海带过来的一个娘姨。尤姨念她是个孤老，年岁大了无处养老，就一直伴在身边。

谜团消除了，老妪被遣送回了老家诸暨。尤姨则被罚每天早上清扫街巷，直直的短发，劳动布制服，虽然还是那么清清爽爽，但没有人再对她评头品足了。井台上洗菜的女人们偶尔也会唏嘘几句，无非是"人真的是要靠打扮的嗬！""唉，毕竟快40的人了！"

只有一个人来得更勤了，那就是街道里的邵同志。黄昏脚边，他会悄悄溜进那扇黑漆大门，一直到夜深人静才回转。那年月，男女之间的这种往来是相当惹人注意的，不久，这位邵同志也被揪了出来，作为勾搭资本家小老婆的坏分子，与尤姨并排站到巷口挨了批斗。这种事体，是街坊最感兴趣的了。大家都围成一团看热闹。只见邵同志低着头，脸羞得通红；尤姨却眯着双眼，一副无所谓的样子。附近中学的一批学生，拿了厕所里的一个粪勺子往两人的头上叩打，说是要把这对野鸳鸯彻底搞臭。那天，这一男一女真是吃足了苦头。

第二天，小院里的石榴花开得殷红殷红的，只是没见到尤姨出来扫街。直到天黑，有消息传来，说是尤姨和她的男友都失踪。那年月这种事情常有，"公检法被砸烂了"，没专业人士过问，造反派忙于"夺权"，也无暇追查，时间长了，人们也就淡忘了这对男女。只有井台上洗菜的妇女，偶尔还会谈起尤姨："多漂亮的小嫂儿，可别想不开走了绝路。"

一晃30多年过去，一切似乎像做了一场梦。旧城改造以后，东河边那一带的老房子全拆光了。前几天路过那儿，发现高楼林立，尤姨家当年的废园，已拆了围墙，辟为了街心花园。那两株桃树和石榴还在，时逢早春，桃树苍老的枝丫上面，已经有了密密的花苞。有几个回迁的老住户，正坐在树下的长椅上晒太阳。白头翁媪，老邻舍相见，分外热络。我站着和他们闲聊，说起尤姨，居然还有好消息。有邻居的儿子到法国旅游，说是在"老佛爷"购物，看见一对老年夫妇从身旁走过，那女的银发盘髻，穿一身旗袍，风韵依旧，娉娉婷婷，身材和脸庞像极了尤姨。有一位邻居则说，尤姨应该是在香港定居了，他女儿上个月去那儿买奶粉，见中环有一家手工服装店，店名就叫"尤人旗袍"，店堂里，挂着员工的合照，中间坐着的老板娘，眉眼含笑，分明就是当年大东门的"万人迷"尤姨……我但愿这一切都是真的，恍惚间，好像在听"红拂女""虬髯客"的唐代传奇，心中充满了虹销雨霁般的诗意。

择
心
纪

小引

说到诗，人们往往会将其与花前月下、旅行、远方……说到底，与自由自在的生活联系在一起。如果困守穷乡，身心不得舒展，很难想象一个人还能乐呵呵地，越活越年轻。

但这样"反常"的人，竟然让北宋大诗人苏东坡碰见了。

却说苏东坡因"乌台诗案"被贬黄州，要靠开荒才能勉强维持一家的温饱，情况已经够惨了。可朋友王巩，受苏案的牵连，被贬得更远，发配蛮瘴之地岭南，境遇比苏东坡更糟糕。

3年后，王巩奉调北归，苏东坡再次见到这位朋友时，却发现王巩的侍妾，自愿跟随他发配岭南的歌女柔奴，不但妩媚依旧，容光比早先似乎更为焕发。感佩的苏东坡写了以下词作：

定风波

常羡人间琢玉郎，天应乞与点酥娘。尽道清歌传皓齿，风起，雪飞炎海变清凉。

万里归来颜愈少，微笑，笑时犹带岭梅香。试问岭南应不好，却道，此心安处是吾乡。

译成白话即是：

常常羡慕人间这如同玉雕般俊朗的美男子（指王巩），就连上天

93

也怜惜他，赠予他温婉的佳人（指柔奴）相伴。人人称道那女子明眸皓齿、歌声清亮，风起时，那歌声如雪片飞过，使蒸沸的大海也顿时变得清凉。你（指柔奴）从万里之遥的地方归来，容颜看起来更加年轻了，抿嘴微笑，笑颜里好像还带着岭南梅花的清香；我问你："岭南的风土应该不是很好吧？"你却坦然答道："心安定的地方，便是我的家乡。"

同为贬谪之人，天涯沦落，苦捱岁月，苏东坡对朋友之妾这种随遇而安的心态和由此带来的生命活力，备感赞赏。

但谪居生涯，毕竟还大小有个官职，多少有些俸禄，一般也允许带家眷随行伴居，且时日有限，一旦遇赦，仍可脱离窘境，还不至于彻底的无助无望。

而人这一生，即使不为官不遭贬，仍难免会遭遇很多困苦。有的通过自己的努力和别人的帮助，能够克服；有的却似乎与生俱来，与影随身，极难摆脱。

佛家把人生之苦，概括为八大类，即"生苦、老苦、病苦、死苦、怨憎会苦、爱别离苦、求不得苦及五取蕴苦"。

生、老、病、死，这四种苦我们容易理解。怨憎会，指的是我们和冤家、仇家没办法完全避开，正所谓"不是冤家不碰头"。爱别离苦，是指与至爱亲朋常常不得不分离，不能厮守在一起之苦。苏东坡之"月有阴晴圆缺，人有悲欢离合，此事古难全"，可谓道尽了"爱别离"之无奈。求不得苦，系指人有种种欲望，很多物质和精神上想得到的东西，但即使费尽心力，也是求不到的。最后一种"五取蕴苦"，可能比较深奥一点。佛教认为，人，是由"五蕴"，即色、受、想、行、识，这五种身心聚合而成的。这"五蕴"刹那生灭，迁流变幻，如果我们对此过分"取"即"执着"，就会产生幻灭，造成痛苦。

而人，不管是富贵还是贫贱，这"八苦"，都是同样需要面对，一个也逃避不了的。若以为钱多权大之人，一切都可以搞定，那就大错特错了。俗话说"做了皇帝想成仙"，一旦小事摆平了，新的更大的欲求又会产生，欲壑，靠金钱和权力岂能填平？

那么，面对"八苦"缠身的困境，怎样才能实现"诗意地栖居"的愿景？这就需要我们提升自己的修养。

"此心安处是吾乡"，有时候，葆有正能量的心态，比选择何地居留，要来得更为重要。

如果说，幸福的生活是大同小异的；那么，艰难困苦的人生，却各有各的不同。面对身心的各种苦厄，有的人选择了退避和颓唐，有的人却选择了直面和坚韧，凭着一股心劲，将苦涩的人生，活成了一首昂扬向上的诗。

一、万物安能乱本真，不失初来赤子心

想起隔壁陈先生

做筋做骨为人，一切都要看别人的脸色或自己的身份，谈笑周旋于人，这样的生活，要有诗意亦难。而本色示人，于自己，少了诸多束缚；于别人，免了虚伪客套，彼此真诚坦荡，返璞归真，从而获得一种难得的诗意生活的启迪和享受，真是善莫大焉！

据著名历史学家陈登原回忆，20世纪20年代初，他在南京东南大学读书时，校长郭秉文拟延梁启超先生来校讲学，让陈登原去梁府面请。其时梁启超寓居在南京成贤街一所大宅内，陈登原先写了一封信去致意。第二天，梁就复信了，约陈次日上午9时去家中面谈。陈登原记得很清楚，那天清晨，"予如约往，启超犹拥被卧。闻客至，询为谁，即嘱侍者导予入其卧室。启超一面与予谈，一面命侍者进香烟，有烟筒，以橡皮为管，侍者执筒，启超欹枕吸之，一次尽五六支始住"。如果换了一个人，别人一定以为其在甩大牌。但梁启超为人天真、率直、热忱、无我，自称"少年中国之少年"，认识他的人，都知道他的禀性，不会觉得他矫情。而这次，陈登原也有同样的感觉，"当时第觉其和易近人，乐于奖掖后进少年"。

类似的"遭遇"，现代学者王元化也曾经历过一回。20世纪50年代，王元化受"胡风反革命集团案"株连，政治上遭到贬斥，心情低落到了极点。1962年，王元化想借研究佛学浇心中之块垒，经友人介绍，结识了"由佛入儒"的"新儒学"宗师熊十力先生。自此，王元化几乎每周都会到上海淮海中路 2068 号熊宅问学。

过去学界都传说熊十力性格狂放，意气自雄，认为他具有一种慑服人的气概。可王元化接触之后，却并没有这样的感觉，反而觉得晚年的熊十力更像一个需人关心需人疼的孩子，即便遇到王元化这样初识的后辈，老人也会毫无隔阂，将身体的不适和心中的苦闷，向他畅述。王元化在《再记熊十力》一文中回忆说："他和我谈到自己的消化不良，常常便秘，成为他天天发愁的事。"

熊十力生于 1885 年，卒于 1968 年。在人生的最后岁月，老人的神经衰弱症愈发严重，还有面赤、气亏、虚火上延等症候，无论在生理上还是在心理上，都经受着老年人才有的痛苦折磨。尽管身体备受老病困扰，但这一切却丝毫不影响熊十力沉潜学问、脱俗精进的蓬勃生机。王元化说："有一次，我去访问他，他正在沐浴，我坐在外间，可是他要我进去，他就赤身坐在澡盆里和我谈话。""他虽然最不喜六朝清谈名士，但从生活上来看，我觉得他颇有魏晋人的通脱旷达风度。""他不是性格深沉内向的人。他的感情丰富，面部常有感情流露，没有儒者那种居恭色庄的修身涵养。"

熊十力说话直来直去，从不虚加掩饰。有一天，学者李耀先慕名登门拜访熊十力，正碰到熊在吃汤圆，熊便邀李入席共食。一碗汤圆有 10 只，李耀先吃了 9 只，还有一只吃不下了。李怕不礼貌，又勉强吃了半只，剩下半只实在咽不下了，含在口里，想偷偷地将它吐掉。这一切，熊十力早看在了眼里，只听他在桌上猛击一掌，厉声喝道："你连这点东西都消化不了，还谈得上做学问，图功事？"李耀先猝不及防，心中一惊，"咕噜"一声，嘴里的半只汤圆，早已咽入了肚中。

《诗经》开篇即说："诗三百首，一言以蔽之，思无邪。"无邪就是"人之初"，就是"率真"，就是"本色"。人活世上，是非、磨难，如影随身，一路走来，要维护初心，保持本色，是相当不容易的。一个成年人，经过了岁月的磨砺，一般都会变得世故起来，知道在什么场合，做什么事；见什么人，说什么话，所称"人情练达"，即此谓也。而本色之人，不知道或不在意这套繁文缛节，他们待人接物，即使有悖常情，但皆发自内心，并不使人觉得狂妄或虚伪，却反而让人感到率真、实在得可爱。

明人洪应明在《菜根谭》有言："唯大英雄能本色，是真名士自风流。"那么，是不是只有像梁启超、熊十力这样的大腕名人，才能活出如此的人生境界呢？我想未必。人们常说"人生大舞台，舞台小人生"，或以为，要在人生这个大舞台上扮戏，必须"唱念做打"样样精通，才能熬成"主角"。但这样的"角儿"，一颦一笑，一举一动，皆是演戏，人格分裂，表里不一，决非人们心目中的"大英雄"和"真名士"。而只要坦诚直率，实在做事，本色为人，即使是平民，也一样能活出"英雄"和"名士"的风采。旧日的老邻居陈先生，在我心目中，就是一个这样"本色"的人。

因是儿时的邻居，所以陈先生的籍贯，名号我一概不知，只从大人们的口中得知他过去在上海工作，后被"下放"到杭州，在一家出版社传达室做收发，早出晚归，和邻居们鲜有接触。有好事者传言，说陈先生以前蛮"亨"（意即很通达的）的，是上海一家知名书局的股东，但看他的家当和穿着那么邋遢寒酸，照隔壁宁波阿娘说，"做鬼也不大"，估计也就是有点股份管管出版，绝不会是老板的。

陈先生中等身材，微胖，谢顶，单身一人住在墙门里居中的那间堂屋楼上。楼下的堂屋改成了公用厨房，墙门里六七户人家在那里生炊做饭，烟将楼板熏得油黑，并毫不留情地从陈先生居室的地板缝隙里袅袅地往上冒。好在陈先生不开伙，一日三餐都在外面吃，回家往往天都黑了，对此浑然不知。

其实，即使陈先生知道了，肯定也是"呒介事"的，因为他是一个宽容，或者说是无所谓的人。记得那年冬日，天气晴好，我和二姐在陈先生居室外的廊沿下"孵太阳"。我刚得了一块放大镜，听同学说在阳光下可以聚焦引火，于是拿了一包火柴来做试验。物理学的原理很灵，火柴一根接一根地引燃了。我想试试隔着玻璃能不能行，便把一根火柴从陈先生窗户缝隙中头朝里塞进去，然后隔着玻璃对其聚焦。放大镜的力道很足，聚光之下，火柴"嘶"的一下燃烧了，并引燃了窗户上糊着的窗纸，火焰"呼呼"地直往上蹿。我吓得目瞪口呆，茫然不知所措。亏得读中学的二姐机灵，奋力撞开陈先生家的板壁房门，将燃烧着的窗纸一把扯了下来。火灾避免了，可陈先生房门的锁已被撞断，证据确凿，我难辞其咎，又惊又怕中，等着"雷霆"的来临。晚上，陈先生回来了，他知道了事情的原委后，居然毫不动气，只是抚着我的头好奇地说："放大镜力道哪能介足？我也第一次晓得！"说着，一定要我把放大镜找出来，他也要试它一试。我羞涩地说："闯祸后，放大镜早被我摔碎了。"陈先生笑笑说："也好也好，买个教训。贼偷一半，火烧全完哪！"竟然一句也没有责备我。

大事无所谓，小事那就更不用说了。我们与陈先生贴隔壁住了近

10年，就从来没见他搞过卫生。他家桌上、几上、地上……到处积满了灰尘，一床棉被晚上拉开，早上推拢，从来不洗不叠，白被单变成酱色，油腻腻的，他都视而不见。50年代末卫生查得很紧，居委会管卫生的韩大妈打着小红旗三日两头地来动员，每次经过陈先生的门口，从门缝里往里瞅瞅，就连连摇头。寒假里的一天下午，韩大妈来通知大家，明天街道要来人查卫生，各家各户都要整理得干净一点。见陈家又是铁将军关门，韩大妈让我等陈先生回来后转告他，一定要连夜突击打扫一下。在单位食堂吃过晚饭，掌灯时分，陈先生踱着方步回家了。我推门进去，告诉他查卫生的事。陈先生放下手中的书，说道："好！好！我这就搞。"拿起一块抹布，开始揩桌上的灰尘。见我还站在身旁，他放下抹布对我说："其实，灰尘是不脏的呀，你看楼下厨房里，你家那母鸡，经常喜欢在煤灰堆里打滚，不是养得好好的呀！"我说："可不是，那母鸡每天生一个蛋，从不赖孵的。""哎，就是小孩子明事理，一点就通。"陈先生脸上露出了笑容："其实，人小的时候，是没有'脏'和'羞'的概念的。你看巷里的小孩子，都喜欢玩沙土，在泥地上打弹子，直到三番五次被爹娘教训，才认为泥土和灰尘是脏的。"见我听得入神，陈先生如遇知音："城里人讲究，洗手洗脚都要分'上''下'身水盆。其实你想想，脚一天到晚穿着鞋袜，手样样东西都拿，手和脚，到底哪个干净？"我咧嘴笑出了声，陈先生更来劲了："其实，'羞'也是一样的道理。小伢儿光屁股走来走去，是没有'羞'这个概念的。外国人时尚裸体'天浴'；杭州北郊水乡，盛夏，已婚妇女都习惯和男人一样赤膊乘凉；大家习以为常，也没有觉得有什么不妥。""其实"是陈先生的口头语，我那时年纪小，只觉得他说的事情都有趣且在理，至于内中蕴含的深意，小小少年只是似懂非懂。见我一脸懵懂，似有所悟，陈先生自嘲地笑笑："哎，说多了，说多了。时间不早啦，你做作业去吧，我也要看书了。"说着，扔掉抹布，重新捡起了桌上那本线装笔记小说，倚在床头看了起来。

第二天早上，韩大妈陪着街道干部挨家挨户来查卫生，陈先生早就上班去了，房门锁着，韩大妈从窗棂缝隙看进去，只有书桌稍微理了一下，床上被子没叠，屋里乱七八糟还是老方一帖。韩大妈嘟哝一句："懒是没药治的"，转身领着街道干部走开了。

说陈先生懒真是一点都不冤枉，厂休天不上班，他就躺在被窝里半天不起来。床头有饼干，几上有书和杂志，他尽可舒心地倚枕卧读，悠闲地消磨时光。我和陈先生熟稔了，也曾向他透露过居民干部对他家中邋遢的不满，他淡然一笑："自家陋室，又不妨碍别人。再说，人生有涯而知无涯，我床上案头堆着的这些书都读不光，哪有时间去收拾房间杂物。"

陈先生个人生活的确显懒，可于读书，却是惜时如金般勤奋。现在回想起来，陈先生的学问一定是不错的，因为他读的书，姐姐和我都看不懂。有一次我见他已起床，便走进他屋里，想看看他读些什么书刊，翻了翻都是《文史哲》之类杂志和《梦溪笔谈》《文心雕龙》等线装古籍书。问他何以读得津津有味，他嘿嘿一笑："一卷在手，天地古今任卧游。小伢儿不懂，长大书读多了你就会明白了！"

卅年光阴，转瞬即逝。如今我虽然还未到陈先生当时的年纪，但对一些无病呻吟的小说和文学类杂志，也早已失却了阅读的兴趣，平时喜欢翻翻的，正是陈先生当年推崇的那类有实货的杂书杂志。而随着阅历的增长和读书趣味的变迁，我对陈先生的学养功底，也就有了较少年时更深的了解。

陈先生有妻无子，老伴一直住在上海养女家中，偶尔来杭州看望陈先生，也是早班车来，晚班车回去，从来不在这里过夜的。60年代初的一个周末，我中午放学回家，惊奇地看到陈先生一个人在整理房间搞卫生，我说："先生今天不上班？"陈先生笑笑："工作变动，明天就要回上海去了。要跟小弟你Bye bye了。"看得出他的心情很好。下午，陈师母坐火车来了，家中本没有多少东西，两口子收拾收拾，托运了一些大件的行李，第二天就乘晚班车回了上海。后来，我母亲从管片民警口中得知，陈先生是研究古代文论的，还在读大学时，就在报刊上发表过多篇书评，新中国成立后调到机关工作，不久受"胡风反革命集团案"牵连，被撤销职务，贬到杭州来的。这次案子查清楚了，落实政策，他被重新安排到沪上去干本行了。一个嗜书如命的人，能够回到出版界从事自己喜欢的工作，那一定是很舒心惬意的事，我深为陈先生庆幸。

惜乎好景不长，陈先生回上海没几年，"文革"就开始了，十年浩劫，陈先生估计又难逃厄运。虽然我们彼此早已断了音讯，但我相信，凭着陈先生的智慧和定力，风里浪里不改的做人本色，他一定能够以不变应万变，逢凶化吉，遇难呈祥。说不定现在沪上的哪间公寓内，他老人家正倚在床头，饶有兴味地翻看他一辈子痴迷的历代笔记小说，也未可知。我想，此时的他，应该已有90多岁了吧，看书一定离不开放大镜了。不知他老人家拿起手中那支放大镜时，会不会记起杭州的那个邻居小孩。那小孩现在也鬓角染霜，痴迷上了他所读过的那些杂书。文化，或许正是这样一代代在潜移默化中才得以传承。

率性夜奔莫干山

说到"诗意地栖居"，现在的人们，马上就会在头脑中蹦出"来一场说走就走的旅行"这样一句说辞。是的，"栖居"不排斥"旅行"，而想到就做，说走就走，的确够浪漫的，但回看过往，这样的旅行，我好像仅有过一次。

是 1968 年的初夏，"文革"进行了两年多，已消磨了我们这班中学生的热情和锐气。我们虽仍住在学校宿舍，但已无啥"正经事"可做。社会上有传言，大分配马上就将开始，杭州的"三届生"，不像上海，会有部分名额分到工厂，而将全部分配去农村边疆"上山下乡"。

"要散桃园了！"，想起前途莫测，我和发小二根、球友老虫都有点伤感。

连续几个大晴天，入夜，空气还是那么燥热，我们把高低床搬在走廊上卧谈。

"要离开家乡了，可浙江好多地方我们都没去玩过呢。"二根说。

"天介热，要是能到莫干山去住两天有多好！"老虫摇着蒲扇叹息。

莫干山是避暑胜地，在德清武康境内，离杭州大约有 80 公里路途。

"莫干山上有很多民国时期建造的别墅，旅馆价格肯定很贵的，我们口袋里没有几元钱哪！"我说。

"听说莫干山顶有个游泳池，晚上没人，天气热，我们不妨就睡在更衣室里。"二根人小鬼大点子多。

"可我们三个人，只有两辆自行车。"

我说："不要紧，二根个矮人轻，我带他就可以了。"

三人你一言我一语，一直讨论到深夜。

我说："准定天亮出发，不早了，睡吧。"

大家躺下不响了。躺了两个小时，心里毕竟兴奋，我一点没有睡意。听到二根在翻身，老虫在不停地用蒲扇赶蚊子，谁也没睡着。

我说："与其睡不着，在这里喂蚊子，我们干脆早点出发吧！"

十八九岁的年纪，一夜不睡根本无所谓，大家齐声赞同。除了洗漱用具，也没有什么东西可带，三人两辆自行车，趁着月色，我们漏夜沿着公路向西北进发。

杭州西郊北向的这条公路，名字就叫莫干山路，往西北到了良渚转 104 国道，经瓶窑、彭公，到德清武康，再转 304 省道西行，沿对河口水库北岸到筏头乡，公路入山蜿蜒北上，就可抵达莫干山西麓山脚，沿盘山公路绕行，曲曲弯弯，一直可达山顶的荫山街。

汽车开开快捷，自行车两脚迢迢，毛两百里地，就没有那么便当了。初上路劲道足，老虫单骑冲在前，我车尾书包架上带着二根紧随不松。后半夜马路上车稀人寂，我们一口气骑了大半个小时，路牌显示已到了勾庄地界。那年月杭城地盘小，出了祥符桥，公路两边就很少有单位厂房了，勾庄那里除了有一处电台的发射塔，四周便都是树林农田。人有点累，天还没亮，见路边垛着几根圆木电线杆，我们就停下自行车，想坐在圆木上稍事休息。屁股还没落座，远处电台高耸的围墙哨楼上，一束探照灯光就投射下来。电台是机要单位，是有武警值勤守卫的，我们生怕发生误会，立马起身，跨上自行车就再次上路了。

过了良渚，天终于放亮了。夏日的清晨，骑行在无际的田野上，那感觉真好。远山一抹黛色，近处阡陌纵横。早稻正在抽穗，水田里浮萍飘浮，蛙声一片；几处村舍，皆有翠竹掩映，乍看，像煞绿雾缭绕其间。路边，大观山果园的蜜梨已经成熟，果农设有摊点在称斤售卖。我们尽管嘴渴，兜里没几个钱，也不敢停车尝鲜。太阳越升越高了，过了彭公，行道树渐稀，空气变得越来越炽热。我们只带有一个铁皮水壶，里面的水，早被三人轮番喝光了。那时哪有瓶装水可买，我们渴得嗓子都要冒烟了，只好下了公路，到不远一户村舍去讨碗水喝。农家壮劳力都下地了，只有一位80多岁的老奶奶在看家。见我们三个小青年汗淋淋地来讨水，老人家拖出一张条凳，打了一桶井水，热情招呼我们在树荫下稍歇。趁我们绞毛巾揩身，老人转身从屋里拎来一大壶凉茶。我们捧起茶壶"咕隆隆"地每人灌了一肚，满嘴生津，口舌间似乎有薄荷般的清香和凉意。见我们面带疑惑，老奶奶撇着嘴笑了，她说，这是家中自泡的凉茶，壶中不光有高山茶叶，还有薄荷、鲜芦根和白菊花等等，口味甘鲜清凉，喝了大伏天也不会中暑。我们谢过老人，带着她为我们灌满的一水壶凉茶，重新上路。

现在想来，那时的我们，也真是莽撞，长途骑行，既没带足水，也没有准备一点干粮。过了对河口水库，丘陵起伏，地势渐渐升高。下坡固然省力，只要把住笼头，不需脚踩，自行车可以蹓很长一段距离；上坡就困难了，我让二根下车走路，自己弓腰使劲踩脚蹬，可那车子笼头撇来撇去，如同一匹衰竭的老马，总是弯弯扭扭地不肯疾行。

老虫体力也比我好不了多少，我们只能跨下来，推着自行车前进。

时间已经过午，早上在良渚镇上吃的两个烧饼，早已消化殆尽。我们又累又饿，可前不着村后不着店的，到哪里去买吃食。还是二根眼尖，走在头里，发现前面路边有一幢平房，不像农居，倒像是一家单位。他走近一看，门口挂有一块木制匾牌，上书"后坞供销社"五字，赶紧招呼我们停车上前。这家供销社约有十几位员工，自办伙食，大伙刚吃过午饭。我们说明来意，负责的一位汉子马上吩咐炊事师傅，把余多的饭菜都搬了上来。乡里人朴实，几位大叔还连声地向我们致歉："不好意思，都是吃剩的菜了。"我们三个饿瘪了肚子的毛头小伙，这时候也顾不上装文气了，只顾大碗盛饭，大口吃菜，一会儿工夫，如风卷残云，把半锅米饭和几盘菜肴，吃得精光。事后回想，那餐饭到底吃了点什么菜蔬，三个人都没啥记忆了。印象中，那是我们这辈子吃过的最香的一餐饭。蔬菜都是现割现摘的，很新鲜，笋干肯定是有的，山里土产，那鲜嫩的滋味好像一直还保留在我们的唇齿间。饭后，我们要付账，大叔们一定不肯收。我们坚持纪律，说不能吃白食的。好说歹说，总算一人一毛，象征性地收了我们三角钱。我们要告辞上山了，好心的大叔说，此去都是上坡路，车子肯定是骑不来了，建议我们不如将自行车寄放在这里，等下山时再来取不迟。我们千恩万谢，锁好车子，轻装步行上山。

午后的阳光越来越炽烈，走在山路上，我们汗出如雨，气喘如牛，衬衫湿透了，贴在背上，黏糊糊的，很不舒服。二根躲在树荫下，说是再下去要中暑了，不肯再走半步。其实他一路坐在我的后车架上，出力最少。可他素来胆小，平时就怕风怕雨的，这时更拿他没辙。无奈，我和老虫也只好拣块背阴的山石，坐等太阳偏西。这样枯坐了大约一个多小时，天上云层多了一些，阳光也似乎没有中午强烈了，我说："再不走要天黑了！"拉起二根强行上路。公路蜿蜒而上，日已衔山，山谷里有风吹来，凉飕飕的，身上的汗都收进了，我们心情大好，不由加快了脚步。

薄暮时分，我们终于抵达了莫干山顶的荫山街，古木参天，浓荫蔽地，放眼四望，一幢幢欧式别墅分散绿树丛中。有松风穿街而过，吹在身上遍体生凉，避暑胜地真是名不虚传。虽说是旅游旺季，但"文革"烽烟正炽，山上游客寥寥无几，荫山街上的店铺大多已经打烊，只有一家饭馆还在营业。我们推门进去，楼上楼下，偌大两层餐厅，居然没有一个食客。我们拣了二楼临窗一张桌前坐下，饥肠辘辘，可囊中羞涩，我们也只好每人一碗，点了最便宜的阳春面充饥。等待之际，我凭窗远眺，太阳刚刚下山，天边飞絮般的流云，被霞光映得绯红，猜不透明天会是阴天还是晴天。向晚时分，山风吹拂，遍山的翠竹像碧浪一样在舒卷起伏，著名的剑池就在窗外的山谷里，虽不可见，却隐隐有雷鸣般的飞瀑声传来。江山如画，风云诡谲，前途莫测，独上西楼，恍惚间，我如置身于唐陈子昂的幽州台上，心中有"前不见古人，后不见来者"的悲怆袭来。但这种思古伤怀的幽情，不一会儿就被物欲所转移了。阳春面很快端上来了，清汤寡水，虽没有什么荤腥浇头，但师傅好心，大海碗里的面条盛得扑扑满满的，分量很足。翠绿的葱花和雪白的一坨猪油，洒淋在热气腾腾的面条上，散发出阵阵香气，诱得我们的食欲更是旺盛。我们片刻就把一大碗面连汤带水，吃得精光。

　　山里的天黑得快，该解决睡觉的地方了。我们找到了芦花荡边的山顶游泳池。今夏游客少，泳池不开放，更衣室内潮气重，蚊鸣如雷，根本不可能睡觉。无奈，我们只好返回到莴山街。我们踯躅街头，发现一家饭店门前，盘虬着几株老松，树荫下摆放着几张藤躺椅，是供游客白天休闲品茗而备的，天黑了居然还没有收进。我们赶紧上前，一人占了一把，躺在上面。我心中喜滋滋地想道，头顶繁星，身沐穿街之山风，能在这里露宿一宿，此行也算完美。可能实在太累乏了，我头脑中想着想着，睡意就袭了上来。睡眼蒙眬中，感到有人在轻轻地摇我的肩膀，睁眼一看，一位40多岁的阿姨站在我身旁。

　　见我醒了，阿姨柔声问道："饭店要关门了，你们怎么还躺在这里？"

　　我见阿姨面容和气，便答道："我们是来山上玩的，旅馆住不起，想在这里将就一晚。"

　　阿姨正色道："那可不行，山上入夜气温低，你们会着凉的。"

　　见我们还在迟疑，阿姨又说："我们有一幢楼空关着，没有床，有床垫，你们不妨到那里去睡吧。"

　　老虫问："一晚要多少钱？"

　　阿姨笑了："好吧，就象征性地收你们每人5分钱。"

　　我们大喜过望，赶紧起身跟着阿姨走了。

　　那是饭店的分部吧，正楼西侧山道边一幢老式的别墅。上了二楼，阿姨把我们领进了一间卧室，打开电灯，室内空无一物，只有几床废置的席梦思床垫垒在一边。阿姨拖开床垫，一人一床，让我们就地休息。昨夜通宵未睡，今天又烈日下骑行、暴走一整天，我们实在太困乏了。我身体躺下头一触及床垫，便立刻沉沉睡去。一宿无梦，醒来已是次日清晨7点，这一觉真是睡得酣畅。年轻真好，此后几十年，我再也没能体会这种"倒头就睡"的痛快。二根和老虫，也跟我一样，都是被窗外声声的鸟叫才唤醒的。

一夜酣睡，我们年轻的身体，又恢复了活力。我们在昨晚吃面的饭馆里，各花一角钱，每人买了5只实心馒头。我背包里，正好带有一包鲜辣榨菜，于是，白面馒头裹榨菜，两只当早点，留下三只作午餐，我们归程的伙食问题就解决了。

接下来的行程，自然是游览，我们看了皇后饭店，游了屋脊头别墅区，又沿坡而下，观赏了剑池飞瀑……莫干山清凉世界的美景，前人诗文多有记叙，已不需要我在此赘言。

莫干山我后来去过好几次，在山上最豪华的别墅饭店住过多日，但现在回想，皆记忆不深。唯有这次"说走就走"的仓促之旅，那行程细节、那沿途风物，那饿乏中所遇陌生人之关切与援手，几十年过去，仍清晰地保存在我心头。

我很感念当年，年轻的自己，以及二根老虫两位同伴，能临时起意，做出这样率性而游的决断。从某种意义而言，平川秀岭，莽原沙漠……娑婆世界，无处不是风景，"风景旧曾谙"，其实已不重要；而那种探幽索微的意趣、兴致勃勃的游兴，人生难得有几回，如童心、如初恋，经历过了，意兴阑珊，往往一去不再回返。

这样率性的生活，诗意盎然，欲求难得。

《世说新语》所载"雪夜访戴"的故事，可称这种诗意生活的极致。"王子猷居山阴。夜大雪，眠觉，开室，命酌酒。四望皎然，因起彷徨，咏左思《招隐》诗。忽忆戴安道；时戴在剡，即便夜乘小舟就之。经宿方至，造门不前而返。人问其故，王曰：'吾本乘兴而行，兴尽而返，何必见戴？'"

王子猷是东晋著名书法家王羲之的儿子，因这"雪夜访戴"的轶事，被南朝宋的刘义庆记入《世说新语》，而名传后世。

却说王子猷居住在山阴（今浙江绍兴），一天夜里下大雪，他从睡梦中醒来，打开窗户，让仆人斟上酒。他举杯四望，只见天地一片皎洁，起身徘徊，吟诵起左思所做的《招隐诗》来。忽然间想到了朋友戴逵，当时戴逵隐居在曹娥江上游的剡县，于是王子猷当即决定连夜乘小船前往探访。经过一夜航行船终于抵达剡县，但王子猷到了戴家门前，却又转身返回。有人问他为何不叩门进去？王子猷说："我本来是乘着兴致前往，兴致已尽，自然返回，为何一定要见戴逵呢？"

试想大雪纷飞的夜晚，唤一名童子，乘一叶扁舟，溯江而上。拥一件皮氅，温一壶米酒，独坐船舱，看天地茫茫，万籁皆寂，只听得雪霰打在乌篷船顶上，索索有声，此中诗意，非亲历者，真的难以体察。而访戴逵，只是雪夜泛舟的由头；待到天明兴尽，自不必再去叨扰老友。王子猷的率性洒脱，与雪夜与江舟，情景交融，更强化了此番行为的诗情画意，给后人留下了想象的巨大空间。

这种率性的出游，在民初也上演过。这次的主角是苏曼殊。苏是民国初年有名的诗僧。据说有一次苏曼殊在上海，一天晚上天清气朗，苏曼殊对友人李一民说："今宵月色大佳，何不到苏州一游。"李欣然同意，两人当即乘车赶到火车北站，坐头等车前往苏州。因连日辛劳，李一民上车不久就酣然入睡。车到苏州，苏曼殊将李叫醒，两人便出站找了一家旅馆投宿。第二天早上睡醒，苏曼殊带着李一民，又买票乘上了返程的火车，中午前便回到了上海。出了站台，李一民这才发觉事情的怪诞，不由笑着对苏曼殊说："此行未访一友，未购一物，肃肃宵征，所为何事，思之殊堪失笑。"李一民事后追忆，苏曼殊似乎并没有回应他什么。但我猜想，那晚李在火车上睡熟了，苏曼殊倚窗独坐在夜行的列车上，看着天上高悬的一轮圆月，和月光下飞逝而退的静穆原野，诗僧心中一定想到了很多很多，或许他想到了佛光如月光般的皎洁和永恒，或许他悟到了人生如花如影般的短暂和易逝……谁知道呢？既然月色已经看尽，今夜已成昨夕，那么，似乎的确不用再做过多的勾留。

人的生活，理想和现实，常是不协调的。一个有情趣的人，吃饱穿暖之后，还会萌生很多浪漫的想法，而现实的条件，又往往会限制和阻碍这些想法的实现。如果我们思前顾后，患得患失，迁就于外界因素的制约，那生活就会落得寡淡无趣，还有什么诗意可言。看来，人，要想活得雅致有趣，有时候，还真的不妨"率性而为"几回！

事无不可对人言

在"人骗人""人欺人""人斗人"的年代，人们吸取了反面的教训，言行变得格外小心谨慎。大家信奉老祖宗留下的话："害人之心不可有，防人之心不可无"；习惯了"窝里斗"；"交浅言深"成了人与人交往的大忌。彼此说话做筋做骨，心里防人的弦总是绷得紧紧的，还有什么生活的乐趣？美学家朱光潜在《谈交友》一文中开篇明言："人生的快乐有一大半要建筑在人与人的关系上面。只要人与人的关系调处得好，生活没有不快乐的。许多人感觉生活苦恼，原因大半在没有把人与人的关系调处适宜。"

其实，人都渴望交到坦诚相见、无话不谈的朋友。真话假话，只要稍有接触，也都会分辨得出来的。既如此，我们何苦端着架子，说假话说套话，自己很累，又给别人留下一个虚伪的坏印象呢！

有人说，在这样一个尔虞我诈的名利场，不说假话，怎么办得了大事？其实不然，自古以来，唯大英雄能本色。只有赤诚待人，才能获得众人的拥戴，而不管是做事或者为人，"诚"，实乃成功的重要基石！

戊戌变法的领袖之一梁启超，号任公，无论在事功、学问方面，都获得了人们极高的评价，而在性情上，就是这样一个热忱率真的人。《细说民国大文人》一书中，记录有一些名人对梁启超的回忆。曾任民国第二任总统的徐世昌，对梁启超有极高的评价："任公无言不可谈，无人不可谈，以德性言，推海内第一人。"胡适则说："任公为人最和蔼可爱，全无城府，一团孩子气。人们说他是阴谋家，真是恰得其反。"虽然梁启超本身是这样的性格，但作为一个政治家，他观察人的眼光还是很敏锐的。曹聚仁年轻时，当过记者，多次接触过梁启超。曹回忆说："初见梁启超时，年纪很轻，不懂得他的高明之处。只是他和我们晤谈时，他刚访问齐耀珊（那时的浙江省长）出来。他说：'齐省长真了不得，我和他谈了这么久，他几乎有问必答，听起来好似很有条有理似的。此刻，我想一想，凡是他问我的，我都老老实实说了，至于我所要问他的，他也可说句句答了，也可以说一句也没有说呢！'齐耀珊是有名的琉璃蛋，官场混得久了，真是圆滑得很。梁氏虽是著名政论家，说到手段圆活，那就差老官僚一脚。"

吾生也晚，梁启超这样的名人丰采，无缘得瞻。但在日常生活中，还是遇到过一些说话坦诚的人，给人的印象很好，他们直率待人，说话没有顾忌，个个活得都很轻松自在。

著名漫画家叶浅予是浙江桐庐人，晚年心系故土，将自己的很多作品和藏画，都捐给了家乡。1985 年，桐庐县在富春江畔的桐君山麓修建了一座徽派仿古建筑——富春画苑，三开间，两层楼，精致优雅，古色古香，散发着浓浓的传统文化气息，以便叶浅予回乡时居住。叶浅予回乡时，桐庐常会举行一些书画活动，邀请新闻单位前往采访，我曾在某个艺坛雅集上，见过叶老一面，因与会书画家较多，可惜没能和叶老深谈。心想桐庐离杭州只有两小时车程，叶老晚年，春秋两季，常来桐庐小住，日后总有机会向他请益。可惜"人算不如天算"，1995 年，叶浅予先生溘然离世，只留下了毕生的画作和文章，供我摩挲景仰。

叶老生于 1907 年，我见到他的那一年，先生已年逾 80，虽然看上去白眉侬下面，双眼依然炯炯，但其实身体病患已经不少：1976 年夏心肌梗死，京沪辗转住院，到年底始愈；而后两年，叶老大便长期带血，1979 年诊断结果是结肠癌，手术切除了鹅蛋大小一个毒瘤……即便如此，却仍然活了 88 岁，是什么原因助他如此长寿的呢？

首先当然离不开锻炼。1987 年，叶家拆迁改建，他临时搬到单位宿舍暂住，与郁风、丁聪成了邻居。据郁风回忆：叶浅予有早起的习惯，由他发起，每天 7 点半准时，三个人在街口聚齐，一同向东走约一站路进紫竹院公园晨练。这年叶老已经 80 岁了，健身依然坚持不懈。

更难能可贵的，是叶浅予为人的坦荡和耿直，恰如《礼记》所言"大德必得其寿。"叶浅予自述："1987年是我的八十寿辰，我开始动笔写回忆录。其中一个重要部分，是写我的家庭生活。从罗彩云、梁白波、戴爱莲到王人美，写这四个女性在我一生中所起的作用和影响。"叶的孙女对爷爷说，这样公开写自己的私生活，岂不影响你的社会声誉？叶浅予说："把真实情况写出来，反而能破除社会上对我的猜疑。"在两个月执笔期间，叶浅予全神贯注在自我反省的过程中。他打破了写回忆录只写阳面不写阴面的惯例，如实向读者介绍自己的婚姻和家庭。

叶浅予中学时自修绘画，19岁到上海谋生，当过柜台伙计，画过广告、教科书插图、舞台美术布景等，不久又进入画报出版界画起了漫画。此时叶已23岁了，父母一心想抱孙子，不经其同意，便在桐庐老家给他订了一门亲，来信逼他回去成亲。

叶浅予的结发妻子名叫罗彩云。罗家是桐庐望族，祖父在外做过两任县官，致仕后回乡建了座花园别墅养老。园内遍植白兰花树，每到初夏花开时节，香透四野。据说罗家一早就会派仆人把刚摘的白兰花送到十里外的县城亲戚家，供女眷分享佩戴，旧时江南风习，居然如此雅致。罗彩云虽生长在诗礼簪缨之家，却不愿读书，成年后终日陪着老祖母打麻将。婚后随叶浅予去了上海，虽然育有一儿一女，却学会了上海少奶奶的作风，孩子交给奶妈，家务全靠娘姨，她自己什么也不管，除了逛大街以外，整天泡在麻将桌上。而叶浅予白天办《上海漫画》周刊，晚上拼命读书，除了吃饭、睡觉，几乎都在忙碌，全部心思都用在事业上。这样，叶和罗彩云越来越谈不到一块儿，几乎没有什么共同语言。

就在叶浅予最苦恼的时候，女画家梁白波闯进了他的生活。

梁白波在新华艺专和西湖艺专学过油画，后来去菲律宾的一所华侨中学教美术，回国后，经朋友介绍向画报投稿，和叶浅予得以认识。叶浅予坦承："在接触中，我发现白波对我似乎颇有好感，主动约我陪她一起去吃晚饭，我们谈话很投机。经过若干次晚间的约会，我和白波在心灵上紧紧地贴在一起了。"这一年春天，叶浅予和梁白波应津浦铁路局邀请，参加了卫生宣传列车活动。这次同车共游，使叶梁之间增进了思想交流，密切了艺术上的切磋，感情发展到难舍难分的程度。但是一回到上海，这一切便不得不马上中止，因为叶浅予毕竟是一个有妇之夫！

叶浅予回忆说：罗彩云很快就发现了他和梁白波的私情，有如缉私巡警一般，随时追踪袭击他们。1936年她"袭击"了两次。一次在上海某处亭子间，由女儿的奶妈侦察追踪，把叶梁抓获。罗彩云俨然以大太太自居，把梁白波当成姨太太来羞辱，叶浅予当时惊慌得不知所措。另一次在南京，罗彩云把她的父亲也搬了来，当面逼叶浅予定个名分。叶浅予被牵着鼻子送他们父女回上海，还由律师作证，写下了保证书。

叶浅予和罗彩云为什么不离婚呢？据叶自己说：一是她不同意，她说她是明媒正娶，除非犯了族规家法，否则是不能"休"她的；另一是当时上海习惯，离婚要付一笔终身赡养费，按叶的经济状况，确是力所不能及。另外，叶浅予坦承，自己当时脑子里也有封建意识，觉得罗彩云为叶家生儿育女，也是一种美德，不能太对她不起。因此，叶浅予采取妥协态度，应允每月给罗一笔赡养费，两人从此分居。

的了。谁曾想，抗战全面爆发，叶和梁参加漫画宣传队，来到武汉，两人的婚恋也走到了尽头。

照浅予先生的女儿叶明明的说法，她爸爸与梁白波好景不长。梁白波这位感性、浪漫的才女，因为无法接受"小三"的地位，不久就和一位受人崇拜的空军英雄开始交往了。与叶浅予在武汉昙花林话别后，梁白波就脱离漫画社，去追求她的家庭幸福了。

叶浅予是一位性情中人，即便梁离他而去，他还是对她存有美好的印象，还感叹漫画界从此失去了一颗发光的彗星。

梁白波离开后，戴爱莲走进了叶浅予的生活。戴爱莲出生在特立尼达，15岁随母亲去伦敦学舞，1939年母亲去世，次年她就独自跑到香港参加抗战宣传筹款，和前去帮忙的叶浅予结了婚。"失去了一个梁白波，却又从天上掉下来一个戴爱莲，丢失了的艺术家庭又可以重建，怎不让人兴奋！"叶浅予兴奋之情，溢于言表。

新中国成立后，叶浅予担任中国美术家协会副主席，戴爱莲当了北京舞蹈学校校长。戴爱莲却向叶浅予提出了离婚。叶大吃一惊，问她为什么，她说已经爱上别人了。叶问那人是谁，戴说是一位青年舞蹈家。"屈指算来，从1940年到1950年，我和爱莲在一起生活了整整10年。我一直倾心于她对艺术执着的奋斗和追求，没想到最后却是这样分手。"1951年，叶浅予含着眼泪，与戴爱莲办了离婚手续。

在叶浅予一生的四次婚姻中，王人美是和他共同生活时间最长的。

叶浅予和王人美的婚事，是朋友们有意促成的。20世纪30年代王人美在上海当歌舞演员时，叶曾在画家丁悚家里和她见过一面，但没有交往。1955年两人又经朋友介绍见了面，目的很明确——希望能够组成家庭。当时王人美41岁，叶浅予48岁；王离开前夫金焰已经10年，叶也已独居了5年。应该说，当时叶和王对彼此的性情、脾气、习惯都不甚了解，但两人年纪都大了，找个伴，无非是相互照顾，解除寂寞，谈不到什么谈情说爱；况且两人都是社会知名人士，本来就有一定的透明度。因此，只经过几个月的交往，叶便提出结婚。"由于我们在世界观、人生观和生活习惯等方面差异很大，30多年来始终磕磕碰碰，貌合神离，两人都不幸福。"叶浅予在《细叙沧桑记流年》中如是说。

而王人美在回忆录里，给叶浅予下的是这样的结论："叶浅予是个好画家，却不是个好丈夫。他除了懂画，别的什么都不懂……有好多好多让我恼火的事……叶浅予是个过于沉浸在事业里的人，当这种人的妻子，真不容易！"

1986年春，叶家所在的甘雨胡同南段拆迁。叶浅予搬至中国画研究院画室内暂住，王人美则暂迁至北影厂招待所内。分居两处，叶每周去北影探望，王人美也到画院来看叶，两人像走亲戚似的来往，倒也别有情趣，减少了许多矛盾。

1987年4月12日晨，王人美因病去世，接到女儿叶明明的电话，因心梗正在住院的叶浅予百感交集，"我躺在病床上，想着这位共同生活了30多年的伴侣，不由心中黯然，只能默默地祝愿她的灵魂获得解脱"。

一般人写回忆录，总喜欢评功摆好，不愿意揭自己的短处，而叶老却秉笔直书，坦白率真。通观回忆录全文，叶浅予心平气和，客观叙述，有不少检讨自己性格弱点的真诚反思。叶浅予能尽享88年诗意人生，应该说，和他具有热忱坦率的赤子之心，是密不可分的。

而这样的品性，有心之人，通过自身的修养，其实都是能够做到的。

2017年夏天在纽约长岛儿子家度假，前面"海居"一节中已介绍过我们全家到美国朋友查理家做客的经历。查理和他华裔夫人克敏女士，因美术展览等业务关系和儿媳认识，彼此算不上是多年的深交，而我和老伴更是第一次到他家做客。

我们一进门，发现夫妇俩已准备了一桌的饮料糕点，热情相迎。寒暄之后，说起各自经历，查理竟然进屋，把克敏昔日一桢全家福照片拿了出来。他给我们一一指点，前面端坐着的是克敏的父亲母亲，后排站着的那位姑娘就是还在读中学的克敏。

我说："照片上的克敏妈妈很贤淑，爸爸英气逼人，一看就是有教养的人。"

克敏说："父亲抗战时投笔从戎，在国民党军队中当翻译。因了这段经历，'文革'中被造反派打死。"

我很感动，因为克敏查理夫妻俩对我们的信任。初次相识，他们就把我们当作足以信赖的朋友。

有人会说，异国相遇，彼此无利益交集，或可坦言。如在国内生活，吃过人与人相争相斗的苦头，恐怕都会吸取教训，三缄其口的。

当然，说话有分寸，这是人际交往应当遵循的规则。但如果为了以往小人的诬陷，就从此关闭自己心灵的大门，"见人只说三分话，莫可全抛一片心"，那就未免"防卫过度"，自毁人间的真情和美好了。

由老照片引发的故事，在我的记忆中，还有获赠林文铮先生的

"全家福"一事。

著名美术评论家林文铮先生当年留学法国，学成归国后，他的同乡、同学林风眠被聘为国立杭州艺专校长，林文铮则出任教育长。时任教育部长的蔡元培先生赏林文铮之才，同意将爱女蔡威廉嫁给他，林文铮成了蔡的女婿。抗战军兴，林文铮随西南联大避寇云贵，教课之余，和当时的一些师生一样，对西藏的佛教分支红教发生了深厚的兴趣。1956年，林文铮被打成"右派"，不久又因"反动会道门"的莫须有罪名，获刑20年，直到"文革"结束才获得平反。

20世纪80年代，我正在报社主持一档《名人之后》的栏目，经杭州市政协相关人士介绍，得识林文铮先生。

记得初秋的一天午后，我到杭州玉泉"马岭山房"林宅，前去采访先生。那是毗邻植物园的一处老式别墅，林木葱郁，寂无人声，只有林老一人在家午休。我冒昧登门，连表歉意。

文铮先生笑眯眯地说："没关系啦，我午睡刚醒，头脑清爽，正好答尔所问。"

那年，林文铮已经80出头年纪，可慈眉善目，脸色红润，身体看上去相当不错。我和他聊过往的经历，他毫不避讳当年蒙冤入狱的往事，且坦承自己对佛教的信奉。他指了指床边的蒲团说，自己仍坚持每天静坐修习，没有这样的执守，就没有身体的安舒和心灵的平静。

采访结束后，我见老人床头贴着一些家庭的老照片，想借一帧，为栏目的文章配张相片。

文铮先生笑笑说："可以呀，随便选一张，送你留念！"

我挑了一张他们当年的"全家福"，上面有新婚不久的林先生和夫人蔡威廉，当然还有他那德高望重的老丈人蔡元培先生。

"书有未曾经我读，事无不可对人言"，真要做到这样，实在是不容易的。

恺人有恺福

诗意的生活，永远都不是心急火燎，而是从容的。

美学家朱光潜在谈到"人生的艺术化"这一命题时说：

> 艺术是情趣的活动，艺术的生活也就是情趣丰富的生活。人可以分为两种，一种是情趣丰富的，对于许多事物都觉得有趣味，而且到处寻求享受这种趣味。一种是情趣干枯的，对于许多事物都觉得没有趣味，也不去寻求趣味，只终日拼命和蝇蛆在一块争温饱。后者是俗人，前者就是艺术家。情趣愈丰富，生活也愈美满，所谓人生的艺术化就是人生的情趣化。

> "觉得有趣味"就是欣赏。你是否知道生活，就看你对于许多事物能否欣赏。欣赏也就是"无所为而为的玩索"。在欣赏时，人和神仙一样自由，一样有福。

> 阿尔卑斯山谷中有一条大汽车路，两旁景物极美，路上插着一个标语牌劝告游人说："慢慢走，欣赏啊！"许多人在这车如流水马如龙的世界过活，恰如在阿尔卑斯山谷中乘汽车兜风，匆匆忙忙地急驰而过，无暇一回首流连风景，于是这丰富华丽的世界便成为一个了无生趣的囚牢。这是一件多么可惋惜的事啊！

梅相如是我父亲的老同事。两人同在盐务局工作，父亲是会计，梅是医务室的医生。父亲自幼体健，年轻时很少生病，两人交往并不多。抗战军兴，杭州沦陷，盐务局避寇撤退到了浙西山区，职员拖家带口，过起了集体生活。晚间寂寥，同仁们组建了京剧社，梅相如饰老生，父亲手脚麻利跑起了龙套，常在一起排戏，两人逐渐成了无话不谈的好朋友。

梅相如是苏州人，体态略胖，面容团团，嘴角常带微笑，说话缓而糯，是个慢性子。我母亲对梅的行事风格，有个形象的评论："老虎追到了屁股后面，他还要转头看看雌雄。"母亲曾对我讲过逃难时梅相如的一件轶事。那次日寇西侵，盐务局准备从县城撤退到龙泉山里去。早上临出发前，大家集队完毕，却不见梅医生的身影。前面几辆车等不及，先开了，留下一辆，司机也急得不停地按喇叭。你父亲等人四处去寻，总算在一家村舍灶披间里找到了梅相如。原来那里曾是机关的伙房，梅正在把几只钵头里吃剩的盐刮倒在一起，说是日后好派用场。母亲说："那天翻越的山真是陡峭，沙石公路盘山而上，一边是峭壁，一边是深渊，局里打头的那辆卡车开得急，翻下了山谷，死了好几家人呢！"

梅医生紧急中搜刮的那些盐巴，后来还真派了大用场。战时物资匮乏，卫生条件又极差，到了山里金沙寺安顿下来后不久，男女老少都在寺前的水潭中洗漱，职员和家属中传染开了"红眼病"，患者双眼红肿流泪、刺痛难受。这种"急性结膜炎"，本不是大病，只要注意用眼卫生，滴几天消炎眼药水，没多久就可痊愈。可逃难途中，哪里去寻这些药品！其时，只见梅医生不紧不慢地掏出了他收集的那些盐巴，用石钵研细，一勺一勺分给了患者，并仔细地交代大家用法："取少许盐粉放在掌心，滴水化开，两掌合擦至热，将带盐水的两掌乘热擦洗双眼 30 下，然后用清水洗净即可。"梅医生还叮嘱大家，切不可再在同一潭水中洗脸，要洗漱，就分散到寺外的溪中去，那是流水，不容易发生交叉感染。母亲说，梅医生那土方还真灵验，没几天，大家的红眼病都好了。

抗战后期，前方军力吃紧，梅相如应征入伍，去当了军医。后来他所在的部队出征去了缅北，父亲和他就断了联系。

新中国成立后，一次父亲和盐务局的老同事相聚，得知梅相如抗战胜利后就复员回到了杭州，而今在家中挂牌行医，于是，重续旧缘，梅又成了我家的常客。

一次餐后，母亲忆及往事，牵着我大哥的手，感慨地对梅医生说："那次龙泉撤退，原本安排我家坐第一辆卡车，这孩子哭闹着不肯上车。亏得你迟到了，留有一辆车在等你，我们就换乘了后面这辆车。避难不死，全托梅医师的福嗬！"梅相如笑笑："嫂子千万别这样说，生死祸福，你我凡人哪里能够预料。不过，性急慌忙容易闯祸，遇事，还是坦悠悠来得好。"

梅相如中西医兼长，因在旧军队干过几年上尉医官，新中国成立后进不了大医院，就一直在家中挂牌当中医郎中。公私合营后，私人行医不允许了，为给出路，像他这样的一批老中医，都被安置到了街道卫生院工作。

我进工厂当徒工时，梅相如须眉都已白了，居然还没退休，我们厂的特约劳保就是那家卫生院，我有幸见识了梅医师耐性处事的"真功夫"。

那年月，副食品供应紧缺，买糖果糕点都要凭票证。不知谁说的

"卫生院里可以配葡萄糖粉",为了解馋,我们一帮徒工就经常有病没病往医院跑。每次去,我都看到梅医师的诊室里挤满了病人。旁边几个青年医生空得在"剥手指甲",可病人就喜欢围在梅医师桌旁等候他诊治。诊室小,空气恶浊,再加上老慢支患者的咳嗽声、小病人的啼哭声……换了别的医生,恐怕早就不耐烦了。可梅医师始终和颜悦色,细致地给病人搭脉、看舌苔,望闻问切,有条不紊。方子开完了,有的患者还赖着不走,向梅医师问这问那,"讨教"个没完。只见梅医师掏出手绢,抹一把额头沁出的细汗,微笑着呷口茶水,轻声地向病人解释病由,叮嘱忌食等注意事项。奇怪的是,周围的患者或家属都不急不躁,好像都很乐意听梅医师"唠叨"。

有一天,梅医师又来我家做客。

闲聊中,我忍不住问他:"为啥病人介多,你还要这么耐心?"

梅医师笑了:"小兄弟,你不懂了吧,到卫生院看病,特别是看中医的,一般都不是急病重病,否则,他们早就上大医院去了。慢性病患者,重在药食调养和心理疏导,所以,细心地给他们解释,有时比吃药还重要。"

"那旁边的患者不是要着急了?"

"不会,不会的。"梅医师开导我说:"一般人对病因和医理,都不太了解,我给一个患者作解释,实际上也是在给周围的人做防病治病的知识普及。"

我茅塞顿开,怪不得梅医师婆婆妈妈般地给人诊治,患者或家属却宁愿围在他的周围听他"唠叨",而不愿去看旁边三言两语就完事的"方便门诊"。

"文革"开始后不久，梅医师就被造反派揪了出来，罪名皆是因了抗战时的那段从军经历。一天，我下班途经卫生院，正逢造反派押着一批"牛鬼蛇神"上街游斗，梅医师头戴高帽也在其中。队伍过来了，我怕撞见难堪，急步趋避，转眼瞥视，未曾想梅医师早看到了我。只见他朝我淡然一笑，如平日一样，迈着不紧不慢的方步随队而去，围观的路人和喧嚣的口号声，好像都不在他的视听之中。

20年转眼即逝，我换了工作，搬了新居，父亲去世以后，梅医师不再上门，两家也渐渐疏了音讯。一个初夏的黄昏，我有事经过城东旧宅旁边的那条小河。暮色中，依稀看到桥头仃立着一个老人，背影有点像梅医师，走近一看，果真是他。我见梅老佝偻着背，抚着桥栏，在眺风景，连忙趋前问候。

我说："多年不见，梅老，您还认得我吧？"

"嗨，大记者，我经常在报上读你的文章，哪能不识。"

梅老白发稀疏，人比过去瘦了一圈，可耳聪目明，说话仍跟过去一样，软糯糯的。

"您家还住在附近吧？"我问。

"旧城改造后，家早搬到城北三里亭去了。"

见我面有疑惑，老人眯眼望着桥下石槛新驳，杨柳夹岸的河道，笑着说："当年那条臭水河，现在彻底变样了。报上说东河上面恢复重建了南宋时就有的二十几座桥梁，这几天没事，我正一座座在看过来。"

"都90出头了吧，您还出门跑这么远，别累着。"老人说："没事，再远的地方，慢慢走，总会到达的。"耄耋老人的兴致，竟有这么好。

人说百岁难期。其实梅老的体质并不好，年轻时生过肺病，中年后又患有高血压、糖尿病、痛风等多种慢性病，可不急不躁，病病歪歪地，竟然活到了今天。梅老 80 岁时和我父亲戏谑："何止于米，相约于茶。"88 岁不稀罕，期望再加 20，都能活到 108 岁。如今，父亲的墓木已拱，过了年，梅老已 102 岁了。父亲在世时总说"恺人有恺福"（萧绍土语，意为性缓和乐之人，自有平安和乐之福）。梅老真是位有福之人。

二、平常心是道，莫更问人休

母亲辛劳得延寿

生活，并不只是"诗和远方"，更多的是"眼前的苟且"。如何在日常生活，"柴米油盐酱醋茶"的琐事杂拌中，寻求诗意，放飞心灵，是摆在我们每一个人面前的现实课题。

过了年，母亲已虚岁98了。一次家人聊天，说起母亲的长寿，颇多不解："养生节目中长寿老人的那些特征，老妈似乎一条也不相符，怎么解释呢？"

的确，长寿老人特别是居住在城里的女性，一般都是知书达理、斯斯文文，平时起居有时，饮食注意营养。可我母亲出生农家，文盲一个，婚后虽然久居城市，仍辛劳终生，节衣缩食；腌菜剩饭，饮食别说营养，就连填饱肚皮，前半生都经常难以做到。

母亲出生在萧山进化乡山头埠，这是浙东常见的小村落，丘陵与平原交杂，村后依傍一座小山，是里山的余脉，高不逾十丈，却巨岩错叠，山脚有清泉涌出，汇流成井，名曰"石砲井头"，村民的饮水，全靠汲这里的山泉水解决。村边另有一条小溪穿过，汛期上游的山水下来，溪坑成了溢洪的渠道，儿时的母亲，会跟着我那务农的外公，穿着蓑衣到溪边去张网捕捉"大水鱼"。汛期过去，来水少了，溪坑变浅，人们赤着脚就可以蹚水过去。而这时稻田里的禾苗拔节正需补水，未嫁的母亲就会戴着斗笠，白天顶着大太阳，晚上披星戴月，日里夜里地帮家里向稻田车水。过去乡下生活艰难，外祖家虽有耕读之风，但供几个男孩读私塾已是不易，母亲从小没条件上学，像小子一样，学干的就是田里的粗活。

18岁嫁给我父亲后，又逢抗战乱世，母亲带着我兄姐逃难，途中躲避敌机轰炸，遭遇鼠疫流行……生存都没有保障，谈何健身养生。年华如逝水，儿女忽成行，待到战乱平息，生活总算安定下来，母亲已经有了7个孩子。拉扯孩子，缝衣煮饭之余，为了替父亲分担家用，母亲尝试过很多谋生方法。1958年，孩子稍大，36岁的她决然走出家庭，找到了一份工作，白天忙着上班，回来一家老小的衣食，缝补浆洗买汰（吴语，古同"汰"）烧，还得靠母亲一手操持。儿时的我，夜半梦醒，常常看见劳累了一天的母亲，还在灯下为我们织补衣裳。

生活如此不易，可我却从来没看到母亲脸上有一丝愁容。晚年，我陪卧病在床的母亲聊天，回忆往事，母亲记得的竟然全是好玩和幸福。忆及少女时繁重的农活，她会说："那时田野里的空气正好，抬头就是亮晃晃的星月，哪有雾霾听说。青草香真好闻，草丛中有萤火虫闪闪出没，水田里蛙声一片，田畈里热闹得很，哪会寂寞。你问我车水吃不吃力，吃力我早忘记了，只记得车水其实很有趣的，一脚踏空，整个人就吊在了水车的横杆上，吓人一跳，却蛮好玩的。"

我说，老妈，现在我们带一个娃娃还累得极叫皇天（杭州俗语，拼命大喊的意思）。你当年生养我们兄弟姐妹7个，怎么过来的？母亲笑笑："我是有想头的。苦一年，大七岁。养小日日鲜，看你们一天天长大，生活再苦，我的心里始终是开心的。"

新中国成立后，母亲为补贴家用，给附近一家民营作坊"包饭"，那作坊没有食堂，十几个工人，一日三餐都吃在我家，而"伙头军"就母亲一人，这工作量，想想都令人头炸。可母亲回忆这段经历，满满的却都是甜蜜。最令她欣慰的是，"包饭"虽赚不了几个钱，但我们一家的伙食，都搭在了里面。几个人也是烧，廿多个人也是烧，同样忙一场，但我们一家人都不必另开伙仓了，省下的可不是一笔小钱。母亲说起此事，年迈干瘪的脸上，泛起的都是笑纹。

要想长寿，就要管住自己的嘴，注意营养搭配，远离垃圾食品。可母亲对吃食从不讲究，好的让给家人，自己像一只"泔水钵头"，专拣剩饭剩菜果腹。过去家里穷，有点荤腥菜，母亲都要留给父亲和我们一班子女吃，自己常年腐豆腐、腌菜梗过饭，还说这些菜蔬"咸蘸，杀饭"（萧绍俗语，能下饭的意思）。由于营养不足，辛劳过度，40岁时，母亲患了贫血症，浑身乏力，面有菜色，好几年都没有缓过来。可在我的印象中，即便如此，母亲也从来不上医院，她总是说"做做做不死，愁愁要愁煞"，照样起早落夜，忙进忙出，照料一大家子人的衣食起居。

母亲自己吃食无所谓，但对家人的一日三餐，却费尽了心思。一天五角钱的菜金，母亲睡前就在盘算，明天去菜场买点什么，既省钱，又能让大家增点营养、吃得乐胃。

至今记得母亲当年常做的几只"穷荤菜"。

一只是"咸菜青椒炒肉丝"。咸菜要取本地菜农自腌的芥菜，切碎晒干，捧一把闻闻，有阳光和田野的香气，撮一丝入口，嚼后无渣，鲜香无比；青椒圆且大的那种洋品不行，没辣味不吊鲜，要买就要挑本地的那种尖椒，要诀是须拣小而嫩的，老大了以后，太辣、灼胃。

本来，咸菜与青椒炒炒，也可装盘上桌了，但如切几两肉丝同炒，那就反素为荤，营养和鲜味，都得以大大提升。有这样一碗咸鲜微辣的菜肴"镇桌"，再搭配几只时鲜蔬菜一碗番茄蛋花汤，一家人一大锅米饭，嗖嗖就下肚了。

一只是"鲞头炒螺蛳"。螺蛳最好是清明前的本塘青壳种，肉肥嫩且无籽，尾巴剁去后，买回家，盛一脸盆清水，滴几滴麻油，把螺蛳放入水中养一天。螺蛳闻到香味，据说会吐尽泥沙，这样爆炒后嗍起来，就干净多了。一般人家，螺蛳都是葱油清炒。母亲却常会取一只鲞头，剁碎了，入油锅和螺蛳同炒。鲞头没有肉，吃剩了派不了用场，但咸鲜味还在，同锅共烹，鲞的鲜汁都入了螺蛳壳内，嗍起来鲜美无比。每上这菜，母亲总会给父亲斟上一杯酒，然后笑看父亲，嗍一颗螺蛳抿一口老酒，"嗍螺蛳过酒，强盗逼来不肯走！"

江南炎夏，富裕人家出汗不忘进补，有"头伏火腿二伏鸡，三伏要吃金银蹄"的食谱。而平民百姓，日日当季蔬菜，杭城童谣有"今日冬瓜，明日冬瓜，再吃冬瓜，锅子摖趴"之叹。冬瓜价廉且利湿，是夏令时节大众的当家菜，但吃多了，肚里胀勃勃的，口舌无味，的确倒人胃口。每逢此时，母亲就会变换烧法，火腿吃不起，就斩一条咸肉，切片与冬瓜同煮，这样熬出来的一锅汤，咸肉变淡，冬瓜入味，汤汁更是既解渴又下饭，令人百吃而不厌。

20世纪五六十年代，钱塘江边，不禁止人们游泳。夏天一到，六和塔至南星桥一线江滨，就成了孩子们嬉水的乐园。我们最喜欢潜到水下，淘觅沙中的黄蚬儿。这种小型的贝类生物，最适宜生长在钱塘江的浅滩里。傍晚，我和哥哥游泳回家，每每能带回一大捧黄蚬。母亲将其洗净，用葱姜爆炒，就化作了一盘佐餐的佳肴。

这类"穷荤菜"清淡鲜美，所费不多，滋味却胜过大鱼大肉。每当这些菜肴上桌，母亲就会脱下围裙，坐在桌边，笑盈盈地看着儿女们狼吞虎咽般地吃饭。盘菜升腾的热气，映着母亲的笑脸，陪伴我们度过了苦涩却难忘的童年。

同墙门有一位邻居，人称"二少奶奶"，看不过去我妈这样的熬吃省用，买菜路上碰到了，总要劝我妈："儿女都是假的，自己身体最要紧。饭是根本肉是膘，两脚一伸，再是山珍海味都吃不下了。做人一定要想通。"这位二少奶奶比我母亲小两岁，夫家胡氏，祖上靠经营茶叶发家，后来开营造行，建房租房，据说城东一带，将近一半的房子都是他家的产业，人称"胡半城"。新中国成立后，房产收归国有，胡氏四房，只保留了一个前院半个墙门自住自用。家境虽然败落，但金银细软，底货还是有一些的。二少奶奶自小锦衣玉食，享受惯了，到老也不改习性。她常年梳个"横爱司头"，长得斯文白净，家中百事不管，唯独一日两餐，为自己烧点下酒的小菜。二少奶奶有喝酒的嗜好，量不多，中晚餐每次都要抿上一盅自制的"杨梅烧"，据她自己说，目的无非是可以借此多尝几口小菜。天气一热，二少奶奶就会把小餐桌端到门楼底下来，自斟自饮。她的下酒菜，量并不多，浅浅的几碟，烧得却十分精致。油氽花生米，必加海苔，这样入口更香；油爆虾须脚都需剪净，且一定得是带籽的母虾，这样营养才好；毛豆子清水氽氽太寡淡，非得斩点肉饼或放块鳓鲞一起蒸才入味……二少奶奶品酒时，是不准家人上桌的。我曾在门楼里见到好几次，她那读初中的儿子涎着脸跟娘套近乎，突然出手，想抓几只油爆虾解馋，都被二少奶奶用筷子打了手。

时间一晃，几十年过去了。至今令我不解的是，劳苦一生、霉豆腐乿乿（杭州俗语，发音为 dū，意指筷头轻点，连腐豆腐都舍不得大口吃。）的母亲，却健健康康地活到了 98 岁，至今还神清气爽；而纤手不动、小酒咪咪，日日小乐胃的二少奶奶，60 出头就离别了人世，运矣、命矣，真是令人感慨！

养生专家总说：长寿老人往往性格平和，可我母亲却脾气急躁，性格刚烈，做人宁折不弯，戆得很。1958 年，母亲参加了工作，在一家制面厂做操作工。那时，为了节约成本，机器轧出来的面条，都是通过太阳晒干后，才包装成筒面出厂的。母亲的任务就是把车间里轧出的湿面条，用竹竿撩着，捧到晒场上去上架晾晒。每天重复这样的程序，手脚并用，8 小时下来，手提不起，脚迈不开，劳动强度是可想而知的。由于没有技术含量，工钱每月 24 元，是最低一级的普工工资。但母亲毫无怨言，天天干得乐呵呵的，能靠自己的双手挣钱分担家用，总比伸手要父亲单位的工会补贴强。可即使这样一份辛苦而又低廉的活，要保有也相当不易。做了没多久，"三年困难时期"来临，工厂要精简员工，母亲和一位街道招来的社会青年，成了首批裁减的对象。那位女青年本来就嫌这里的活重工佣少，拿了遣散费，就找对象嫁人了。母亲却拒绝回家，找到了厂长，非要他说出精简自己的理由。厂长支支吾吾，先说她是女的，被母亲"新社会怎能歧视妇女"一句话就呛了回去。那领导又借口母亲年纪大了，母亲说："我进厂的时候年纪就大了，那时你们怎么就不嫌弃？再说年纪虽大，我却从没比年轻人少做活。做生活，又不是找对象，你还要讲究这套。到了退休年龄，你不赶，我也会走！"一席话，又说得厂长哑口无言。一旁的工会主席帮腔说："现在单位有困难，你老工人应该谅解。"母亲听了，接过话头："我们七个孩子一个祖母，全家十口，过去就靠我丈夫一人每月45元工资，再加工会补助养活。单位有困难，我理解，我也不是白吃白拿，会更卖力地工作的。如一定要辞退我，可以，只要你工会主席答应，每月和过去一样，仍然给我家定期生活补助！"单位领导脸孔红红，无辞应对，母亲照常上下班，一直干到了55岁退休。

事后我夸母亲你说法真好，她老人家说："说法好不好是次要的，关键是做人要有原则有底气，无事不可胆大，有事不可胆小！"

说到胆子，母亲还真蛮大的。

抗战时日寇占了杭州，父母拖家带口一路逃难到了金华。母亲回忆，那时敌机常来追踪轰炸，炸弹一响，血肉横飞，经常可以看到，人的断肢残臂抛挂在路边的电线上，血如雨滴。

一天晚上避寇逃到义乌一个小山村，正逢日寇打细菌战，母亲一行摸黑进村，想找民舍投宿，除了溪边有几个倒毙的死尸外，全村寂无一人。母亲发现村头有一家农舍，门缝里透有烛光，她上前推开虚掩的大门，发现堂前泥地上，排放着一溜门板，门板上面，直挺挺地躺着四具尸体，尸体脚后，点燃着两支白烛，估计这家人，都患鼠疫死了。母亲她们在寒风中，找了一间空屋坐等天明。待到半夜，总算有几个村民下山来了，给她们找了几块门板，铺在地上。一家人和衣躺下，凑合着挨到天亮。母亲事后想想也有点后怕："不晓得那几块门板，是不是死尸扑掉，让给我们睡的。"

逃难到了龙泉，借宿在深山一座叫"金沙寺"的破败古庙里，远离敌焰，生活安定了一些，却有了新的威胁。母亲说，山高月小，林密风急，入夜常有野兽出没。好几晚，半夜她都听到僧寮后面有野兽的低吼，一会儿又有利爪在"唰唰"地扒门，清早起来，门口泥地上，分明有巴掌大的五趾脚印，不知来者是老虎还是豹子。

母亲晚年，常向我们忆述以往的生活，90 多年岁月，在她老人家心中，曾经的苦难都已如烟云般消散，留存的都是美好的记忆。故乡夏日，少女的她在稻田车水，月色如银，萤火明灭，蛙鸣呱呱，虫声唧唧……抗战军兴，避寇山居，龙泉寺内，山门外虎啸狼嚎，僧寮内，少妇的她却在跟工余的丈夫学唱京剧……前几年，年过九旬的母亲因连续两次摔跤，双腿股骨颈先后骨折，入住康复医院，卧床不起。好几次我去探视，已有点阿尔兹海默症的母亲，总会笑盈盈地对我说："你早一点来，还碰不着我呢！"我好奇："你到哪里去了？""我刚去了一趟老家山头埠，才回来呢。"动惯了的她，困卧床榻，肢体和心灵的难受，是可想而知的。但病症造成的幻觉，却让母亲的灵魂短暂地脱离肉身，能随心所欲地想去哪儿就去哪儿。我由衷欣慰，且服了母亲，到了这个地步，还能继续自己"说走就走的旅行"。

除却战时的逃难，母亲从未出过远门。在她漫长的人生旅程中，没有"诗和远方"，生活，似乎只有"眼前的苟且"。但大字不识一箩的母亲，却一步一个脚印走来，用自己的正直、善良和辛劳，走出了真正的诗意，走向了令人欣羡的远方。

祖母洒脱臻百岁

祖母生肖属蛇，1893 年出生，1992 年去世，尽享百岁人生。

说起祖母的长寿，母亲说："那是你娘娘做人想通的缘故。"老家萧山土话，称祖母叫"娘娘"，"想通"就是心无挂碍，凡事想得开的意思。回顾祖母的一生，母亲的这个评价，概括得还真准。

祖母的一生可谓命运多舛。

祖母出生在萧山临浦的一个山村，里山盛产毛竹，村民们家家都会砍竹做纸。这种竹子做成的纸绵白细韧，既可印书，又可绘画，卖场很好，村坊人家民国前都已盖起砖瓦房，祖母家生活也早已小康。祖母17岁嫁到我们赵家，那个村子离祖母娘家有8里路，山更深，村廓更小，青山四合，曲径通幽，倒也有点避世隐居的味道。浙东农村素来讲求耕读传家，虽僻居一隅，但祖父家厢房有书，村口有田，衣食倒也不愁。只是夫家人丁不旺，就我祖父一个男丁，所以尽管他自小课读，光绪年间科举一废除，便没有再外出习幕或学生意。祖父自小身体羸弱，结婚后困守乡里，郁郁寡欢，30出头就因肺痨去世。那年，我祖母才20多岁，两个儿子，我伯伯6岁，我父亲才只3岁。

祖母年轻守寡，白天蹒着小脚荷锄下地劳作，晚上关紧柴门，燃起松明，督促儿子读书。有热心人看祖母孤苦，劝她改嫁，祖母笑说："夫妻好比同林鸟，大难到来各自飞。两夫妻，总有个迟走早走的，哪能真的相伴到死？"一晃近十年过去，祖母她熬吃省用，总算把大儿子培养出山，到外省学了金融；小儿子实在没有能力供上学，读了两年私塾，12岁就被送到临浦一家钱庄当了学徒。远房婶婶好心，又来劝祖母："你把两个儿子都送出去，也不怕冷清？"祖母淡然一笑："送出去还好回来的，男人家，总要到外面去闯闯。"

抗战军兴，兵员紧缺，乡里抽壮丁，规定家有两个儿子的，必送一个去当兵。老家有壮丁的人家，逃的逃，躲的躲，只有祖母，把在临浦的小儿子叫了回来，说："你兄长在武汉，路远赶不回来，只有要你辛苦一点了，报国去投军。"其时，杭州已被日寇占领了，我父亲从小孝顺，听了娘的话，辞了钱庄的工作，星夜赶赴金华抗战前线去参了军。村里婆婆都说祖母太忍心。祖母说："小日本打进来，国家亡了，儿子再多又有什么用？"

从军两年，父亲所在的部队，一直转战在金华、江山一带。第三年，这支部队奉调退守西南，父亲便脱离军队，转到了盐务局工作。那些年，黄绍竑将军主持的省府机关，大都撤退在金华丽水山区。父亲带着新婚不久的母亲，随盐务局机关辗转在大山里，根本顾不了还在家乡的祖母。

祖母虽说是个农家妇女，可遇事不惊，消息居然还很灵通。她得知武汉会战在即，牵挂大儿子，托人连发几封电报，说是"母病速归"，让我伯伯辞去洋行工作，尽快赶回家来。结果伯伯当真，心急火燎赶到家中，发现祖母还在地里劳作，只是思子心切，让他避敌归家罢了。伯伯在家逗留没几天，武汉沦陷，想再回汉口已不可能。无奈之下，伯伯步行数日，去金华投奔我父亲。伯伯随我父亲辗转逃难，惜乎途中肺结核病复发，咯血不止，没多久便英年早逝。

这些事，有的是祖母晚年回忆往事亲口说的，有的则是母亲告诉我的。母亲后来与祖母婆媳关系不和，这也是原因之一。母亲总埋怨祖母，不应该"骗"伯伯回老家来。听母亲说，伯伯长身玉立，气质儒雅，当年洋行老板已决定把女儿许配给他了，谁知一来无归，身消玉殒，想想都令人痛惜。

母亲把这一切都归罪于祖母，我说："娘娘心中可能比谁都难受，只是不说而已。"母亲却不认可，说："你娘娘虽说是妇道人家，可心肠比男人家都硬。村里人说，因为你娘娘接济游击队，当年日本鬼子来扫荡，把你老家旧三间新三间的房子烧了个精光，你娘娘一滴眼泪没掉，在火烧地盘上搭了间柴房，照样过日子。"

我想，母亲可能对祖母有成见，祖母为人，好像不会如此绝情。

因婆媳不和，也因居处狭小，一直来，祖母都一人住在老家，很少到我家来。1958年，母亲参加了工作，家中无人照料，父亲把祖母接来杭州住过几年。在我的印象中，祖母个子矮小，体质和精神却很健旺。那时家中还没有通自来水，年近古稀的小脚老太，每天都会和我去水站担水。那年我才10岁，骨头嫩，每次娘娘都会把绳钩往她那里拉过去一点，把水桶重量多吃点在自己身上。娘娘能说会道，交际能力特别强，来我家住了没半年，左邻右舍，甚至隔壁丝织厂里的工人，不少她都熟识且成了朋友。一天中午放学，我回家吃了一惊，娘娘烧了一桌素菜在招待客人，八仙桌旁坐着的，竟然是6位尼僧。娘娘跟我说这些出家人都是她的朋友，叫我帮她保密，千万不要对我母亲说。娘娘信佛，我是知道的，但来杭州不久，居然就结交了这多方外朋友，我真是服了她老人家了！

母亲说娘娘"想通"，也不是没半点根据的。一次我在家打扫卫生，在走道一角娘娘的床铺底下，发现了一瓶"十全大补酒"。我好奇地尝了一口，味道甜甜的，带点药香，还很好喝。小孩子嘴馋，接下去几天，傍晚放学后，我总会溜到娘娘床前，打开酒瓶盖，偷偷地抿上几口。接二连三，酒明显地少了小半瓶。我当初以为娘娘不会发觉的，其实，她老人家可能早就知道了，只是不责怪罢了。记得一天我喝了口酒，到厨房偷菜吃，正好碰见娘娘。她朝我笑笑，说："小官人，长大后有得喝嘞！"她没有说"吃"，而是说"喝"，现在想来，她一定是闻到了我嘴里的酒香，或看到了我脸上泛起的微红，只是我当时年小，不自知而已。

祖母住不惯城里，没几年，等我大姐学会了做饭，她老人家就回乡下去了。接下去是"文革"、上山下乡……一个接一个的"运动"，一家老小都不得安生，除了父亲每月寄10元钱生活费，隔几个月去老家看望一次外，我们都几乎忘了乡下还住着一个老奶奶。祖母也好像忘却了我们这些孙辈，以及城里的老邻居和她那些朋友，只管一个人过她的乡间生活。祖母身体一直很好，听远房婶婶说，90多岁了，老人家还能在自留地里干活，种一点瓜茄青菜，自己吃不了，便竹篮子装了送给邻居分享。1991年，父亲突发脑溢血去世，我们怕祖母伤心，一直没有告诉她此事，仍每月以父亲的名义寄生活费过去，希望她能平静度过人生最后一段岁月。

1992年，虚岁100的祖母在乡间那间小屋无疾而终。我和大哥、小弟三个孙子去给她料理后事。墓是早就砌好了的，在村外的那座小岭上。出殡那天，我们按照乡间的习俗，护送着祖母的棺木，走在头里。到了岭下，我回头眺望，田埂上，白幡飘飘，送丧的队伍蜿蜒曲折，一直排到了村口。村里的乡亲，走得动的，几乎都出来了。远房一个30出头的侄孙，自小精神有疾患，竟然也随着队伍，在田畈上欢快地跳跃奔走。百岁而终，按萧绍一带的乡俗，是喜丧，我瞟了那人一眼，也没有多话。棺木落土以后，我们在老屋门口的晒场上，摆酒答谢乡亲。大家你一言我一语，都在叙说祖母为人的好。几个妹子噙着眼泪对我说："太婆可喜乐了，平时从来没有愁容，总欢喜和我们这些小后生做淘伴，说话行事，一点都不背时的。"我连连点头，在我心目中，祖母向来就是这样的性格。

时间过得真快，转眼祖母逝世已近 30 年，我们几个孙辈也都七老八十了。有时兄弟聚会聊起往事，大家对祖母的身体和心态，都佩服之至。弟弟说："三兄弟中，我年龄最小，身体虽无大恙，可降压片常服；胆囊结石切除，腰椎间盘突出开刀，身上也已动过几处手术。真想象不出当年祖母独居山村，从不看病吃药，衰暮之年，那些日子是怎么度过的？"我笑说："曾听祖母说她常念《心经》的。《心经》以为'色即是空，空即是色'，若能勘破'五蕴皆空'，做到'心无挂碍'，则'无挂碍故，无有恐怖，远离颠倒梦想，究竟涅槃'。或许祖母修行到了这一境界，亦未可知。"弟弟说："我刚看过一本写修行的书，名叫《雪洞》，其中女主角的心态，和祖母倒有点相像，你有兴趣，不妨看看。"

接下来的几天，我细读《雪洞》，心中憬悟：不论何种修行，若能达到"心无挂碍"，凡俗的人生，或许真能升华到一种自由王国的诗意境界。

《雪洞》是一本纪实体作品，女主角丹津·葩默出生于英国伦敦，18 岁皈依佛门，21 岁出家，到印度研习藏传佛教，在喜马拉雅山修行长达 20 年之久。一位英国女记者实地追踪采访了丹津·葩默，写就《雪洞》一书，详细介绍了她在雪域高原闭关悟道的传奇经历。

谈到为何要选择到喜马拉雅山"雪洞"闭关修行，丹津·葩默坦言初衷：当我们置身在忙碌又充满压力的生活中，往往会过分强调物质上的成功和具体的回报，但人心却感到愈来愈空洞和无意义。那些愿意思考生命的人也愈来愈觉察到，自己内在有股很深的饥渴，希望能找到某种让生命得到真正满足的东西。因此，在异国情调和神秘的表象之下，有股追寻生命意义的真诚力量，那正是佛法呈现之处，我们希望知道如何才能够快乐、宁静、仁慈以及善解人意，我们需要了解如何善巧地处理和家人之间以及人际间的关系，还有我们的工作和社会生活。

丹津·葩默选择的这一雪山岩洞海拔一万三千多尺，一年中有七八个月都会降雪，"穴居"于此，人际交往和物质生活都降到了最低极限，正有利于反观自省、彻悟人生。

在这样严酷的自然环境中闭关修行，身心遭受的磨难，那是没得说的。一年所需的食物，都必须利用短暂的夏季抓紧储备。丹津·葩默雇了一位山民用驴子帮助运送食物。有时候山民误了工，吃食接济不上，丹津·葩默只得自己去背运，山上山下来回跑，累得几乎要脱力。吃水也是大问题。丹津·葩默回忆说："我必须到距离此处大约四分之一英里的泉水里提水。夏天，我必须跑好几次，将水背到洞穴中。冬天，如果我不能出去，我会将雪融化来用。如果你有将雪融化来用的经验，你会知道这是多么困难的一件事。一大堆的雪只能制造出一点点的水。幸运的是，冬天里你不需要很多水。因为你不必洗澡也不必洗衣服，所以你可以省下很多水。"

除了储备粮食和水这些生活必需品外，丹津·葩默还在雪洞外的崖壁下开掘了两小块地，气候转暖时种植蔬菜与花卉，蔬菜营养她的身体，花朵滋养了她的灵魂。她说自己试过各种蔬菜，如卷心菜、豌豆等。她不无夸张地对记者说，世上所有的美食，都比不上经过漫长的冬天后，进入嘴里的第一口鲜萝卜叶子。然后，就是萝卜的球茎了，那也鲜美极了。叶子与球茎都可以切碎晒干，整个冬天，都可以享用这些极品蔬菜。

艰苦的生活，能促使人勇猛精进，去认识人生的真谛。独自一个女性，在高寒的雪洞一住就是数年，冻馁怎么办？生病怎么办？万一遇到了猛兽又怎么办？丹津·葩默淡然一笑："娑婆世界的本质是苦，苦是生命中根本的不满足状态。外面是在下雪，我也在生病，这些都没有关系，因为这就是娑婆世界的本质，没什么好担心的。如果事情变好，那很好；如果事情没有变好，那也很好。两者之间其实没有什么差别。""停止对自身的挂念，将'我'这一位置转换为'他人'的瞬间，幸福将就此开始。于一点一滴，通过语言、行动、心想，希望给予他人幸福，这就是佛弟子应该走的路。"

去除"我执"，就能达到"心无挂碍"，心中没有牵挂，就不会再有烦恼，就能达到圆融和乐的自由王国境界。

《雪洞》记叙丹津·葩默悟道下山以后，游历各地，遍做善事，所到之处，不论何人，只要有难，都能得到她的热心扶助，但离辰一到，挥一挥手，一笑别过，再无一分牵挂。这就好像日月经天，普洒温暖与光泽，一旦落山，断然沉潜，绝无半丝留恋。

虽然现在众人皆称其为"大师"，但人前人后，丹津·葩默却毫无做作之态，该吃吃，该喝喝，一派纯真的赤子情怀。她和年轻人一样，喜欢吃蛋糕，尤嗜提拉米苏；爱好音乐，最喜欢听莫扎特的作品。有记者曾诘问：这样的兴趣爱好，和修行是否相悖？丹津·葩默坦然答道："以'提拉米苏'来说，人们若用这样的点心款待我，我觉得很好；若没有，我一样觉得很好。至于莫扎特，我认为那是充满灵性的音乐，直到今日，莫扎特的音乐仍被认为深具精神上的疗效，甚至可以通过科学的检验，证明它对人们身体心灵的影响。""不过，有一点要说明的是，我虽然喜欢'提拉米苏'和莫扎特的音乐，但当这些东西都没有的时候，我并不会对它们念念不忘。"

行文至此，我不由想起了祖母和她床下的那瓶补酒，以及她那百年坎坷人生。年轻守寡、中年丧子、房舍两次被敌寇焚毁、独居山乡躬耕田亩……人生道路上的冰刀霜箭，好像如轻风薄雾吹过，竟然没有在祖母身上留下什么痕迹。祖母虽然幼承庭训，略通文墨，一辈子信佛念经，但要像丹津·葩默那样苦修悟道，我看也不见得。可是细察祖母一生行状，与丹津·葩默这样的佛学大师，却又有几分神韵相通相似之处。或许正如丹津·葩默所说："佛法并不是只有观照快乐、平静的一面，佛法是藉由任何一件发生在我们身上的事情，让我们从中学习、成长。""我们不必放弃一切跑到印度，修行的地方就在此时此地，与我们的家人、工作、社会责任同在。如果没有办法在这里修行，那要到什么地方去修？我们带着自己的心四处走，在里斯摩的心和在喜玛拉雅山的心是一样的，同样的自我、同样的问题，何必去喜玛拉雅山？为什么不在此时此地解决它？""佛法的最终是心念的改变，是心的转变。如果只是静坐冥思，却对每日生活中的佛法视而不见，那么人心与意念是不可能得到转化的。""忘记证悟这回事吧，去做个更好的人，这已经是很艰难的修行了。"

说得真是一点没错，生活中很多美好的东西，其内在都是相容相通的。

乌墙门里的一生

如果被迫长期困居一室，我估计自己一定会疯掉的，不癫狂也会得忧郁症，很难平静，更不要说安悦地待下去。

可如果心态调整一下，会不会好一点呢？

1790年春天，一位名叫塞维尔·德·梅伊斯特的法国贵族军官，因与人决斗，被罚在家中幽禁42天。这位27岁的年轻人，突发奇想，转换角度，独步卧室，将禁闭视如旅游，最终写成了一本奇特之书，题目就叫《在自己房间里的旅行》。书中，作者是这样描述自己的咫尺之旅的：梅伊斯特锁上门，换上粉红色和蓝色相间的睡衣裤，以旅人而非主人之眼来注视室内的一切。他看到了自己的沙发，赞叹它高雅的支脚；他看到了自己的床，为床单与睡衣颜色搭配之默契而骄傲。由于心态和视角的变化，一衣一柜一画一床……每样过去熟稔的东西都让他感到新鲜和惊奇。就连他的家人、仆人以至那条叫罗西尼的狗，都变得与往常大不相同。

《旅行的艺术》的作者阿兰·德波顿读了梅伊斯特这本书后，大加赞赏："有些人知道如何利用他们的日常生活中平淡无奇的经验，使自己成为沃土，在这片沃土上每年能结出三次果实，而其他一些人（为数众多）则只会逐命运之流，逐时代和国家变幻之流，就像一个软木塞一样，在上面漂来漂去……一种人可以化腐朽为神奇，另一种人则是化神奇为腐朽。"

的确，长期以来，谈到"诗意地栖居"，我们就会联想起"诗和远方"，很少去顾及周围的事物，更不要说像梅伊斯特那样去做一次赏心悦目的"卧室之旅"了。但梅氏幽禁的时间，毕竟只有42天；且作为贵族军官，即使是软禁，其日常生活还是相当优渥的。如果是一个普通人，粗茶淡饭的情况下，困居在家几十年，生活的情景和身心的状况又当如何？

写到这里，我不由想起了一位远房亲戚长辈，她没有多少文化，也不可能有啥著述，但她一生遭遇的困苦和她身陷困境的乐观心态，却比梅伊斯特要精彩得多。

我母亲有位堂房亲戚，名叫阿珠，年幼时患小儿麻痹症，以致双腿瘫痪，长大后只能靠双手拖移一条矮凳，支撑着上半身艰难地挪动。阿珠人小辈分大，年纪和我母亲相仿，但母亲一辈的堂兄表姐，见她都要叫声姑婆。农村的孩子也调皮，小辈们因她带疾不良于行，便都叫她"阿珠瘫婆"，她听惯了，莞尔一笑，并不在意。母亲自小和阿珠是玩伴，人前人后，仍称她为姑婆，阿珠心中明白，由此两人更为亲密。阿珠父母早逝，一人住在村口那座乌墙门老宅里面，颇为孤苦。母亲姑娘时，常去和阿珠做伴，嫁人那天，听母亲事后说，两人抱头哭了半夜。

抗战那些年，已嫁到杭州的母亲，随我父亲逃难到了浙南，虽与家乡断了联系，口中仍常念叨："不知阿珠姑婆瘫守老屋，兵荒马乱的，这日子怎么过？"

但再苦的日子居然也都熬过来了。

战后母亲每年回乡省亲，开头几年，都会带回有关阿珠的好消息：

"阿珠姑婆终于嫁人了。她人长得白净，光看上半身，还是蛮登样的。"

"阿珠生了一个女儿，下半生总算有依靠了！"

"阿珠做外婆了，她女儿找了个好老公，今年刚添了个囡儿。"母亲笑着对父亲说，大家都为这位远房亲戚高兴。

但哪有岁月静好，天地从来却是无情。

艰难岁月，阿珠的丈夫生病死了，女婿贫病交困，后来也郁郁而终。她和女儿都成了寡妇。

临近过年，大雪纷飞，母亲放心不下，要我陪她一起到乡下去探望阿珠姑婆。

乌墙门内，又成了阿珠一人独居。我们推开那扇虚掩的黑漆木门时，姑婆正坐在堂前绣花。她把自己膝上的一只暖手袋递给我母亲："这么冷的天，赶紧焐焐手。"

母亲放下随带的年礼，说："放心不下你一个人住！"

"没事，女儿和外孙女常带菜过来的"，阿珠指了指阶下垒着挂着的一堆蔬菜和几块酱肉，"上年纪了，吃得有限。汰汰烧烧我还能自理"。

"主要是太寂寞。"母亲拉着姑婆的手，眼中早已噙满泪水。

"这不，我学会了刺绣，心静，就不会东想西想了。"

姑婆挪动身子，从一只油漆斑驳的五斗柜中，取出了前几天刚完工的一幅刺绣，一定要送给母亲。母亲展开细看，绸缎上面绣的是一幅仿古意《雪山行旅图》，上角还绣有白居易的两句诗："我生本无乡，心安是归处"，毕竟读过几年私塾，阿珠姑婆的古文功底还在。

80 岁那年，母亲因高血压引发小中风，虽经及时治疗，没有留下多大后遗症，但毕竟上年岁了，医嘱再也不能出远门。她和阿珠姑婆的联系，也只能靠互通书信来解决了。深秋的一天，母亲接到姑婆来信，得悉其女儿心脏病突发，日前去世了。母亲万分焦虑，可自己又不能出门，便让我做代表去探望亦已年迈的姑婆。

推开那扇依然虚掩着的乌墙门，我再次来到阿珠姑婆独居的那个小院。阶下，仍然堆放着稻草绳扎着的几捆萝卜青菜，那是姑婆的外孙女刚刚送来的。住在村西头的外孙女已结婚有了小孩，姑婆的生活现在全靠她在照顾。几十年足不出户，仗着一张矮凳在家中挪来挪去，阿珠姑婆除了头发全白之外，竟然没有太大的变化。我进门时，姑婆正拿着一把剪子，给天井里种着的一些盆栽花木在修枝。

姑婆对我说："眼睛有了白内障，刺绣不能做了，养一些花草聊度岁月。"

院子不大，西墙外紧邻着一片树林，高大的马尾松和钻天的水杉，挡住了下午的阳光，使得天井里只能栽种一些喜阴的植物。果然，我见砖块架起的石条上，瓷盆中栽的都是茶梅、杜鹃等一些耐阴的花木。

阿珠姑婆正在修剪其中的残枝，她说："明年春天来，这天井就很漂亮了。"

我记起母亲的嘱托，向她表达丧女的哀悼。

老人默默点头，指着旁边一株枯萎的杜鹃说："谁料得到呢？就像这株花，一样的施肥浇水，别个好好的，偏偏它就会枯死！"

我若有所悟。

"生老病死，盛衰枯荣，岂是人能做主，凡事都要想得开呀！"阿珠姑婆挥挥手，好像要赶走眼前的秽气，转身又绽开了笑脸。

5 年后，97 岁高龄的阿珠姑婆，在那困居了一生的乌墙门内无疾而终。当我将这消息告诉比她小 1 岁的母亲时，因左腿股骨颈骨折，困卧病床的老妈点点头说："阿珠姑婆这辈子没有白活！"

吾浙前辈木心先生有诗："岁月不饶人，我也未曾饶过岁月。"我想，将这诗行献予阿珠姑婆灵前，那是再合适不过了。身陷困顿并不可怕，只要心安定了，物质的困难终能克服。平静的日子，一菜一饭，一啄一饮，都自有其甘甜和诗意。

子恺式的"吟啸且徐行"

健身养生，据专家说，最好的方式是"走路"，且每天需快走半个至 1 个钟头，心率达到每分钟 120 跳左右，才有效果。现代人聪明，马上有了微信软件，带上手机，每天自动计数，自己乃至朋友一天走了几步，都能查到。于是朋友圈又多了一个亮点，到了晚上，大家查看锻炼成绩，达标的彼此点赞，心中美滋滋的；未达标的赶紧下楼，再到小区林荫道上补走几圈，不这样，好像做了亏心事，会一夜都睡不安耽。

朋友之间，互相督促强身健体，未尝不是好事；但一旦成了硬性任务，化为考量指标，不良的后果就诱发出来了。据媒体披露，有运动过量磨坏了膝盖的，有摸黑夜行摔断了胳膊的……精神上面带来的压力更大，一是过度关注自己的身体，疑神疑鬼，反而不是这里痛就是那里疼；二是达标成了目的，挺起胸、甩开膀、快步走，8 小时以外的生活也顿时加快了节奏，闲暇生活的乐趣已不复可寻。

过去我们长辈的生活，可不是这样子的。中国人历来不反对走路，但把"有目标带功利"和"纯休闲无目的"这样两种走路方式，是分得很清楚的。前者称为"赶路"，那是需要汗出淋淋，目不旁视，直奔主题的；后者称为"散步"，老北京叫做作"遛弯"，何妨"吟啸且徐行"，东走走，西逛逛，碰到街坊聊几句，看见下棋观一局，散步贵在散心。

中国老百姓，看似简单的生活，为何总是不乏诗意？充分享受一粥一饭，一啄一饮，一花一世界，一步一换景的过程，奥秘或许正在这里。

就拿旅行来说，一般人总是"上车睡觉，下车拍照"，看重的仅是旅游目的地之观瞻，而对沿途的风景，都视而不见，宁可低头玩手机、蒙面睡大觉。

而高明的人却不同，在他们的眼中，一切都是缘分，一切皆具诗意。他们能饶有兴致地欣赏沿途的风景，并把所见所闻记下来，化作文字或图画，呈现给世人。在我的心目中，于此最给力的，当属丰子恺先生了。

丰先生曾写过《半篇莫干山游记》，给我印象至深。一般人写游记，都是以记叙旅游目的地的观感为主的，内容无非是景区的旖旎风光、人文典故等等。这些东西，去过的人大都亲见亲历；没去过的人，纸上看了总觉浅，不读也罢。所以，游记其实是很难写的一种文体，喜欢写的人很多，给人留下印象的，真的寥寥无几。1935 年 4 月，朋友 Z 先生约丰子恺同游莫干山，汽车半途掉了一颗螺丝钉，熄火了；辗转叫城里派师傅来修，耽搁了两三个小时；总算修好，下午才把客人送上了山。丰子恺和朋友在山上住了几天，下山后想写篇游记，检点此行，觉得还是半途抛锚发生的事情值得记叙，于是写了这篇没有一句涉及莫干山景的莫干山游记。在我看来，先生此文，真是比任何一篇山水游记都写得有趣。且看丰先生是如何描写的。

这篇文章是有跌宕之情节的。一早，丰子恺和友人坐黄包车赶到汽车站，"我们望见站内一个待车人也没有，只有一个站员从窗里探头出来，向我们慌张地问：'你们到哪里？'我说：'到莫干山，几点钟有车？'他不等我说完，用手指着卖票处乱叫：'赶快买票，就要开了。'我望见里面的站门口，赴莫干山的车子已在咕噜咕噜地响了……我便买票，匆匆地拉了Z先生上车。……开驶了约半点钟，忽然车头上'嗤'地一声响，车子就在无边的绿野中间的一条黄沙路上停下了。司机叫一声'葛娘！'跳下去看"。原来车头底下的螺旋钉落脱了！司机不会修，好不容易等着了一辆回杭州的汽车，托他们带信到厂里，由厂里派机器司务来修。许多乘客便站在路边，时时向杭州方向眺望，正像大旱之望云霓……"久之，久之，彼方的地平线上涌出一黑点，渐渐地大起来。'来了！来了！'我们这里发出一阵愉快的叫声。然而开来的是一辆极漂亮的新式小汽车，飞也似地通过了我们这病车之旁而长逝。"伸长脖颈又盼来了一辆，却是过路的班车。"后来终于盼到了我们的救星。来的是一辆破旧不堪的小篷车。里面走出一个浑身腥臊的人来。他穿着一套连裤的蓝布的工人服装，满身是油污……他下了篷车，大踏步走向我们的病车头上来。大家让他路，表示起敬。又跟了他到车头前去看他显本领。他到车头前就把身体仰卧在地上，把头钻进车底下去……过了一会他钻出来，立起身来，摇摇头说：'没有这种螺旋钉。带来的都配不上。'乘客和司机都着起急来：'怎么办呢？

你为什么不多带几种来？'他又摇摇头说：'这种螺旋厂里也没有，要定做的。'听见这话的人都慌张了。有几个人几乎哭得出来。"如此一波三折，事情才有了转机。师傅说用木棍自削一个螺旋钉或许可以替代。从附近农家找来了厨刀和木棍，还真解决了问题。文章中，丰子恺没有说明是汽车上哪个部位的螺钉掉了。我估摸可能是水箱上的吧，用木棍削成原状堵上，再灌满水，汽车就可以重新发动上路。呵呵，否则，子恺先生和那车上的一班乘客，可真的要在车上过夜了。

这篇文章是有真实的众生相的。汽车抛锚后的这两小时，"荒郊的路上演出了恐怕是从来未有的热闹。各种服装的乘客——商人、工人、洋装客、摩登女郎、老太太、小孩、穿制服的学生、穿军装的兵，还有外国人，——在这抛了锚的公共汽车的四周低徊巡游，好像是各阶级派到民间来复兴农村的代表，最初大家站在车身旁边，好像群儿舍不得母亲似的。有的人把车头抚摩一下，叹一口气；有的人用脚在车轮上踢几下，骂它一声；有的人俯下身子来观察车头下面缺了螺旋钉的地方，又向别处检探，似乎想捡出一个螺旋钉来，立即配上，使它重新驶行。最好笑的是那个兵，他带着手枪雄愤地骂，似乎想拔出手枪来强迫车子走路。然而他似乎知道手枪耍不过螺旋钉，终于没有拔出来，只是骂了几声'妈的'。"无奈那汽车如死尸般趴在路上一动不动。"乘客们骂过一会之后，似乎悟到了骂死尸是没用的。大家向四野走开去。有的赏风景，有的讲地势，有的从容地蹲在田间大便，一时间光景大变，似乎大家忘记了车子抛锚的事件，变成 picnic 的一群。"

这篇文章貌似散漫，其中的几处点睛之笔却富含哲理。如：当车上一班人在围着司机发牢骚时，丰子恺和友人却漫步到乡野，"同闲坐在茅屋门口的老妇人攀谈起来。'你们这里有几份人家？''就是我们两家。''那么，你们出市很不便，到哪里去买东西呢？''出市要到两三里外的××。但是我们不大要买东西。乡下人有得吃些就算了。''这是什么树？''樱桃树，前年种的，今年已有果子吃了。你看，枝头上已经结了不少。'我和Z先生就走过去观赏她家门前的樱桃树。看见青色的小粒子果然已经累累满枝了，大家赞叹起来。我只吃过红了的樱桃，不曾见过枝头上青青的樱桃。只知道'红了樱桃，绿了芭蕉'的颜色对照的鲜美，不知道樱桃是怎样红起来的。一个月后都市里绮窗下洋瓷盆里盛着的鲜丽的果品，想不到就是在这种荒村里茅屋前的枝头上由青青的小粒子守红来的"。悯农之情怀，溢于言表。又如：农妇邀丰子恺和友人进屋坐坐，丰见"她家里一灶、一床、一桌，和几条长凳，还有些日用上少不得的零零碎碎的物件。一切公开，不大有隐藏的地方。衣裳穿在身上了，这里所有的都是吃和住所需要的最起码的设备，除此以外并无一件看看的或玩玩的东西"。丰子恺不由想起了自己的家来，"我们要有写字桌，有椅子，有玻璃窗，有洋台，有电灯，有书，有文具，还要有壁上装饰的书画，真是太噜苏了！"先生不禁反躬自问："实际，我们的生活在中国说算是噜苏的了。据我在故乡所见，农人、工人之家，除了衣食住的起码设备以外，极少有赘余的东西。我们一乡之中，这样的人家占大多数。我们一国之中，这样的乡镇又占大多数。我们是在大多数简陋生活的人中度着噜苏生活的人；享用了这些噜苏的供给的人，对于世间有什么相当的贡献呢？我们这国家的基础，还是建设在大多数简陋生活的工农上面的。"八十年前的文人，能有如此体恤工农的情怀，应是难能可贵的。再如："机器司务用茅屋里的老妇人所供给的工具和材料，做成了一只代用的螺旋钉，装在我们的病车上，病果然被他治愈了。于是司机又高高地坐到他那主席的座位上，开起车来；乘客们也纷纷上车，各就原位，安居乐业，车子立刻向前驶行。这时候春风扑面，春光映目，大家得意扬扬地观赏前途的风景，不再想起那醒醒的机器司务和那茅屋里的老妇人了。"而事实上，乘车出行，一旦出障，排除困难，"乘客靠司机，司机靠机器司务，机器司务终于靠老百姓"。人活在世上，原本是要靠互相帮衬的嘛！细小之事，反映出的，却是如此深刻的道理。

文章中，丰子恺和好友 Z 先生，还多次提到了一个"缘"字。清早友人来访，是缘；不知道汽车有无，赶到车站，正好班车要开，Z 先生说："有缘！有缘！我们迟到一分钟就赶不上了！"丰笑着附和他："多吃半碗粥就赶不上了！多撒一场尿就赶不上了！有缘！有缘！"

汽车抛锚，别人急煞，丰子恺却十分悠闲："我和 Z 先生原是来玩玩的，万事随缘，一向不觉得惆怅。我们望见两个时髦的都会之客走到路边的朴陋的茅屋边，映成强烈的对照，便也走到茅屋旁边去参观。Z 先生的话又来了：'这也是缘！这也是缘！不然，我们哪得参观这些茅屋的机会呢？'"他俩就同闲坐在茅屋门口的老妇人攀谈起来。见到了农家简陋的陈设，丰子恺还想起了某人题行脚头陀图像之跋："一切非我有，放胆而走。"没有享受过程之闲心，哪来如此豁达之禅思！

在丰子恺笔下，连汽车抛锚这样的小事囧事，都能写得如此深刻有趣，难怪日常生活中的细枝末节，在他眼中，都是绝妙题材，一旦入画入诗，都是那么飘逸有趣，温馨隽永。

吾生亦晚，未及得识丰先生，但却有幸和子恺先生的小女丰一吟女士有过半日谈，从她口中，获知了很多丰先生日常生活中，充分"享受过程"的轶事。

32年前的事了，其时我还在杭州某省报工作，负责编辑周末版《名人之后》的专栏。记得是初冬的一天，经省政协一位朋友的介绍，我专程到上海去采访丰一吟女士。

丰一吟家住在上海体育馆（人称"万体馆"）旁边，一幢十多层的高层公寓内。丰一吟是子恺先生的小女，生于1929年，已年近花甲。她面容团团的，像母亲徐力民，眉目慈祥，又有丰先生的神韵。知道我是从杭州来的，丰一吟感到特别亲切。她说："1934年至1937年，三年中的春秋两季，父亲都住在杭州。前两年住在皇亲巷，后来搬到了田家园。"我说："这两处我都很熟悉，前者与我家只隔了一条马路，后者也在市中心，都是闹中取静的居处。"丰一吟说："那时杭州人口少，寻常巷陌内，往往藏有深宅大院。我们皇亲巷的住宅内，就有很大的一个花园，假山叠翠，池塘清浅，我和哥哥姐姐常在院子里捉迷藏，在假山上还拍过一张照片。"

丰一吟说："1930年秋，父亲得伤寒症，辞去了教职，病后有好几年，一直在桐乡石门湾的家中休养。"利用赋闲之机，丰子恺自己设计、建造了新居"缘缘堂"。丰子恺的收入有限，盖房子的钱，是其多年的稿费积蓄，但他从不吝啬金钱，舍得花钱去营造和享受眼前的生活。新居的院子很大，房子盖好后，丰子恺在墙门两边各种了一株桃树，前院种了樱桃、蔷薇、芭蕉等花木；在后院则搭了葡萄架，种了一批冬青和一株桂花树，还在空地上竖了一架秋千，给孩子们玩。上年纪了，近期的事记不牢，儿时的记忆却如在眼前。丰一吟向我历数"缘缘堂"四季的景致："春天，风吹得檐下的铁马叮咚作响，燕语呢喃，门口的桃花开了，是重瓣的，密密层层，灿若红霞。""初夏，红了樱桃，绿了芭蕉，傍晚来了客人，父亲喜欢将桌椅移到蕉荫下，与朋友小酌几杯。""秋天，葡萄架上果实累累，入夜，四围虫声唧唧，屋内灯下，孩子们在复习功课，父亲则在书房里或写作或作画，家中一片静谧。""冬天，朝南的房间从早到晚晒得着太阳，父亲喜欢喝酒，常在屋角贮几坛新酿的米酒，母亲蒸一碗自制的霉千张、煎几块臭豆腐，外加几只烘山芋、煨白果，便是父亲最爱吃的下酒菜。"

我跟丰一吟说起子恺先生《半篇莫干山游记》中记叙的趣事，一吟女士笑了："父亲就是这样的，从来不急不躁，喜欢一路悠然欣赏的慢生活。"她回忆道："那些年哥哥姐姐都在省城读书，父亲陪孩子寒暑假回老家，开学了住杭州。从石门到杭州，一般人都到长安镇坐火车，几个小时就可抵达；可父亲宁愿坐运河上的客船，虽要花费一天半时间，却自得其乐。"丰一吟说："父亲还总结了坐客船优于坐火车的三个理由。一是客船等在家门口的这个湾里，开船时间可由客人自定；二是行李不必捆扎，被子枕头，茶具书刊……都可带上去随便放置，起居如在家里一样方便；三是经过码头，想停就停，且可上岸观光购物。这一条尤为父亲赞赏。船经塘栖，他总会吩咐船家，停泊在此过夜。父亲施施然上岸，先到街上买点糖水枇杷等当地特产，再拣一家临河酒店，烫一壶花雕酒，点几样小菜，毛豆、鲜菱、茭白、荸荠等水乡时鲜，是他的最爱；然后浅斟慢酌，在微醺中，看着太阳渐渐沉入地平线。"

平凡生活中的点点滴滴，在丰子恺的眼中，都是那么鲜活生动，值得品味。

丰子恺有 7 个子女，看顾教育孩子，人都以为是苦事累活，可先生却将其视为人间最大的乐事。丰子恺真心疼爱孩子，常和他们一起游玩。先生十分欣赏八指头陀的诗："吾爱童子身，莲花不染尘。骂之唯解笑，打亦不生嗔。对境心常定，逢人语自新。可慨年既长，物欲蔽天真。"认为人间最富有灵气的是孩子，只有孩子才是真正的"人"。孩子们学"过家家"；女儿给椅子的四只脚穿鞋子；锣鼓响了，小儿拖着大人要去看戏……童稚生活中的这一幕幕，丰子恺都看在眼里，记在心头，并以此为素材，创作了一大批富有爱心的"儿童漫画"。

避寇逃难，人皆视为畏途。抗战时，丰子恺拖儿带女，带着一家老小十余口，辗转万里，一直从桐乡逃难至桂林重庆，一路艰辛，自不待言。可丰子恺身逢乱世，却心有定力，即使防空袭躲在岩石下，炸弹落在身边，他思想仍有准备：一是活着回去，二是被炸伤了抬到医院，三是被炸死在石凹里。结果大难不死，他还将这段空袭遇险的经历，画成了漫画，记录了日寇的凶残，表达了自己心中的愤慨。

我读丰子恺的画册文集，常在思索：为何丰先生能有这样超凡脱俗的情怀，能将坎坷视为坦途，能化庸常成为诗乐？我想不外乎两个原因。一是宗教，二是艺术。

丰子恺从小悟性很高，喜欢关注人生的终极问题。他在《大帐簿》等文章中忆及，年幼时，住在石门湾老屋中，他就对时空的概念有了探究，对世界万物过去、现在、未来三世的因因果果，有了初步的认识。后来丰子恺到杭州浙江省立第一师范学校读书，成了李叔同的学生，与这位出家后以弘一法师闻名的高僧有了因缘，于 1927 年皈依三宝，正式成了弘一法师的弟子。在居家修持佛法的过程中，1929 年，丰子恺 4 岁的爱子奇伟夭折；年底，岳父去世；没几个月，1930 年 2 月 3 日，丰子恺的母亲也因病逝世。亲人的相继离世，使丰子恺悲痛万分。秋天，他外感内忧，罹患了恶性伤寒，虽经救治，得以康复，但此时的丰子恺身体虚弱，情绪低落，深感人生无常，做人没有意思。在杭州读书时，丰子恺曾随李叔同，到田家园马一浮的寓所，看望过这位国学大师。母亲死后的那两年，身心俱疲的丰子恺，常常走进了这条陋巷，为打开郁闷的心结，求马一浮的开示。对儒学和佛学都有深刻造诣的马一浮，和颜悦色地解答了丰子恺的疑问，和他一起探讨古人"笙歌归院落，灯火下楼台""白头宫女在，闲坐说玄宗"等述及"无常"的诗词，帮他认识到了万物生生灭灭，"无常即常"的道理。丰子恺自此大悟："我好久没有听见这样的话了，怪不得生活异常苦闷，他这话把我从无常的火宅中救出，使我感到无限的清凉……"。

李叔同是我国近代出国学习西洋音乐、绘画和话剧的先驱，归国后在浙江省立第一师范任职，教的正是音乐和图画这两门课。而丰子恺对音乐和美术，既有天赋又特别喜欢，在李叔同的悉心教导下，将艺术作为毕生的事业，并将其融入了自己的日常，使生活变得充满了艺术气息。1922 年秋到 1924 年末，丰子恺应聘到浙东上虞的白马湖中学任教，同事中有朱自清、朱光潜、夏丏尊等人。白马湖山水风光旖旎。照朱自清的描述："山是青得要滴下来，水是满满的，软软的。"课余，丰子恺和一帮同事饮酒聊天，其乐融融。朱光潜回忆道："酒后见真情，诸人各有胜概，我最喜欢子恺那一副面红耳热，雍容恬静，一团和气的风度。"一帮志同道合的朋友，在友谊中领取乐趣，在文艺中领取乐趣。丰子恺去世后，朱光潜著文缅怀老友："一个人须是一个艺术家才能创造出真正的艺术作品。子恺从顶至踵，浑身都是个艺术家。他的胸襟，他的言论笑貌，待人接物，无一不是艺术的，无一不是至爱深情的流露。"

可以说，正是艺术和宗教，支撑起了丰子恺的超凡人生。

邻家有女求不得

"求不得苦"，却仍要执意追求，陷进去，出不来，那更是锥心的痛苦。而放下即实地，有时候，退一步，可能就风平浪静，海阔天空。

谓予不信，请读下面这个我亲身经历的故事。

我们搬到城东那个大杂院时，吴师傅一家三口就已住在那里了。

吴师傅在城北一家丝厂上班，虽说是老工人，人长得瘦小，逢人先笑，乍看像个杂货店伙计；可能是长年和丝绸接触的缘故，一双手伸出来没有半颗老茧。

吴师母慈眉善目和老伴相仿，长得却与吴师傅相反，脸盘圆圆的，身材也已有点发福，是个家庭妇女，除了一日三餐，主要精力都放在了照顾独养儿子阿杜身上。

阿杜是个苦命人，坐在那里，额头开阔，鼻梁高挺，双眼清澈，像煞个聪慧的小伙子，但一起身，就塌台了。

腿瘸的人两脚有高低，走起路来摇摇摆摆，全靠双手保持平衡，有的杭州人嘴巴臭，称之为"撑船"。

而阿杜不光右腿瘸，右臂也蜷曲不能伸展，强撑着迈步，整个身体就一起一伏，如怒海中行舟，看了让人心惊肉痛。

好端端一个小子，怎么会变成这样？听吴师母说，是阿杜四岁时外出惊风，回家后高烧抽搐，虽经抢救挽回了性命，从此落下了这半身不遂、耳能听却口不能言的残疾。

吴师傅一家在杭州没有亲人，只有老家桐乡有一门远亲，堂房阿侄，偶尔走动，互通音讯。

吴家没人识字，写信的事，就由我代劳了。一般收到亲戚来信的第一个周末，吴师傅就会邀我代写回信。他家住在墙门头进，三开间平房的居中那间，板壁隔成的十多平方统室，两张床一搭，箱柜饭桌一放，就没有多少回旋余地了。亏得烧茶煮饭，都在天井对面的公用厨房，三口之家住住，还勉强不显局促。

知道我是来给他家写信的，坐在床沿的阿杜会冲我"嗬！嗬！"地叫几声，算是打招呼。记得我家刚搬来时，阿杜的声音还是稚嫩的，怎么现在竟如雄鹅般"吭吭"的了。我挥手"嗬"一声，作为回礼，坐下细看他的脸，唇上已有细密的胡须。

吴师傅递上了亲戚的来信，我打开信封时，心中还在瞎想：搬进这个墙门时，我还在读小学，如今工厂学徒都快满师了；阿杜比我大好几岁，肢残人也会发育的嘛，我为自己刚才的疑惑感到好笑。

见我经常出入吴家，紧邻的张婶娘向我"讲小白"（意即打小报告）了，说是："听闻吴师傅一对本是露水夫妻，私奔到杭州才正式结婚的；那儿子是不是吴亲生的都很难说，阿杜今天这样，真是前世造孽。"

我闻言默不作声，心中却颇为反感："人家夫敬妻从蛮蛮好的，过去怎样与你我何干。"

唉！过去老墙门 72 家房客，轧是轧非的事体就是多！

本以为现世安稳，却平地起了风波。

入夏了，墙门外的柳树上，已有新蝉在枝头鸣叫；一向悄无声息的阿杜，却突然变得狂躁了起来。他瘫坐在堂前的竹椅上，嘴里"呜呜"地咆哮着，冷不丁地会抓起身边的扫帚畚箕往天井里摔。

一天，我照例去吴家写信，还没进门，就碰到隔壁丁师母家的三女儿丽娟，蹑手蹑脚从天井溜过。我刚想叫她，她食指放在嘴唇上轻"嘘"一声，转身隐入门楼。我心中不解，跨进吴家门槛，见阿杜两眼放光，仍在睃寻丽娟的背影，见我进来，这才收回目光，恶狠狠地盯着我，好像我是他的仇敌。我不敢久坐，给吴师傅写毕回信，就匆匆告辞了。

第二天下班，我在巷口碰见张婶娘，她一把将我拉到墙角，悄悄问我："你知道阿杜这几天为啥发疯吗？"

"不晓得呀。"我说。

"唉，下作，太下作了。这瘫子呆坐家中，好事不做，却撬开板壁，在偷看隔壁丁家女儿汰浴。"

我恍然大悟，难怪昨天我与丽娟打招呼，阿杜会用那么凶狠的目光盯我。

丁家三姑娘长得的确不错，高挑的身材，一双星眼顾盼飘忽，头小读书不灵，却很合模特的选美标准，上镜。那年月物资短缺，商店里还没文胸可买，热天，嫂子大婶们套一件无袖的裌甲儿就敢上街；姑娘儿害羞，也最多汗背心外面再罩件短衫。丽娟从小被爹妈溺爱，胆大，怕热，不穿背心，往往就穿一件极薄的的确良白衬衫，走起路来两只乳房耸发耸发的，走到街上，回头率极高，男人都忍不住偷瞄她几眼。

其时，街道里正在动员社会青年上山下乡，丁家急着将女儿嫁出去以避风头，张婶娘曾想为我牵线做媒。我摇摇头，知道自己不配。因为我心中明白，按丁家择婿的标准，我根本不是她家考虑的人选。

丁师母曾有意无意地打听过我工厂的情况，得知那只是一家区办的小集体企业时，她皱着眉头对我说："二级工才34元，比国营大厂每月要少二三元钱呢。哎呀，你以后找对象要烦难啦！"

我理解她的意思，那时候全民普遍低工资，且工人满师后基本上二级工定终生，很少再有加工资的机会。而大学毕业生享受干部待遇，起步工资就有45元，和部队转业军人一样，是当时未来丈母娘眼中的香饽饽。丁师母有这样的想法，也难怪人家，要怪只能怪我自己不争气。那年，我已经26岁了，心中常怀忧郁，蓬头垢首，天天穿一件油腻的工作服进进出出，上下班也懒得换洗。

丁师母终于为女儿物色到了一个满意的对象。小伙子姓贾，湖州人，瘦高个子，戴一副深度近视眼镜，人长得文弱白净，在一家市级医院的化验室工作，虽不是门诊大夫，好歹是医专毕业的，丽娟也称心。

事态终于发展到了有点出格的地步。

那天，贾医生拎着一条烟两瓶酒，第一次到女方家来做客。丁师母忙里忙外，掸了尘，煎了鱼、炖了老鸭煲，候着毛脚女婿上门。丽娟则早早就在巷口等着了，接到了男友，也不扭捏，挽着手，就把他带入了墙门。

谁知贾医生刚跨进门槛，"砰"，一张矮凳就砸了过来。贾一个趔趄，凳子没砸中，正惊惶间，"嗖"一声，一把剪刀随之飞了出来，戳在了贾医生的脚前面，青石板上都溅起了几点火星。贾医生大惊失色，退步闪出了门外，手中的两瓶西凤酒都差点被撞碎。

那天是星期天，我正好休息在家，听到前院丁师母惊慌地喊："杀人啦！杀人啦……"赶紧冲了出去。我只听得吴师傅家里，传出了猛兽般的咆哮。老夫妻一人一条胳膊，把儿子按倒在地上，但仍按压不住阿杜声嘶力竭的哭喊。

贾医生走了，从此不敢再来丽娟家。

恼怒的丁师母把管片民警老王也叫了来，非把阿杜关到古荡精神病院去才罢休。老王是知道阿杜病况的，面对着吴家两老的苦苦哀求，只能让他们严加管束，让吴师傅夫妇把刀剪等都收管好，保证今后不能再有类似事情发生。

晌午，吴师傅用布带把阿杜那只好手臂绑在了床沿；生怕他再发牛脾气，一定要我去教训他几句。我苦笑着摇摇头，我觉得我能理解阿杜的心思，但我自己都苦闷万端，我能用什么去宽慰阿杜？

入暮，二老到天井那头厨房去准备晚餐了；石槛底下，有一对蟋蟀在振翅谈情，阿杜脸朝墙壁躺在竹榻上，还在抽泣。

我坐在床前，抚着他抽搐的臂膀，轻轻对他说："阿杜，人来到世上，投胎哪里、长丑长美、生老病死，都是由不得自己做主的。"

"阿杜，池中月，镜中花……世上很多东西是我们求不到的呀！你看我好手好脚的，还不是跟你一样在打光棍。"

在我好言抚慰下，慢慢地，阿杜停止了抽泣。他口不能言，但耳朵和心智没病，我想，他是听懂了我的话的。

丽娟出嫁那天，墙门外爆竹声喧，吴师傅担心阿杜又要犯病，早早地就来请我去帮助看管。我进门见阿杜静静地躺在床上，眼里噙满泪水，见我进门，翻身向壁而卧。我上前拍拍他的臂，转身带上门，向坐在屋檐下的吴家二老轻轻地摆摆手，告诉他们一切都已过去，请不必再为阿杜担忧。

两年后，恢复高考，我离家赴沪就读，行前去到吴家辞行，阿杜是笑着，竖着大拇指向我告别的。

吴师傅将我送到门外，我说："今后你写信只能另找人了。"

老人说："谢谢，谢谢！那总有办法的。其实我最担心的，倒是自己死后，老伴和阿杜怎么过！"

这确是一个大问题，我知道吴师傅还有更深的隐忧，那就是日后老伴也过世，瘫手瘸脚的阿杜怎么生活？哎，人生实苦，我和他也只能相对唏嘘。

大三那年，旧城改造，老宅拆迁。等到我毕业回杭，邻居都已搬迁星散，听母亲说，吴师傅一家拿了一笔补偿金，已被桐乡的堂侄接去乡间居住。

8年以后，我在单位，收到了桐乡的一封来信，拆开一看，竟然是吴家堂侄写来的。他说在省报上经常读到我的文章，所以冒昧写信给我。堂侄来信，主要是要告知吴家的一些信息：吴师傅迁居回乡2年后，就因肠癌去世了；3年后吴师母也因脑溢血而亡。夫妻两人皆享寿八十而逝，也算有福气了。阿杜自回到家乡后，不怨不怒，他耳朵能听，左手能动，自此开始学识字、学书写，安安静静地每天磨墨苦练书法。现在，他的左笔法书，已像煞名家费新我的样子了。当地残联给他在镇上找了个店面，阿杜每天去坐堂写字。游客和乡邻来求购条幅和对联的很多。"阿杜左笔书法"在当地已小有名气，他的润笔收入已自给有余，生活则由老吴堂侄一家照顾，请我放心勿愁。

有始有终，这吴家堂侄也是一个有情有义的人。杭嘉湖一带的人品性温良忠厚，大抵如此。

这是吴师傅一家三口最好的归宿。我想，真是天无绝人之路。

三、千磨万击还坚劲，任尔东西南北风

一位有医癖的发小

明末文人，《陶庵梦忆》的作者张岱有言：人无癖不可与交，以其无深情也；人无疵不可与交，以其无真气也。说得真是精辟在理。

一个人活在世上，对什么都不感兴趣，生活中没有自己的痴迷和爱好，那么这个人肯定是一个寡情的人。而一个具有真性情的人，是不会没有缺点的；自我标榜为"高大上"的人，不是伪饰就是假装。前者冷漠，后者虚伪，这两种人，都不值得深交。

我与祁摇旗是赤卵兄弟，从发小一直交往到老迈，交情不减，我想，或许正因为摇旗是一位有癖好真性情的人。

祁摇旗家搬去了宿舟河下，一个很有诗意的地名。其实那地方并没有想象中那样美好，旧时江北（一般指苏北、徽北）遭灾，流民划着一只小船，一路逃荒到了杭州，往往在城东横河桥一带系舟上岸。男当家捡破烂，家婆给人补鞋袜，一家老小勉强糊口，慢慢就在周边定居了下来。

摇旗是我从小的街坊，老家绍兴安昌，全面抗战前他父亲移居杭州，在城东租了沿街的一间小屋，靠兑卖老家的酱酒为生。据说摇旗出生时，脐带是靠接生婆咬断的，所以起名叫咬脐。父母去世后，咬脐嫌这名字难看，"破四旧"派出所允许改名，便将其改成了摇旗。技校毕业后，摇旗分配到离家不远的一家绸厂当修机工，不久结婚生子，都在世代居住的那间屋里。那地方虽然小点，但街面房子，购物和进出都方便，邻居们都想不通，摇旗怎么会把房子调到江北人聚居的那只角去。

我去参观过摇旗的新居，一条窄巷七拐八弯地进去，一间不足20平方米的小屋，清盖瓦，泥墙泥地，周围也都是这样的棚户屋，实在没啥优点可言。

我说："摇旗你脑髓搭牢了，搬到这种地方，看想啥呢？"

摇旗领我穿过房间，说："就看想这片院子。"

他说，一天他走过浣纱路房管局门口，树荫下有几个人正在那里扎堆聊天求调房。他早就想调一处带院子的住房，于是有空就乘8路车去那里转转。听来听去，果真找到了一家带小院的房主，对方退休了，想开一爿小店补贴家用，摇旗家的沿街房，正好对他的胃口。两人互相看房，各自满意，都是公租房，换房手续一趟搞定。

那是一个朝南的杂院，约莫有50平方米面积，如今被摇旗翻掘整理成了六畦苗地。我见地上长的似花非花，似菜非菜，问摇旗种的是什么玩意儿？

摇旗走到地头，一畦畦指给我看："那茎和叶子都带有一点紫色的是紫苏。它味辛，性温，具有解表散寒、行气和胃等作用。人一旦外出被雨淋湿了，可以摘几片紫苏叶煮水饮用，能预防感冒。煎鱼、蒸蟹时，放几片紫苏叶，可解鱼腥和蟹的寒气。"

摇旗走到地头一畦密密麻麻、葱绿欲滴的植株边，摘下一片叶子让我嗅："这气味你熟悉的吧，这是薄荷，味辛、性凉，无毒，具有疏风散热、清头目、利咽喉、解郁等功效。摘新鲜薄荷叶几片，加一点糖，用沸水冲泡，当茶喝，可提神润喉，缓解嗓子干痒，且还有清热利尿的作用。"

我见墙角堆着几个细小干瘪的番薯，便问："这样小的番薯要来做啥？买买都花不了几个钱。"

摇旗一笑："你不识了吧，这可是大名鼎鼎的何首乌呀！我前几天在余杭山沟里挖来的，种在墙角，藤延上去可以绿化，过些年块根膨大了，挖出来九蒸九晒后，浸酒喝，可是返老还童的补药呢！"

我早知道摇旗喜欢中医，厂休日常到西郊五云山乃至临安的清凉峰去采集草药，想不到他搬家看中的是这个院子，想把它辟成自家的"百草园"呢。

摇旗初中毕业就进了技校，文化并不高，但人聪明，悟性足，学啥专啥，干啥像啥。他读初二那年，双亲相继去世，家中还有两个弟妹，一日三餐都成了问题。我母亲去帮过他几天，但很快就被他婉言谢绝了。

摇旗说："谢谢师母，你要工作，自己也有一份人家要照顾。我和弟妹都不小了，烧菜煮饭这点事，我们自己能解决。"

我母亲不放心，后来吃饭头里，去看过几次，一次回来，母亲对我和姐姐说："摇旗能干，今天给弟妹们在做油爆虾，我尝了一只，还挺入味的。"

我家买、汰、烧，都是母亲一手落的，姐姐快出嫁了，还是一点不会烧菜，于是领着我，上门去向摇旗讨教。

摇旗正在做油焖笋，听闻我们来偷拳头，不由呵呵一笑："哈，生变变熟，又没有啥高科技含量。一是火候，二是咸淡，把握好这两点，基本上就可以掌勺了。"

姐姐见他滚刀切笋落油锅，加糖加酒，再淋一勺酱油，片刻，一大碗热气腾腾的油焖笋就上桌了。我俩尝了一块，浓油赤酱、鲜香脆嫩，味道好极了。

姐姐不解，问摇旗："我见你起锅前并没尝味，怎么就咸淡刚好？"

摇旗答道："多少食材，加多少作料，烧几次，一般就心中有数了。"

说完他抿嘴浅笑："但这里也有诀窍，那就是'宁淡勿咸'，淡了好添加盐花或生抽酱油，咸了，就一点没办法了。"

摇旗的悟性就是好。

没几年，国有企业改制，摇旗 50 出头，也下岗了。半老不老的年纪，闲在家里，旁人看了都替他着急，可摇旗一点朊介事。他隔天就上山寻草药，还报了中医函授班，将往昔的业余爱好，当作了正经事来办了。

年前，我大姐得了一种怪病，好几回，夜饭碗放落，人还在椅子上，身子就瘫了下去，神志不清。姐夫已 80 岁了，急得手足无措，赶紧用拇指掐她的人中。总算醒了，一身冷汗，大姐自己也说不出个缘由。一次大姐又犯病了，正好女儿在家，打 120 送她去省里的一家医院急救，观察室待了一夜，心电图、脑 CT 都做过，还是查不出病因。

问医生，值班的年轻医生不耐烦："哪有这样快的。要一项项查，一项一项排除。明天来做'心超'和 24 小时动态心电图。"

外甥女急得打电话向我这娘舅求助。我正好和摇旗在"百草园"里闲聊，将此事和他说了。

摇旗要我问清，大姐昏厥前还有什么症状。

外甥女说，就是头颈有点扳牢，哈欠连连。

摇旗沉吟片刻，对我说："明天让你大姐去检查一下颈动脉，我估计她是颈动脉栓塞，大脑供血不足的缘故。"

第二天晚上，大姐电话来了，检查后，确是颈动脉栓塞60%。周日我去大姐家探望，她说，配了消栓和降脂的药，吃了，果真没有再犯病。

我将好消息告诉摇旗，并诧异地问他："怎么就有这样的把握？"

摇旗说："你大姐70多岁了，平常就有高血压等基础病；每次犯病又都是在饭后，血液流向胃肠帮助消化，再加上发病前又哈欠不断，都坐实了颈动脉栓塞、头脑供血不足的征兆。"

我说："摇旗你真是神了，大医院三考出身的医生都不能确诊，你竟有这样的明断！"

摇旗轻叹一声："现在很多年轻人学医，是谋个职业。而我却纯粹出于爱好。人家老师讲过，听过算过。而我书上看到的，耳边听闻的，统统记在心里。天下任何一门学问，只有痴迷，才能用心；只有用心，才能长进嗬！"

我感佩道："摇旗，你完全可以去申请行医啦！"

两年后，摇旗果然通过了资格审查，拿到了行医执照。

我没有到他的诊所去看过病（据去过的老邻居说，候诊的人不少，口碑不错），但我却到他家里去咨询过一次毛病，事实证明疗效神奇。

那年冬天江南奇冷，我为了赶写一个长篇，寄居在浙西山区的一户农家。大雪封山，呵气成霜，主人在堂前升起了一个火塘。我暂停了手头的工作，和冬闲的村民们一起，围坐在毕剥有声的炭火前，剥食灰烬中煨熟的甜薯、甘栗，品茗聊天，倒也别有山居情趣。

谁料想这种惬意的生活过了没几天，我的眼睛居然出状况了，早晨起来，双眼充血干涩，照镜子，右眼眼睑红肿，眼睛都快睁不开了。房东帮我到村卫生所配了眼药水，滴了两天，红肿依旧。又换了金霉素眼药膏，涂了后，炎症没消，右眼黏糊糊的，睁也睁不开了。

雪停后，我赶紧搭车回了杭州，去看了眼科门诊，医生说是睑缘炎，也就是滴眼涂眼的那几种药，耐心治吧。

可用药 10 天，右眼没好，连左眼也有点红肿了。我决定换求中医。找了一位祖传的眼科名医，给我配了几小管自制的中药粉剂，涂入眼中有点清凉，我想这下对路了。可涂了两周，上药时舒服，可眼睑红肿渗液，却依然如故。

有人吓我，这种"烂眼皮"，迁延难愈，有到老都好不了的。我彻底慌了，只好去向摇旗求助。

摇旗察看了我的眼睛，又详细询问了我发病和就诊的过程，说："你这是久烤火塘，热毒侵目引起的疾患。我这里有一个偏方，你如不嫌弃，何妨一试。"

他说："今晚睡觉前，你取一块药棉，浸透尿液，然后用纱布敷定在病眼上。偏方上说，最好用童子尿。"

奇迹发生了。第二天，我揭开纱布，觉得眼睛清亮了许多，揽镜一照，红肿居然全消了，真是一剂解千忧。

摇旗自幼体质羸弱，小学六年，一直都是病恹恹的，面黄肌瘦，被小伙伴们称为"干血痨"。初二时，父母相继离世，弟妹还小，一家三口，生活的担子都压在了摇旗肩上。他发誓要改善体质，拜东街上会点拳脚的草头郎中黄一帖为师，清早跟着那老翁打太极，周日则随他上山采草药，喝了半年自采的补肝肾的草药炖红枣汤，面色日渐红润，体格也一天天强健了起来。

摇旗痴迷中草药，后半生活得很快乐。他曾对我说："人生的道理，世上的学问，其实都是相通的，痴迷一门，深入进去了，往往一通百通，乐趣无穷。"

摇旗对我说，某日，一位身价上亿的老板到他诊所看病。肥头大腹的老板身着手工定制的西装，腋下喷过进口的古龙香水，可一进门，摇旗就闻到了他身上散发的臭味。坐下搭脉，脉滞而缓；张嘴看舌苔，苔根黄而腻；问诊，患者主诉胃纳差、腹胀满，眠少无力。翻看病历，此病迁延已有数月，西医专家B超、CT，从头到脚都做过，查不出病变；中医名家也看过几位，药方上无非补血补气，人参、当归、黄芪都用了，铁皮石斛、冬虫夏草，自己买来，开水泡泡代茶饮，钞票无所谓，但越吃，人越腻味萎靡。摇旗展纸，唰唰几笔就开妥药方。

患者到街角药堂去验方撮药，不一会又转来了，抱怨说："以往我配的中药，一次总要上千元钱。怎么今天同样七帖，价钱还不到200元？"

摇旗说："我配的是茯苓、陈皮、薏米仁、焦麦芽等常用的健脾祛湿药材，价格当然便宜。"

"祁医生，我可不缺钱！"

"可你缺少常识。"

摇旗笑着拍拍患者的肥肚说："你这里酒食油腻都堵住了。打个比方，好像过去我们生煤炉，炉膛中间被废渣堵塞，火就蹿不上来。这时你往里面越添柴炭，下面会堵得越厉害。正确的处理就是做减法，把中间的废渣淘空，扇子一扇，空气流通，煤炉就发着了。"

一番话，说得那老板心服口服。

"回去少应酬了，早上吃菜泡饭，中晚菜肴也清淡一点，经常叫你老婆给烧碗'咸菜笋干豆瓣汤'喝喝，你这种病，不吃药也会好的。"

"晓得，晓得！"那老板是萧山人，这种汤，小时候浙东乡间家家都喝，特别是夏天暑湿，蚕豆晒干而成的豆瓣能祛湿，咸菜、笋干吊鲜，煮汤喝了尤其开胃。

痴花和痴书

《心经》要人"心无挂碍"，以为只有这样，才能"无所恐惧"，"免除颠倒惘想"，达到涅槃、超脱的境界。但我等凡人，是很难修养到这样的高度的，有时候，心有所系，也未必不好，只是要看所系的是什么了。

新闻界的前辈，曾在民国年间主持《申报》副刊10余年之久的周瘦鹃，一辈子痴迷花木，如果没有晚年所遭遇的"文革"之灾，此生真的令人艳羡。

周瘦鹃祖籍安徽，1895年出生于上海，17岁就开始在报刊上发表小说、散文，不久入职新闻出版界，历任中华书局、《申报》、《新闻报》等多家单位的编辑和撰稿人。文案劳形之余，周瘦鹃对莳花弄草产生了浓厚兴趣。早年在上海居住时，他就在狭小的天井里养了10多盆花木。1931 年，他又凑了 20 余年卖文所得的余蓄，在苏州买了一片四亩大的园地，翌年移家，开始了自己的园艺生涯。

周瘦鹃自称"一年无事为花忙"。春天，他忙着为花木翻盆。有好几十盆大大小小的梅桩，在开过了花之后，必须一一剪去枝条，由瓷盆或紫砂细盆中翻入瓦盆培养，换上新泥，施以肥料，忙得不可开交。夏天，浇水成了重头生活。他说："夏季赤日当空，盆土容易晒干，尤以浅盆为甚，甚至一天浇一次还嫌不够，要浇两次三次之多。试想浇五六百盆要汲多少水？要费多少手脚？"暮秋叶落之际，周瘦鹃的主要工作是为花木修剪枯枝病枝；入冬以后，则要防备寒流来袭。他犹记 1952 年初冬，一晚寒潮突降，绣球、丁香、石榴……园中好几十盆花木，都被冻死了。吸取这次教训，以后一过立冬，周瘦鹃就开始忙碌，把较小的盆栽移入室内；把畏寒的大型盆树，连盆埋在地下。一年四季，真是没有一刻闲空。

辛苦归辛苦，乐亦在其中。周瘦鹃在文章中说："可是我这一年四季的忙，也不是白忙的，忙里所得的报酬，是好花时餍馋眼，嘉果常快朵颐，并且博得了近悦远来的宾客们的赞誉。"

瘦鹃先生曾有诗述其怀抱："不事公卿不辱身，翛然物外葆天真。长年甘作花奴隶，先为梅花忙一春。"惜乎如此超然之士，"文革"浩劫中仍难逃厄运，1968 年 8 月 12 日深夜，周瘦鹃在园中深井投水自尽，时年 74 岁。

年年春来，梅花依旧，斯人永逝，令人痛悼。

但说到底，心有所系，总比浑浑噩噩活一世，要来得更有诗意。周瘦鹃是一生痴花爱花，活出了人生的精彩；还有一位我所熟悉的前辈学者，却是一生痴书护书，同样谱写了人生可载入史册的华章，这就是浙江图书馆原馆长陈训慈先生。

冬日无事，翻检书柜，觅得陈训慈先生赠我的一张旧照，不禁勾起了 30 多年前一段尘封往事。

陈训慈（1901—1991），字叔谅，浙江慈溪官桥村（今属余姚市）人，是蒋介石文胆陈布雷之弟。训慈先生毕业于东南大学史地系，1932 年至 1941 年间任浙江省立图书馆馆长。1938 年至 1940 年间兼任浙江大学史地系教授、浙大龙泉分校主任。训慈先生是我心仪已久的前辈学者，早就萌生采访他的心愿，却苦于打听不到老人的确切住处。一个偶然的机会，从省文史馆一位朋友那里得到了训慈先生家的地址，1987 年一个秋日的午后，我便贸然前往他家拜访。

训慈先生的家住在杭州古荡华侨新村，院墙外是车声嘈杂的西溪路，院子内却秋阳寂寂、落木萧萧，真是一个"大隐隐于市"的好去处。训慈先生其时已 86 岁高龄，身材虽然瘦削，精神却十分矍铄。可能是午睡刚起来的缘故，只见他的头发有点蓬乱，脸上的皮肤白皙细腻，有一种近似婴儿般的玉色。他获知我的来意，很客气地请我在客厅落座。

不愧是著名的学者之家，训慈先生的客厅里书香气很浓。中堂是一幅余绍宋先生的墨竹，两旁的对联曰："望义如归中定而发，与人无竞怀德不居"，是慈溪钱罕的手迹。训慈先生静静地坐在一把藤椅上，旁边一只盛放《二十四史》的书柜，木色已经斑驳发暗，估计是家传的旧物了。我们的谈话是从陈布雷先生开始的。陈布雷是训慈先生的胞兄，作为蒋介石的"文胆"，布雷先生 1948 年自杀而亡，是中国近代史上一位富有悲剧色彩的人物。作为记者，我很想从训慈先生的口中打听一些有关布雷先生的逸闻；但作为同胞兄弟，尽管时间已经过去了近半个世纪，训慈先生显然仍不愿意多谈这一话题。我不能强老人之所难，所以很快把话题转到了抗战时期抢救《四库全书》上来。这是训慈先生毕生引以为豪的一件壮举。抗战期间，训慈先生变卖家产、筹借款项，全力抢运《四库全书》，后在竺可桢先生的帮助下，终于将这批国宝从杭州辗转富阳、龙泉，安然运抵贵阳一山洞内保存了下来。讲起往事，老人的双眼熠熠闪光，毕竟，老人的一生，是与这些积淀了中华五千年文明的书籍紧紧相连的呀！

在训慈先生娓娓的回忆中，以及事后补看先生的《运书日记》，我约略得知了这批藏书辗转避寇的大概。

卢沟桥事变不久，杭州的局势已相当紧张。陈训慈在 1937 年 9 月 13 日的日记中写道："上午写信数笺……忽警报声作，继有机声越上空过。自九时半至十时半，始解除。事后探听，则敌机侦察城站一带，未掷弹。"浙江图书馆和浙江大学，其时都在上城横河桥附近，离城站火车站不远，敌机在头顶飞掠而过，无疑对大家是一种实在的威胁。那天，正好训慈先生的小儿也在馆里，他赶紧拉着孩子一同躲避于馆前的树林下。战火逼近，杭州沦陷已是迟早的事，作为馆长，杭州文澜阁《四库全书》及其他善本书籍，如何迁移后方、避免兵燹，便成了陈训慈牵肠挂肚之头等大事。

他先是派人将这批库书和善本 235 箱，经富阳装船运到了桐庐。但因船大书重，要再逆水上行已不可能。馆员到处觅小船不得，幸亏浙大派卡车相助，才将书箱运抵建德绪塘一方姓乡绅的家中暂存。乱世纷纭，避撒匆促，运费没有着落，陈训慈自垫二百金，根本不够开销，只好东借西凑了二三百元钱，支付了挑工工钱。第二天，陈训慈亲临方宅察看，发现那里离公路太近，放心不下，还得迁往里山。训慈先生在乡长陪同下步行进山，好不容易在深山里坞找到了一处洁净的民宅，可房东却死活不肯答应租屋藏书。经私下询问，后来才得知原委。原来山民传言，运来的这批书中，公家暗藏有几箱钞票，"谓山农畏藏公物，如怀璧招罪而引敌也"。陈训慈在日记中感慨连连，但又不便解释，更不能强人所难，只能另觅他处。

库书暂存建德终非良策，急需将其迁藏内地才得心安。转眼已是1938年元旦，其时桂系军人黄绍竑主政的浙江省府已迁永康，各厅迁方岩。陈训慈为搬运图书之方案及车辆、资金诸事，乘船赶赴永康，奔走协商求援。战乱频仍、舟船困顿，旅途中，面对浙西的佳山水，训慈先生的心可谓五味杂陈。请看他当天的日记所述："今日舟行约五十里而弱，晚停泊范村。沿途江流夹山，水深滩多，往往石岩耸起，水流湍急，山峦重叠，若至绝境，而转眼之间，水流又平，山暗树明，又见一村，山色如勾甬，而奇在重叠绵亘。于此始念六年来在杭有极便利之公路而不知抽时旅行浙江佳山水，乃乘今日避难而始领略一二也。午后偕文莱行岸上里许，助舟人拉纤，拔畦中萝卜（是亦突来之窃行也，应戒），盖元旦不见国徽，不敢不践国壤以作我爱家邦之念耳。既停范村，时约五时，乃即滩上席地而食萝卜青菜，味之甚甘，天已昏矣。"稍作休息，陈训慈又和同事文莱沿小径至村舍，向乡民求购鸡蛋。山里人勤劳且质朴，一个鸡蛋只收他们48文钱。这户人家养有20头小猪，本来是准备养大卖给商家做火腿的，"惟战事作，火腿无销，商人不腌制，猪肉价贱（每元多至十斤），虽曰山民，生计亦骤受战事之祸矣"。船越上行，江流越曲折清浅。金华到永康，陆路相距不过百里，但水流弯曲，舟行却要 140 里。遇到浅滩，怪石嶙峋，全仗船夫背纤过滩。每当这时，陈训慈他们都会弃舟上岸，以减轻舟船的负担。冬天太阳出得迟，清晨 6 时解缆启程，往往天还是漆黑一片。同舟共济，早餐，"啜舟人所煮粥，甚美。念乱离中之难民，嗷嗷不得食，天寒不免冻馁转沟壑者，视被敌残杀尤酷，意为恻然"。旅途遭逢，令人伤怀，翻看陈训慈的《运书日记》，先生忧国怜民之情，溢于言表。

在永康的那些日子里，陈训慈为运书之方略和经费，三日两头搭车去方岩向省教育厅请示。但教育厅厅长许绍棣，敷衍其事，每次总是说"内地亦不安全"，对运藏《四库全书》这事，根本未予重视。浙江省立杭州高级中学部分师生其时也避寇在永康，校长项定荣十分同情陈训慈，建议他要么写信向二哥陈布雷求助，要么直接向教育部陈立夫反映，以上督下解决落实此事。陈训慈考虑再三，还是觉得不妥。他在日记中写道："余谓官厅大抵层转推卸，纵使立夫先生重视此书，亦惟电浙教厅长妥善运藏……而二兄固更不喜干与范围以外事也。"

事情没有落实，"今既无余钱又无交通工具，无米之炊，前已饱受痛苦，今将安所效力。瞻念万一疏失，将何以对浙人，何以对文化，不禁殷忧，尤不禁对主持教育行政者致其愤愤也"。那些日子，陈训慈常常夜不成寐。"数日来夜眠杂梦常多，固由于心境不佳，亦可见神经之益损健全。余素质驽而心细，思想平庸而杂念纷多。"其实这根本不是杂念，而是心心念念不忘《四库全书》之安危也。但老派学者，遇事总是反躬自省。陈训慈也在日记中检讨自身道："杂念难克，即牵虑驳杂，且使行事不勇。终由读书不多，太无涵养，纷驰脑际，夜发成梦。今后欲健身当减梦，欲减梦当节杂念，节杂念尤当读修养有助之书，而人事仆仆，牵累日多，而国运屯塞，前途多棘，何能约以事己，俾乃留多时以读书养心耶？"

陈训慈把自己杂念太多，遇事勇气不足，都归结于平时读书不够修养不足之故。因此，即使在遍地烽烟、居无定所的时刻，只要有暇，他都会找书夜读。检看他 1938 年 1—2 月的《运书日记》，常可见到这样的记载："元旦，星期六，阴历十一月卅日。七年来元旦以今日在客中江上迎岁为最惨淡矣。晨醒甚早，辨明而起……舟中阅《启示录》之四骑士。晚又阅一本邵力行之《日本虚实》，材杂文芜，著者俗人，然不可谓非有心人也。"船行途中找不到好书，因正与日寇对战，陈训慈便找了本有关日本的书来读，虽然内容芜杂文笔浅俗，但能帮助大家了解敌国之虚实，不得不说作者还是一个有心的人。"一月六日，星期四……下午雨雪，但不大。天略寒，不如杭之严冷。闻此间冬令罕雪云。晚间阅《永康县志》列传、学校各门。"既到永康，行色匆匆，能找到一部县志夜读，也算聊补于无。陈训慈有好几年兼任浙大史地系教授，对县志中的"学校"一门，自然更有兴趣。"一月十三日，星期四。天阴霾稍冷，有雪意，客中始堆炭生火……阅《永康县志·人物志》。阅《中国军人魂》二章。""一月三十一日，星期一，阴历戊寅岁元旦，雨。在永康寓次……读明文，宋文宪、王忠文（祎），皆金郡人也。宋文雅洁而沈迈，王文则严肃朴厚……青田刘文成公（余杭章先生于古人少许可，独服膺刘公不衰，故都临难时，曾以葬文成墓侧托公后人祝群先生）博通经史，与宋文宪俱称一代之宗。"宋濂（谥文宪）、王祎（谥忠文）、刘基（谥文成），都是明朝的开国功臣，又都是浙江人（宋、王祖籍义乌，刘基是青田人），民初国学大师章太炎先生，对古人多有不屑，却独敬佩浙江老乡刘基。1915 年，章太炎反对袁世凯称帝，被袁拘禁在北京。章太炎以绝食相抗，并托付后人，希望能将遗体归葬于刘基的墓旁。陈训慈是研究历史的，在烽火旅次中，展读乡贤前辈戎马倥偬中写就的文章，忆及国学大师太炎先生的率性行止，或许别有一番滋味在心头。"二月一日，星期二。读明文归震川、唐荆川、杨士奇诸子之作。"归震川即明代嘉靖年间的著名散文家归有光；杨士奇是明代"台阁体"诗文的代表人物之一，1366 年出生，1444年去世，历五朝，在内阁为辅臣四十余年。唐荆川即唐顺之，荆川是他的别号，和归有光同年，都是 1507 年出生的人，是明中期有名的儒学家、军事家和散文家。他出任兵部尚书期间，在江浙沿海抗击倭寇，曾率军在海上截击倭寇之兵船，消灭倭寇 1200 余人，击沉贼船 13 艘，大获全胜。在抗战前线奔波的陈训慈，读了归有光的散文，觉得"驳杂不经心，殊乏精彩"，读了唐荆川的抗倭檄文，想必一定十分解气的吧。"二月四日，星期五，阴雨。霪雨连绵……以雨故，本馆运书车无过境者……读曾文正公文三篇。"曾文正公即清末中兴大臣曾国藩。蒋介石十分推崇曾国藩，床头经常放着曾的家书、日记，不时翻阅；毛泽东则称："余于近人，独服曾文正公。"陈训慈在辗转运书的那些日子里，对曾国藩的文章也时常阅读，常自反省。他在日记中记叙道："曾文正公云：'身体虽弱，却不宜过于爱惜，精神愈用则愈出，阳气愈提则愈盛，若存一爱惜精神的意思，将前将却，奄奄无气，决难成事。'

余十九年、廿年在京，自以病后常存恐怨之一念，来主浙馆事，乃倍忙，不甚爱惜精神，体力转稍进步，而于事功亦不为无尺寸之效也。近年则又一时存一爱惜之念，于公事赴之不勇，往往'将前将却'，正中此病。如何戒浪费光阴，而磨练精神，于实在之德业事功，愿今以自勉之。"

正是在这样的自我策励下，陈训慈历时数载，克尽艰险，终于将文澜阁《四库全书》及其他善本书籍，从杭州转移到浙西偏僻山区，后来又辗转运到大后方重庆，使这批珍贵典籍免遭敌寇劫掠，得以保存至今。

日影西斜的时候，我与训慈先生话别，虽然初次见面，训慈先生仍从柜中检出一张照片送我留念。如今，这桢照片已经成了老人的遗照。

几年以后，在西湖边蒋庄"马一浮纪念馆"开馆仪式上，我又见过训慈先生一面。那次主事者邀请了沙孟海、姜亮夫、陈训慈出席盛会。三老都是 90 左右的高龄了，平时很少出门，那次碰在一起，实在是机会难得。三位前辈我都熟悉，赶紧趋前向他们致意。训慈先生拉着我的手，说是读过了我的报道，还一再谢谢我对他的上门采访。谁料想不久三位老人就相继谢世，人天永隔，再要想面聆他们的教诲已是不可能了。每念及此，不禁使人黯然神伤。

匹夫不可夺志

人无志不立，中国人向来是把"立志"作为启蒙教育的第一要务的，所谓"燕雀安知鸿鹄之志也"。当然，志存高远，不是非得当大官、发大财，而是要树立"立德立功立言"的理想，立志尽一己之力，为国家人民多做一点贡献。人，要求生存、求发展，求得一诗意的生活，社会环境的阻力和身心遭遇的压力，都是很大的。有"志"，可以抗压破阻；有志，可以笑对困厄。"诗言志"，志存高远，本身就是一首诗，更可以助我们平凡的人生，如插上双翅，冲出庸俗，翱翔于触目皆诗的理想世界。

在近代学者中，国学大师梁漱溟无疑是一位志向高远，且持志坚韧的代表人物。人们常作谈助的，往往是他1953年在全国政协大会上，公开批评当局的农民政策，且说照这个政策，"工人农民生活九地之差"。梁的这一发言，他事后承认固有用词不妥之处，但他这种为民请命，敢于犯颜直谏的勇气，事隔久远，人们忆及，仍会津津乐道，深感佩服。

而事实上，梁漱溟的这种坚持和勇气，并不是第一次发生在他的身上。梁去世后，当代著名哲学家冯友兰在悼文中回忆道：梁漱溟"他自己认为他有一个任务，有一个继承孔子的任务，这对于他并不是一句空话，他实在有像孔子所说'天生德于予'那样的感想"。1942年5月，受民盟中央委派，梁漱溟赴香港办报，不久太平洋战争爆发，年底，日本占领了香港。中共派东江纵队用小船，把滞港的民主人士分批偷运回内地。据说，当梁先生等乘坐的几只小船出海后，遭到了敌机的轰炸袭击。一时海面上波涌涛起，水柱冲天，弹片横飞，船上的人们纷纷躲伏入舱，唯梁先生独坐船头，谈笑自若。事后，有人请问梁先生为何有如此定力？梁笑着说，他自己想决不会死，因为中华民族要复兴，要靠他的三部书，现在书还没写成，所以他决不会死。冯友兰感叹道："这就是孔子所说的'天生德于予，桓魋其如予何？'"孔子当年周游列国，来到宋国，在一棵大树下讲学，宋国主持军事的司马桓魋为威胁孔子，把那棵大树给砍了。弟子们惊惶失色，孔子却自信满满，说了上面这段传颂千古的话。两千多年过去，生死存亡关头，梁漱溟表现出了孔子式的淡定，惊涛弹雨之中，这种无畏，是绝对装不出来的，梁漱溟有这样的定力，确实令大家敬佩之至。

正因为梁漱溟身上有一种使命感，才能说话行事，一身正气，从不顾及自己的得失安危。1946 年 7 月，李公朴、闻一多两位民主人士相继被国民党特务暗杀，梁漱溟以民盟秘书长身份发表谈话："我要连喊一百声'取消特务'，我们要看特务能不能把要求民主的人都杀完。我在这里等着他！"

1974 年，"批林批孔"运动开始，梁漱溟历数孔子对中国传统文化的建树和影响，反对把孔子和林彪相提并论。为此，梁先生遭到了大会小会批斗。9 月 23 日，当持续半年多的批判告一段落时，会议主持人征问梁漱溟对人们批判他的感想。梁一言应之："三军可夺帅也，匹夫不可夺志也。"主持人勒令梁做出解释。梁说："'匹夫'就是独人一个，无权无势。他的最后一着只是坚信他自己的'志'。什么都可以夺掉他的，但这个'志'没法夺掉，就是把他这个人消灭掉，也无法夺掉！"

梁漱溟先生晚年，曾写赠友人、民盟同事叶笃义一副对联，上联是"何思何虑"，下联是"至大至刚"。综观梁漱溟波澜起落的人生，如同一首长诗，全凭立志的"至大至刚"，才得以谱写出了大漠孤烟、长河落日般的璀璨华章。

说到梁漱溟，我总不由自主地会想及王元化。两人年龄不同（王要比梁小 27 岁）、经历不同（梁信佛习儒，毕其生是位民主人士；王18 岁参加中国共产党，离休前曾出任上海市委宣传部部长），但两代学人皆立志高远，持志坚定，有忧国悯民之襟怀，有孤松傲雪之风骨，性格上真的有很多相似之处。

吾生也晚，梁先生无缘瞻晤，于王元化前辈，却有一次登门求教之缘。元化先生是我最为敬佩的学者之一，1982 年，我大学毕业离开上海时，他正出任该市的宣传部部长。据说王老本不想就任此职，提出还是给他点时间，从事学术研究为好。但组织上已经决定，最后他还是服从了。而事实是，元化先生志在学术，当官确实非他所愿也非他所能，勉强干了两年，他就坚辞了这一职务。这也是我钦佩元化先生的原因之一，试想省部级的官职，有多少人是梦中都在引颈企盼着的呀！

2002 年春天，得知王元化来杭州休养，我和一位新闻界的前辈相约，前往元化先生下榻的宾馆看望。那年王老已经 82 岁高龄，但面庞饱满，思维敏捷，双目炯炯有神，身心都无衰ami。寒暄之后，元化先生热情地邀我们落座，大家聊起了沪杭两地社科界的近况。想当初东南沿海开风气之先，沪浙两地人文荟萃，上海有周谷城、郭绍虞、朱东润等文史大家，杭州则有马一浮、夏承焘、姜亮夫等国学名师。随着这些大师的先后凋零，环顾当今学界，掰着手指计数，还真报不出几个国内外有影响的后起之秀。喟叹之余，记得我曾向元化先生请教："当代学界为何难觅人文大家？"他果断纠正我："不是难觅，是没有，也出不了。"见我不解，元化先生举了一个浅近的例子予以说明。

他说，人们总把创新型人才比作千里马，试想，千里马是如何养成的？一匹马要能日行千里，光有优良的基因是远远不够的，一定要从小就予以放养，觅取天地之精华食料，并让其在广袤原野上奔跑，砾石踩得，荆棘避得；风里跑得，雪里奔得，如此才能在众马中脱颖而出，成为一日千里的良驹。如果从小就将其圈养在栅栏内，饲以指定的饮食，这也不准去，那也不能跑，长成以后，即使拆除了所有圈栏，那些马匹体虚不堪远行，胆怯不敢越险，怎能企望其日行千里？元化先生没有把人才的欠缺，归结为"垮掉的一代"这种隔代泛泛的指责，而深刻反思，综合考量，将其归因于人才培养"思想的禁锢"与"见闻的狭隘浅薄"。王老和我只是初识，我冒昧发问，他直率回答，完全没有世俗所谓"交浅言深"的顾忌，给我留下了深刻的印象。

王元化 1920 年出生，1935 年参加了"一二·九"学生运动，1938年参加中国共产党，1942 年任上海地下党文委；1955 年，因"胡风案"受到株连，直至 1981 年始获平反。经受过这样的起落和冤屈，却能够始终保持心中的那份赤诚和率真，没有远大的志向和坚定的信念，是很难做到的。

王元化生长于一个典型的书香门第，父亲是留美硕士，回国后在清华大学任教，与王国维、陈寅恪等同事。母亲曾在上海圣玛丽学校就读，诗词歌赋样样都行。在水木清华这样一种自然环境和书香门第这样一种家庭氛围中成长起来的男孩，心灵之无邪和体格之健壮，可想而知。王元化之纯和真，可谓有"童子功"矣！

当然，要有先天造化，还得后天"保真"。王老的成功之诀是矢志不渝、勇猛精进。为学上，王老博览群书，著述不辍，代表作有《文心雕龙讲疏》《清园夜读》，84 岁那年，还出版了 40 多万字的《思辨录》。王老体格素健，对养生却仍很重视。年轻时，因抵挡不住一位战友"吸烟利于提神、写作"的"诱惑"而开始吸烟，日抽近两包。1976年，因咳嗽痰多，遵医师之嘱，他毅然戒除吸烟陋习，并以清心醒脑的绿茶代之，一坚持就是 32 年，直到 2008 年去世。

志向高远的人，即使身陷逆境，面对自己或朋辈遭遇的坎坷，也总能如鲁迅先生所言"怒向刀丛觅小诗"，在严酷中发现人性中诗意的东西。王元化和顾准曾是上下级关系，1939 年，顾准是上海地下党文委副书记，王元化则是顾领导下的文学小组的一个党员。两人相识不久，就因工作关系分开，自此再无见面。新中国成立以后，两人都遭受诬陷，备受屈辱。顾准两次被打成"右派"，三年劳改苦役，妻离子散，最后患绝症含冤去世，人生的遭际，比王元化更为不堪。晚年，王元化在《记顾准》一文中说："种种不幸一股脑降在他那毫无防御的头上，好像要让他饮尽人生的苦酒。但他并没有倒下去，偏偏在非人的生活中挣扎着，活下来，而且还不停地读写，直到因癌症去世。这种非凡的毅力可以说是达到了人所能达到的极限。这里我想引用克利斯朵夫说过的话：'在这样的榜样面前，我们所经受的那些痛苦又算得了什么！'"追忆一别就成永诀的朋友，王元化扼腕长叹："现在留在我记忆中的顾准仍是他 20 多岁时的青年形象。王安石诗云：沉魄浮魂不可招，遗篇一读想风标。不妨举世嫌迂阔，赖有斯人慰寂寥。"掩卷感慨，我亦深感世界上有这样的先行者，吾辈才不会感到寂寞。

志存高远者，总能将所见所闻一些小事升华，从中发现内蕴的诗意乃至哲理，反求诸己，不断精进。

台湾历史学家林毓生比王元化要小 14 岁，是世界自由主义大师哈耶克的关门弟子。1990 年冬天，王元化赴夏威夷参加中国文化讨论会，与林相识。当晚林毓生就到元化先生的房内来看望，两人聊了四个多小时，交谈甚契。林毓生谈到了他的师承，谈到了他的老师哈耶克，谈到了他的自由主义信仰，林认为自由并不废弃纪律。他很注重躬行践履，使自己的行为符合自由主义思想原则。王元化回忆说："后来有一次，我和他在一个大厅中听演讲，我觉得演讲内容空洞，就约他一同出去在哈佛校园散步。没料到竟遭拒绝，他认为这样做不好，他在这方面也是极其认真的，虽然我知道他对这类演讲也不会感兴趣。"一个晚辈学者，在公开场合竟然拒绝一位德高望重前辈的约请，换了别人，即使面容上不表露，心里肯定是不畅快的。可王元化心无芥蒂，反过来还十分推崇林的做法，在《记林毓生》一文中郑重其事地记叙了这件小事，并由衷赞赏林毓生："他把自由主义原则贯串在自己的行动里，这是他值得敬重处。"

翻译家满涛是王元化的妻兄，"文革"中遭受迫害，心理受到创伤，平反后，晚年仍老是怀疑别人歧视他。王元化回忆说："当他对某些我认为绝对不会对他歧视的人也起疑心的时候，我们发生了争执。"不久满涛因病去世，王元化痛定思痛，心情沉重："这几天晚间醒来，我不禁想到自己身上不是也同样存在着因自尊心受伤而产生的那种多疑的不正常心理状态么？我也有的，有时甚至比他还厉害。我们都是'人'啊！"越是志高的人，对自己的要求往往越是严格。

卢沟桥事变后，王元化全家从北平逃难至上海，为防荒废学业，母亲请了迁居在沪的之江大学任铭善先生，来家中辅导王元化备考大学。任先生师承夏承焘等国学名家，对音韵、训诂、经学都深有研究，虽然比王元化仅年长 7 岁，但此时已是大学讲师，为人刚正坦率，对学生要求很严。其时，王元化已在报上发表过一些作品，对为文之道，自觉已经有点感觉。他回忆道："我曾挑出几篇拿给任先生看。他读了，只是冷冷地说：'写得不行'。接着指出：'你看你的文章气势这样急促，这是不好的。'"王元化起初还有点不解，过了几天，任铭善拿了他学生的几篇作文给王看。王元化读了，不禁由衷叹服。"这些学生年龄和我差不多，但他们写得确实好，使人从中感到有一股清新不迫的韵味。我还记得一份描写湖边观景的作文卷，有'远山踏波欲来'之类的句子，任先生在旁加了圈点以示褒奖。在此之前，我不知道'文气'是什么，经过任先生的点拨，我开始有点明白了。"

铭善先生的儿子任平，是我多年的朋友，年轻时，我俩在同一工业局下属的两家厂当工人，1978 年一起参加高考，任平被其父曾经服务过的杭州大学录取，我则到了上海读书。我知道任平父亲曾经遭受的种种不公，反右时被打成"极右"，剥夺了教书的权利，每月只能拿三十几元生活费，后得了肝癌绝症，郁郁而终。那天在宾馆，我和元化先生谈起任铭善的坎坷遭遇，先生说他已去任家看望过师母和任平兄。事隔多年，对这位断断续续辅导过自己一年的老师，元化先生仍执礼甚恭，称比他年轻 30 多岁的任平，一口一声"任平兄"；与师母合影时，年逾古稀的元化先生，仍坚持侍立于坐着的师母身后。老辈学者之风仪，于此可见一斑。

王元化先生一辈子都在学习，即使境遇如何不堪，都未能影响他探究学问的初心。1962 年，在极度困厄之中，他仍通过友人介绍，每周一次到国学大师熊十力家里，求教佛学。王元化自述："当时我几乎与人断绝往来，我的处境使我变得很孤独。"而其时，熊十力先生的身体已很虚弱，他在写给王元化的一首诗中曾说到自己"衰来停著述，只此不无憾"，甚至在门上贴了"谢客帖"，列数病状，谢绝一切访客登门。但年龄和经历的差异，个人的厄运和衰病，都没有能阻止两位学人走到一起，为中华文化传烛添薪。共同的志向，终使两位孤独的学者，结成了学术上的忘年交。

诗人辛劳，是全面抗战初期王元化在上海从事地下工作的战友。这位脸庞狭长，头发蓬乱，身穿一件俄式上衣的诗人，说话结巴，且喜欢盯着人看，初识时，留给王元化的印象并不好。辛劳不久去了皖南，1939 年王元化随上海慰问团到了新四军军部，碰巧与辛劳住在了一个小院，朝夕相处，改变了对这位诗人的看法。一天晚上，辛劳为王元化朗读自己所写的长诗《捧血者》，王元化直到晚年都还忘不了那一幕："半个多世纪过去了，至今我还记得他为我朗诵自己诗歌时的情景。他的脸因为兴奋而发红，眼睛闪着灼热的光，两片薄薄的嘴唇微微发抖，声音在颤抖……这时你不由得会对他产生好感。"那段时间辛劳正因咯血在病休，作家聂绀弩与他比邻而居，两位文化人惺惺相惜，结下了深厚的友谊。"辛劳写了一首送别诗，记述两人在小河口离别的场景：辛劳伫立在河边，望着船夫将竹篙插入水中，渡船缓缓地离开了岸。绀弩站在船头，马儿依在身旁。他低着头，没有向岸边看，渡船渐渐远去……这首诗里充满了诗人的深情。"抗战后期，辛劳在苏北被国民党顽固派韩德勤部拘禁杀害，王元化暮年著文回忆，辛劳诗中所描绘的那一切仍历历在目，令人痛惜。

王元化自称不懂诗，也没有写过一首诗。但综观他的一生，体味他留下的那些隽永的文字，皆正气浩然，志趣高远，披荆斩棘都成诗！

四、不令一物伤天理，仁爱方知真宰心

爱鸡爱骥及其他

20世纪50年代初，战乱刚息，国家还穷，老百姓家几乎都没有电扇，更别提空调了，暑天男女老少，都一人一把蒲扇，全靠它扇凉度夏。

其时，杭城居民少，房屋宽裕。记得我家租住在东城的一个旧墙门里，一进堂前和厢房都不住人。不知是朽蚀了还是别的原因，板壁和门窗也都拆卸了，如敞廊般地连着天井，成了我们和后轩几家住户夏日纳凉的好地方。母亲把饭桌和竹椅竹榻也搬了过来，中午，全家就在那儿吃饭。午后，母亲坐在竹椅上补衣袜，孩子们就趴在竹榻上午睡。哥哥姐姐一会儿就睡着了，5岁的我好动，不瞌睡，躺在榻上东张西望，发现了一个有趣的现象：我家那只老母鸡，刚才吃饭时还在桌下觅食，此刻却伏在檐下不停地张口喘气。

我急得跟母亲大声嚷嚷："快看，我家那母鸡要死了！"

母亲顺着我手指的方向瞄了一眼，笑着说："那是天热，鸡在喘息。"

哦，原来是鸡一身披毛，天热受不了，要靠喘气来散发体内的热量。我心生怜悯，跳下竹榻，手握蒲扇，前去给母鸡打扇。那芦花母鸡立马避开了，我追着给它打扇，那鸡"咯咯"叫着，惊慌地在桌椅间窜逃，吵醒了哥哥姐姐，跟母亲一起，皆笑我痴傻。

成年以后，每当想起此事，我都为自己曾经的童真而哑然失笑。谁曾想，这样的童心童趣，有人成名了以后，竟还依然葆有，那真是很难得的了。

著名逻辑学家金岳霖爱鸡，在民国北平的学术圈中，几乎无人不晓。1925 年 11 月，金岳霖从法国留学归来，与美国籍女友 Lilian Taylor（中文名秦丽莲），在北平城里租了一处院落悄然蛰居。生活稍有安定，金岳霖就抱养了一只母鸡。那鸡倒也争气，隔三岔五生一个蛋，令主人颇为欢欣。可意外还是出现了，连续三天，那母鸡鸡窝里转进跳出，就是不见下蛋。这可把金岳霖急坏了。他当即打电话去向好友赵元任求援。却原来语言学家赵元任的妻子杨步伟，是日本东京帝国大学的医学博士。杨接过话筒，询问金有何急事。金岳霖支支吾吾不肯详说。杨步伟以为是金的女友意外怀孕，想让她帮助打胎，便说犯法的事她可不能做。金岳霖答说大约不犯法吧，事成之后一定请他们夫妻俩吃烤鸭。杨步伟和丈夫于是赶到了城里，到了金家，在杨步伟的追问下，金岳霖才说出实情。原来为了给母鸡增加营养，金岳霖经常给它喂食鱼肝油丸，使得这只母鸡体重激增，已达 16 斤重。杨拎起母鸡检查，发现蛋已有半只露在外面，但鸡太肥了，就是生不出来。杨步伟用手指一抠，便将蛋抠了出来。金岳霖一颗悬着的心，至此才放了下来。

这种对鸡的溺爱，即使抗战时逃难在后方，金岳霖也没有改变。只是这次他不再养母鸡，而是饲养了一只云南特产的大斗鸡。战时粮食和饲料供应都十分紧缺，没有专门喂鸡的食料，金岳霖干脆让鸡和自己同桌共食。大斗鸡身高脖长，够得上台面。桌上碗里，金岳霖吃什么，公鸡也啄食什么。有时斗鸡饿急了，跳上桌面和主人抢食，金岳霖也乐呵呵的，毫不介怀。

众生的品种各异，有人爱狗，有人爱猫……虽宠爱之物不同，但怜悯、关爱的心却并无二致。民国著名学者吴宓最爱怜的不是鸡鸭，却是骡。

骡是马和驴交配而成的杂种；个头似马，灵巧像驴，四肢肌腱强韧，腰圆臀窄；不仅力量比马还大，而且耐粗饲料、耐劳，寿命长，可供驱使30年之久；骡的抗病力及适应性都比驴马更强；所以自古以来便被人们大量繁育，代替驴马用于拉车、驮物等各种苦役。

吴宓出生于陕西泾阳一富裕家庭，6岁时就发现自己有一独特的爱好，那就是喜欢骡子。他对家中饲养的两头骡观察得很细致，甚至幻想变身为骡。他在磨坊里像骡那样俯伏在地，让仆童把骡子的鞍勒项圈套在他的颈背上，体验骡子劳作的艰辛。1905年10月中旬的一天，12岁的吴宓乘姨母家一头黑骡所驾的车赴西安，中途停歇一夜。这次西安之行，这头牝骡，不但负重远涉，且动辄遭车夫鞭打，给少年吴宓留下了难忘的印象。时隔45年，忆及此行，吴宓怜悯之情仍溢于言表。他说："此骡亦美女子身，今日为载送我来此，行如是之速，路如是之远，乃不赏其功劳，不速给饮食、休息，而痛施鞭打，骡诚冤且苦矣！我未能救护、抚慰，对骡实惭感交并。我中夜醒，不知骡在彼店亦能安息否？不受一群客骡之欺凌、袭扰否？……过后，宓恒念及此骡。直到1950年阳历二月初，始为此骡赋成一律，如下：'冬昼已完百里程，河坡上下更牵擎。街衢历历行无尽，灯火家家痛此生。行缓立遭鞭背急，身疲未觉压肩轻。娇娥强忍千行泪，旅店中宵自洒倾。'"

1950 年 1 月至 2 月中旬，吴宓追忆往事，作《悯骡诗》，称之为《骡史》，其中四首，是专为他所爱的那头牝骡而作，名为《某骡（黑而牝，最美）之自传》。吴宓是 1894 年生人，诗成的那一年，他已 57 岁了。一位已入晚境的学者，仍葆有昔日的童真和爱心。

人们常常感佩吴宓的诗情勃发，却原来，诗情总是根植于一个人的赤子丹心之中！

这种将众生视为同类，予以宝爱的故事，自古就有，史籍上也多有记载。

一则是《世说新语》上的"支公好鹤"。支公"住剡东峁山。有人遗其双鹤，少时翅长欲飞。支意惜之，乃铩其翮。鹤轩翥不复能飞，乃反顾翅垂头，视之如有懊丧意。林曰：'既有凌霄之姿，何肯为人作耳目近玩！'养令翮成，置使飞去。"

支公即支道林，是东晋时的名僧，特别喜欢养鹤。他在浙江东部的峁山居住的时候，有人送给他一对小鹤。过了一些时候，小鹤翅翼长成想飞了。支公舍不得让鹤飞走，就剪断了鹤的翅羽。鹤振翅却不能高飞，于是回看自己的翅膀，低下头来，看上去似乎十分懊丧。支道林体悟说："鹤生来是应该凌空翱翔的，哪里肯作为宠物供人圈养褒玩！"于是调养到鹤的翅羽重新长成后，便让它们飞走了。

一则是收入《艺文类聚》的南朝宋诗人范泰《鸾鸟诗序》："昔罽宾王结罝峻卯之山，获一鸾鸟，王甚爱之，欲其鸣而不致也，乃饰以金樊，飨以珍馐。对之愈戚，三年不鸣。其夫人曰：'尝闻鸟见其类而后鸣，何不县镜以映之。'王从其意，鸾睹形悲鸣，哀响冲霄，一奋而绝。"

　　说的是当年西域罽宾国的国王，在一座高山上网获一只鸾鸟，十分喜爱。国王想让鸾鸟鸣唱，此鸟就是不叫。国王将鸟关入了金丝鸟笼，喂以各种精美的食料，但鸾鸟面对这些金樊珍馐，显得更为悲戚，三年都没有鸣叫一声。罽宾王的夫人对王说："曾听人说，鸟见到同类就会鸣叫，为什么不挂一面镜子让它照见自己呢。"罽宾王就按这个方法做了，谁料想，鸾鸟见到镜子里的自己，以为见到同类，便大声悲鸣，奋力想挣脱鸟笼而高飞，结果撞死在了笼里。

　　后来这个典故演化出一个成语——镜里孤鸾，比喻夫妻生离死别的悲哀。历代诗人对此多有吟咏。如李白的"影中金鹊飞不灭，台下青鸾思独绝"（《代美人愁镜二首之二》），李贺的"长眉凝绿几千年，清凉堪老镜中鸾"（《贝宫夫人》）。

童年碎影皆美好

　　我的故乡萧山进化镇石柱头村，和外婆家山头埠村，间隔一座小岭，相距不过三里，民国时皆属山阴县管辖。这里是典型的江南丘陵地貌，山峰玲珑，溪水清浅，田陌纵横，翠竹绕村，古人所谓"山阴道上，应接不暇"，真的一点不是虚夸。记得儿时到故乡避暑，总是外公到临浦火车站来接我和母亲。一路上沿田间小道回村，外公怕我走不动，总要背我，而五岁的我总是不肯。因为我喜欢就近看水田里的风景，成片的早稻已经抽穗；禾稻间飘动着星星点点的浮萍，随水波起伏，映日光闪烁，好像一群绿色的小精灵。偶尔，还会见到几只青蛙鼓着圆眼，蹲伏在田埂边的草丛里，受到我们脚步的惊扰，纷纷跳到水田里，扑通扑通，激起片片涟漪。

在外婆家没几天，祖母便会把我接到她那个小山村里去住。这是我们赵家世代聚居地，据家谱记载，先祖是宋代宗室遗族，故村前塑有泥马建有小庙，缘的就是，宋高宗赵构泥马渡江摆脱金兵的传说。村侧之峰则是葬有南宋度宗生母的皇坟尖，据说至今人们都找不到陵寝的入口，云遮雾绕，为秀山幽谷增添了一抹神秘色彩。

白天祖母到地里干活，就让我一个人在村里村外游荡。我最喜欢到屋后山径边的那口潭边去玩耍。百年老树下，山泉汇成的潭水，清澈见底，我趴在岩石上，可以清楚地看到小鱼小虾在潭底游动。有一次，我拿了灶台上的淘米箩去到潭边，俯身探臂，想把潭底的鱼虾捞入箩中。谁知看上去触手可及的潭底，却深不可测，我失去重心，整个人都滑到了潭里。幸亏一位堂叔打柴归来从山径走过，用扁担把我拉出了深潭。现在想来，小伢儿真是无知无畏，归途我不但没一点后怕，反而怪潭水太清，迷乱了我对深浅的判断。

逢到下雨天，不能到外面玩了，我就一个人在屋檐下看风景，看云雾在对面皇坟尖的山坞上升腾而起，绕着峰顶慢慢飘散；看屋前石坪上，邻居堂叔垒起的柴垛，最上一层覆盖着昨日刚砍回的松枝，苍翠的松针上挂满了一颗颗雨珠，如同折臂的松枝在偷偷饮泣；看屋侧那株老樟树上，一只小松鼠躲在枝丫间避雨，蓬松的尾巴不安分地摆动着，两只乌溜溜的眼睛盯着我看，好像能认出我不是村里的小囝。

在孩子的眼里，一切都是那么美好。

几十年后的一个清明，我返乡为外公外婆和祖母扫墓，走在已感陌生的乡间，看到乡道都铺筑成了柏油路，交通是便捷了，却似乎少了一些"陌上花开，可缓缓归矣"的诗意和温情。

我很困惑，儿时触目皆是的美好去了何处？到底是山川易貌，还是自己的心随阅历改变了，抑或是两者都变了？恰如古希腊哲学家赫拉克利特所言：人不能两次走进同一条河流。

有人说，少年的心是敏感和纯净的，年岁渐长，入世渐深，坎坷的世道和人事的纷争，会如沙石一般，把人心磨糙、情感磨平，这是生活必付的代价，每个人都是逃脱不掉的。的确，在这样的俗世，一切似乎都可以换算成金钱来计量。但如此这般的生存，何来诗意？我心有不甘，但身陷其中，又备感无奈。

岁月流逝。大学毕业后，我被分配到某省级机关工作。一年夏天，系统要召开一次全省的工作会议，省局领导派我先往宁波筹备会务。会议安排在天童寺旁一家刚落成的招待所举行，承办方宁波分局很配合，提早两天就帮助我落实了代表食宿等一切事务。在接下来等候代表报到的日子里，我闲着没事，就整天到天童寺转悠。

天童寺位于宁波东郊25公里的太白山麓，始建于西晋永康元年，是一座千年名刹。寺院东、西、北三面环山，唯独南面天阔地远，一条小径，夹道苍松，逶迤通向山外，环境十分清幽。夏日天亮得早，5点左右，山雀便开始在窗外丛林里鸣叫了。那天我早早起了身，洗漱完后，就到天童寺散步。

昨夜一场雷雨，清晨空气格外清新。晨曦初露，寺前的放生池畔寂无一人，我信步转入了山门外的松径，万松夹道，空气中隐约有松针的清香，人行其中，整个心都会安静下来。时光还早，山寺清寂，转过一处竹林，我望见前边路上有一位僧人，好像在弯腰捡拾什么。我走近一看，原来是一位须眉皆白的老僧，正把滚落在路边的几块山石捡了起来，垒到一旁的水沟边上。我上前向老人施礼，老人合掌回礼，笑着说："你看石头滚落，把这些小草都要压坏了。"我见老人俯身捋直路边那些压扁了的书带草，慈眉下的双眸，流露出的是浓浓的爱怜。老人说，昨夜风雨，他几乎整晚没睡安稳，老担心寺院内外的花木会不会受损。天未亮透，他就起来查看风雨过后的松径了。我帮老人挎起他随带的一只大竹筐，里面已捡拾有不少被风雨吹折的树木残枝，挺沉的，难怪老人额上已沁有细密的汗珠。回来的路上，我问老人："那些路边草又不值钱，您上年纪了，还是身体要紧。"老人笑了："谁说草木无情，都是生命哪！"他对我说："你认为众生平等，众生就皆对你有情。一花一世界，一叶一菩提。一草一木皆有情，我们眼中的这个娑婆世界才会美好起来！"

我闻言心动。可不，孩提时的我，视田里的浮萍、陌上的青蛙、折断的松枝、避雨的松鼠……皆为和自己一样的生灵。它们和我都是大自然之子，它们的喜怒哀乐，我似乎都能感受得到。身边有这么许多朋友，我们的眼中岂会缺少美好。成年的我们，虽然历尽生活的艰辛，可每当回忆起这些儿时往事，心中仍会泛起一股暖意。

不由想到了大先生鲁迅。这位被后人尊崇为"旗手"和"斗士"的大文豪，成名后给人的印象，总是"横眉冷对"的严峻形象，其实读他回忆童年的文章，内心还是充满柔情的。我最爱读他其中的两篇文章。

一篇是《社戏》，是先生1922年发表的短篇，那年鲁迅已42岁了。在文章中，他回忆了自己的三次看戏经历。两次是成年后在北平看的京戏，"然而都没有看出什么来就走了"。一次是儿时在家乡和小伙伴们划船去看的社戏，至今印象深刻。

且看先生对开船以后一路风物的描述：

两岸的豆麦和河底的水草所发散出来的清香，夹杂在水气中扑面的吹来；月色便朦胧在这水气里。淡黑的起伏的连山，仿佛是踊跃的铁的兽脊似的，都远远的向船尾跑去了，但我却还以为船慢。他们换了四回手，渐望见依稀的赵庄，而且似乎听到歌吹了，还有几点火，料想便是戏台，但或者也许是渔火。

那声音大概是横笛，宛转，悠扬，使我的心也沉静，然而又自失起来，觉得要和他弥散在含着豆麦蕴藻之香的夜气里。

那火接近了，果然是渔火；我才记得先前望见的也不是赵庄。那是正对船头的一丛松柏林，我去年也曾经去游玩过，还看见破的石马倒在地下，一个石羊蹲在草里呢。过了那林，船便弯进了叉港，于是赵庄便真在眼前了。

乌篷船一路摇来，赵庄终于到了。在童年鲁迅的眼中，“最惹眼的是屹立在庄外临河的空地上的一座戏台，模糊在远处的月夜中，和空间几乎分不出界限，我疑心画上见过的仙境，就在这里出现了。这时船走得更快，不多时，在台上显出人物来，红红绿绿的动，近台的河里一望乌黑的是看戏的人家的船篷”。

接下去远眺水边台上的戏文演出，已经不重要了，难忘的是一路夜行的过程，包括归途上岸采摘罗汉豆煮作夜宵的故事，有童真在心，有发小做伴，一切都显得分外美好。

一篇是《好的故事》，是先生1925年创作的散文诗。

我仿佛记得曾坐小船经过山阴道，两岸边的乌桕，新禾，野花，鸡，狗，丛树和枯树，茅屋，塔，伽蓝，农夫和村妇，村女，晒着的衣裳，和尚，蓑笠，天，云，竹，……都倒影在澄碧的小河中，随着每一打桨，各各夹带了闪烁的日光，并水里的萍藻游鱼，一同荡漾。诸影诸物，无不解散，而且摇动，扩大，互相融和；刚一融和，却又退缩，复近于原形。边缘都参差如夏云头，镶着日光，发出水银色焰。凡是我所经过的河，都是如此。

现在我所见的故事也如此。水中的青天的底子，一切事物统在上面交错，织成一篇，永是生动，永是展开，我看不见这一篇的结束。

河边枯柳树下的几株瘦削的一丈红，该是村女种的罢。大红花和斑红花，都在水里面浮动，忽而碎散，拉长了，如缕缕的胭脂水，然而没有晕。茅屋，狗，塔，村女，云，……也都浮动着。大红花一朵朵全被拉长了，这时是泼剌奔迸的红锦带。带织入狗中，狗织入白云中，白云织入村女中……在一瞬间，他们又将退缩了。但斑红花影也已碎散，伸长，就要织进塔，村女，狗，茅屋，云里去。

我想，如果没有故乡童年往事，如《社戏》《从百草园到三味书屋》打底子，是触发不了一个成年人如此美好的梦幻想象的。

恰如先生所言：

我真爱这一篇好的故事，趁碎影还在，我要追回他，完成他，留下他。我抛了书，欠身伸手去取笔，——何尝有一丝碎影，只见昏暗的灯光，我不在小船里了。

> 但我总记得见过这一篇好的故事，在昏沉的夜……

常葆童心，常忆美好，唤起心中曾有的这种感觉，可能是我们诗意栖居的必要前提。

侠胆仁心名士风

说到"诗意地栖居"，不少人都会想及魏晋南北朝的那些名士，觉得他们以才会友，雅集竹林，或饮酒赋诗，或弹琴鼓瑟，言行无羁，衣着不修……所过的，那才称得上是一种诗意的生活。而像"竹林七贤"的精神领袖嵇康，虽然精通养生之道，但依然恪守道义，坚决不和篡魏的司马氏合作，从容赴死，临刑前所弹《广陵散》，终成千古绝响；像曹魏时的祢衡，恃才傲物，敢于裸身击鼓骂曹，更成了史上蔑视权贵、"小人物挑战大权威"的不朽典范。

这样的名士，现今固已难觅，而在民初学林文坛，却不乏其人。

民初安徽大学校长刘文典，言行举止有浓浓的名士气，上过他课的学生都说他"俨如《世说新语》中的魏晋人物"。著名历史学家何兆武毕业于西南联大，他在《上学记》中回忆老师刘文典时说："我听说刘文典是清朝末年同盟会的，和孙中山一起在日本搞过革命，非常老资格，而且完全是旧文人放浪形骸的习气，一身破长衫上油迹斑斑，扣子有的扣，有的不扣，一副邋遢的样子。"刘文典上课随兴所至，不拘一格。有一次要讲南朝宋的名家谢庄所做的《月赋》了，刘文典特意选了阴历五月十五月圆之夜，在校园里月光下讲课。皓月当空，刘文典借景生情的讲授，给学生留下了难忘的印象。蒋介石北伐成功后，一次想来视察安徽大学，被刘文典"大学不是衙门"一句话断然拒绝。1928年，安徽大学闹学潮，蒋介石召刘文典问话，训斥刘作为校长，对学生管教无方。刘直面相对，毫不买账。蒋介石大怒，指着刘斥骂道："看你这个样子，简直像个土豪劣绅！"刘文典也站起来回骂："看你这个样子，简直像个新军阀！"后来蒋把刘关了一个多月，在蔡元培等营救，陈立夫的斡旋下，才将刘放了出来。刘文典的老师章太炎得知此事后，称许弟子的气节，特撰联相赠："养生未羡嵇中散，疾恶真推祢正平"，将刘文典比作嵇康和祢衡予以赞赏。刘文典1902年由日本留学回国后，在上海于右任、邵力子主持的《民立报》当过编辑，宣传民主革命思想。西南联大时，一次上课，有学生请教刘文典，怎样才能把文章写好。刘微微一笑，只说了5个字："观世音菩萨"。见学生不解，刘文典解释说："观，乃是多多观察生活；世，就是需要明白世故人情；音，就是文章要讲音韵；菩萨，就是救苦救难，关爱众生的菩萨心肠。"学生闻言，无不应声叫好。

有人说，像刘文典这类文人，已成过去的风景。市场主导，一切向钱看的年代，已经再也难觅名士气了。其实不然！"礼失而求诸野"，只要是真的、美的、善的风气，总会以各种形式和形态，保存于华夏知识阶层之中。不是无存，贵在发现。沪上新闻界的前辈许寅先生，我觉得就是这样一个颇具古风的人物。

许寅先生是上海新闻界的元老，1938年就进了申报馆，作为中国共产党的地下工作者，1949年他参与了《解放日报》的创办，此后就一直在这家市委机关报工作，直到离休。丁锡满（曾任《解放日报》总编辑）、龚心瀚（曾任中宣部常务副部长），当年在报社工作时都得到过许寅的指导和关照，皆以师礼相待这位长辈。许寅一辈子不曾当官，甘愿以"布衣"记者终其一生。2012 年 9 月 7 日，许寅在上海去世，享年 87 岁。《解放日报》专门为其举行了追思会，而且还分三期刊发了报社领导和同事的回忆文章，深切悼念这位"侠胆仁心名士风"的离休老报人，可见许寅在新闻界同仁中的影响之深。

而我则是在 20 世纪 80 年代，才有缘得识这位同行前辈的。

那年月，改革开放刚刚起步，杭州餐饮业创新多多，如"十景宴""南宋宴""新满汉全席""迷宗菜"……都是那时风靡杭城的创新菜肴。据说周总理当年在杭州宴请外宾时，曾提议将秀美的"西湖十景"搬上餐桌。后因"文革"十年浩劫而无法实现。1986 年，杭州举办"第一届烹饪优胜杯大赛"，多家餐饮单位联手，将西湖美景和江南美食巧妙地结合在一起，精心烹制出"十景宴"。这一创新菜，一度成为天香楼、杭州酒家等饭店宾馆高档宴席的首选佳肴。而全国知名的烹饪大师胡忠英当时还在杭州酒家任职。忠英先生精研业务，发掘传统，博采众长，除了创制出撷八大菜系之长的"迷宗菜"外，1987 年，还不用味精用高汤，推出过如蟹酿橙、武林熬鳝、酒炙青虾、鳖蒸羊、酒香螺等二三十道宋菜，一时火遍杭城。

许寅先生祖籍湖州，作为浙江老乡，对省城杭州自有一份天生的亲近。且许先生喜爱美食，学识渊博，品尝一道菜肴，不但能描述出它的滋味，而且能挖掘出其内含的人文背景。他写就的采访稿，登在报上，是一则新闻，更是一篇美文，读了令人回味无穷。因此，杭州餐饮业每有创新菜肴推出，必邀许寅前来品鉴，而他天性好动且热心热肠，自然乐于来杭，为家乡美食捧场。

其时，我正在本埠的《经济生活报》负责新闻采访工作。报社资深编辑倪元泰是上海人，和许寅是多年的好友，和杭州餐饮业也很熟悉，因此，只要许寅一到杭州，倪老师一定全程陪同，餐饮公司有新闻发布和记者招待会，也常会邀我参加。我就是在这样的一次饭局中，认识许老前辈的。

记不得那天是品尝何种创新佳肴了，反正道道菜都是美味，道道菜都蕴含有文化，道道菜背后都渗透了烹饪者的功力和匠心。席间，我们这帮小记小编都沉浸在色香味、眼鼻舌的享受之中，唯独一位长者却边吃边品边听胡宗英大师的介绍。听得兴起，只见他用餐巾纸抹抹油手，随即从身穿的蓝布中山装口袋里掏出圆珠笔，将一只空烟壳在桌上摊开，不时提笔往上面记着什么。餐后，经倪老师介绍，我才知道眼前这位身材高大，背脊稍微有点佝偻，白发零乱，衣着随便的长者，就是大名鼎鼎的新闻界前辈许寅先生。我赴这个饭局，是担负有发稿任务的。当倪老师把许先生手头那张皱巴巴的烟壳纸递给我时，我心生狐疑：饭桌上这样随涂随记的东西，怎么能拿去见报。但"奇迹"发生了，等我回到报社，将烟壳上这满篇"涂鸦"发排成文后，无需修改，竟是一篇新闻五要素俱全，绘形绘色、夹叙夹议的绝妙好文。我从心里赞叹：人说老报人写稿倚马可待，看来的确有那么一回事儿，谓予不信，许寅先生不就是一个最好的明证。

许寅先生的这种才气，在沪上新闻圈几乎人所皆知。《解放日报》编辑陈鹏举曾和许寅同一办公室多年，他在《我的老师许寅》一文中说："他太有才了。我见过他同时写三篇杂文。他把三张稿纸并排摊开在桌上，分别写上了三个题目。我记得它们是'王安石择邻'、'拿破仑在奥茨特利斯战役' 和 '屡战屡胜岂必是福'。他就是这样交错着写，不是表演，实在是依循着自己太活跃的思路。有一天，他说他可以背千首杜诗。真吓得我不轻。当场试了。他不但背出了杜甫数十句一首的长律，还把杜诗的不少数十字的标题也背得一字不差。这是他惊人的记忆，也是他对古文字的非凡功力。他是一个不知疲倦地用鞋丈量地皮的报人，他说他是在等车和上厕之类的时间里，背下了这些的。那年，他快 60 了。"

可见我那天所见，只不过是许先生几十年笔墨生涯中的平淡一刻。而于我，恰如清代作家李绿园在其名著《歧路灯》中所言："祖宗诗文，在旁人观之，不过行云流水，我们后辈视之，吉光片羽，皆金玉珠贝。"

和许先生接触多了，我发现他为人不拘小节、无羁无绊、率性洒脱，身上有一种如同魏晋南北朝竹林七贤般的名士之风。记得 1988 年秋末，有一天晚上，我到《经济生活报》新闻部大办公室去发稿。门虚掩着，我以为其他同事回家忘了上锁，也没在意。我推开房门，夜色朦胧中，只见老倪那张办公桌旁，坐着一个赤膊的汉子，两手抚膝，身体微晃，不知在倒腾什么。我心中一惊，赶紧按亮了顶灯，却原来是许寅先生。他这天来杭州采访，与倪老师聚餐分手后，没回报社招待所，却来到我们寂静的大办公室练气功。那晚真是有趣，我和许先生各据一隅，我编我的稿，他练他的功。待到我将稿子编好，他也正好收功。看来许先生的气功，还真是练得有点门道了，秋夜寒凉，只见他额上微微沁汗，光着的上身竟还热气腾腾。许寅先生浑身通泰，兴致很好，要我不必客气，与他以兄弟相称即可，且让我与他掌心相对，感受他的气场。可惜我一介门外汉，气门未开，没有感应，令他有点失望。后来遇到《解放日报》的同仁，说起先生，他们都昵称他为"许大官人"，说先生平日行止，就是如此。"他可以穿着背心，趿拉着拖鞋，中午拿个饭盆，一路敲打着，到食堂去买饭吃"，至诚至真，毫无做作。

《解放日报》原副总编陈迟是1948年参加革命的老同志，回忆起新中国成立初期就在一起工作的许寅，也觉得率真可爱："一个炎夏之夜，我正好在许寅家里，一位著名的女昆剧表演艺术家同另一位男同志来到许寅家里，大概商议什么事情。许寅照样赤膊，穿一条中式短裤，赤脚，拖鞋，手摇一把蒲扇，大大方方地在他那间原是内阳台的书房兼客厅里热情接待客人。我笑对许寅说：你老兄怎么就热成这副模样？他笑着回答：这有啥关系？'炎夏无君子'嘛！客人听了也跟着笑了。"

许先生不尚势利，侠胆助人。"文化大革命"中不少干部遭迫害，《解放日报》总编王维夫妻双双被关进"牛棚"，旁人怕惹祸祟，唯恐避之不及，只有许寅，常常跑到王维家里，向老外婆问寒问暖，送去安慰。王维回家后，老外婆说："即使别的人都忘记了，但许寅不能忘记！"许寅住的宿舍楼里有不少印刷厂工人，家中有困难，都喜欢找许寅商量，许寅也乐意为他们解忧。唐朝文学家刘禹锡称自己的陋室"谈笑有鸿儒，往来无白丁"，许寅特地改为"谈笑何必鸿儒，往来幸有白丁"，并让孙女大字书写此联，悬挂于床头。

许寅出身名门，其父许朋非早年追随孙中山加入同盟会，曾任少将参议。1938年，许寅经人介绍进申报馆工作。他是真正厌恶旧世界的不公，而投身革命的。许寅不怕死，白色恐怖年代，为营救同志，他可以身入虎穴，到苏州监狱策动兵变；而在中风瘫痪10年，生命垂危之际，许寅立下遗嘱，不开追悼会，将遗体捐献供医学之用。他还自撰讣告："一旦解脱，大家轻松，快何如之。"

我觉得，许先生身上的这种侠气和名士气，是建立在对世事的洞察，对名利的淡泊，对人生的通达之基础上的，是一般人学也学不会，装也装不像的。"高山仰止，景行行之，虽不能至，心向往之。"时代在变迁，物质生活在进步，我们今天追求"诗意地栖居"，衣着当然不必邋里邋遢，言行也不必追求怪诞和放纵，但内心不为名利所羁，生活崇尚简约之美，常葆与自然融为一体的超俗享受……这样的精神和物质生活，本身就蕴含了浓浓的诗意，有识之士，大可不必再画蛇添足。

王金发"与朋友共"

古孟尝君府上，有食客三千。听辛亥志士王金发的嫡孙王小安说，"二次革命"失败后，他爷爷寓居上海，家中也是雇有多名厨师，日开数席，流水宴不断，一批朋友吃完，一批又来的。

此事说来话长，还得从我结识王小安谈起。

是1986年12月的一天，天阴沉沉的，北风吹在脸上，令人彻骨生寒，我乘绿皮火车从杭州来到沪上，为的是寻访辛亥革命先烈王金发的嫡孙王小安。

那年我在所服务的报社负责编辑《人物》专版。老辈人重义气讲交情，省政协的朱馥生先生，跟不少前辈名人的后代有来往，在他的引荐下，我成功地采访到了丰子恺的女儿丰一吟，蔡元培的女婿林文铮，陈布雷的弟弟陈训慈……而王小安，是我此行的目标。

王金发（1883—1915），嵊县董龙岗人，"幼聪颖，性豪侠，爱习武，善射击。清光绪二十六年（1900）入乌带党。二十八年归附平阳党，任首领"。1905 年加入光复会，后加入徐锡麟和秋瑾在绍兴办的大通学堂，筹划起义；起义失败后，徐锡麟和秋瑾牺牲，王金发躲过一劫。

宣统三年（1911）秋，王金发组织敢死队秘密赴杭，会合起义新军攻克军械局，为光复杭州立下"首功"；不久又率部光复绍兴，自任绍兴军分府都督。

不少史家认为：当上都督后，"王金发生活作风开始逐渐腐化……1912 年军分府撤销后，携 40 万元库银赴沪购置别墅，过寓公生活"。

1913 年 7 月"二次革命"时，王金发在上海召集旧部，任浙江驻沪讨袁军总司令；讨袁失败后，遭悬赏通缉，亡命日本。1915 年 5 月，王金发与同盟会会员姚勇忱到杭州活动，遭杀害秋瑾之劣绅章介眉暗算，被浙江都督朱瑞诱捕，6 月 2 日下午 4 时被枪杀于杭州陆军监狱。

我是在龙华革命烈士陵园找到王小安的，他是这里的工作人员。

"祖父身后一度遭人非议，称他'金发强盗'，你怎么还想到要采访他的后人？"刚落座，王小安便问我。

小安比我年长 3 岁，虽从小生长在上海，但身高一米八十，虎额隆准，面相硬朗，说话爽直，根本不像是个上海人。我说，因为敬重他的祖父。年少时，在绍兴初见王金发临刑前的那张照片，我就被深深地震撼了：尽管双手反绑，即将赴死，王金发却神态自如，目光淡定，嘴角似乎还带有一丝轻蔑的微笑。

"你祖父是真正勘破生死的人哪！"我说："若说临刑前的从容，我最佩服两位先辈。一是瞿秋白，白衣白裤，手指就义处说，此地甚好。再就是你祖父了。"

小安颔首忆道："我外公俞丹屏曾备了酒菜去探监，祖父自若吃喝，饮酒之暇还不忘和亲家翁探讨，作为一个革命党人，自己失败的教训。"

小安工作之余，一直在致力民国史的研究，已收集关于王金发的史料近40万字，我俩聊到傍晚，欲罢不能，小安约我第二天晚上到他家去再谈。

次日晚，我如约来到了新闸路王小安的家中，里弄深处，老式的石库门房子，有昔年"大隐隐于市"的深邃。他夫人朱静也在，陪先生一起和我聊天。朱静祖父辛亥时在宁波当医官，与王金发相知。王朱两家不但是世交，后来定居上海，又成邻居。朱静曾获巴黎第七大学文学博士，是复旦大学法语教授，娴静温婉；小安少年从军，曾是解放军某军部篮球队的后卫，高大威猛；两人一个英俊豪爽，一个秀外慧中，青梅竹马的前因，促成了柔萝劲松相依相映的婚娶，倒也谐和。忆往谈今，不知不觉就过去了3个多小时，我告辞小安夫妇要回旅馆，小安唯恐我路不熟，执意要送我一程。冬夜街头，朔风刺骨，鲜有路人。小安怕我冻着，见街角一家面馆还未打烊，非要请我吃点夜宵暖暖身体再走。我拗不过他的诚意，只得"恭敬不如从命"，在街头小店和他边吃边谈，又聊了1个小时。

事隔30余年，记不得当时小安请我享用的是什么，或许是菜肉面，或许还有一客小笼……只记得小安说我是杭州人，就尽量点些类似知味观的品种以合我口味。虽说只是冬夜街头的一次小吃，但留在我的记忆中深刻绵长。我是在上海读的大学，在我的印象中，上海人是很少邀请朋友到家中做客且招待餐食的，更何况是初次相识的陌生人。说实话，我不但不非议，且十分认可上海人的这种做法，觉得这既符合"君子之交淡如水"的古训，也与上海这样一个开埠较早，得海外"AA"制风气之先的现代都市做派相契合。可那个冬夜小安诚挚的一次飨客，却使人有一种别样的感受。想及唐代诗人白居易"晚来天欲雪，能饮一杯无"的那句诗，我幡然憬悟，是呀，我华夏先民，向有好客的传统，而这一古风，更能让人的心头生起暖意。

比这更为正规的饮宴，想不到小安后来又安排了一次。

是清明前的一天午后，我突然接到了朱馥生老先生的电话，说是王小安明日来杭，邀请我们到他下榻的红楼饭店共进晚餐。却原来，王金发就义后，遗骸一直安葬在西湖卧龙桥畔。前些日子，小安往来沪杭，一直在为祖父忠骨归葬家乡嵊县而奔波，清明前此事有了进展，为感谢朋友们的支持帮助，特意设宴答谢大家。王金发身后，有太多的争议。改革开放后，环境松动，有不少学者撰文为这位"莽男儿"辩诬。那晚，小安把在杭的相关作者都请了来，敬酒三杯，以表谢忱。我见席上菜肴十分丰盛：东坡肉、蜜汁火方、西湖醋鱼、龙井虾仁、叫花童鸡……凡杭州名菜，餐厅能做的，差不多都齐备了。我知道这桌筵席是小安夫妇自掏腰包置办的，心中过意不去，小安悄声对我说："朋友难得，钱小意思！"

事后闲谈，小安提及祖父的为人。

他说："当年都说辛亥后王金发任绍兴都督，是'祸绍'，其实这都是乡绅们对他的恶意攻击。人们只看到祖父逼富人多缴了一些税赋，却不知道他是在为扩军筹饷，为再次讨袁作准备。"

或说王金发做都督后生活腐化，有小报称"王挟俊婢游猎"。小安说，他曾为此专访过当年《越铎日报》创始人马可兴。马老先生说，民初江南，有几个婢女会骑马？其实那两位"俊女"，恰是辛亥革命志士尹锐志、尹维俊姐妹，她俩与王金发同为光复杭州的敢死队成员，王督绍后，姐妹俩来看他，三人结伴到郊外骑马打枪。

人们又说，离开绍兴到上海做'寓公'后，王金发日日花天酒地。小安长叹一声说："祖父生性豪爽，急公好义。抵沪后，确曾花钱买下一处楼宇，取名'逸园'，家中一日三餐，每顿都要备十几桌饭菜。祖父离开绍兴时，把一大批部众带到了上海，暗中筹划再度兴师讨袁。一帮人要吃要住，不这样何以安置？"

每忆及此，小安的声音便有点哽咽，而我从他坚毅的眼神中，分明看到有乃祖的余光。

1991年3月15日，我接到朱静女士发来的电报，惊悉王小安突发疾患在沪去世，终年仅46岁。我含泪发去唁电，心中不由想起了"天地不仁，歼我良士"这句挽联，这是孙中山先生得悉王金发遇难后的沉痛感叹，后来由蔡元培题写后镌刻在杭州卧龙桥畔的王金发墓前。想不到天妒英才，王小安竟也猝然早逝。小安曾对我说：祖父的传记出版以后，他还想对浙东辛亥革命先烈秋瑾、陶成章等进行系统研究，争取出一套《鉴湖英烈》之类的丛书。我相信，凭他的执着和悟性，这是完全可以办到的事情，可惜天不借年，惜哉痛哉！

朋友，是中国传统伦理道德中的"五伦"之一。所谓"五伦"，即"父子有亲、夫妇有别、长幼有序、君臣有义、朋友有信"。

一次孔子闲坐，弟子颜回、子路随侍在侧。

孔子对两人说："盍各言尔志？"意思是：何不各自谈谈你们的志向呢？

子路答说："愿车马，衣轻裘，与朋友共，敝之而无憾。"意即：愿将我的车马、衣服和朋友共同享用，用坏了也不抱怨。

颜渊说："愿无伐善，无施劳。"意即：愿做到不夸耀自己的好处，不把劳苦施加在别人身上。

子路说："愿闻子之志。"希望听听老师的志向。

子曰："老者安之，朋友信之，少者怀之。"意思是：使老人安享晚年，使朋友信任我，让年轻的子弟们得到关怀。

"与朋友共"，虽出自弟子子路的口，却得到了孔子的认可并提升，朋友间不仅物质上要甘苦与共，且道义上也要做到互相信任。"五伦"之前三种，"父子、夫妇、兄弟"，是家庭成员间的关系；后两种"君臣、朋友"，则是人与人相处的社会关系。自从封建社会解体以后，"君臣"关系不复存在，"朋友"关系，实质上已成了人际交往社会关系的总和。人，不能脱离社会而生存。处理朋友关系，看似事涉他人，实际上也事关自己。事实说明，处理好朋友关系，物质上互相援助，精神上互相关心，"赠人玫瑰，手有余香"，是诗意栖居不可或缺的重要环节。

五、超然物外远尘埃，到此方为自在

养生先须虑祸

要想尝试过一种诗意的生活，最好要有一副健康的身子骨，吃得香，睡得熟，玩得动……干啥也不会力不从心。当然，内心的强大也不容忽视，阳光、乐观的心态，有助于抗压，有助于抗病。不少时候，心理健康甚至比身体健康，对人生幸福更为重要。这就带出了一个"养生"的话题，从某种意义来说，诗意栖居，是离不开"养生"这一身心的双重支撑的。

养生的方法多种多样，概括而言，无非是"动""静"两种方式。那么，养生，到底是动好，还是静好？我听到的是两种截然不同的说法。

一种说：生命在于运动。运动使血液流动加快，能有助于人体新陈代谢。

一种说：养生贵在不动。缩头乌龟，曳尾泥涂，不是照样寿逾百岁。

依我说，两种观点都太过了，都偏离了儒家老祖宗的中庸之道，过犹不及。

动（此处主要指超常规的运动），并非不能健身养生，但这要因人而异，于天赋异禀的强人则可，于常人却未必适合。北京大学校长、著名人口学家马寅初常年冷水洗澡，热水浸泡后再用冷水冲淋，说是可以刺激肌肤，给全身血管做一段健身体操，结果果真寿臻百岁。而这些，一般人是很难做到的。本人年轻时也曾尝试过冷水浴和冬泳，但扁桃体有病灶，寒热不均，动辄感冒。医生嘱咐我还是安耽点吧。

而静，也未尝不可。国人传统中就有静坐、龟息这样的养生法。要做到身体不动还比较容易，要做到心静如止水，谈何容易？你我凡人，名利缠绕于心，柴米油盐酱醋茶，原本的开门七件事，如今又添了住房、教育、医疗……诸多烦难，即使身在坐禅，一颗凡心如野马奔突，哪里安静得下来。何况身体要久静不动，也非易事。面壁十年，那是达摩祖师才能做到的嗬！笔者当年游华山，曾冒险攀上千仞绝壁，偷窥过古代高人趺坐修行的穴洞——悬崖上一处仅可容身的空间，一个鸡头晕，掉下去就是万丈深渊，看一眼也让人心惊胆战。要在这里面闭关静修，没有一点儒释道根柢的我辈，谈也不要谈。

由此可见，叱咤风云之爽，静修颐养之福，并不是人人可以消受的。凡夫俗子，妄随高蹈，不落得个伤筋断骨，也会走火入魔，与养生之初衷，只会背道而驰。

那么芸芸众生，要想却病延年，又该如何？

办法只有一个，那就是不卑不亢，不即不离，不偏不倚，依循先儒的中庸之道。古代典籍《太平御览》中说，养生应当"无久行，无久坐，无久立，无久卧，无久视，无久听……体欲常劳，食欲常少；劳则勿过，少则令虚"。而北宋理学家程颢、程颐兄弟则明确断言："动静节宜，所以养生也。"

大动是吃不消的，不动是不可以的，对于一般体质和心理的你我凡人来说，要养生，只能是"常小动"，以克服气血迟滞，以避免身心过劳。

古人说："流水不腐，户枢不蠹。"其实也是这样的道理。溪水清澈，是因为其总在不停地潺潺流动。惊涛拍岸，卷起千堆雪，气势固然壮观，但如果堤防不坚，植被不固，只会造成泥沙俱下，浊浪泛滥。积水成潭，天光云影共徘徊，乍看风景固然旖旎，但如果水不够深，鱼不够多，缺乏自净功能，只会造成荇藻疯长，水臭池浊。而木门的转轴之所以不会被虫蛀蚀，也正是因为经常被"咿呀"磨动，如果经年不启，或是刀劈斧砍，再坚固的户枢，也是会损坏的。

太极拳、散步、书法、绘画乃至日常的家务劳动，都是"小动常劳"的好形式。人在做事，心有所系，不至妄想；身常小动，则可避免大动劳损或不动废颓的两难之虞，凡人要养生，经常"小劳"，或许是最好的选择。

祁永年是我的发小当中，最讲究养生的人了。他下乡插队时，我去看他，晚上同室而寝，想入睡了，他的那张床，总还要咯吱咯吱地摇上一刻钟。次日早上吃饭时，我忍不住问他，睡下了还在干什么？他小声地连连道歉，说是在练"床上八段锦"。"那功夫对人体太有益了！"他说："叩齿三十六下，可以生津健胃；兜肾囊九九八十一次，可以固精添髓……你想想，全身都按摩到了，通体舒坦，病安从来？"祁永年建议我也试试，我没有他那样的恒心，一笑了之。

当年我一帮发小中，不乏文学青年，喜欢读文学名著，也喜欢看西方美学和各种游记，期盼长大以后，能够游历四海，过一种富有诗意的生活。有一位小伙伴不知从哪里淘了本清代皇族纳兰性德的《词选》，说是写得悱恻缠绵，几位发小争相借阅，有的还通宵不睡，将一些好词抄在笔记本上。唯祁永年，从来不做这种心血来潮的事，还是雷打不动练他的"八段锦"功夫。他曾和我探讨过人生万端的轻重，最后说了句颇有哲理的结语："再风光的事业，再诗意的生活，也都要有一个好身板来扛的呀！"我闻言，由衷钦佩他的审慎和成熟。

回城以后，祁永年进了机关，我在媒体工作，虽然同在一个城市，但各忙各的，碰头的机会并不多。祁永年为人低调谦和，手头又拿得起，这种"敏于事而讷于言"的做派，在机关里是很讨人喜欢的。听说不久他就被提为了处长，且列入了更高层次的后备梯队，我们几个老伙伴闻知以后都为他高兴。我们这帮发小中走仕途的不多，大家都希望祁永年能有更大的发展。

有几次祁永年所在的机关开新闻发布会，我以为他这位大处长总会来，可直到会议结束聚餐了，仍是等不到他。他单位的几个小青年告诉我："我们祁处自律可严喽，好来好不来的饭局，他是一概不来的。"

阳春三月，旧城改造后，四散住在城市各处的几个发小，结伴来游西湖。我家离西湖最近，作东在梅家坞请大家吃农家饭，手机上磨了半天，总算把祁永年约了出来。莺飞草长，杂树生花，西湖春色撩人。酒饮微醺，我对祁永年说："人生几何，风月无边，有饭局聚一聚，无非是找个乐，你何苦介顶真呢？"这位老伙伴酒后吐真言："我不是爱惜羽毛，我是顾惜身体呀。现在哪来那么多的脂肪肝、高血脂……还不是酒呀肉呀吃出来的！"

与祁永年一起吃饭，最没味道。再诱人的菜肴，他也只吃一口，好像里面有砒霜，多吃要药死一样，弄得周围的人也食欲大减。不熟悉的人，以为他胃纳不佳，其实这又是祁永年的祛病之招。"一碗菜，你拣拣，我戳戳，多腻心。我是只吃第一筷的。"他曾悄悄对我说。

祁永年的养生之道是"管住嘴，多动腿"。他说每天早上起床后，他干的第一件事情就是喝一大杯凉水，"先把五脏六腑下水道冲干净再说"，上完厕所就去爬山。"爬山也有讲究，宜不疾不徐，微汗为好。"祁永年颇为自得地告诉我："有的人运动，图的就是心跳，以为气喘吁吁，汗流浃背才有效，那不行。心脏就好比是马达，出厂以后，最多可以转几圈，是有定规的。跳快了，没有好处，只会折寿。"

如此保养，果然有效。祁永年一米七五的个子，65公斤体重，站在那里，恰如杭州人所说"条杆儿全线拉出"，50出头的年纪了，看上去却像30多岁的年轻人一样。

更令人生羡的是他的面容，天生的细皮白肉，历经半世纪的风吹日晒，竟然还保养得细嫩幼滑。"30多年的按摩功夫嚯！"祁永年不无自炫。从读中学时起，他就开始习练八段锦，几十年不间断，的确不容易。

祁永年烟酒不沾，起居有节，生活中，无任何不良的嗜好。我们几个老同学，碰到他太太时，总要夸她有眼力，找了这样一个好老公。祁嫂心中是高兴的，嘴上却总说："好啥些，赚的那点钞票，都换了破烂了。"原来祁永年有收藏古董的偏好，想不到正是这点积习，最终竟要了这位"养生家"的命。

案由其实很简单：祁永年曾分管一个基建项目，绿化带规划要植近千株乔木。这可是笔大生意，况且内行人心知肚明，所植之树，粗一点，细一点，旁人是觉不出的，但一进一出，差额就不好说了。挑谁发财，权在祁处手中。一时，祁永年家门庭若市，承包商到处托人前来疏通。祁永年是个何等谨慎之人，礼品红包哪里会收！不少说客都吃了闭门羹。此中有个家伙，颇有心计，探得祁永年的偏好，托人带了一只青花龙纹梅瓶相赠。祁永年懂行，一看那瓶釉色纯正，品相完好，有些年份了，心中便有点难舍。但知道此物贵重，又不敢收下。那来客看准老祁心思，说道此瓶只是赝品，给祁处玩玩的，值不了几个钱。祁永年也就不再推托。过了几天，另外一个与老祁相识的人来访，见了博古架上那只梅瓶，连连称奇，说是明万历年间的东西，拍卖会上起价就要百万，何不早点脱手。祁永年禁不住诱惑，托人去试，果然拍得了 125 万元。

却不知这都是那客商设下的圈套，就此缠住了老祁。结果绿化统统包给了那家伙，所栽之树，半数死掉。风传有人举报，上面已经在查了，祁永年生怕事情败露，吃官司坐牢，急火攻心，竟然投水自尽走了绝路。

据说人们是在江上游的一个水库发现祁永年的，那是一处山清水秀的地方，碧水微澜，站在岸边，可以细数水底的藻荇和游鱼。祁嫂说，她和永年年轻时就在附近的乡村插队，谈恋爱时常到此地散步。当时祁永年就说："若能在如此绝色的风景中老去，也不枉此一生了。"想不到竟一语成谶。

呜呼永年，祈望不老，保养半生，却一朝陨灭！

《颜氏家训》作者颜子推，曾评论过魏晋南北朝时两位"养生家"之行事：嵇康写有《养生》专著，而以傲物受刑；石崇冀服补药延年，却因贪溺取祸。不由感慨："夫养生者，先须虑祸，全身保性，有此生然后养之，勿徒养其无生也。"惜哉永年！若能早闻此言，或不至糊涂如斯。

木心有种朦胧美

有说"距离产生美"，为什么？我觉得，有了距离，就看不真切；看不真切，就会产生神秘感；如同隔了一层水汽，蒙了一袭轻纱，雾中赏花，月下观景，看上去如幻如影，平添了一种朦胧美。

作诗讲究这种美，为人何尝不如此。我观诗人木心，就强烈地感受到了这种不可言说的内在美。

是省作协的朋友、一位青年文学评论家，陪我去乌镇拜访木心先生的。那是 2006 年的一个早春，木心先生回故乡定居的第二年。

坊间都知道木心先生晚年叶落归根，从纽约到乌镇，图的就是一个回家的自在。他谢绝一切媒体采访，大家也都小心翼翼，不敢轻易去打扰他乡居的清静。

我却似乎与木心先生有缘。作为东道主，我曾接待过陈丹青来杭州作"文化大讲堂"的演讲。而陈是木心最亲近的弟子，先生能归居故里，全仗陈丹青费心操劳。而负责复建故居，一手安排木心入住故里的乌镇管委会主任陈向宏，又是我认识的朋友，乌镇西栅刚改造完毕，陈就邀请我们几位媒体朋友先行参观采访。有这样"两陈"关系，木心先生终于应允了与我们会上一面。

我们来到晚晴小筑，一处翠竹出白墙、绿蕉映黑瓦的江南庭院。这是镇里为木心在故园旧址新建的家，位于整修后的东栅，游人须购票才能进入，无意中遂了晚年木心避喧求静的愿望。我们进入厅堂，先生从内间卧室出来见客。木心先生的外表，和我在照片上看到的大致一样，只是容颜略显苍老与憔悴。这也是任何人都难逃的自然规律，即使像先生这样长身玉立的美男子，年岁到了，也难免委顿。但脸色会苍白、皱纹会增加，那脸盘的骨架——微陷之眼眶、笔挺之鼻梁，以及眼神中所显现的睿智、举手投足间所透露的优雅，却时时在提醒着我们，眼前这位正是木心。那种先生独有的气质，似乎是与生俱来的，是任何人想学也学不像的。譬如说，先生喜欢戴"同盟帽"，那种孙中山常戴，民国初年很流行的礼帽，现在不少时尚人士也喜欢戴。但戴是戴了，看上去总觉得有点不像。戴帽檐大的那种吧，如萧绍俗话说的"苍蝇套豆壳"，身架有点搁不牢；戴改良后那种帽檐小的吧，看上去又有点像旧时上海滩的瘪三穿西装，总有点滑稽的味道。那种老式宽沿的"同盟帽"，为什么只有木心先生戴了才"登样"？这是初见先生时，我心中产生的第一个"谜"，要解开，可能还要有点美学的思辨。

　　木心出国前久居沪上，有人说他的做派，有点像上海的"老克勒"。我年轻时也居沪多年，觉得两者根本扯不上边。"克勒"是英语clerk（职员）的音译，"克勒"而"老"，说明这是一个在十里洋场混迹多年的资深高级职员。这种人精明过人，能听懂且能讲几句"洋泾帮"英语，租界华界都兜得转，因此在同胞面前有一种莫名的优越感。他们即使家境再不济，外出，西装三件套也都是必备的。尤其是那条裤子，夜到（上海方言，意为夜晚）都要压在枕头下面，早上穿出去务必两条裤线笔笔直才好。他们称这为"扎台形"，好比戏子上台，有时候，外表行头比内在唱功更重要。而木心，虽然青壮年时生活工作在上海，50多岁时还辞职赴美，可谓真正吃过洋面包的人，平时衣着，也是西装大衣示人的多，但给人的感觉，却只感到他很"绅士"，并没有半点做作、刻意"挟洋自重"的味道。见到木心，我就在想，如果给他换上一袭长衫，他也一定照样自如。"腹有诗书气自华"，骨子里的儒雅，是无须衣着来修饰的吧。你说木心是旧文人，可他行将退休还要申请赴美，宁可只身蜗居纽约，也要体味"欧风美雨"；你说他是崇洋的西崽，可年逾古稀，他却孤鸿归来，故乡乌镇那风荷垂柳春水池塘，是他梦里心中，永远依恋的精神家园。从这种意义来说，木心一生的行止，如诗亦如谜，可引发我们无限悠远的遐思。

我们在木心先生洁净雅致的客厅落座，寒暄之后，先生就不再轻易开口，只是用老年人很少见的那种清澈的眼神，专注地轮番盯着我们，看我们一个个"自说自话"。不知情的人，会以为这是个寡言木讷的老人。但我听陈丹青讲过，木心先生其实是一个很会聊的人。1982年秋，陈丹青在纽约认识了木心，"第二年即与他密集过往，剧谈痛聊……我原本无学，直听得不知如何是好"。对陈如此，对其他旅美的年轻人也同样。陈丹青回忆："逢年过节，或借个什么由头，我们通宵达旦听他聊，或三五人，或七八人，窗外晨光熹微，座中有昏沉睡去的，有勉力强撑的，唯年事最高的木心，精神矍铄。"自1989年元月起，木心给陈丹青他们这批旅美学子开讲"世界文学史"，更是兴致勃勃，一讲就是整整五年。既然这么能聊喜侃，为何在很多人的印象中，木心是个沉默的人呢？据陈丹青说："木心很调皮的。他见生人，人家要是不知道他画画写作，他就不谈文艺，目光炯炯地沉默着，装得什么都不懂。"问题是，我们是生人，但在纽约听他讲课者，不少原本木心也是不认识的呀，如陈丹青所说："80年代我们与他通宵聊天，他常把大家逗得狂笑，跌到椅子下面去，爬起来坐好，他又来一句，又笑倒。"为何此一时彼一时，我至今百思而不得其解。

与木心见面，我总有一种自惭形秽的感觉，觉得他诗画俱精，中西文化贯通，我辈一开口，就会露了马脚，那么，相对无言，未尝不是幸事。但在陈丹青眼里，木心却完全不是这样高冷的人，话题也并不局限在文艺的象牙塔里。陈丹青曾对记者说："你要是听他话家常，谈小市民、乡下人，谈单位里弄堂里的鸡毛蒜皮，谈怎样做菜，穿衣，怎样耍流氓，怎样调情，你会发现就像他自己说的：'我是个健康的老头子。'"岂止如邻家老汉，有时候简直就像个孩子。

木心出生在桐乡的书香门第，幼承庭训，十三四岁便开始写作，但半生坎坷，直到近60岁了才得以公开发表作品。陈丹青对记者说："你们没见他刚发表作品的兴奋，跟18岁的韩寒蒋方舟一样，快60岁的人，喜滋滋看自己印成铅字的版面，所有《华侨日报》、《中国时报》的副刊，只要有他一个角落的文章，他就剪下来，用手艺粘贴成很好看的版式，拉我陪他去唐人街复印，分送给大家。"陈说："我和他几十年，再小的事他也找我商量，遇到不懂不知道的事，他一脸的好奇惭愧，像傻子一样听你讲。"

陈丹青的话，起初我还有点不信，待到看了木心写的那篇《上海赋》，才确知木心还是相当接地气的。请看木心笔下旧上海"浑堂"（即公共浴室）的情景。

那浑堂招牌高挂，门庭若市，进门便买一根火烙印的竹筹：上中下三等。"下等"者灯光昏暗，陈设敝旧，毛巾旧而泛黄，长条的板铺上乱躺着出浴后的肢体，一派战时俘虏营的景象。"中等"就明亮得多，铺位上摊着蓝白阔条的浴巾，几张小几，供茶水，侍者少而默然，但已像个"人间"。那"上等"则亮得受宠若惊。高背躺椅弹簧软垫，厚质毛巾新雪般耀眼，茶是小壶现泡的，侍者手脚轻快，口齿伶俐。际此，上海人的服装功能又发作了。如果周身光鲜入时，侍者便眉动目闪礼貌有加，倘若衣履晦暗背时，侍者就眉淡眼细照常办事。那末，衣裤总得脱下来啰，侍者用一根顶端有铜叉的竹竿，将衣裤叉了挂在你的位置上方，很高，可望不可即，既对下面无影响，也免了那种非分之想，人心隔肚皮呀。手表交给侍者，若是名牌，他就套在自己腕上，一般的就锁入小柜的抽屉里。

…………

待到身外之物全部高高挂起，众生俱平等相了。干巴巴、光致致的上海人，像缴械的败兵，狼狈窜入浴池。浴池很大，水蒸气郁勃氤氲，人都糊成灰白的影子，个个俯仰转侧剧烈活动着，皂沫、汗秽、油污使池水混浊得发稠发臭。……

……但凡上海人从小就把浑堂当作外婆家。请看池中物多么生动活泼，如此烫人的混水，他们毫不在乎地浸没全身。先是泡，泡够了再擦，擦透了，以小木桶挽水自泼，然后仰卧在池沿的平面上，闭眼，似乎困着了。……

真正开心的人在另一边，那大池的尽头，盖着湿黑的木板，沸水贮存库，几个中年老年人，船民般地蹲在木板上，将毛巾从板陈中缒下去，拎上来，就此嵌入脚趾缝间抽动，一吊一吊，手势纯熟到了优美。两眼瞪着没有远方的远方，斜翘嘴角，发出嗞嗞声，一吊一吊一吊一吊……据考这是脚气病杀病之妙法，大抵欲仙欲死云云。

浴时可雇人"擦背"，自己双手够不着的地方，师傅会用滚烫的毛巾，将这些隐秘之处的老垢都洗擦下来。浴后如有钱有闲，还可请人"敲背"。

> ……敲背之道应属按摩科，妙在握拳着点的多花式，发声就匪夷所思。时而春风马蹄，时而空谷跫音，时而啾啾唧唧，时而惊涛拍岸，轻重强弱的节奏变化，远胜于"击鼓骂曹"，但不会是浑堂中人有何悲愤要宣泄。接受敲背的那一方，据云臻于醍醐灌顶之化境。只是天下没有不散的筵席，夜渐深，浴客流连忘返，侍者可要等大家走光之后，冲洗整理还有好一番忙碌。于是资深的师傅用叉衣的竹竿，权杖似的咚咚咚咚舂楼板，口中喊道："下雨了！下雨了！""啊？下雨了？""就要下雨了！就要下雨了！"纷纷起身，披衣套裤，争先下楼，夺门而出。对马路高楼黑影后面星月皎洁，不觉暗自失笑，想想也是对的——上海话叫做"拨侬面子"（给你面子）。

有现场有心理有调谐有幽默……读罢木心的这些散文，我们不仅服膺木心的文字，更对他观察的细微和与世俗生活的不隔，产生由衷的敬佩。

木心就是这样的一个人，在纽约，他西装革履，礼帽围巾，赫然是位绅士；回到乌镇，他头戴棉帽，手捧暖水袋，又俨然是个乡居老翁。先生的相貌，乃至言谈、行止及性格之中，总似乎有一种深层的东西，令我们把握不定。我们不知道外表风流倜傥的他，有过何样的感情生活，为何无妻无子，终老独身？不明白半生坎坷的他，刚获平反，初受重用，为何执意出国，只身漂洋，如此毅然决然？而80年代初，年轻学子申请赴美都相当不易，50出头的他却怎么就一下子能签证成功？凡此种种，或触忌讳，或涉隐私，我们不便多问，也没必要都探究得一清二楚。

我们要了解木心，只需去读他的诗文。"从前的日色变得慢，车、马、邮件都慢，一生只够爱一个人。从前的锁也好看，钥匙精美有样子，你锁了，人家就懂了。"

在纽约的某一天，作家阿城在陈丹青家中与木心见面。饭后散步，一行人走到一家人家的花园外停了下来。鸡冠花开了，暮色里猩红一片。阿城正在说京城哥们见面就聊政治新闻："怎么样？今天有什么重要新闻？"这是北京人的喜好，见面开口往往来这一句。谁曾想，木心对着满园盛开的鸡冠花笑说："这就是今天最重要的新闻。"

木心去世后，陈丹青追忆说："他经常对我很失望，那种失望的、但又不好说的表情，我知道他看重我。有次我要他给我一句整个儿的批评。他犹豫了好久，忽然很认真地笑了，显然这意思在他心里藏了很久：'丹青啊，你缺乏诗意。'我问什么叫缺乏诗意？他笑得发抖：'你这就没诗意了呀。'"

先生远逝，心锁永闭。那就让我们珍重他的提醒，尝试着过一种"神龙见首不见尾"般有诗意的生活吧。

编辑部里"一章经"

那年在长岛儿子家住了半年。住得久了，发现每天儿媳去小区散步，总有几位邻居主妇要搭上来，和她聊个没完。次数多了，我未免好奇，就问儿媳："她们跟你在聊什么？这么热乎！"儿媳说："还不都是小区和孩子幼儿园里的那些事。哪位老师多么贪小，哪个邻居多少精巴……"我本以为，只有国人才喜欢东家长西家短地轧是轧非；这才知道原来老外也有背后议论他人的习惯。

虽说"哪个人后无人说，哪个人前不说人"，但生活在流言的纷扰中，人总是不爽的。制止流言，据说有一个好办法，就是如《荀子·大略》所言："流丸止于瓯臾，流言止于智者。"意即：滚动的珠子碰到瓦器阻碍或掉进凹陷处会停止，没根据的传言会被聪明人止息。可智者毕竟少有。你我凡人，智商平平，何以减少流言对自己的伤害，过一种"利、衰、毁、誉、称、讥、苦、乐""八风不动"的静好生活？有时候，"戆"，也许是对付流言蜚语的又一种有效办法。

我曾经的同行经耕读，就是这样一个戆头戆脑的人。

经耕读是省城一家专业报社的记者，业内同行都说他有点"戆"，人称"一章经"，说话做事一点一划不灵动，因此不少人凡事都避着他，不愿和他多打交道。

经耕读高中毕业后，本在家乡务农，因有几篇描写稻田种植的报道被报社采用，作为基层优秀通讯员，被选调到了报社当了记者。经这个姓氏比较少见。据说报到时，管人事的拿了花名册，请领导确定分配去向，总编老郭笑着说："这小子姓经，那就去搞经济报道吧！"

我大学毕业后，被分配在省城一家报社跑经济，是在一次财贸记者聚会上，和经耕读认识的。经进报社后，曾在函授大学读过两年新闻，那年月全社会看重学历，省城跑财贸的年轻记者，大多是全日制大学本科毕业的，有些人自我感觉甚好，不大看得起函授生，觉得他们学历上总要低人一等。

一般的函授生也知趣，一年一度的财贸记者年会大都不来参加的。但经耕读却不同，每次聚会他逢场必到，而且早早坐在前排，台上大家的交流发言他都听得十分投入。一次会后聚餐，不少记者碰到了校友都坐在了一起，杭州大学的，复旦大学的……只有经耕读孑然一身，被冷落在了一边。我见他转了一圈想离开，正好本桌有个空座，就把他拉到了身边。餐前同桌人自我介绍，轮到经耕读，他直言自己只是个函授生，所受专业教育欠缺，所以每次聚会都不"跋落"（本地话，缺席之意），希望能从同行身上受些启发和教诲。

人的教养与学历，并不一定成正比。席间其他人彼此顾自谈天，没人有兴趣去和经耕读搭讪。我生怕他冷落，有话没话地和他聊几句。我喜欢和质朴的人打交道，而经耕读出身农家，为人实在，一餐饭吃下来，我俩竟成了无话不谈的好朋友。

第二年，机缘巧合，我的好友老俞调到了那家专业报任副总，从老俞嘴里，我能经常听到有关经耕读的消息。听老俞说，经耕读和部门同事的关系似乎处得不太好。那天，老俞带两个实习生到采访部去报到；没深入接触过社会的大学生很多不会写稿子，带他们采访写稿，是一件吃力不讨好的累事，一般记者都不愿接这个活。部主任老蔡是个瘦高的中年女性，说话语速快，工作能力强，对部门自身利益顾得很牢，按杭州话说，有点"挖抓"，喜欢属下听话，对经耕读这样的蛮人，便有点看不惯。她把两位大学生领到了正在屋角埋头写稿的经耕读身边，说："你们这半年就跟着这位经老师采访吧。他可是高才生呢！"大办公室一阵哄笑。老俞觉得蔡大姐这样说，未免有点刻薄。可经耕读好像莫知莫觉。只见他赶紧起身与两位实习生握手："没有没有！我学历高中，仅在大学新闻专业函授过两年，今后我们互相学习。"

说是高中生，其实经耕读的文字和书法功底，比一些中文系的研究生还强。他曾书赠过我自拟的一首七言诗条幅："雪漫山径无客侍，炭烬铜炉有余炽，老牛卧栏耕尚早，正是后生读书时。"经的老家浙北水乡素有耕读之风，他说村里祠堂门口就有古人撰写的对联："一等人忠臣孝子，两件事种田读书。"爷爷给他取"耕读"为名，就寄寓了这样的期盼。我想，经耕读能将自己的名字嵌入这首诗中，着实是需要一些功底的。

那年月，民营经济正在崛起，环境轻松，新产品出来了，一些厂家往往会送"样品"给媒体朋友试用，以换取低廉乃至免费的"软性广告"，来扩大产品的影响。几瓶沐浴液呀，一把电吹风呀……这些日用小商品，虽然不值多少钱，但即使是作为"部门福利"，同事送到了经耕读面前，他也一概拒而不收。

这种事情发生过几次，不光同事，连蔡主任都感到为难，终于找了个借口，趁年底部门调整，双向选择时，经郭总同意，将经耕读调去编了副刊。

编副刊没有油水，但经耕读很喜欢，觉得每天展读各方来稿，犹如选苗，编辑后发排到这块名曰《百草园》的版面中，犹如种田，有"春种秋收"的田园之乐。这家四开八版的小报，每周副刊只有两个版面，不发绘画作品和诗歌，不搞连载，一次也只能刊登四五篇千字以内的小品，经耕读更是箩里挑花，对来稿的质量严格把关。

若以为现在经济社会，没多少人关注文学，那就错了。有钱、有权、有闲之余，想在副刊上露把脸的人，还真不少。省里有位退休的某老，偏好写诗，就直接把诗作寄给了郭总。

"老经，这是某老让司机带来的诗作，你下期用一下！"郭总找经耕读落实任务。

"郭总，我们的副刊版面有限，历来是不登诗歌的。"

"规定是死的，人是活的。要认识到，这是某老支持我们的工作。"郭总将稿纸放在桌上，语气不容置疑。

经耕读无奈，只好从某老厚厚一叠来稿中，反复比较，勉强选了首还算读得通的小诗，刊发在了《百草园》中。

事情一发便不可收。

自此，某老隔三岔五让司机给经耕读送稿件。那些所谓诗，说白了，就是七字一行的讲话稿。经耕读不胜其烦，将稿件堆在一边作"冷处理"，自忖时间长了，老人家总会歇手。谁知某老天天盯着报纸，发现再没有自己的诗作见报，不禁拎起电话，"人走茶凉"什么的，把郭总冷嘲热讽了一顿。俗话说"虎老余威在"，岂能冒犯。郭总寻思，只能把"一章经"再挪个位置。

经耕读被调任评报员。这是一个听起来既时兴又体面的职位：媒体要批评别人，首先要做好自我批评嘛，那就从内部评报抓起吧。对每天出版的报纸审读评论一番，这可只有资深的编辑才能胜任。话是这么说，但其实也不过是一个应时的虚职，单位内部级别森严，部门众多，一个无职无权的老编辑，敢去批评谁？评报组内原先安排有一位外聘已退休的老编辑，为人圆融，评报掌握两个原则：一是鸡毛蒜皮，隔靴搔痒；二是小骂大捧，美其名曰"正面引导，表扬为主"。

经耕读上任后就不一样了。他每天一早就来到了办公室，把刚出版的报纸从一版到八版，从照片到广告……仔仔细细审读一遍。然后将自己的审读意见（主要是差错和不足），用红笔写在每篇稿子的空白处。当他把这张评审过的报纸贴到门口评报栏上时，那真是如小记者们惊呼的那样："红艳一片，针针见血！"有一次社庆，刚评上高级编辑的郭总，兴致勃勃亲撰了一篇社评。结果评报后，经耕读把其中 16 处差错，诸如"神州"写成了"神洲""奋发"错成了"愤发"……一一圈拉了出来，弄得郭总人前人后，只能哂笑两声，很没面子。

经耕读 50 出头了，方盘脸，板寸头，发质硬，一根根笃笃起的，挑不出一丝白发。蔡主任私下断定他是染的，有好事者到报社旁边的理发店打听过，美发小哥说，每次剃头，发现经耕读的发根都是黑的，肯定没染过。

经耕读对别人的闲事，从来不闻不问；但别人对他的私事，却总是特别感兴趣。经耕读是结过婚的，前妻有外遇，两人 10 年前分了手。经没有小孩，一个人住在报社的单身宿舍里，一人吃饱，全家不饿，闲暇读书品茗，在阳台上种点四季桂之类不用侍候的花草，日子过得倒也清闲。跟他实习过的大学生小陈是贵州人，贫困山区出来的孩子，毕业后在城里找了份工作，学校宿舍不能住了，租房贵，经老师富同情心，就邀他暂时住到了自己家里。谁知时间长了，流言又传得沸沸扬扬，说是老经是 Gay，怪不得老婆养不出小孩，要跟他离婚。说是老经上年纪了，那男生跟他，吃亏是明摆着的……话语不知怎的，传到了小陈耳朵里。男生虽然心中恼火，却又无处辩解和发泄，只得找个借口，搬离了经家。第二天上班，有心人窥视老经的神色，只见他若无其事，读报评报，照样把一张报纸圈圈点点，涂成了一片红色。

无事都有风波，真的有事那还了得。一个周末的晚上，报社的人都下班了，蔡主任忘了手机回办公室取，走上二楼，瞥眼看到，走廊尽头，灯光昏暗处，经耕读搂着清卫工小鞠正在亲吻。蔡大姐赶紧踅出大门，当晚，就将"情况"向郭总做了汇报。

小鞠三十七八岁年纪，是郊县雇来的一个农民工。说来也是奇葩，一般农家姑娘都关注柴米油盐，这把年纪，孩子都可以外出打工了。可小鞠却自小酷爱诗词，高中毕业辗转应聘到报社做勤杂工，老家上门说媒的不少，可她另外条件没有，却发誓要找个有文化的老公："没有共同语言，这日子还有什么过头。"言话传出，上门说媒的日渐稀少，她也不急不躁，安心做自己的诗歌梦。

小鞠每天清早到报社各个办公室打扫卫生，经常在老经的字纸篓里，捡到涂改过的诗词废稿。一次见室内只有老经一人在，姑娘便将自己写作的一首小诗，递上请经老师批评指教。诗曰："秋叶缤纷舞庭院，着地铺陈显金红，停骖坐赏枫林晚，无边秋色夕阳中。"老经读后，说道："你扫落叶，倒扫出诗意来了。不错不错！"小鞠见老师夸赞，瞬时绯红脸，只说："都说经老师您懂诗词，请帮改改。"经耕读沉吟片刻，说："你四句诗中，有两个秋字，不妥；第一句韵脚也不对。"于是取过桌上红笔，唰唰作了修正，改成："秋叶缤纷舞晚风，落地铺陈显金红，相偎坐赏枫林晚，多少美景夕阳中。"小鞠捧读再三，心悦诚服。自此，两人诗稿交往，成就了忘年之恋。

这几年纸媒经营走下坡路，报社正在考虑裁员，苦于一时无从着手。经耕读办公楼内与人拥吻，岂不是现成的把柄。星期一刚上班，郭总就把经耕读叫到了办公室，和他进行了一次严肃的谈话。

"经耕读，周六晚上你在办公楼干什么？"郭总开门见山。

"与小鞠约会呀。"老经毫不隐讳。

"哎，孤男寡女，在办公场所搂搂抱抱，成何体统！"

"怎么啦？下班时间，难道只允许人家搞小三，不准我们找对象？"想不到经耕读这位迂夫子气急了，说话也不饶人。

郭总脸色一变，似要发怒，但毕竟混迹官场多年，瞬间又转换了语气："老经哪，你好歹也是个老编辑，新闻圈中离异的、单身的女人多的是，何苦找这样一个农村来的扫地的老大姑娘。"

"我没有这样的本事！"经耕读话中带刺，"再说自己原本就是乡下人，找个农村来的有啥不好？！"

郭总老家也是农村，他本是乡村小学的一名教师，老婆是村办企业的会计。恢复高考那年郭考上了大学，毕业后分配到了省城的报社，后来与发妻离异，重组了新家庭。经耕读刚才的这番话，有意无意刺在了郭的痛点，郭压抑不住终于暴怒了："那好，你明天起不用上班了，去准备你们的婚事吧！"

最近报社正在改制，有一批冗员要下岗和辞退，年满50岁或满30年工龄的员工，则允许提早退休。把经耕读从审读岗位上撤下来，正好有个理由。

纸媒虽不景气，报社工作毕竟还算风光。50岁的男人正当年，一般都是不愿提早离岗的。同事们都以为老经会向郭总认个错，做个检讨，或许事情还有转圜的余地。想不到经耕读果真递上了申请提早退休的报告，立马获批。月底，他和小鞠就双双离开了报社。

深秋的一个午后，梧桐滴雨，经耕读撑着一把雨伞来向我辞行。分手时我送他到楼下的汽车站台，细雨拂面中，心头突然备感凄凉。经耕读大概看出了我的情绪，使劲跟我握了握手："没事。我和小鞠回老家住了。十年后，如果你在当地电视新闻上看到我的消息，那说明我这条路没有走错。"

两年后，我也离开了报社退休了。

时光飞逝，去年元月的一个晚上，我照例转到了每天必看的电视台本省新闻栏目，突然看到了经耕读夫妇正在接受记者的采访。原来他俩回乡后，租了一片沼泽地，办起了一个野鸭饲养场。几年下来积蓄了一笔资金，在家乡建起了一座"江南诗苑"。电视上，经耕读正带着记者在"诗苑"拍摄外景：浙北水乡，芦花飞白，一座白墙黑瓦的中式庭院内，池水清浅，蜡梅初绽，身穿汉服的小鞠，带领着一班孩子，吟诵元代王冕的《墨梅》："我家洗砚池头树，朵朵花开淡墨痕。不要人夸颜色好，只留清气满乾坤。"我心生欣慰，掰指计算时间，离经辞别，十载还差两年。

钱谷融之《散淡人生》

散淡，亦作散澹，意为悠闲和逍遥自在，出自元代无名氏《玩江亭》第二折："我则待要引着狗骑着猫，逍遥散澹乘兴歌曲过南台。"

这部元杂剧的全称叫《瘸李岳诗酒玩江亭》，内容是说八仙中的铁拐李下凡，点化牛璘夫妇之事。"南台"即"戏马台"，在江苏铜山县南，传说东晋末年，后来成为南朝宋开国皇帝的刘裕，曾大会群僚赋诗于此。

上述这段曲词，就是牛璘随李铁拐出走后所唱，唱后还有念白："我是出家人，我心里待要往南台，就往南台，要往北闸口去，谁敢当拦住我？"紧接着又有几段唱词：

【锦上花】则不如我展放开愁眉，休争闲气。今日容颜，老似昨日。古往今来，我须尽知。贤的愚的，贫的共富的，到头这一场，难逃那一日。则不如快活了一日，一日便宜。百岁光阴，七十又早稀。咸的酸的，香的共臭的。

【清江引】落花满园春又早归，满耳笙歌沸。马足车尘中，蚁阵蜂衙内，呆汉嗏，你寻一坨儿稳便处闲坐的。

【又】江里海里都是水，无一答儿闲田地。你也无柴担，我把渔船系，呆汉嗏，寻一坨儿稳便处闲坐的。

【又】金刚本是泥塑的，塑的来偌高的。存又存不的，走又走不的，呆汉嗏，寻一坨儿稳便处闲坐的。

充分表明了牛璘跟师父出家后，闲来坐静、闷来游访，快活逍遥的心情。自此，散淡便成了一种人生境界，被古往今来多少人欣羡。

在我结识的前辈中，华东师范大学的钱谷融教授，无疑是一位真正懂得并践行散淡之人。

记得还是在2005年春天，我所服务的《钱江晚报》，为举办"乡村中学生作文大赛"，邀请著名学者、华师大的钱谷融教授来杭指导。钱先生是 1919 年出生的，其时已 86 岁了，但思维清晰、耳聪目明，一点没有老迈之态。孔子门生子夏对"君子"的形象，有一段著名的论述，认为："君子有三变，望之俨然，即之也温，听其言也厉。"可我接待钱先生后，却对此话有了怀疑，"君子"也可以另一种面貌示人，钱老就是这样一位"另类君子"。初见钱先生，就感觉有一团和气氤氲。谷融先生团团的脸，生就弯弯的眼睛上面，是一对弯弯的白眉，如此慈眉善目的老人，即使敛口，脸上也充满了笑意；一开口，更是如逢邻家爷爷，宽容和慈祥，都透在了一腔吴侬软语里，真是"望之蔼然，即之也温，听其言更暖心"。

评稿结束以后，一干同仁请钱老到西湖边聚餐、品茗，我正好坐在先生边上，得以有亲炙的机会。

利用等菜上桌的间隙，我对钱老说："您 2001 年 10 月赠送的散文合集《散淡人生》，我已读了。今天有机会想当面请教您，为啥您老要取这样一个书名？"

钱老笑了："我这个人既无能又懒惰，从来就喜欢过一种自由自在的散淡生活。"

我知道这是老人家的自谦之词。作为中国现当代文学评论界泰斗式的人物，钱先生 20 世纪 50 年代就发表过《论文学就是人学》这样划时代的著作，从教一辈子，又培养出了一批学界翘楚，如此成就，岂能用"无能"和"懒惰"两词概括。见我面带疑惑，钱老拍拍我的膝说："我不说诳语的，我崇尚散淡处世，说来话长，因缘还颇深呢。"

钱谷融从小爱读《三国》，对隐居茅庐心怀天下的年轻诸葛亮尤其向往。京剧《空城计》中诸葛亮"我本是卧龙岗一散淡之人"，少年钱谷融是百听不厌心驰神往，小小年纪就给自己起了个绰号叫"山野散人"，以示向往之心。抗战军兴，钱谷融逃难到四川，考取了中央大学，教《文心雕龙》的伍叔傥教授具有魏晋风度，对钱谷融一生的影响最大。

伍先生是蔡元培当校长时的北大学生，与傅斯年、罗家伦等同辈。

钱谷融回忆道："伍先生那时孤身一人，住在一间十分简陋的教员宿舍里。那时教授工资高，他不愿吃包饭，一日三餐，都是到街上馆子里吃的。有时他也拉我陪他上馆子吃饭喝酒。伍先生酒量不大，泯几口，主要是为了助兴开胃。饭桌上，他和我无所不谈。伍先生谈话都是即兴式的，想到哪里就谈到哪里，和朋友聊天一样，在我面前从来不摆老师的架子；甚至连他是先生我是学生这样的观念也十分淡薄。"

"他真率、自然，一切都是任情适性而行。他不耐拘束，厌恶虚伪。有时讥评起国民党的达官贵人和一些喜欢装腔作势，沽名钓誉的学者教授来，真是妙语如珠，穷形尽相，入木三分。"

"他仰慕魏晋风度，却从不把魏晋风度挂在嘴上，可平日举止，确乎能比较地脱落形骸、适性而行……在那举世滔滔、满目尘嚣的黑暗年代，确有一些读书人能够耿介自守，不肯同流合污，为社会保存一点正气，这不也是大可令人欣慰的事吗？伍先生就是这些读书人中的一个。所以，他在学生们的心目中，不但十分可敬，而且是可亲可爱的。"

钱先生至老不忘恩师："我作为伍叔傥先生的弟子，由于年龄差距太大，我当时在各方面都太幼稚，无论对于他的学问，对于他的精神境界，都有些莫测高深，不能了解其万一。不过他潇洒的风度，豁达的襟怀，淡于名利、不屑与人争胜的飘然不群的气貌，却使我无限心醉。我别的没有学到，独独对他的懒散，对于他的随随便便、无所作为的态度，却深印脑海，刻骨铭心，终于成了我根深蒂固的难以破除的积习，成了我不可改变的性格的一部分了！"

伍叔傥教授散淡随性的魏晋风度，对钱谷融一生的影响很大。即使在大学求学时期，钱谷融也是自在成性，一遇到不喜欢的课，他就到重庆的茶馆看小说、看诗，消磨半天。

钱老曾说："我喜欢随随便便，自由自在。在现实生活里，我最不喜欢的是拘束，最厌恶的是虚伪。名、利我并不是不要，但如果它拘束了我的自由，要我隐藏了一部分真性情，要我花很大力气才能获得，那我就宁可不要。"

聊的时间长了，菜已陆续上桌。我从钱谷融的几位弟子那里，知道钱老生性淡泊，菜也喜欢清新本色的口味，河虾是他的最爱，这次特意为他点了龙井虾仁、西湖莼菜、春笋步鱼等几道杭州时令特色菜。钱老品尝之后，果然连声赞赏。

谈话间，钱老得知我跟他儿子正好同年，显得分外高兴。我说："我父亲只比您大2岁，但75岁就去世了。您还这样清健，真是养生有方。"钱老说，我和你父亲这代人，生逢乱世；我能磕磕碰碰走到今天，晚景清明，实是万幸；也谈不上养生，只不过适性而行罢了。

新中国成立初期，上级有关部门拟调钱谷融到华东师范大学任教，且担任校图书馆主任。钱老一向不愿担任行政职务，就不想去。直到华东师大答应不让钱老当图书馆主任，先生才过去，一直工作到2000年退休。

回顾钱老的一生，可以说就是"读书、教书、著书"，一辈子离不开书本。钱老晚年，曾写过一篇短文《我的自白》，其中说："我喜欢读书。喜欢随意地、自由自在地、漫无目的地读书。这样的读书，能使我游心事外，跳出现实的拘囿，天南地北，海阔天空，纵意所如，了无挂碍。真是其乐无穷。自然，读书有时也会给我带来惆怅与忧伤。但那是种甜蜜的惆怅，温馨的忧伤。我还是喜欢的。一切书本上的知识，最宝贵的是关于人的知识。读书的首要目的就是了解人。要通过书本来了解人，读书时就必须善于设身处地，反求诸己。于心有得，再推己及人。如此反复推较，可以知人，可以论世。我爱读的书是：《论语》、《庄子》、《世说新语》、《红楼梦》、《鲁迅全集》。"

钱谷融笑称自己喜欢看书不喜欢写文章，看书则喜欢看带感情有诗意的书："文学的本质是诗。有诗意，这本书才能够被传下去。李白、杜甫的诗篇是诗，莎士比亚、契诃夫的戏剧也是诗，曹雪芹的《红楼梦》、托尔斯泰的《战争与和平》、鲁迅的《朝花夕拾》等等都是诗。诗意是从灵魂深处发出来的，从整个心灵里面而不是单单从头脑中抒发出来的。头脑是思想、理智，心灵是思想和感情融为一体的。"

可嗜书如命藏书众多的钱谷融，晚年却散掉了自己绝大部分的藏书。当时他借口房屋要装修，叫了好些朋友、学生来家里任意选书。家里除了留了些工具书，其余几乎都是外文书了。钱老说，散了藏书"不心疼，身外之物，无所谓的"。

千书散尽，唯有几本《世说新语》，却一直伴随在他身边。记录有魏晋士人潇洒风神的《世说新语》，钱老收藏有 6 个版本，其中最钟爱的，是国学大师余嘉锡校注的《世说新语笺疏》，书皮翘起、书页泛黄，是他时时研读翻得最多的书。

钱谷融先生淡泊名利，雍容闲散，宁可读书，却不喜欢著述。同是上海华东师范大学的教授，徐中玉的文集有 6 卷，王智量的著述和译文结集有 14 卷，可《钱谷融文集》只有 4 卷。以钱先生的年龄、学养及身体状况，著述看起来确实有点少。而每当被问及这个常人觉得尴尬的话题，钱先生总是笑着，用一句"无能和懒惰"来自嘲。一般人都以笑对笑，认可了钱先生的这种散淡之风，可他的忘年知交，北大中文系教授陈平原却看出了谷融先生"说说笑笑、吃吃喝喝"表象之下"散淡中的坚守"。"说不定钱先生心里是这么想的：这事情太复杂了，跟你说你不懂，带你去路又太远了。因为，有时'偷懒'是一种智慧。这就好像抢答题，答对是加分，答错了是要扣分的。因外在环境或自身能力的限制，没把握的，就是不答。在人生的某个点上，看准了，站住了，以后任凭鸟语花香，或风吹浪打，我自岿然不动。"上海作家赵丽宏对此也有同感："钱先生他是以少胜多，以一当十……他的这套《钱谷融文集》可能是前辈文集里规模最小的，但含金量都很高。他一辈子不写不愿写的文章。"

其实，钱谷融先生在另外的场合，自己也有过同样的表述。他在谈写作的一篇文章中曾坦承："我虽是作家协会会员，却很少写作。偶然动笔，也大都因为受到外界的催逼，并非出于自己主动。虽然如此，我的文章却仍尽量说自己的话，决不作违心之论。古人云'修辞立其诚'，为文而不本于诚，其他也就无足论了。"而在《我的座右铭》一文中，更是直抒自己的心怀："我平生最服膺的格言有二。一是希腊阿波罗神庙中的'认识你自己'。二是诸葛亮的'淡泊以明志，宁静以致远'……诸葛亮的'淡泊',是为了'明志';'宁静'是了'致远'。我既无大志,也不想高飞远扬。我之自甘淡泊,企慕宁静,无非是为了求得个自由自在,庶可少惹些无谓的烦恼耳。"

钱谷融生于 1919 年,卒于 2017 年,风雨 99 载人生,以淡泊抗拒种种名诱利惑,以宁静化解重重生存压力,可以说,正是这种散散自在的生活智慧,才成就了他圆融丰满的完美人生。

勘破生死仁者寿

儿童不懂事,不知道何谓生,何谓死。但人总会成长,一个人,当知晓生死是怎么一回事后,生活中就从此多了一重阴影,而如何看待生死,就成了能否诗意栖居的一道关隘。

我朋友工作单位的前后两任领导,尽管见多识广,才华横溢,却都极端忌讳"死亡"两字。

作为事业单位的一把手,前任领导经常要到北京开会,但他却从来不敢坐飞机往返。有好心人告诉他,有关部门做过调查,相较其他交通工具,其实飞机旅行安全系数是最高的。但这位领导宁可累点慢点,仍然坚持坐火车出行的习惯。他有自己一套理由:"飞机一旦出事,那是 100% 完蛋;而火车汽车即使出事,总会有死里逃生的幸运者。"他坚信,只要有 1% 的可能,他肯定就是那百里挑一的有福者。

前任退休后,后任即位,那是一个十分注重养生和锻炼的中年人,基因好,老父 97 岁、母亲 95 岁,生活都还能自理;自己天天一早游泳,自由泳 800 米 10 分钟,那可是国家二级运动员的成绩。这位年富力强的领导啥也不怕,就是怕病、怕死。单位每年一次的体检,他从来不去，说是："万一查出要命的病来，没治，吓都吓煞了。"单位有老人去世了，理应他到场致悼词。可他也从来不去。当然，由头总是找得到的，或局里有会，或外出有约，推脱给二把手代他出席。时间久了，秘书知道他的心理，单位谁谁故世，干脆连讣告也不告诉他了。那秘书私下跟朋友说："咱头头见不得与'死亡'有关的字眼，最犯忌过目这些东西。"

"死"，成了不少人的心病，即使健康地活着，也难逃"人固有一死"这一人生终极归宿的阴影。

我第一次直面死亡，是在24岁那年。40多年前的事了，至今还如同就在眼前。

记得那是一个酷热的夏季，杭州是江南四大火炉之一，那些天，气温更是连续飙升到38摄氏度以上，人坐在阴凉处，身上也会冒汗。午后，我在天井里吊了一桶水，正在拖地板，想使室内略微阴凉一点。突然，我嫂子的娘家邻居找上门来了，进门就对我侄女嚷嚷，"你外婆病危住院了，性命交关"，让我们赶紧去趟医院。当时，我哥在西郊的一家药厂上班，骑车单程都要近一个钟头；嫂子是戏剧演员，正随团在外地慰问驻军，根本不可能立马赶回来。侄女虽放暑假在家，但一个娃娃，去了对外婆有什么用！看来只有我代劳了。我跨上自行车，急忙赶去医院。

蒸笼一样的病房，高烧40度的外婆躺在病床上，已昏迷不醒。那时医院里也没有空调，为了降温，急诊观察室里备了几只木盆，里面盛放着机制冰块，融化了的水，淌得满地都是。我问医生是什么病因，值班医生也答不上来，只说该做的检查都做了，该用的药都用了，体温就是降不下来。外婆开始抽搐了，手脚抖动，牙齿咬得格格作响。医生急了，吩咐我和身边的一位小护士按住病人的手脚，他自己拿了一块压舌板塞进老人嘴里，急切地说："可千万不能让病人咬了舌头。"

外婆当年才60出头，富态的相貌，细白的皮肤，到我家来过几次，邻居见了，都说有点像宋庆龄晚年的风度。可此刻，我见外婆脸颊憋成了猪肝色，浑身颤抖，眼珠都翻白了，那种痛苦的状态，真是惨不忍睹。我扭过头去，不忍心看老人那挣扎得变形了的脸。这样大约持续了有5分钟，渐渐地，我感到手下按着不必费力了，回头一看，外婆的眼已经闭上，身体松弛，脸色回复，只是比过去显得更为苍白了一些。医生翻看眼皮，说是瞳孔都已放大，外婆就这样"爽快"地走了。

这是我第一次看着一个人，在自己的眼前"活生生"地死亡。我自己也觉得诧异，心中竟没有一点害怕。我想，与临死前那种痛苦相比，死，无疑是一种终极的解脱。

那天我拖着疲惫的身体回到家中，当晚就发起高烧。我找了一块门板搁在楼梯口阴凉一点的泥地上，悄无声息地躺了下来，高烧迷糊中，心里在想，会不会是从外婆那里感染了不知名的病毒而引起的呢？管它呢，死就死，活就活，死也并没有多少可怕！迷迷糊糊昏睡到半夜，我觉得有一阵清凉的风掠过全身，醒来一摸，从头到脚都是汗水，没吃半颗药，这高烧竟忽然而来，又莫名而退了。

那晚，我感到整个人似乎经受了一番沐浴，如同佛教所说的顿悟那样，勘破生死，全身心都有一种说不出的清凉和通脱。

但这样无挂碍无喜乐的悠然日子，并没维持多久，种种世俗琐事袭来，我又逐渐回复到了原先那种患得患失、怕病怕死的固有状态之中。

我很苦恼，厂里的同事沈师傅劝我读读佛经。

沈师傅那年 60 左右年纪，是松江人。他从小出家为僧，法名释广忍，"文革"中被逼还俗，被街道派来我们厂做泥水小工。广忍师傅个子不高，面容瘦削，体力倒很不错。大热天，我见他穿着一条短裤，在脚手架上攀上爬下的，根本看不出是一个年近花甲的人。有同事告诉我，说是做夜班回家，经过街角公园，天刚蒙蒙亮，就看见沈师傅在树丛后习拳，难怪有这样的好身手。其时我正迷恋武术，一天见四下无人，便向沈师傅讨教，想拜他为师学点功夫。广忍师傅诡秘地笑笑，说："我一个和尚，又不是少林寺下来的，只会念经，岂有武功。"大约见我诚心想学点东西，第二天下班路上，他悄悄递给我一个纸包，说："这本书，你带回家独自看看，看完就还给我。"我回家打开纸包，见是一本说经之书，封面上印着一桢照片：作者印光法师身穿袈裟，端坐在书桌前，背景墙上，悬挂着作者自写的一幅法书，上面粗笔浓墨，写着一个"死"字。我既惊又惑，没几天就把书还给了广忍师傅："太可怕了！哪有写一个'死'字挂在案头天天看的？"广忍师傅淡然一笑："要破生死关哪！"我若有所悟，向广忍师傅说起前段日子自己的经历，师傅说："世人皆怕死，生死关哪有这么容易勘破的。印光法师把一个'死'字悬在头顶，就是要学佛之人天天看，天天修悟嗬！"

第二年，我考进了沪上一所大学，离开了工厂；不久，听说广忍师傅重回庙宇披上了袈裟。人生的轨迹交叉后又再次分开。尽管我和他没了联系，但我们有关生死的那场讨论，却至今深印在记忆之中。

达观者不怕死，也不忌讳与死有关的任何话题。

启功是清朝皇室宗亲，少年时经远房叔祖介绍，曾师从齐白石学画。据启功回忆，"齐先生大于我整整五十岁，对我很优待，大约老年人没有不喜爱孩子的"。"齐先生有一口'寿材'，是他从家乡带到北京来的，摆在跨车胡同住宅正房西间窗户外的廊子上，棺上盖着些防雨的油布，来的客人常认为是个长案子或大箱子之类的东西。一天老先生与客人谈起棺材问题，说道'我这一个'如何如何，便领着客人到廊子上揭开油布来看，我才吃惊地知道了那是一口棺材。"

齐白石本是湘潭乡间的一位雕花木匠，业余习画，有所悟，56岁只身到北京寻求发展。这位民初的"北漂者"，刚在京城站稳脚跟，便从老家运来了自己的寿材，堂而皇之地放在住宅正房的窗下，有客人来，还不时带他们去廊下观看自己百年后的归宿之处，犹如今天的人们向朋友炫耀新购的豪宅一般。白石老人的洒脱，于此可见一斑。而愈是不怕死，反而愈长寿，齐白石诗画人生，享寿95岁，不是没有道理的。

如此达观的老人，我也有幸得识一位，那就是当代著名漫画家方成先生。

我业余时间喜欢乱涂乱画，出版的文集《当官不容易》，一文一图，其中的配图，都是我自己画的。朋友说我无师自通，我半开玩笑半认真地说，其实我是有老师的，那就是漫画大师方成先生。我虽然没有行过拜师礼，但却收集了方成老师出版的几乎所有画作，一幅幅认真揣摩临摹。在我心目中，方成先生，就是我私淑的图画导师。

2005年5月的一天，方成先生结束在浙江缙云举行的"2004年度中国新闻奖（漫画）"的初评后，顺访杭州。我所在的报社作为东道主，指派我负责在西湖边的"楼外楼"餐馆宴请方成一行，我终于有机会亲近心仪已久的方成老师。方老此时已虚岁88岁，但腰板硬朗，脸颊饱满，宽阔的额头上一头焗过的黑发纹丝不乱，使他看上去显得更为年轻。"楼外楼"以经营"杭帮菜"著名，我点了西湖醋鱼、宋嫂鱼羹、叫花童鸡等杭州名菜飨客。我知道方老是广东人，又一直生活在北京，不知口味清淡的这些杭州菜对不对他的胃口，谁知他尝了菜肴后，还兴致勃勃地打听名菜背后的传说，称"杭帮菜名不虚传，有文化、有味道！"。餐后，我陪方老到隔壁的"西泠印社"游览，先生是搞美术的，对此曲径回廊、石壁清池的印人雅集之地，自是赞叹不已。方老平和睿智，言语幽默，嘴角常带浅笑，看得出，是一位对生活充满热爱的人。我和方老在印社青苔斑驳的庭院内合影留念。临别时，方老紧握我的手，叮嘱说，到北京一定要去找他。

谁料想，几年后，报社出了一次差错，使我真的感到无颜面对方老。

2010年6月13日，著名漫画家华君武去世，华老生前与我所在的那家报社关系密切，报社同仁发了好几版怀念文章，并配以大幅照片以志哀悼。次日上班后我打开报纸，吃惊地发现，头版上镶黑框的华君武头像却误用了方成老师的照片。这一年，方老已93虚岁了，按常理，高龄老人是很忌讳这种事的，我想这真是闯大祸了。听说，报社领导已派北京办事处的负责人去方家登门道歉了，但这种触霉头的事，人家怎么会轻易原谅呢！

想不到事后，一切都风平浪静，方老连一个责问的电话都没打来。

一年后，报社与方老相熟的一位美术编辑赴京开会，遇到先生，赶紧上前握住老人家的手说："非常抱歉，我们报纸出了差错，把照片都用错了，让您生气了。"方老说："不记得了，很多事都不记得了，哈哈，都是别人为我记着。"美编忐忑不安的一颗心，这才放下。

我一直认为，这是方老大度，为了给本报的那位美编有个"落场势"，而随口说说的宽心话。直到有一天看央视《艺术人生》栏目，主持人对方老的采访，才相信方老看重的是朋友间的情义，真的没把这种事放在心上。

在那次访谈中，提到了两次与死亡有关的事。

一次是方成55岁时，结缡25年的老伴去世。方成的妻子陈今言大学是学油画的，后来在《北京日报》工作。在方成的眼里，妻子模样、工作、为人……样样都好。一朝诀别，方老"几乎有一年没法睡觉，天天喝酒，不喝睡不着"。方老回忆，是朋友的友情，帮助他走出了痛苦的深渊。那是妻子去世后的第一个春节，大年三十，方成枯坐家中，心意阑珊，突然门铃响了，音乐家李凌、相声大师侯宝林等好友各人提着一包吃食，来和方成一起守岁，为他排解寂寞。事情过去了近40年，方老言及此事，还感慨不已。

一次是忆及老友的凋零。方老说，以往每逢大年初四，好友李凌都会约他，及侯宝林、钟灵、谢添四人，到李家聚餐。几十年了，年年如此，成了规矩。如今，岁寒五友，李、侯、钟、谢都去世了，但这规矩没变。每年初四，李凌夫人在家等候，她女婿都会来接方老前往聚餐。"大年初四准来，我还准等"，方老说，就像好友都还活着时一样。

何谓朋友之道？方老的回答是："朋友之道，贵在诚恳。什么话都可以说，没忌讳。"我想，方老是把我们这些小字辈的同行，都当作忘年的朋友的，他视朋友的友情比生死更重，恰如孔子所说"未知生，焉知死"，方老是真正懂得生活的人。2018 年 8 月 22 日，方老以实足一百岁的高寿仙逝，仁者寿，此言不谬！

择
乐
纪

小引

我搬迁至午潮山那林间小院住下后，山居的岁月，常会发生一些有趣的事。

去年早春的一天下午，我在后院掘地，准备播撒一些耐寒的菠菜种子。这块地荒了一冬，久晴无雨，土壤略微有些板结，虽然气温才刚过了冰点，掘了一半，我的额头上已沁出了微汗。快到地头了，我一锄头下去，"卟"一声，手背上凉凉地，竟然被溅上了一摊水。我心中一惊，以为掘断了哪里的地下水管。低头一看，发现一只大蛤蟆从刚翻松的土里钻出，很快跳入了旁边的树丛中。查阅"百度"知悉：原来蛤蟆皮肤粗糙易失水分，冬季喜欢躲在地底潮湿积水的洞里休眠。原来如此，我不禁莞尔，自己刚才这一锄头下去，虽没伤了蛤蟆的身体，却惊扰了这位灭虫高士，不知它会不会再找洞穴，继续自己的眠梦。

搬家之后，我曾有心清点过一次，生长在这小院的植物，春荣秋枯的草类不算，计有：香椿、竹、樱花、桂花、含笑、玉兰、紫薇、茶花、茶梅、蜡梅、凌霄、蔷薇、佛手、柠檬、葡萄、天竺、樱桃、四季桂、四季桔、红叶李等20多个品种，生活和活动在这植被丰富小院中的动物，树上的松鼠、枝头的鸣禽、草中的蚱蜢、土中的蚯蚓……那更是不胜其数了。

小区后山水库旁边，有一块荒地，春天山坡上、院区内各类果树花开的时候，常有一户蜂农在那里搭棚放蜂。清明前后，我家前院两株红叶李开花了，枝头粉红的花朵开得密密层层，站在溪边远远看过来，如同两片彩云飘浮在屋前。这时，后山蜂农养的蜜蜂似乎闻到了花香，会成群飞来小院采蜜。也有各类彩蝶翻飞其中，但蝶翩无声，人立在花下，满耳都是"嗡嗡"的蜂鸣音。欧阳修所谓："春深雨过西湖好，百卉争妍，蝶乱蜂喧，晴日催花暖欲然。"描述的，大约也就是这样的场景吧。

待到果树的盛花期一过，那户蜂农就迁徙了。后院栽种的黄瓜丝瓜南瓜开花时，就只能靠那些野生的胡蜂和粉蝶来采花授粉了。胡蜂又叫黄蜂、马蜂，个头比蜜蜂要大两倍，蜂毒也比后者要厉害得多。

初夏的一天早晨，我在后院替花木浇水，不慎被胡蜂叮了一口。本以为没事，谁知等浇完水，我被蜂蜇的那只手掌，已肿得像馒头一样。蜂蜇就怕毒素引发人体过敏，那可是性命交关的事。家里没药，我急忙上网检索应对之策。果然发现有一个偏方：只要用童子尿浸泡被蜇的创口，蜂毒就会被消解。我想，没有童尿，大人的尿成分应该是相仿的，就用盆子盛了自己解的一泡尿，将伤手浸在了尿液里。见证奇迹的时候到了。一刻钟后，被蜇的手，肿胀明显消退；到了中午，不红不胀，伤处完全恢复了原样。

天生万物，一种生物，就有一种活法。人，一旦回归自然，接了地气，耳闻目接，肤触体感，生活中就会有很多或惊或喜、微小但却新鲜有趣的事发生，细察深思，皆蕴诗意。

2018 年 6 月的一天清晨，落了一夜的雨终于停了，我起床到院内察看花木，发现有一只通体碧绿的蛙，停歇在前院一片平展的芭蕉叶上。起初我以为是青蛙，凑近一看，那蛙指趾间有蹼，指趾末端膨大成明显的吸盘，原来是国家三级保护动物树蛙。去年，在业主群的朋友圈里，我曾看到过一位邻居发的照片，说有只树蛙暂歇在他家露台的花盆里，当时我欣羡不已，谁曾想今天在自家院子里看到了其真身。我赶紧回屋取来了手机，将芭蕉叶上悠然而歇的树蛙拍摄了下来。照片发到了朋友圈里，引发了亲友们的热议。有称机会难得的，平时只听说有这种珍稀生物，今天总算有眼福见到了；有赞我照片拍得好的，翠绿的芭蕉叶上，雨滴好像还在滚动，树蛙的肤色几乎和蕉叶完全一致，要不是小家伙两只黑眼珠骨碌有神，还真难被人发现；有夸我家居处生态好的，树蛙对生活环境的要求很高，没有成片未遭污染的阔叶林和溪流水塘，是很难存活的。还有一位吃货朋友"弱弱地"来询问："呵呵！鲜嫩的蕉叶能摘来做'芭蕉糍粑'吧；不知这种卖相漂亮的蛙，吃起来味道咋样？"微信发来，被其他朋友跟帖一阵"拍砖"和揶揄，说："你这家伙怎么就知道吃？多有诗意的芭蕉，多么可爱的树蛙宝宝，都被你这俗气的嘴作践啦！"

真是"一花一世界，一叶一菩提"，小小一件物事，就可拉开人跟人的审美档次和生活情趣。最有意思的是，一位新闻界朋友推荐我阅读台湾作家刘墉所著之《杀手正传》，说："书名听起来有点吓人，其实是刘墉在家中饲养一只螳螂的纪实。连常见的螳螂，刘墉都可以洋洋洒洒写成18万字，你院中发现的是珍稀的树蛙，只要有心，也完全可以'跟踪报道'，写一厚册书。"最后，这位书迷朋友还连发了三个"加油"的表情包，鼓励说："你可以的！"

我很感谢朋友的勉励，特地到书店去买了一本《杀手正传》来读，果然写作角度奇妙，文字幽默有趣，读后令人大开眼界。

刘墉祖籍浙江临安，1949 年出生于台北。他 1990 年移居美国，居家于纽约长岛莱克塞斯湖畔，与我儿子长岛石溪大学旁的居所，也不过大半个小时的车程。因了这样的缘由，我读刘墉的著作，便少了环境认知上的隔阂，多了几分"他乡遇故知"般的亲切。

《杀手正传》的传主，那只雌性的螳螂，就是 1995 年 8 月 28 日，刘墉在自家花园中修剪牡丹花枝时，偶然发现并捉到的。刘自称："从小我就很喜欢莳花种草和观察各种小动物的生态。"读中学时，刘家失火，房子倾塌以后，刘墉利用泥墙的黄土，种了许多花草。他用浆果酿酒；把橘子树的叶子，泡在酒精里，制作怪味的香水。"一场火，烧去了我的家，却烧出了一个田园。"事后刘墉这样说。大学，刘墉读的是台湾师范大学美术系。"我常在写生时盯着那些花看，觉得它们含苞美、绽放美，凋零也美。"直到现在，虽然已年过花甲，刘墉依旧坚持写生。"我发觉最能让我精神放松的方法，就是为花鸟写生。忠实地记下它们的一花一叶、一羽一喙。当我面对它们，凝神写生的时候，能摒除一切杂念，达到忘我的境界。"而这次，刘墉则把大半年的心思，几乎都花在了这只花季雌螳螂身上。"我为它觅食，为它治病，甚至为它'寻偶'"，且每天记录它的"生活、起居。"长岛与我国辽宁处于同一纬度，一般的螳螂，到了 11 月份就会冻死。而这只螳螂，在刘家室内"养尊处优"，竟然活到了次年 2 月份才死。刘墉本想给它申报"吉尼斯世界纪录"，打电话去询问，人家婉拒了，却触发刘墉根据每天的日记，改写完成了这样一本"奇书"。因螳螂不仅能捕食蝉等昆虫，还会噬杀同类，所以刘墉起书名为《杀手正传》。

"'万物静观皆自得'，古人早有这样的感触，我也深深体会到。有时候捡起一颗小石头，都觉得掌握了整个世界。每颗石头都有属于它独一无二的纹理，也都有它千万年的历史。每个贝壳都曾住过小生命，那么巧妙地盖它自己的家，然后弃守、死亡，睡在海床千百年之后，被偶然地冲上沙滩。每只小鸟，都早早地出现，却一入晚，就不见了，它们都有自己的家、自己的爱。每只小虫也一样，有的藏在叶下，有的藏在花里，有的钻进果实，有的躲在土中。它们各自占领地盘，似乎早有默契地分享这个世界。"

对刘墉的这一观点，我深表认同。日本著名小说家川端康成曾说：美在于发现，在于邂逅，是机缘。法国最有影响力的雕塑家罗丹认为：美是到处都有的，对于我们的眼睛，不是缺少美，而是缺少发现。

既然大师们都这么以为，那我们何不静下心来，从身边的一草一木，一言一行，一饮一啄中，去寻找和择取生活的美好快乐和诗意呢！

一、君听月明人静夜，肯饶天籁与松风

风声雨声连四野

第一次听说"天籁"这个词，还是在初中语文课上到《老山界》的时候。

这是中央宣传部原部长陆定一写的一篇回忆录，讲述的是当年红军长征在黔东南翻越第一座大山的故事。老山界主峰高 1589 米，山脊为长江和珠江流域的分水岭，岩壁陡峭，山路狭隘。当年红军翻山时，马匹辎重难以登攀，行军速度很慢，夜深了，队伍只能在山道上原地休息，待天亮再涉险翻越。时逢寒冬，陆定一裹毯露宿，半夜冻醒，无法入睡，静观细听，文中有这样一段描写："黑的山峰像巨人一样矗立在面前。四围的山把这山谷包围得像一口井。上边和下边有几堆火没有熄；冻醒了的同志们围着火堆小声地谈着话。除此以外，就是寂静。耳朵里有不可捉摸的声响，极远的又是极近的，极洪大的又是极细切的，像春蚕在咀嚼桑叶，像野马在平原上奔驰，像山泉在呜咽，像波涛在澎湃。"

语文老师考问我们："既然一片寂静，那作者耳朵里听到的，又是什么声音？"

同学们摇摇头，谁也答不上来。

"这就是'天籁之声'"，老师向我们解释："所谓'天籁'，指的是自然界的各种声音，如风声、雨声、水流声、鸟鸣声等等。可惜我们现在住在城市'水泥丛林'中，是很难听到这种天然妙音啦。"老师说着，和我们一起叹息不已。

南国的春风和煦，春雨绵细，吹拂滋润万物，是不大有甚响动的。而秋风秋雨就不一样了。对此，住在成都草堂的杜甫，是最有感悟了。你看他的《春夜喜雨》诗："好雨知时节，当春乃发生。随风潜入夜，润物细无声。野径云俱黑，江船火独明。晓看红湿处，花重锦官城。"写得多么温柔缠绵，顾盼自喜。而一旦秋天来临，"茅屋为秋风所破"，老杜的心情就大不同了："八月秋高风怒号，卷我屋上三重茅。"这是秋风；"床头屋漏无干处，雨脚如麻未断绝。"这是秋雨；"自经丧乱少睡眠，长夜沾湿何由彻？"在这样的漏屋之中坐待天明，如此"天籁之声"，真是不听也罢！

但谁说诗意总是眷顾幸运之人，自古"文章憎命达"，"愤怒出诗人"，关键在于自己能不能从"小我"中超拔出来。杜甫做到了这一点："安得广厦千万间，大庇天下寒士俱欢颜，风雨不动安如山。呜呼！何时眼前突兀见此屋，吾庐独破受冻死亦足！"将精神升华到了高远的地步，岂能说他的草堂生活不是"诗意地栖居"！

最有诗意的风声，一定要风与物互动合奏，方能动人心魄。

风入林，逢槐、逢枫……或萧萧，或飒飒，声虽可闻，但格局总嫌不大。但一旦风入松林，千杆万枝，密密松针受风撼动，相互撞击，便是晴日也能形成涛声，更别提月黑风高的松岗松原了。

那年深秋，我和几位小伙伴在华山西峰突遭风雨，下山的缆车断电，不甘滞留山寺忍受饥寒，仓促决定冒雨步行下山。天色渐暗，山岩壁立，绳梯悬垂，我们从万丈山巅，一层一层，小心翼翼地攀爬下山。冷雨将脚底的悬梯踏杆淋得更为湿滑，脚下是云遮雾绕的无底深渊，我们的性命完全握在了自己手中，稍有闪失，后果不堪设想。我们任雨水在脸上流淌，互相提醒着"小心再小心嘞"，艰难地鱼贯逐级而下。可能是接近半山腰了，透过雨雾，眼下依稀可见一抹绿色，我心中窃喜，正想把这消息告诉同伴，突然风势增强，雾霭四合，我们如堕身云海之中，双眼除了手握的悬梯，又什么也看不见了。隐隐地，我仿佛听到有海浪声从远处传来，一会儿，好像惊涛涌到了脚下，呜呜咽咽，排山倒海，让人闻之胆寒。有老家在山区的伙伴兴奋地喊道："哇！这是松涛，山脚快到了！"我们听了，心情转惊为喜。是的，上山时我们看到山脚下有大片松林，想不到松涛为我们报讯，我们终于平安下山，双脚重新踏上了实地。这是我第一次听闻松涛，风雨华山松林的惊涛，从此储入了我永久的记忆中。

"冷，冷在风里！"这是萧绍平原的一句民谚。但只有北半球寒冬的风领教过了，才知"凛冽"和"彻骨生寒"之说的不虚。我没在东三省住过，却在北美长岛感受到了东北人所称"白毛风"的厉害。

长岛的地理位置，与我国的辽宁相当，由于三面环海，水汽充沛，一到冬天，下雪天就特别多。那年我和妻子10月底去到那里，儿子陪我们去海边看红叶，秋风吹来，已有寒意。入冬以后，更是隔三岔五就一场大雪。清明断雪，我翻看日记，一个冬天，竟然下了22场大雪。

故乡江南雪天，往往无风，那雪，是一朵一朵无声地飘落的。而长岛降雪，常会伴随大风。白天，那细密的雪霰被风卷得团团飞扬，对面不见人影。入夜，狂风卷着雪子在屋顶呼啸，好像会把整幢楼都掀了起来。儿子买的这处住宅，和当地大多数房子一样，系全木结构搭建。地下室有锅炉集中供热；梁柱、地板、墙壁……虽然都是木料，但墙体、屋顶隔层皆充填有柔性材料，故保温性能绝好。即使外面冰天雪地，气温降到摄氏零下二十几度，在室内，恒温18度，只需穿一件薄毛衣就足够了。

一天向晚，朔风怒号，一场暴风雪又来临。一家人都早早洗洗睡了，我晚饭吃了几匙蔬菜沙拉，不习惯生冷，胃隐隐作痛，近半夜了还无法入睡。我披衣起身，到厨房冲了一只热水袋，捂在胸口，重新回到了楼上。我躺在床上，盖着被子，闭目养神，静静地听风雪在屋外肆虐，胸口的热水袋暖烘烘的，胃里舒服多了，通体舒坦，心中竟也充溢起一种暖暖的感觉。

在风雪交加、冰冷刺骨的夜晚，有一个居处可以避寒，有一盆炭火可以暖身，不管这是山洞、土窑、草舍、还是公寓；不管你是古人、今人、还是洋人，那种家给人的温暖感觉，都是一样的。愿风雪中，世人都已夜归；愿家家屋顶不漏，人人腹中有食、衣被够暖……在长岛那个风雪之夜，我感到心中有一种写诗的冲动，虽然缺乏杜甫的诗才，但我知道，那一刻，我的心和杜工部是相通的。

北国多风，南方多雨，江南人听雨，比听风来得平常。听的机会多了，南宋宜兴人蒋捷，竟也将听雨分出了层次来。他在《虞美人·听雨》中写道："少年听雨歌楼上，红烛昏罗帐。壮年听雨客舟中，江阔云低、断雁叫西风。而今听雨僧庐下，鬓已星星也。悲欢离合总无情，一任阶前，点滴到天明。"人生的三个阶段，时间地点各异，心境亦全然不同。

这种心路历程，老来回想，其实或多或少都是经历过的，只是无心检点，遗忘在脑海，失联在心灵深处罢了。

是十五六岁的年纪，我与一班同学，在梅家坞采茶叶。那时的梅家坞，还是西湖群山深处一个偏僻的小村子，村前一颗百年古樟，主杆要三人合抱才能围拢；一条小溪穿村而过，溪水清澈，掬而饮之，有虎跑泉般的甘甜；村舍傍涧而筑，一色白墙黑瓦，多是百年前的清代建筑。正是清明前的季节，几乎天天都有雨。我们挎着竹篓，戴着斗笠，冒雨上山采茶。那雨，细细密密的，润物无声似有声，嘈嘈如春蚕啮桑，切切如雏燕争食，嘈嘈切切，将茶山洒得一片翠绿；初绽的茶芽，在春雨的滋润下，更是娇嫩欲滴。有几片茶园在峰谷深处，我们翻越几座小岭上去采摘。山势高了，坞里蒸腾的水汽和天上飘洒的细雨汇在了一起，吹在脸上，湿漉漉的，让人分不清到底是雾水还是雨珠。而少年的心思，也如这春山的细雨，飘忽而迷蒙，充满了悸动和希冀。少年郎遇山间雨，恰如邂逅一个披着薄纱的少女在跳舞，舞步是轻灵的，舞姿是曼妙的，真是迷醉人心。

二十几岁参加工作，在一家小厂当钳工，时逢"文革"，生产不景气，常年无活可干。厂里派我参加街道的联防值班，有一年秋冬两季，我就每天晚上在东街一间小小的办公室驻守。和我搭班的是附近食品厂的一位青工。我们俩一人一支超长的手电筒，每到正点，就戴着袖章，到背街小巷去巡查一遍，整个街道辖区查完，大约要花费45分钟。一天晚上，那青工重感冒请假了，秋雨淅沥，我只能撑着雨伞独自出门巡逻。小雨，原本都是悄然而降的，但借了风势，秋天的雨声，便明显比春雨要来得凄厉。已近午夜时分，城河边这些偏僻的小巷，路灯在雨幕中昏黄地照着，除了偶有几个早夜班归家的工友匆匆骑车驶过，阒无人迹。我亮着手电拐进一条幽深的小弄，地面湿滑，积满了梧桐的落叶，雨滴打在上面，如泣如诉，让人听了心中很不是滋味。我撑着伞转过巷角，夜色朦胧中，依稀看到前面有一个人在踟蹰哭泣，走近一看，原来是这一带人人皆知的"独养呆子"又出来"夜游"了。呆子真名倪生，30出头年纪，瘦高个子，长得斯斯文文的，跟着老母亲住在水庵那个大杂院里，孤儿寡母，靠政府的救济金生活。水庵原本是本地大塘边的一所庵院，新中国成立后，池塘填了，尼姑搬迁了，就成了72家房客的住宅院。听老一辈的居民说，呆子他妈年轻时长得秀气，是郊县越剧班的一名当家花旦，被一位富商看中，收为小妾，但不容于大妇，被富商寄养在水庵内。那富商每周来与小妾私会，倪生就是在庵里出生的。日寇侵华，杭州沦陷，倪生母子下乡避居，消息走漏，3岁儿子被里山一伙土匪掠为人质，非要200银洋才能赎回。那富商早已逃往上海租界，可怜倪生母亲，到哪里去筹这笔巨款。幸得解放，山野土匪皆被肃清，流落乡间的倪生才得以母子重聚。可惜此时的倪生遭多年惊吓蹂躏，精神已有点反常，死活不认母亲，说："自己家里是有观音菩萨的！"一不当心就会溜出门去找心中臆想的家。随着年岁的增加，他母亲罹患鹤膝风，要靠拐杖撑着才能坐起；倪生的毛病也越犯越重，终于变成了一个街巷皆知的呆子。街坊都说倪生犯的是"文疯"，不吵不闹，怕见生人，日里待在家里，夜深人静时，则独自溜到街上去"寻家"。逢到下雨则更在家里坐不住，嘴里嘟哝着幼时的一句口语："雨伞撑撑街街去！"要到外面去濯雨。童年的记忆是深刻的，倪生至今记得，小时候，每当他冒雨跑出家门，母亲总会跟着出来为他撑伞。而雨滴打在伞上，那清脆的"的笃"声，如同天际传来的缥缈仙乐，至今让他难以忘怀。天一阴沉，倪生就会两眼发直地盯着天井，地坪上一有雨泡，他就会换上套鞋冲出门去，渴望能重温儿时的惬意时光。次数多了，老母无力照管，往往也就随他出去四处逛荡。想不到这么风雨交加的半夜，这家伙还会独自溜出家门，恰巧被我巡街碰上了。我打着电筒细看，只见倪生衣裤皆湿，头发被雨淋得搭在了额前，蜷缩在一株樟树底下，身体已冷得在瑟瑟发抖。我劝他赶紧随我回水庵去。他哆嗦着嘴还一个劲地说要找家找姆妈。我提高了嗓音，亮出了臂上的红袖章，他这才肯乖乖地跟我走。呆子有时候也不完全傻。我将伞往他头上移了移。夜深风紧，雨更大了。豆大的雨滴击打在油布雨伞上，发出"嘣嘣嘣"的声响，如同一面小鼓在头上敲打，听了让我心烦。雨幕沉沉，小巷曲曲弯弯，似乎没有个头，我的心绪也如同这雨夜一般惆怅且寒凉。这人斗人的运动，何时会得完？年龄一岁岁大了，读书、成才、报国的理想，还有没有盼头？我把雨伞偏向了倪生，任雨水冷冷地浇在脸上，觉得这样心里反而好受。一旁的倪生刚才还是默默的，雨势一大，却陡然亢奋了起来，只见他两眼闪光，双脚故意踩着地上的水汪凼（吴语，水坑的意思），嘴里竟然哼唱起了那首熟稔的本地童谣："落雨了，打烊了，小八喇子开会了……"。当年，这首儿歌说是有影射之嫌，是被禁唱的。我赶紧摆了摆手，让那呆子赶紧闭嘴。雨还在下个不停，秋夜深沉，我送倪生回家，两人着伞在凄切的雨声中默默前行，我心中竟有"同是天涯沦落人"的莫名之感。

雨声缠绵，汇聚成水声，却使人思绪跃动而悠远。

住在城市且能闻溪水声，这是杭州人的福分。小学时远足去灵隐，沿九里松步行入山，路边就是山涧，那时春天雨水多，一路上都能闻泉水潺潺之声。待到进了山门，飞来峰下，大殿前面，就是著名的冷泉亭了。柱上赫然一副对联："泉自几时冷起，峰从何处飞来"，是明代大书画家董其昌的手笔。语文老师想给我们拓展点文史知识，说是孤山俞楼的主人俞樾曾带女儿来此游览，改联作答说："泉自有时冷起，峰从无处飞来。"其女也有诗才，又增改为："泉自禹时冷起，峰从项处飞来。"俞樾问女儿："大禹治水可以理解，'项处'作何解释？"女儿答说："没有项羽力拔山兮，此峰安得飞来？！"一时传为文坛佳话。清代中兴大臣左宗棠也有改联，曰："在山本清，泉自源头冷起；入世皆幻，峰从天外飞来。"

老师讲得起劲，可小孩子不解世事，对这些有点禅意的联句，更是没有多大感觉，宁愿各自蹲踞在岸边的山石上，用手撩水泼向对方玩水仗。我至今记得，那泉水四月了还冰手，真的相当冷。

听泉，除了水的流量，关键是水势要有落差，水流跌宕起伏，激石而鸣，才有韵味。我现在居住的小院，房屋依山势而建，山坞尽头两条小溪，傍舍而泻。清晨或者傍晚我外出散步，顺坡而下，一路上，耳边只闻"叮咚"之泉声，偶见一只在溪水中觅食的野鹭被跫音惊起，更增添了山居的静谧。

泉水出了山，到了平原，流成河，泻成湖，安安静静的，就没有多少声响了。而一旦小河汇流成了大江大河，回旋激荡，又有可能撞击成涛声潮声，令人观之色喜，闻之胆壮。而杭州，因了钱塘江，得以使我常能听闻这种"壮观天下无"的轰鸣潮声。

外地人来杭，只晓得凑到农历八月十八去争观钱江潮。岂知杭州苦夏，仲秋时节，往往暑气还没消尽。犹记儿时，外公中秋从乡下来杭省亲，父亲陪岳父前往看潮，五岁的我也要跟去。

母亲说："午间烈日暴晒，江边没有遮蔽，小孩要晒坏的。"劝我别去。

我拉着外公的衣襟不松手，吵闹着非要同去。

外公笑着背起了我，说："去吧，去吧。都说观潮能壮胆，让囡囡也见识见识！"

年份相隔久远，是七堡、九堡，还是海宁？已不记得那次我们是在哪里看的潮水。记忆中唯存的是，火辣阳光下那灼人的江堤，那无风烈日下一动不动的芦苇，那人挤人候潮时的闷热和烦躁；在人们的耐心即将被耗尽时，江尽头天际边，终于传来了隐隐的"雷声"，大人们一个个引颈东望，声声相传："潮来了！潮来了！"外公那时才50出头年纪，力道不小，他举臂让我骑到他的肩头，我的目光，得以穿越江堤上黑簇簇的人头，看到江面上，一条白色的弧线，正在向上游包抄而来，父亲说，这就是所谓"一线潮"。大潮终于在我们眼前呼啸而过，那银色的潮头，如万匹白马奔突向前；而那隐隐的潮声，已轰鸣成了万马的蹄声，撼天动地的惊雷，那气概、那阵势，时过半个多世纪，还留存在我的记忆里，永远不会磨灭。

听取虫声一片

广义说，大地上的各种虫声，也应该算作天籁之声。

如果说，风声雨声带给人们的，往往是伤怀和愁思；那么，虫声赐予人们的，则更多的是童趣和欢乐。

虫声中，我最早感受的，应该是蝈蝈的鸣叫声。每年农历夏至前后，也即阳历6月中下旬，就有河北山东那一带的农民，挑着系满蝈蝈笼子的竹担，走街串巷前来叫卖。装蝈蝈的笼子大约拳头大小，一般都是用产地的高粱秸编的，也有用竹篾的，那就算考究的了。蝈蝈的个头比蚱蜢要大一两倍，关在这样的笼子里刚能转身，作为俘虏，囚禁地未免太逼仄了。但它们似乎并不在乎，大热天，依然叫得很欢。囚徒自己不抗争，主人乐得随它去了。蝈蝈是"阳虫"，体温会随着气温升降而变化，天越热叫得越起劲。蝈蝈的叫声，据说可分为三等：脆叫"呱呱呱"，亮叫"官官官"，憨叫"管管管"，鸣声响而单调，其实都不太好听。好在小伢儿不嫌烦，喂它们吃塞进去的豆荚，看它们在笼内振翅高歌，个把小时玩不够。孩子们长长的夏日有事情好做了，大人们也乐得花这点小钱买个热闹和高兴。

儿时我买蝈蝈，只挑个头大叫声响的，现在看来纯粹是外行。据玩家说，挑蝈蝈也要选嫩虫，这样玩赏的时间才长。而老嫩如何鉴别，也有很多讲究。一看蝈蝈的体色，嫩者色浅，越老则颜色越深，老虫表皮粗糙，腹部还会出现黑色的"老年斑"；二看眼睛，嫩的明亮，老的暗淡浑浊，所谓"老眼昏花"是也；三看头须，嫩虫细软灵动，老虫粗短僵硬；四看足爪，嫩的色鲜且足花齐全，老的色黑且足花损却；五看翅膀，嫩虫翅色透明，老虫之翅，不但色重，且往往残缺有损。小小一只鸣虫，选秀且有如此讲究，真的莫要怨"人老珠黄不值钱"啦！

蝈蝈产自江北，南方人都是从虫贩中购买来养的。蝉却到处都有，儿时我们都自己动手捕捉来玩。鸣虫一般是通过翅膀的振动来发声的；而蝉不同，雌的是哑巴不发声，雄蝉却是依靠胸腹部两块硬甲下面的鼓膜振动，来吸引异性的。据说雄蝉鼓膜振动频率每秒可达上百次，再加上腹甲共振，所以鸣声比别的虫子，都要来得尖锐响亮。夏天一到，6 月下旬，蝉的若虫在土中吸食根汁生长了数年，终于"修炼"成功，要羽化成蝉，在盛夏短短的两三个月，来完成自己传宗接代的终身大事了。羽化后的雄蝉高踞树梢，除了用针管状的口器刺入树干吸食汁液外，唯一的任务就是引吭高歌，用鸣声来吸引雌蝉与之交配。

蝉，江浙一带称为"知了"，杭州话带儿化音，末尾加个"儿"字，听起来格外亲切。伢儿们捉"知了儿"的工具，是在不断翻新的。我小的时候，竹竿梢上用来粘蝉的材料，用的多是柏油，也即铺马路的沥青。过去柏油的质量差，天气一热就会融化。我们把烊了的柏油涂裹在竹梢上，然后在树林里仰头找寻，看准了高枝上的蝉便将竹梢头轻轻贴上去，蝉的双翅被柏油粘住，就再也逃不走了。也有用融化了的松香来粘蝉的，那就比较考究了。现如今，捕蝉的工具愈发简单了，只需取一卷常用的透明胶带纸，剪一段反绕在竹梢头上，粘的一面在外，捉起知了来，一粘一个准，那是既简捷又干净。蝉是能当菜吃的，蛋白质含量丰富，油炸一下，既香又脆，刚蜕壳的味道尤好。但我们小时候，好像家长都不懂这种吃法，孩子们捉蝉，大多就为了玩。玩法很简单，只需用一只手将蝉捉住，让它肚皮朝天，再用另一只手的食指，轻轻地搔它的腹部。蝉莫非怕痒，手指甲一搔，它就会鸣叫起来。从大人的眼光看来，这种玩法未免多此一举，蝉在树上，本就在迎风高歌，又何必费心捉来让它鸣叫。小孩玩耍，只求痛快，不怕多事，此乃本性，玩耍不求效用，怡情悦性、消磨时间而已，大人原不必当真。

蝉不像蝈蝈，很难久养。此地人们都说蝉餐风饮露，孩子们捉了也不知如何喂养。我曾把捉到的一只蝉用线拴住，放到院内的小树上，但过几天仍是死了，大家都怪蝉本身的寿命不长。

蝉鸣是可以入诗的。记忆最深的有两首。一首是初唐诗人骆宾王的《狱中咏蝉》。骆是吾浙义乌的才子，7岁时所作之诗："鹅，鹅，鹅，曲项向天歌，白毛浮绿水，红掌拨清波。"至今仍是少儿学唐诗的启蒙读物。这首咏蝉诗，是骆任侍御史时因上疏触忤武则天，遭诬下狱，在牢房里所做。诗中"露重飞难进，风多响易沉"两句，借咏蝉以抒发自己"生不逢时，有才难施；谗言太多，直谏受阻"的悲凉心绪，成为历来咏物寄怀诗中的名句。另一首是虞世南所做的《蝉》，据说是初唐最早的咏蝉诗：

> 垂緌饮清露，流响出疏桐。
> 居高声自远，非是藉秋风。

緌是官帽系带下垂的缨子，蝉的头部有触须，状似垂下的冠缨，故说"垂緌"。诗人状物抒怀，表面上是在咏叹蝉栖高饮露，鸣声清越的特性，实际上是抒发正直的士大夫立身高洁、不随流风的高标逸致。

但蝉声将息之际，恰是秋风萧瑟之时，疏林黄叶，寒蝉悲鸣，咏蝉之诗，自然更多的是诗人伤秋的感怀。"一声初应候，万木已西风。偏感异乡客，先于离塞鸿。"这是廖凝所写《闻蝉》诗的一节。五代时的这位诗人感叹，秋天未到，自己就已先于鸿雁离开了家乡，如今蝉鸣秋临，独在异乡，离愁自是绵绵不已。唐代诗人杨凝的《与友人会》："蝉吟槐蕊落，的的是愁端。病觉离家远，贫知处事难……"则更是把贫病交困的旅人，闻蝉声而起的离愁，描写得悲哀欲绝。白居易的诗心更为敏感："六月初七日，江头蝉始鸣。石楠深叶里，薄暮两三声。一催衰鬓色，再动故园情。西风殊未起，秋思先秋生……"蝉一叫，诗人的愁思就起来了，真是欲罢不能。

最凄楚的，恐怕要数宋人柳永的那阙《雨霖霖》词了："寒蝉凄切，对长亭晚，骤雨初歇。"离人分别"执手相看泪眼，竟无语凝噎"，端的是"多情自古伤离别，更那堪，冷落清秋节"！

还是王国维《人间词话》中阐述得深刻："蝉本无知，然许多诗人却闻蝉而愁，只因为诗人自己心中有愁，以我观物，故物皆着我之色彩。"

有人厌憎蝉的鸣声太烦，但春夏之际，若要论叫声聒噪，大约没有比得过蛙的了。20世纪80年代，我初进报社时，分得的宿舍是在体育场路武林门西端。那时，黄龙饭店虽已建成开业，但城西松木场一带，仍有一些空地闲置着暂未建房。几场梅雨过后，深夜市声消停，我伏在灯下赶稿，耳边仍能闻到阵阵蛙鸣。周日无事，我曾带着小儿到楼下搜寻，青草丛中，浅浅几湾积水，细心观察，能看到有几尾蝌蚪在水中游动，并没发现有青蛙的踪影。回家读诗章，碰巧读到北宋诗人黄庭坚的两句诗："落日临池见蝌蚪，必知清夜有鸣蛙"，不禁哑然失笑，笑自己学过的那些逻辑思维，真不知忘到哪里去啦！

蛙的生命力和繁殖力都很强。一般有草有水之处，就会有蚊蚋等小虫，而只要三者皆备，蛙就能凭此生存生育。和其他的鸣虫一样，蛙叫，也是为了求偶。初夏，新生的蛙们发育完全，就开始了这场青春的大合唱。蛙的欢叫求偶，比蝉要来得浪漫，时间大多选择在晚上。这可苦了一些朋友，如果寓所接近田畈池塘，入夜耳边蛙声一片，没有一点定力，那真要夜夜失眠。我的一位亲戚本住在城里，前些年改善住房，搬到了滨江。江景房楼下一大片湿地，莺飞草长，白天凭窗远眺，心情很好；一到晚上，蛙们的大合唱开始，聒噪不休，亲戚越听心越烦，往往要连吃两片安定才能入睡几个小时。一次家族聚会，餐后品茗闲聊，谈及此事，我说我家春夏也能听到蛙鸣，我却从没嫌烦，且很享受这种声音。那位亲戚很诧异，问我是怎样做到充耳不烦的？我说，首先你要调整心态，正因为你的住房生态条件好，才能有幸听闻这种蛙鸣。住在水泥丛林中的人们，耳边只闻车流之噪声，想听这种天籁之音，真还没有这个福气呢！其次你要学会情景转换的技巧。耳闻蛙声，脑中不妨想象春草池塘、禾苗青青的如画场景，如能默诵辛弃疾"稻花香里说丰年，听取蛙声一片"之类诗词，心中充满愉悦，美梦一定会接踵而来。

我不知道后来这位亲戚的睡眠有否改善，有些事情，光靠别人指点是没啥用的，一定要自己悟得才能入心。

蛙和蝉叫声总嫌聒噪，鸣虫中叫声最耐听的，我以为应是蟋蟀。一般以为，蟋蟀的发声和蝈蝈一样，是靠翅膀的振动来完成的，其实不然。蟋蟀的雄虫前翅上有发音器，由翅脉上的刮片、摩擦脉和发音镜组成。雄虫鸣叫时，前翅举起，左右摩擦，从而震动发音镜，发出音调。蟋蟀的叫声有韵律且带金属感，悦耳耐听，不是没有原因的。

夏夜的田野是热闹的，络纬、金铃子、油葫芦……各种虫子竞相争鸣，白天叫了一日的知了不甘寂寞，入夜了还要来显摆几声。这时的蟋蟀双翅未丰，还不想来凑这份闹忙。待到秋来，蒹葭苍苍，白露为霜，夜来万籁俱寂，野地里，往往只有蟋蟀在独自鸣唱。我们看外国的那些谍战片，每有野外夜戏，导演往往也喜欢选蟋蟀的叫声，作为影片的背景音乐。蟋蟀那"嚯嚯"的鸣叫声，婉转悠远，能衬托得秋夜更显清寂。由此也能推断，蟋蟀的产地遍布全球，它的鸣声，也是海内外人士的同赏共好。

但国人喜欢蟋蟀，除了喜欢它的鸣声，更因了它的斗性。为了争夺配偶，雄蟋蟀，杭州人俗称"二枪儿"之间，会用牙齿撕咬，不惜肢断腿残，也要分个胜负。孩子们夏日里，或清晨，或夜晚，溪坑旁边、乱坟堆里，翻砖揭石，就为了能捉到一只"常胜将军"。斗蟋输赢，关乎的可是主人的脸面。

捉蟋蟀，夜晚成功的概率，要比白天来得高。雄蟋蟀一般天黑了才叫，这时循声过去，用手电筒一照，强光之下，蟋蟀会短暂呆滞，一网罩下去，往往就有了。可晚上父母管得严，野外蛇虫八脚多，不让伢儿们出去乱闯。那么就只能利用白天捉了。好在暑假长，有的是时间，且大白天虽然雄虫不大叫了，但与雌虫的"恋爱"，还在照常进行。蟋蟀"谈情说爱"时，会合奏出"洁洁琴、洁洁琴"的美妙和声。只要侦听到这种琴瑟之音，轻轻翻开上面的砖石，往往能捉到一对热恋中的蟋蟀情侣。过去我们捉蟋蟀，雌的"三枪儿"都不会要，认为将其与配偶放在一起，会淘空雄虫的身体，影响雄蟋蟀的斗志。现在看来，这完全是偏信了中医学的传统观点：《水浒》中，武功高强的西门庆，为什么打不过武松，就因为武松是小伙子，而西门庆贪恋女色，骨子里早已成了一坨烂泥。现在时尚的斗蟋法却不同，争斗前，故意要放一只靓丽的雌虫进去，与雄蟋缠绵一阵，然后再驱使它与情敌去决斗。据说此刻的雄蟋，会百倍强悍，出死力以保卫自己心仪的配偶。这当然是基于现代生理学、心理学的一种解释。想不到不同的文化，对斗蟋蟀，也有不同的解读。我至今也搞不清楚，传统的元气学与时尚的荷尔蒙学说，哪个更能主宰斗蟋的胜负？

说到传统文化，那还真是"格物致知"，竟然在蟋蟀身上，也提炼概括出了诸多人生的哲理。如北宋大书法家黄庭坚，就总结出蟋蟀具有"五德"："鸣不失时，信也；遇敌必斗，勇也；伤重不降，忠也；败则不鸣，知耻也；寒则归宁，识时务也。""归宁"本意是指出嫁的女儿回娘家来看望父母，这里引申为，天气寒冷了，蟋蟀知道从野外转回室内，躲到人家灶舍墙壁间以避风霜。"识时务者为俊杰"，识时务，亦是人间的一种美德！

二、幽赏颇自得，兴远与谁豁

赏竹的三个层次

城里人识得笋，要比认识竹来得早。每年清明临近，江浙城镇，就有农夫挑着山里、竹园现掘的笋来沿街叫卖了。而街巷无园，孩子们辨识竹，非得到郊野或景区才能办到。

我乡下有祖母，识竹挖笋的记忆，可能比同龄人都要略早。记得6岁时，有一年夏天，我都是随祖母，在老家那个小山村里过的。祖母小屋后面就是一个竹园，五六月份，春笋早已绝迹，鞭笋却到了挖掘之时。竹，是靠地下的鞭根生长、蔓延的。新竹脱壳长叶后，老竹地下的鞭根开始发力，为来年笋芽的萌动，提早抢占地盘、积蓄能量。鞭根头形状尖削，外包坚硬的鞭箨（笋壳），在地下钻动延伸，穿透力极强。入夏，鞭笋基本长成，不久就要进入休眠状态，正是人们挖掘尝鲜的好时机。鞭笋长在地下，怎么能够找到，经验大有讲究。我曾跟随祖母去后园掘过几次，也晓得一些诀窍：一是看母竹梢头倾斜的方向。植物大多有向光性，竹子也一样，竹梢总会向阳光多的地方倾斜，竹鞭虽在地下，似有灵气，也会向日照强的空隙之地伸展。二是沿着这个方向，找寻地面的裂缝。鞭根贴着地面钻伸，总会产生一些裂纹，天晴地燥，这种裂缝就更明显。看准方向，在裂缝旁边挥锄轻轻地掘下去，往往一锄一个准。这种埋藏在地底下的笋尖，壳剥掉后，雪白细嫩，可切片与水红菱清炒，也可放点咸菜煮汤，味道比春笋都要来得鲜美，实是消暑佐餐的时令佳肴。

在生活物资匮乏的年代，人的审美，是很难脱离"俗"的境界的。我参加工作后，"吃"的矛盾稍有缓解，"用"的物资却依然短缺。对城里人来说，最难求的，大概就是做家具的木料了。"文革"后期的几年，不少人都脱离政争，当了"逍遥派"。我和几位支农回城的同学，学会了木工，想抽空打造几件桌柜，男大当婚，总得有点准备呀。我是把买来生火的柴菩头，稍粗点的，都拣存了起来，估摸将来可以削作桌柜的"瓢羹脚"的。可巧妇难为无米之炊，没有档料、面板，一切都成空想。

一天，我到要好同学沈炎家去玩，看到他爸爸自己动手，用竹子做了一只书架，落地四层，下面三隔放书，顶层放置闹钟、台历、笔筒等文具杂件，摆在卧室，平添了些许书香之气。我甚为羡慕，当即向沈伯伯讨教制作技巧。工艺并不复杂，唯一要注意的是，竹非木，锯断、钻孔、装配时，都要小心一点，防止竹竿开裂。简单一只书架，其实拆散看，还是需要不少竹子的；且竹子的品类也有讲究，粗毛竹肯定是不能用的。最好选用节短、主竿强韧、粗细一掌可握的箫竹。可到哪里去找这样的竹材呢？

我想起了表妹如庆，她家在余杭山里，丘陵地带，盛产竹子，或许能找到合适的材料。星期天，我骑着自行车就赶到了表妹家。果然，如庆家村前村后到处是竹园，遍植箫竹。这里的村民，家家户户都会制作竹笛竹箫，农闲时，作为一项副业，挣几个零花钱。表妹夫拿了勾刀，带我到了屋后的竹园："自家的竹，要多少你尽管说，挑好了，我帮你砍！"表妹夫是个爽快人。我在家里已画了草图，算好了需要的竹子长短、根数。表妹夫手起刀落，一个钟头不到，就帮我削砍了

20多根竹子："多带几根，以作备用。"表妹夫说。表妹找来绳索，帮我将竹竿扎成两捆："自行车两边各扎一捆，骑起来稳当。"她考虑得真周到。

有了合适的材料，书架做起来很顺当。我记住沈伯伯的叮嘱，选取竹节旁边打眼，先用电钻打个小孔，然后用三角刮刀将孔逐渐扩大，以确保竹竿不会开裂。架子搭好，接头处都钻细孔，用削制的竹销敲入固定；再将粗点的竹剖成寸宽的竹爿，铺在架子上做成一层层搁板，整个书架就做成了。这是我自制的第一件家具，以后的岁月里，房子越搬越大，家具越来越多，这竹书架我都一直珍藏着，舍不得丢掉。

我对竹的审美意识，是在生活宽裕，安居有房，读了古人有关竹的诗文之后，才渐渐觉醒的。苏东坡有诗："宁可食无肉，不可居无竹。无肉使人瘦，无竹令人俗。"《世说新语》有文：东晋"王子猷尝暂寄人空宅住，便令种竹。或问：'暂住何烦尔！'王啸咏良久，直指竹曰：'何可一日无此君？'"都令我绝倒。我想，苏东坡这样的大诗人，王子猷这样的大名士，把对竹的眷恋，提升到了这样一个高度，何日有缘，我也能与之亲近，"居有竹"呢？！

早就想买一所有天有地的房子，看了多处，不是价格高，就是院子小，几年跑下来，竟没有一处值得下手的。那天去西郊午潮山麓看房，均价每平方米一万元不到的一处房舍，院子有200平方米，最可喜的是，连接前后院的一条小径，贴篱笆栽有30多株翠竹，山风吹来，竹梢摇曳，别有一种雅趣。我心中暗喜，总算可以"居有竹"了，表面上不动声色，和中介商讨价还价，居然又降了四万元钱下来。办房产交接手续那天，远在深圳的女房东赶了过来。她挂牌卖房的那几年，恰逢楼市低迷，山里的房子更是卖不出价钱，只得一降再降。待到真的要把这样一套翠竹掩映的山居小院卖出去了，心中难免有点不舍。

简单装修之后，我和老伴搬入山居，至此，我这个羡竹之人，可以终日与竹为伴，静下心来，慢慢欣赏竹的好处了。

赏竹，我以为有三个层次。

一是观其色。竹色翠绿，本不以为奇。大凡树木，叶子初绽时，皆有这种绿色。但其他的绿色植物，其叶色，会随时间的流逝而改变，越变越深，越变越老，长青的渐失光泽，落叶的终成枯黄。可翠竹长青，其色不变。虽竹叶也有新陈代谢，但其老得干脆，谢得快速，一旦陈叶变黄，不待秋风，当即自行脱落。我住山舍，小径几乎每天可见枯落的竹叶，但昂头上望，竹枝却始终保持初绽的翠色，让人感觉不到时光的流失。

一般树木，叶子虽绿，枝杆却总是褐色的。竹子却不然，通体皆绿，新竹初成时，翠色的竹竿上似乎有一层乳白的胎毛；不出半年，茸毛落尽，挺拔的竹竿上又似乎打上了一层蜡，绿成了一截碧玉。

欣赏竹色，可近观，更宜远眺，如是成片竹林，风起处，竹梢随风起舞，似梦非梦，如雾如烟，其色更是绝佳。这样的景致，可在半山亭上，邀几位朋友品茗观赏，石桌上一把瓷壶，几只杯盏，映衬遍山翠竹，颇有唐代裴度"竹色入壶觞"的雅趣。如果竹林傍水，临溪临潭，水气竹色交相辉映，观感又非一般。"潭蒸竹起烟""洛竹半溪烟"，皆是唐人的名句。此时如恰巧下起蒙蒙细雨，"孤灯寒照雨，湿竹暗浮烟""洗竹沾花处处鲜"，唐诗中描写的景致，更是如同时空穿越，会重新浮现在你我的眼前。

竹长青，冰雪不凋，和松、梅一起，被称为"岁寒三友"。三九严寒，翠竹挺立，"高枝已约风为友，密叶能留雪作花"，此时再赏竹色，会有别样感触。白居易隆冬题窗竹："千花百草凋零后，留向纷纷雪里看"；钱起《晚春归山居题窗前竹》"始怜幽竹山窗下，不改清阴待我归"，则让人心头荡漾起一股浓浓的暖意。

二是聆其声。竹子叶密且丛生，叶片呈披针状，边缘一侧具小锯齿，质薄而脆，故一遇微风，叶片互相摩擦，便会发出"簌簌"的声响，如切如磋，如泣如诉，令人遐想。

山居的那些日子里，我总是盼望刮风或者下雪的时光。我们小区的北边，就是连绵的山丘，而正对着我家后院的，恰好是两山交接的一个豁口。天气有变时，山风从谷口吹下来，从屋旁小径穿过，吹拂得竹林的叶子"簌簌"作响，夜深人静，灯下读书，或倚榻小憩时，听起来更有感觉。下雪，本是无声的，可是一旦雪霰击打在了竹叶上，或是积雪从竹梢穿过叶丛洒落，都会发出"窸窸窣窣"的声音。2018 年 1 月下旬杭州大雪，深夜我拥被无眠，听着西窗外雪打竹叶这种天籁之声，心中不由怀想起了远在异国的儿孙，长岛多雪，不知此刻的他们，清晨冒雪读书上班，途中是否安好？

正如莎翁所说，"一千个人眼中，有一千个哈姆莱特"，同样的竹声，不同的人听闻，也会有不同的感受。欧阳修《玉楼春·别后不知君远近》曰："夜深风竹敲秋韵，万叶千声皆是恨"，感叹的是离别之恨；秦观《满庭芳·碧水惊秋》"西窗下，风摇翠竹，疑是故人来"，则是期盼离人重聚，心声涌同竹声。"雪声偏傍竹，寒梦不离家"，这是腊月雪夜，客居广西的诗人戎昱在想念家乡。"凭阑半日独无言，依旧竹声新月似当年。"南唐后主李煜，兵败降宋，小楼幽居，眼看"风回小院庭芜绿"，不禁作《虞美人》一首，追怀故国，不胜凄凉。触景生情，化情为诗，同样的场景，有抱负的人，抒发的是更为壮阔的胸怀。北宋御史台前，植有榆槐竹柏，苏东坡各赋一首诗以颂之，其咏竹诗中有句："萧然风雪意，可折不可辱"，抒写的，实际上是苏轼自己宁折不屈的决心。清代诗人、著名书法家郑板桥曾于乾隆年间，出任山东潍县知县。某个风雨之夜，他在县衙书斋躺着休息，听到风吹竹叶发出的"簌簌"声，念及民生之艰，心有所感，下笔成诗："衙斋卧听萧萧竹，疑是民间疾苦声。些小吾曹州县吏，一枝一叶总关情。"此刻的竹声，分明反映的是中国历代读书人"位卑未敢忘忧国"的博大胸襟。

三是察其影。人们常说"距离产生美"，难道赏竹，也有这样的讲究？我想，或许是竹枝修长，竹梢如凤尾飘逸多姿，本身既美；竹影投映在窗纸、壁墙上，剪影本已如画，一旦临风起舞，更能产生一种灵动之韵、朦胧之美吧！

山居寒秋的一个深夜，月光很好，照在阶前的青石坪上，白晃晃地，如同铺了一层霜。山径旁邻居家的梧桐树，叶子都落尽了，只剩下我家的一排竹子，枝干挺拔，叶色还是那样苍翠。时近半夜，我略感困倦，放下书本，关灯欲睡，月光穿户，正好将窗外斑驳的竹影投射到了卧室的墙上，瘦挺竹枝、纷披竹叶，其影随夜风而摇曳，"山光竹影交寒辉"，俨然一幅郑板桥的动感"墨竹画"。

我"居有竹"经年，观竹色、闻竹声，如今得赏如此竹影，心中似有一种憬悟。竹子具象的美，至此变化升华成了一种抽象的美，这种大美，忽略掉了声色，直击心灵，给人留下的印象往往更为深刻。

丰子恺曾以"竹影"为题，做过一篇散文，专门论述这种画竹的艺诀。丰先生以为，画竹"并不比画马容易"，"画竹并不是照真竹一样描"，"粗看竹画，好像只是墨笔的乱撇，其实竹叶的方向、疏密、浓淡、肥瘦，以及集合的形体，都要讲究"。在回答孩子们"竹为什么不用绿颜料来画，而常用墨笔来画呢？用绿颜料撇竹叶，不是更像吗？"时，丰子恺是这样解释的："中国画不注重'像不像'，不像西洋画那样画得同真物一样。凡画一物，只要能表现出像我们闭目回想时所见的一种神气，就是佳作了。"所以古人甚至喜欢用与绿色相反的红色来画竹，这就叫"朱竹"。"但这时候画家所描的，实在已经不是竹，而是竹的一种美的姿势，一种活的神气，所以不妨用红色来描。"丰先生不愧是美术大师，一语点明了竹子审美的最佳境界，而"美的姿势"和"活的神气"，又惟"竹影"为最简约、生动。

古人描写"竹影"的诗文很多，如唐诗中的"朦胧竹影蔽岩扉""竹影侵云拂暮烟"；宋诗中的"苔径静铺修竹影""满阶竹影扫斜阳"……而最惬我心的，则是苏东坡不足百字的短文《记承天寺夜游》：

> 元丰六年十月十二日夜，解衣欲睡，月色入户，欣然起行。念无与为乐者，遂至承天寺寻张怀民。怀民亦未寝，相与步于中庭。庭下如积水空明，水中藻荇交横，盖竹柏影也。何夜无月？何处无竹柏？但少闲人如吾两人者耳。

其时，苏东坡因乌台诗案被贬黄州已逾3年，虽然充任了一个"团练副使"，但钦定"不得签书公事"，有职无权，生活窘迫，前途更是无比渺茫。尽管身处逆境，可诗人寄山水以抒怀，不羁的心性反而越挫越显洒脱。那晚承天寺，月光似水，交错的竹影柏影投射在空明的庭院地面上，如水草在澄澈的池中飘浮，如梦如幻。苏东坡触景生情，心生感慨：月夜常有，竹柏常有，可人们被名利所牵绊，少有闲情逸致，来欣赏这样天造地设的美景嗬！

谈及对竹的喜好和推崇，有一位大诗人不得不提，那就是唐代的白居易。唐德宗贞元年间，白居易在吏部以拔萃选及第，被任命为校书郎。为了在都市长安安身，他求借到了已故相国关某私宅的一处亭阁，在那里住了下来。第二天，白居易散步走到亭子的东南角，见那里长着几丛竹子，枝叶凋零，毫无生气。白向关家的旧人询问是什么缘故，对方答道："这些竹子是关相国亲手栽种的。自从相国死后，别人借住在这里，从那时起，做箩筐做扫帚的人都来砍伐，砍剩的竹子，数量不到百竿，八尺以上长一点的，一株也见不到了……"白居易闻言心中惋惜，当即请人，把竹林中疯长的杂草铲掉，给竹子施肥松土加以培育……园子面貌焕然一新，竹林日出有清阴，风来有清声，随风依依，生机盎然，好像在感激白居易的知遇之情。言及自己为何如此赏识竹子，白居易总结了竹的四大优点。一、"竹本固，固以树德"；二、"竹性直，直以立身"；三、"竹心空，空以体道"；四、"竹节贞，贞以立志"。翻译成白话文就是：竹子的根稳固，根基稳固才能厚德载物；竹子的秉性直，正直才能立身中正；竹子的心空，空方能虚怀若谷接受人间至道；竹子的节坚定不变，贞而有信方能立志坚定、不忘初心。白居易认为，竹子是植物，因其具有这些品性，人们才珍重它、爱惜它。竹的这些品德，是值得有志于成为"君子"的人们仿效的。"夫如是，故君子人多树之为庭实焉。"君子爱竹，把它种植在庭院中作为观赏之物，却原来深层次的是这原因。白居易把对竹的审美，提升到了人生哲理的高度。令人掩卷沉思，回味隽永。

芭蕉夜雨

午潮山居的房子，不光有竹，还有芭蕉，真是大惬我心。

记得去看房子的那天，还没走到篱边，远远地，我就看到一大丛芭蕉，如扇的翠叶直探出二楼的阳台，颇有丰子恺先生画作的意境，笔法简洁，绿色浓郁，暑热天，令人看了心中顿生凉意。我巡看邻近几家房舍的格局，发现每家门口墙角，都植有同样的芭蕉，近观如伞，远眺似绿云相接，心想这房产的开发商还真有点艺术修养，懂得芭蕉和这房舍相配，会产生何等的诗意。

古人咏芭蕉的诗可不少。宋代杨万里有诗："梅子留酸软齿牙，芭蕉分绿与窗纱。日长睡起无情思，闲看儿童捉柳花。"写尽了芭蕉之翠。绿了自身还不够，映在了墙上，使窗纱也成了碧色。而陆游《夏日杂题》："午梦初回理旧琴，竹炉重炷海南沉。茅檐三日潇潇雨，又展芭蕉数尺阴。"咏诵的则是芭蕉的浓荫。

"芭蕉开绿扇"，芭蕉别号"绿天""扇仙"，其高可达丈余，茎粗而软，层层包皮，外青里白，富含水分。由于是热带亚热带植物，芭蕉不耐寒，每到秋末霜降之前，人们一般都会将其连茎带叶砍除，只留一尺多长的桩茎，以避严冬。待到次年残春，风日正好，芭蕉的残桩上便会苞出新茎，日长夜大；初夏几场梅雨过后，芭蕉卷曲的新叶一张张舒展开来，阳光下，又会铺就数尺方圆的一片绿荫。正因为有这样的好处，所以古时村野人家，就喜欢在门角檐前，广植芭蕉。唐代巴蜀一带有民谣曰："巴女骑牛唱竹枝，藕丝菱叶傍江时。不愁日暮还家错，记得芭蕉出槿篱。"木槿花树隔成的篱栅后面，有碧绿的芭蕉作为标志，暮归的牧童娃一点不担心会走错家门。此风代代延续不衰，恰如清代李笠翁所说："幽斋但有隙地，即宜种蕉……一二月即可成荫。坐其下者，男女皆入画图。且能使台榭轩窗尽染碧色。绿天之号，洵不诬也。"

除了晴天可以蔽荫以外，芭蕉最具诗意之处，在于雨天可以听声。芭蕉叶片肥大光滑，外有革质层覆盖，急雨打在叶片上，如珠落玉盘，滴沥圆润，逢夜阑人静，其声则更为清越可闻。

我家小院背靠午潮山脉，面向黄公望国家森林公园，此地三面环山，只东南方有一大豁口，富春江水汽云雾由此吹入，沿山脊而上，极易形成锋面雨而降。夏日午后，刚刚还是艳阳高照，突然天色就暗了下来。老伴欢叫一声："要下阵头雨啦。"急步奔上阳台，把晾在外面的笋干菜收入屋内。我则会泡一杯龙井新茶，坐到二楼书房里去翻看闲书。说是读书，其实是在等雨，雨打芭蕉的意境，是我长久的期待。先是从北谷削下来的山风，掠过贯通前后院的小径，吹得竹叶簌簌作响；然后豆大的雨滴，就瞬里啪啦地从天而降。我手握书卷，站在窗前观听。只见前院刚才还是静静侍立着的几株芭蕉，此刻赛过一群活泼的少女，在清凉的夏雨中迎风起舞；那片片蕉叶，如女孩舒展在风中的绿色轻纱长袖，舞姿曼妙而有韵律。而那急雨，击打在蕉叶上，恰似伴奏的鼓点，急促而又欢快，全然没有古人听闻蕉雨时的诸般惆怅，倒不乏广东民乐《雨打芭蕉》中表现出来的那种明快。这首广东民乐佳作，乐谱首见于民国初年丘鹤俦编著的《弦歌必读》。乐曲表现的内容，据专家解读，是描写初夏时节，雨打芭蕉淅沥之声，极富南国情趣。乐曲一开始，流畅明快的旋律表现出人们炎夏逢雨的欣喜之情。接着乐曲节奏加快，时现短促的断奏声，令人如闻雨打芭蕉，雨声淅沥作响，蕉叶摇曳生姿，体现了粤广民乐清新活泼的风格。

看来同样听雨，时间、地点和主人的心绪不同，会有截然不同的情景感受。我期待着体会一把古人诗词中"芭蕉夜雨"的悠远意境。

戊戌年中秋，多云无月，妻子去嘉善老家看望95岁病卧在床的母亲，我独自一人在家。入夜，与远在纽约长岛的儿孙视频聊了一会，又闲读了几章清代纳兰性德的《饮水词》，心绪渐宁，便早早上床睡了。夜半梦回，耳畔似闻有声自东南那个山谷豁口而来，掠过窗外路边渐枯的那些梧桐枝叶，铍铍铮铮，似金铁皆鸣。我心中一惊，这不就是宋代欧阳修所描绘的"秋声"吗！"初淅沥以萧飒，忽奔腾而澎湃，如波涛夜惊，风雨骤至……又如赴敌之兵，衔枚疾走，不闻号令，但闻人马之行声。"这种风声，在北地，在平原，主肃杀、主晴明；在我们南方这样的山野，冷湿交汇，却往往会带来雨水的嗬。果不其然，风声过后，一场秋雨如期而至。秋夜的雨，不像夏雨般的暴烈，也不似春雨般的温柔，而是随着风势，一阵疏一阵密，一阵慢一阵急，打在芭蕉叶上，那雨声，如泣如诉，令人听了，万端愁绪，一时都会从心底泛起。这时读古人咏叹蕉雨之诗，感受定会更加深切。

宋代万俟咏所作《长相思·雨》：

> 一声声，一更更。窗外芭蕉窗里灯，此时无限情。
> 梦难成，恨难平。不道愁人不喜听，空阶滴到明。

屋里孤灯和窗外芭蕉，于相思之人，逢雨皆成凄楚。雨绵绵，情绵绵，相思之愁，离别之恨，与这淅沥的夜雨一样，到天明都没有穷尽。

万氏把愁思怪在了雨上，同是宋人，李清照却以为，夜雨芭蕉生愁绪，皆因自己是北人，不习惯江南温柔之乡这种场景而已。

> 窗前谁种芭蕉树，阴满中庭。阴满中庭。叶叶心心，舒卷有余情。
>
> 伤心枕上三更雨，点滴霖霪。点滴霖霪。愁损北人，不惯起来听。

李清照将一己之情，与宋室南渡这种家国之恨联系在了一起，诗词的格局，显然比万氏要高出一筹。

而清代的郑板桥，生性怪僻，思路独特，却把相思的原因，怪罪在了蕉叶的长势上。芭蕉之叶是从茎秆中心抽出的，一片叶子卷成筒状抽出舒展，另一片卷曲的新叶又在茎芯萌生："芭蕉叶叶为多情，一叶才舒一叶生。自是相思抽不尽，却教风雨怨秋声。"可见同样一株芭蕉，见者或愁，或悲，或忧……怨不得风雨，怨不得秋，要怨，只能怨自己多情，睹雨蕉而伤怀悲悯。

这样的道理，清代文人蒋坦是在爱妻关秋芙的点拨下才领悟的。在妻子亡故后，蒋氏追怀往事，写的长文《秋灯琐忆》中，记下了这段幽闺遗事："秋芙所种芭蕉，已叶大成阴，荫蔽帘幙。秋来雨风滴沥，枕上闻之，心与俱碎。一日，余戏题断句叶上云：'是谁多事种芭蕉，早也潇潇，晚也潇潇。'明日见叶上续书数行云：'是君心绪太无聊，种了芭蕉，又怨芭蕉。'字画柔媚，此秋芙戏笔也，然余于此，悟入正复不浅。"秋芙被林语堂形容是中国古代最可爱的两个女性之一，另一个是《浮生六记》作者、清人沈复的妻子芸娘。

还是宋代诗人杨万里心思最单纯：

芭蕉得雨便欣然，终夜作声清更妍。

细声巧学蝇触纸，大声铿若山落泉。

三点五点俱可听，万籁不生秋夕静。

芭蕉自喜人自愁，不如西风收却雨即休。

也无西风也无雨，省得芭蕉自喜人自愁，你看这位老兄说得多么轻巧。如有人步古哲"子非鱼，安知鱼之乐"的思辨方法，反问杨氏一句："子非芭蕉，安知芭蕉之愁乐？"或许他会瞠目结舌，不知如何回答的吧。

一场芭蕉夜雨，竟引出了这么多的诗话，足见芭蕉所蕴的诗意无穷。可惜我搬入山居以后，发现后来装修的邻居，十有八九，竟然把各自门前的芭蕉都掘掉了。请问之下，或说不开花，或说不结果，或说太遮阳，留下它何用？！其实，芭蕉会开花，只是不艳少香；它也会结果，只是没香蕉甜糯，反而有点酸涩而已。古人种植它、咏诵它，并不是因为它有多少实用价值；看重的，恰恰是芭蕉为家居营造的无限遐想和无穷诗意。我无权干涉邻居的装修理念和造园设想，只能尽我所能，留住自家门前的那些芭蕉。我想，当人们真正理解了"诗意地栖居"的本义后，或许会把当年挖掉的芭蕉，重新种回庭前。好在芭蕉的生命力很强，只要分蘖时掘取几个苞芽，植入土中，没几年，又能换回绿荫一方。

篱边菊

自从东晋陶渊明写了"采菊东篱下，悠然见南山"的诗句，对菊花的审美，就与这种旷达、悠然的境界联系在了一起，予人遐思，令人神往。

我最早知晓"菊"这种花卉，还是在读小学一年级的时候。开学不久，语文课本上有了"菊"的生词，正好是深秋菊花盛开的时节，城河边相邻的一所小学，有园丁盆栽了许多菊花，在校园里举办展览，语文老师就带着我们去见识见识。

儿时的记忆，总是那么美好、难忘。记得那天我们一班小朋友，手牵着手，绕过校门口的一个大池塘，走过两个鱼塘中间的一条石堤，穿过一片竹林和菜地，来到了城墙脚下的那个邻校。那时候地皮宽裕，小学的校园都轩敞。为了美化环境，很多学校都雇有园丁，专门培育四季花卉装点校园。邻校的那位园丁肯定是种菊的高手，居然盆栽了三四百盆秋菊摆放了出来。

20 世纪 50 年代的杭州城，那么小，那么城乡纠缠不分。现今闹市中心的环城路，过去都还是城墙，城东城北一带，虽然城门早已拆除，但废弃的黄泥城墙还在，断断续续地蜿蜒着，如一条起伏的土岭。城墙里外，还有成片的鱼塘和菜地。我们小时候，课余就在竹林和瓜棚豆架间追逐、嬉戏，说起来是城里孩子，却和生长在乡野里没有多大区别。

儿时出游，图的多是同学们熙熙攘攘在一起的那份热闹，说到对菊花有多少赏识，还真是谈不上。

"哇！菊花原来不怕冷，别的花都枯谢了，它却依旧顶着寒风开得这么热闹。"

"哦，菊花的品种有这么多！黄、白为主，翠绿、紫黑色的居然都有。"

这就是当年的我初赏菊花的观感。菊花的形状也千奇百怪，给我印象最深的，是那种花瓣条条缕缕、尖端弯曲如蟹爪的那一款。

记忆颇深，真有感触的一次赏菊，却已是十几年以后了。

"文革"残酷的内斗，已进行了数年，同学星散，都上山下乡去了，我因得了一场重病，在家困居，寂寞无奈。秋深了，西风送寒，西湖边的公园里，居然举办了一次"菊展"。

在一个阴沉沉的午后，我向姐夫借了辆自行车，独自一人前往观展。

西湖边的这处公园，落叶的草木渐次凋零，园中心安放有水石盆景的一块枯草坪上，摆放着稀稀落落百余盆秋菊，菊色黄、白居多，有伤时之感，却无半点热闹和喜气。深秋的风，吹在脸上已有些许寒意，几位游客耸起衣领，缩着脖颈转了一圈，陆续走散了。偌大的庭园内，就剩下我独个还在赏菊，与其是观众，倒更像一位"吊客"，凭吊着这季节里最后的残花，也在悲哀着自己即将逝去、苍白无彩的青春。

我骑上自行车默默地踏上归途，晚风拂面，彻骨生寒，也卷起岑寂街头的枯叶黄尘，久久盘旋不散。我的心头涌上了一阵酸楚，头一次感到，原来菊花似我，遭际却也如此落寞凄凉。

唐代诗人元稹，有咏菊诗曰：

> 秋丛绕舍似陶家，遍绕篱边日渐斜。
>
> 不是花中偏爱菊，此花开尽更无花。

　　至此，我方悟到，其实菊花的本质，是"孤"。菊之所以被历代文人推崇，与"梅、兰、竹"一起，列为"四君子"，或许也正因了它这独特的品性亦未可知。

　　万花凋谢，一枝独秀。如何看待和欣赏菊之"孤"，我觉得因人而异，也有四种不同的境界。

　　一为孤寂。九月霜降，百花飘零，只有菊花独自冲寒绽放，未免显得形影相吊，寂寞孤单。偏偏俗世之人又无高雅的审美情趣，只在重阳那天呼朋唤友，登高作乐，到野外来转悠一番，节后都窝在家里不出门了。宋代的范成大见此情景而心生感慨，作《重阳后菊花》一首，诗曰：

　　　　寂寞东篱湿露华，依前金靥照泥沙。

　　　　世情儿女无高韵，只看重阳一日花。

村郊东篱边悄无人迹，金菊不改的笑靥独映泥沙，可以想见，那是一幅多么孤寂的画面。

　　当然，篱边流连的人也不是没有，但那往往是一些伤怀孤客——"古道西风瘦马，小桥流水人家，断肠人在天涯"，有家难归的旅人嘀。明代唐寅题诗《菊花》，就写尽了这份远方思乡客的情思：

　　　　故园三径吐幽丛，一夜玄霜坠碧空。

　　　　多少天涯未归客，尽借篱落看秋风。

唐代的白居易，重阳节那天正好有个饭局，本该高高兴兴的，可看到了满园花菊中，只有孤零零的一丛白菊，触景生情，生发出了"尘缘苦短，转眼间鬓已成霜"的感慨：

> 满园花菊郁金黄，中有孤丛色似霜。
>
> 还似今朝歌酒席，白头翁入少年场。

白发老人混迹在一批牛皮哄哄的新贵中间，格格不入，一种孤寂之气袭来，终难排遣。

二为孤愤。"前不见古人，后不见来者，念天地之悠悠，独怆然而涕下。"孤独是一种负面情绪，于文静内敛者，会带来悲伤；于暴烈外向者，却会引发愤怒。所以同样面对寒霜下独自开放的菊花，性格、教养、经历不同的人，感受不同，留下的诗文也截然两样。

> 飒飒西风满院栽，蕊寒香冷蝶难来。
>
> 他年我若为青帝，报与桃花一处开。

这是唐末农民起义领袖黄巢的《题菊花》诗。一般都认为此诗是黄巢的少作。传说人间百花何时绽谢，都是由天上的青帝决定的。为何将菊花安排在寒秋独自开放，少年黄巢愤愤不平。他发誓，如果有一天自己做了青帝，一定让菊花在春天与桃花一起盛开。这样的咏菊诗，黄巢还写过一首：

> 待到秋来九月八，我花开后百花杀。
>
> 冲天香阵透长安，满城尽带黄金甲。

据说，这是黄巢屡试不第后，提笔写下的一首"反诗"，题目就叫《不第后赋菊》，诗中的孤愤和霸气，比第一首咏菊诗更为明显和决绝。菊花，在这里成了黄巢心目中的"我花"，幻变成他心中的偶像和功业的图腾：九月开又何妨，到时候，杀尽百花，我一枝独秀，让长安开遍金黄色的菊花，香透京城。

一个农民起义军的首领，怎么会写得如此好诗。其实，黄巢并非农民出身，而是生在一个盐商之家，且是读过书有文化和诗才的。据《资治通鉴》记载："巢少与仙芝皆以贩私盐为事，巢善骑射，喜任侠，粗涉书传，屡举进士不第"，这才愤而与王仙芝呼应聚众起义的。他所作的这两首咏菊诗，不但霸气外露，而且文采斐然，没有一点诗词素养，是很难写得出来的。

同样写菊，还有一首明朝开国皇帝朱元璋的大作《咏菊》：

> 百花开时我不发，我若发时都吓杀。
>
> 要与西风战一场，遍身穿就黄金甲。

据清代笔记《通幽趣录》载，朱元璋在军中与谋臣聊天时曾说："黄巢一介落第武子，后能创金甲百万之众攻陷唐都，称大齐皇帝，乃是一雄杰也。"惺惺相惜之情，溢于言表。

三为孤傲。作为读书人，当然不会像农民起义军首领那样，动辄高喊"杀！杀！杀！"，靠杀戮对手以泄愤，祈望踏平不平求太平。作为诗书传家的学子，他们融会贯通所习的儒释道经典，从更高的思想层面，理解和赏识秋菊凌霜的姿态，借花咏志，把霜菊的这种卓尔不群，与士大夫不谀上、不媚俗的清高品质联系起来，赋予了菊花"孤傲"的君子品性。

晋代陶渊明的《和郭主簿》：

> 芳菊开林耀，青松冠岩列。
>
> 怀此贞秀姿，卓为霜下杰。

唐代白居易的《咏菊》：

> 一夜新霜著瓦轻，芭蕉新折败荷倾。
>
> 耐寒唯有东篱菊，金粟初开晓更清。

北宋苏东坡的《赠刘景文》：

> 荷尽已无擎雨盖，菊残犹有傲霜枝。
>
> 一年好景君须记，最是橙黄橘绿时。

皆是吟颂霜菊孤傲品性的千古名篇。

南宋初期的女诗人朱淑真生平不详，却有《断肠词》及《断肠诗集》存世，其中一篇咏菊诗《黄花》尤为人们赏识：

> 土花能白又能红，晚节犹能爱此工。
>
> 宁可抱香枝上老，不随黄叶舞秋风。

宋末爱国诗人、画家郑肖思，估计是读过朱氏的这首《黄花》的，他写《寒菊》而咏志：

花开不并百花丛，独立疏篱趣未穷。

宁可枝头抱香死，何曾吹落北风中！

郑诗之意境和朱氏相似，孤傲不屈之心，前者是"老"，后者是"死"，显然比朱淑真更决绝了一层。郑原名"之因"，宋亡后改名"思肖"，繁体字"趙"由"走""肖"两字组成，郑氏改名"思肖"，隐含思念赵宋不忘故国之意。他画兰不画土，"人询之，则曰：'地为番人夺去，汝不知耶？'"郑思肖自35岁宋亡后便离家出走，浪迹江湖，40年间写下了大量爱国诗文。晚年他将这些泣血之作结集，命名为《心史》，封存于苏州承天寺一口枯井中。这只存书的铁匣沉埋350多年后，至明崇祯十一年始被发现。《心史》这部奇书重见天日，引起了学界极大的重视。清末维新志士梁启超曾"穷日夜之力读《心史》，每尽一篇辄热血'腾跃一度'"。梁启超满怀感慨地说："此书一日在天壤，则先生之精神与中国永无尽也。"

四为走出孤独，复归平和。从心理学的角度而言，孤独总体上是一种负面情绪。由孤独而产生深深的寂寞，是谓孤寂；由孤独而心生怨恨，是谓孤愤；虽孤独而不肯谀上媚俗，则谓孤傲。由观菊而产生的种种情绪，表现形式虽然各异，对人心灵的触动和冲击却是差不多的。

如何看待菊花这种傲霜独放的天地珍卉，对人的认识和修养，实是一大考验。

可不可以这样认为，如果天上真有青帝，安排菊花在万花凋谢的深秋开放，那就不光是菊花的宿命，也是它的一份职责，更是它的价值和荣耀之所在。

时序交错，四季更替，每一季，都总该有点美的东西来点缀，否则这人世，未免太枯寂了。春有桃花夏有荷，秋有菊花冬有梅，虽然春夏百花争艳，冬秋梅菊独绽，聊胜于无，总比霜雪满地白茫茫一片要来得好吧。菊花盛开于寒秋，或许正是基于造化这样的使命。它们或漫生于荒郊野地，或遗落于村舍篱间，或点缀于秋水庭院，你精心培植，它会幻化成千姿百态，你无心理会，它照样生长得漫山遍野。菊的色清冷、姿瘦削、香淡雅，它的花瓣可以泡茶，也可以下酒。它应时而绽，造福于人，独舞寒风，人或以为凄恻，但我想，菊花自身如有知，一定不会感到孤苦。

叔本华在他所著《论孤独》中，开篇就有这样一段论述："能够自得其乐，感觉到万物皆备于我，并可以说出这样的话：我的拥有就在我身——这是构成幸福的最重要的内容。"如果借以咏菊，我想亦是再恰当不过了。

走出一己孤独的心境来观菊，尽管性喜淡泊，人的心态也会趋向平和。

> 故人具鸡黍，邀我至田家。
>
> 绿树村边合，青山郭外斜。
>
> 开轩面场圃，把酒话桑麻。
>
> 待到重阳日，还来就菊花。

孟浩然《过故人庄》，有多少人间的温暖。

> 稚子书传白菊开，西成湘滞未容回。
>
> 月明阶下窗纱薄，多少清香透入来。

尽管孤旅独处，唐代诗人陆龟蒙收读家书，没有伤怀，反而欣慰有加，即兴作《忆白菊》一首，恍惚间，好像闻到有阵阵菊香透窗而来。

欧阳修傍晚与友人坐在园廊里闲话，看到园内的菊花盛开，作诗以咏：

> 共坐栏边日欲斜，更将金蕊泛流霞。
>
> 欲知却老延龄药，百草摧时始起花。

欣喜之余，想到的竟是：菊花入药，可令人不老延年。诗人心境的平和与美好，于此可见一斑。

爱菊最深的，当属陶渊明先生了。这位生于东晋乱世的诗人，虽也曾为"亲老家贫"或"幼稚满室"，而担任过官职，但终因看不惯官场的污秽而挂冠归隐，宁可过食不果腹的田园生活，也不屑摧眉低眼，与昏君佞臣为伍。陶渊明欣赏菊花傲霜斗雪的品格，将其视为自己精神上的同道，但却并不像有的隐士那样，刻意表现得孤高清冷，并以此标榜于世。陶渊明嗜酒，家贫不得常饮。他归隐后，常有官场旧人，或送酒前来，劝导他重返宦途；或以酒为礼，上门来向他讨教攻伐之策。每遇到这样的人，陶渊明的做法是酒且收下，但心意既决，不该说的话，不该做的事，绝对不说不做。难怪苏东坡评价陶渊明"欲仕则仕，不以求之为嫌；欲隐则隐，不以去之为高"。正因为陶渊明有这样的大胸怀大格局，才能写出平淡冲和而又蕴含深意的咏菊名诗：

> 秋菊有佳色，裛露掇其英。
>
> 泛此忘忧物，远我遗世情。
>
> 一觞虽独尽，杯尽壶自倾。
>
> 日入群动息，归鸟趋林鸣。
>
> 啸傲东轩下，聊复得此生。

此诗中"裛"是沾湿，"掇"是采或拾的意思，"裛露掇其英"，意指把还沾着露珠的菊花花瓣采摘下来；然后，将花瓣浮洒在酒上面，就成了绝妙的菊花酒。遗世独立，自斟自饮，日落人静，百鸟归林，和着群鸟的啾鸣，啸傲东窗，隐居生活充满了生趣，陶渊明活出了自我。

三、艺虽不同意有会，世事相假非一朝

学拳的师傅和师兄

我年轻的时候，心中戾气很盛，只想练一副好身手，可以打平天下不平事。

那时候，学拳的师傅难找，一次我到同学沈炎家去串门，说起此事，他父亲听到了，就说："我天天在六公园跟着一位姓张的老师学打太极拳，你想学，就一起来吧。"

第二天我起了个大早来到公园，沈伯伯把我介绍给了张老师。张是一所中学的历史老师，退休了，就天天清早在六公园打太极拳。那时公园里练拳的人不多，霜降后天气一天比一天寒冷，早上雪松下的那块草坪上，就只有张老师和沈伯伯在热身。张老师大约 70 出头年纪，矮墩墩的身材，沉默寡言，面容肃穆，偶尔说话，带很重的河北口音。他听完沈伯伯的介绍，并不多言，只在喉鼻间"嗯"了一声，接着就顾自己盘架子去了。沈伯伯把我拉到一边，悄声说："张老不收徒，也不反对我们跟着他练拳。你就随着我，在他后面慢慢学吧。"

从那天起，我就开始了自己的习拳生涯。张老打的是杨式太极拳，从起势到结束共有 85 式，我每天天蒙蒙亮就骑车赶到公园，跟在老师身后，一招一式，反复练习，3 个月下来，居然也有点样子了。但我总觉得太极拳太柔太慢，就这样软塌塌的架势，要想在凭力道吃饭的武林立足，恐怕有点烦难的吧。心中虽有这样的想法，练武的劲头，我却一点没有松懈。隆冬的某日清晨，一夜的风雪刚刚消停，我依然准时来到公园习拳。夜色尚未褪尽，雪松旁的路灯仍还亮着，天寒地冻，连沈伯伯也没来，偌大的公园里，只有张老独自在弯腰搁腿做准备活动。见我来了，张老的脸上难得有了一丝笑容。他让我先跟他练练推手。我读高一时，练过器械，颇以自己的一身肌肉自诩，掰手腕，弄堂里的小鬼，没有人赢得了我的。但一接触到张老的手臂，我心中着实吃了一惊，这哪里像一位老人的衰臂，这简直是一段精钢。左抹右挑，格挡进退，几个回合下来，我已心跳气促，浑身燥热，觑眼张老，却气定神闲，好像能这样一直玩下去，我感到自己不是在和一个古稀老人，而是在和一个钢铁侠玩推手。

从那一刻开始，我真心认定，这个世上，功夫，包括神秘的内功，的确是有的；真正有功夫有定力的，往往是内敛低调不张扬的人。而张老师，应该就是这样的人。遗憾的是，在那个时代，这个有故事的老人始终缄口不语，不愿显露自己的功底，也不愿收授徒弟，哪怕教他们一招半式。我终于没能跟张老继续学下去。

臧师傅是我的第二位拳术老师。臧师傅50多岁，是一所街道卫生院的正骨大夫，精干老瘦，一副病怏怏的样子，打起八卦掌来却飘忽无形。他的经历据说十分复杂，19岁从南京国术馆结业，国民党时当过巡警，后来与中共地下党搭上了线，提供了不少城防情报，总算功过相抵。

我们这帮徒弟中，臧师傅最欣赏的是白文起。文起年纪比我小两岁，因是臧师傅的大徒弟，先进山门为大，所以我们一帮师兄弟都称其为兄。

文起兄白净面皮，瘦骨伶仃，看样子就像个文弱书生。天井里的石碡儿，我们几个愣头青能举三十几下，他连十次都勉强。但文起兄学东西肯动脑筋，悟性强。那天练散打，臧师傅把自己的双手插在腰间的皮带里，让我们挥拳捶他，看谁能把他打翻。我们挽起袖子，轮番扑击，重拳挥去，眼看要打中了，但臧师傅像条泥鳅，身体一侧，就避了过去。文起兄最后一个动手，只见他弓步上前，先是一记左勾拳，臧师傅急往右避，他趁势右手一抹，臧师傅一个趔趄，差点坐翻在地。文起兄赶紧上前扶住师傅。臧师傅不但没有怪罪，反而一迭声地夸奖："好！四两拨千斤，拳，就要这样打！"

我读高二那年，社会上开始动乱。臧师傅下脚虚，不敢带徒弟了。我们一帮师兄弟作鸟兽散，各自在自己的学校里瞎混。此时的学生，书都不念了，校园里尚武成风，男孩子个个举哑铃、练肌肉，谁拳头大谁吃香。有一天夜里，高三一支小分队摸黑去揪教育局的一位当权者，结果无功而返。

要好的一位同学悄悄对我说："城外那所初中的学生先到一步，已经把领导的家门封堵了。"

"你们高中生，还及不来那些小鬼头？"我问。

"嗨，你不知道那边领头的是谁！是某武师的弟子，武功可厉害嘞！"

我习过武，从未听说某武师在此地收过徒弟。文起兄正好是那所初中的，一次在街上碰见，我便问起此事。

文起兄诡秘地笑笑："那人就是我。那晚我特意找了一件军用雨衣，反穿就成了一件黑披风。月亮地里稍微走了几个麒麟步，那帮小子就被唬住了。"

文起兄要我不要再提臧师傅，就说他是某武师的入室弟子。

"某武师是武林高手，人家就认他这块牌子。"

文起兄真会造势，短短一个月，我们那一带的中学生都知道，城外的那所初中里有一位学生的武功十分了得。为什么？因为他是某武师的徒弟！

文起兄自称天天练功，从不间断。他的武艺到底修炼得有多高强？上山下乡后，有一次农场场友们真正见识了他的"功夫"。听说，那天收完麦子，一伙知青在晒场上孵太阳。不知谁提议来个"拳王争霸赛"，要文起兄摆擂台大会南北英雄。文起兄的名气场友们早就如雷贯耳，这次大伙非要亲眼看看他的武功。

文起兄微微一笑："各位抬举我了。江湖上说，行家一出手，便知有没有。今天我不推托，只是建议方式改一下，先请各位捉对厮杀，比出个头名，再来与我争霸。"

众人叫好，于是各自选定对手，你抱腰我抢背干开了，晒场一时成了角斗场。半个时辰过去，小伙子们一个个气喘吁吁、汗流浃背，终于比出了绰号"津门大力士"、体重200斤的鲁二牛，与文起兄角逐拳王。只见二牛一个饿虎扑食，想把瘦小的文起兄一下子扑倒。好个文起，一闪身，便避开了二牛的进攻。二牛回身一记扫堂腿，文起轻身一跳，早荡出了圈外。此时的二牛，心急气也急了，两拳齐出，双风贯耳，发了狠劲。但见文起兄缩身避过双拳，弓步发力，双手一抹，脚下一拌，"野马分鬃"，早把二牛摔出了一丈开外。大家齐声喝彩。

回城以后，我考上了大学，文起兄进了机关。听说起初他也不过是个小办事员，不久就外派到了下属的一家公司任老总，日子过得相当滋润。

前年9月，臧师傅80寿辰那天，我们一帮师兄弟在酒店聚餐。多年未见，文起兄也发福了，挺起个将军肚，像煞个大老板了。

"别来无恙，心宽体胖嗬！"我说。

"靠大家，靠大家的！"文起兄抱拳作答。

"行家手里卖啥个谎秤。你几根肚肠师傅还不晓得？"臧师傅三杯酒下肚，兴致不错。

文起兄含笑摆手："人家的资源，利用利用，利用利用。"说着，连连打起了哈哈。

听知晓内情的一位师弟说，文起兄初到机关时，不过是组织处的一个小干事。其时正逢机构调整，组织处的工作很忙。文起兄跟了一个副处长，整天忙碌，不是出差，到基层考察，便是找一些干部谈话。文起兄工作严谨踏实，又写得一手蝇头小楷，将一本考察记录整理得条分缕析、有根有据，深得上司好评。在办公室，他克尽职守，守口如瓶；回到家中，免不了有性急的上门来打听考察情况，文起兄看人说话，把一拨干部玩得团团转。其中有一位姓费的中层干部已内定要提拔，文起兄便将考察中的一些关节，稍微透露一点给他。

要紧关头助人一臂，两人不久就成了铁哥们。考察结束后，这位费仁兄如愿以偿进了班子，文起兄也走马上任，到其分管的一个公司当了老总，进出都有小车接送了。

我曾先后跟几位师傅学过太极、八卦等好几路拳，只是功底不扎实，如今仅仅能摆弄几个架子，统统都还给老师了。唯有跟随易师傅学的几手形意拳，还印象深刻，走起步来，开合有形，现在想来，这与易师傅独特的个性和教学方法不无关系。

我结识易师傅，纯属偶然。迷恋拳术的那些年，我每天起得很早。一天清晨，我到孤山盘太极架子。雪后，山上的人很少，只见有一个中年男子在独自练拳。他中等个子，身材瘦削，面色白净，双眉微蹙，眼神忧郁，外表十分文弱。他习练的拳路也与众不同，往返走直线，前脚弓步跨上，后脚迅速跟进，重心低而稳。变化的是上身，有时两掌回收，从丹田发力，猛然击出，犹如饿虎扑食；有时双臂带双掌作弧线穿插，分解看，却始终一掌护己头，一掌抄敌档，真个无懈可击。我在旁边站看良久，那练拳人如同无人一样，眼角也没有向我这里瞟一下。我见他几趟拳打下来，气不急，汗不出，知有真功夫，但陌路相逢，终不敢随便上前搭话。

此后一个月，我有事到一位朋友家去，居然在巷口撞见了那位打拳人，原来他姓易，独身，在郊区一家化工厂里当管道工，就租住在巷尾那幢平房里，因为常喜欢独自在"孤山一片云"附近打拳，认识的人都叫他"一片云"。听朋友说，"一片云"是轻易不授徒的，只是得知我父亲遭冤案关在牛棚，才破例答应了我学形意拳的请求。

自此，我每天凌晨五时即起，骑自行车到孤山练拳。与我一起跟"一片云"学拳的，还有一个姓于的小伙子，据说是"一片云"搭伙那家邻居的儿子。

"一片云"沉默寡言，整天蹙着眉，难得有笑容。我们两个小青年，天不亮到那里，"一片云"往往已练完了拳，在那站桩。

"来了？"他站起身。

"来了！"我们应道。

"耗腿！"

我们找块岩石，开始搁腿，"一片云"继续站桩。

"走步！"一刻钟后，他下指令。

我们脱去外衣，开始走"龙调膀"。这是形意拳的基本步伐，身如蹲猴，步法一踮一过一矬，直来直去，练起来十分单调。

我们跟了"一片云"三个月，眼看孤山的梅花开了又谢，湖畔的草地已绿成一片，但那"龙调膀"还是走个没完。小于开始不耐烦了，经常迟到，走起步子来，也东张西望，心不在焉。"一片云"看在眼里，不作声。一天，我们照例在走步，"一片云"踱到小于身边，冷不防，轻轻一记勾腿。小于正待换步，重心不稳，一个趔趄，便扑倒在地。

"天下功夫，在脚下不在手中！""一片云"朝我们瞟一眼，那犀利的眼神，令人心存敬畏。

"一片云"从不在人前炫耀自己的功夫。他的拳是从哪里学来的，功夫到底有多深，旁人都不知晓。有一次，我们练完拳下山，在九曲桥边碰到一伙小混混在纠缠两个女学生。小于上前呵斥，却被那几个无赖嘲笑："哼，花拳，有啥花头？还不如我们的……"说着，晃动着拳头围了上来。原来，这些人的手指上，都套着自行车上卸下来的铁油门盖儿，万一打在脸上，一拳一个血口。小于和我一时都傻了。只见"一片云"冷笑两声，走上前来："铁家伙，够厉害的！"说着，手指路旁的一根路灯杆："那杆子，是铁的吧？"众人愣住了，都不明白他的用意。说时迟，那时快，只见"一片云"一个饿虎扑食，一头撞向了那铁杆子，直震得杆上的铁灯座铃铃作响。更令人吃惊的是，"一片云"不是用肩膀，而是用胸腹迎面撞击的。那力道，那内功，直惊得小混混们作鸟兽散。

转眼春尽夏至，我跟"一片云"学拳已有半年，自觉两腿硬邦邦的，走起"龙调膀"来，已虎虎生风。一天凌晨，我照例来到孤山，但直到日上三竿，仍然不见"一片云"的身影。一周过去了，一个月过去了……谁也不知道他的下落。直到半年以后，才听说"一片云"被上头来的专案组拘捕，入了监狱。

"一片云"就这样从我的生活中消失了，如同天上的云彩，吹散以后，就此杳无踪迹……

时间过得很快，一晃，30多年过去了。"一片云"工作过的那家厂已改制，租住过的那幢旧房，也早已被夷为平地，辟成公园。当年练拳的弟兄偶尔碰见，还会提起"一片云"，但没人知道他的近况。有人说曾在深圳看见过他，已成了一家大公司的总裁；也有人说他在嵩山开了一所武校，说他原本就是武术教官，因为受上司的牵连，才流落到了杭州。

岁月流逝，且复且兮，一切以往的人事，都渐入忘川。尽管如此，每逢杭城初雪的日子，我还会到"孤山一片云"去走走，青春的记忆，毕竟难以忘怀。

自学绘画未成才

绘画，应该说我是有点天赋的。这话听起来涉嫌自大，但人，总也要看到自己的长处，增加一点生存的自信，否则，样样事情都自叹弗如，"诗意地栖居"，还有什么指望？！

我们小的时候，家国都穷，学校教育也简陋。我就读的那所小学，对美术教育，似乎根本不予重视。长长 6 年，我的印象中，好像没上过几节正规的美术课。将圆圈、月牙、五角星、三角形等拼画在一起，重复多次，连在一起，就成了图案画；用废弃的火柴盒粘搭成小桌小椅或沙发，便算是美术手工……除了这些，其余什么临摹、构图、线条、阴影之类绘画基本概念，老师不教，我们也根本不懂。但贫穷并没有限制住我的想象力。小人书看得多了，无师自通，二年级时，我竟然尝试着把心中的想象，用图画表现在纸上。看了连环画《包龙图怒铡陈世美》，我就画了一幅"升堂图"，将官老爷的脸用铅笔涂黑，就活脱脱是个包大人了。看《三国演义》，心仪关公那匹日行千里的赤兔马，我就凭记忆画了一匹鬃毛飘飘的高头大马……小伙伴们看了喜欢，纷纷向我索要。我说："要我画可以，但我没有这么多白纸呀！"于是同学们你一张我一张，争相送我白纸，让小小年纪的我，着实满足了一番被人追捧的虚荣心。

如果按这样的态势发展下去，能像今天的小孩那样，上几年美术培训班，请几位专业的名师指点，我那点初露苗头的造型感觉和美术兴趣，或许能被培养起来。但造化总是弄人，小学考初中，初中考高中……我考进的，都是省里数一数二的重点学校哪！课程日紧，竞争日烈，孩提时我那点刚刚萌发的美术兴趣，早被湮没在"学好数理化，走遍天下都不怕"的口号声中了。直到"文革"开始，一切都被重新评判，升学无望，美术的实用性，才唤起了我重拣画笔的念头。

那是"红海洋"的年代，街头巷尾、工厂学校……到处都要竖立领袖的巨幅画像。需求量如此之大，专业画家或被打倒或挨批，能执笔的，全杭州找不出几个。爱好画画、有点基础的小青年，于是成了街头画像的主力军。学校停课了，我住的那条小巷，一帮发小都闲在了家里。有一位学画的邻居名叫大明，学习不好，读的是一所很一般的中学，过去一直被邻居看不起，此刻却成了街坊的明星人物。只见他天天挟着画板进进出出，忙着给周边一些单位画伟人像。一次，听说他在附近的一家医院画像，我和几个邻居相约前去"观摩"。但见他在高耸的脚手架上攀上爬下，正在给画像着色。偌大的伟人像头部已经画好，头戴军帽、面色红润，目光慈祥而坚定，真的跟照片上见到的完全一样。我们几个小伙伴"啧啧"连声，都看呆了。趁大明下来加颜料时，大家围了上去，请教他"怎么能画得如此逼真"。要知道，那年月，这可不是一桩简单的工作，稍微画丑一点，可是要担罪名的嗬！大明笑笑："你们外行不懂，其实这不难的。我们画像都是有底稿照片的。先在底稿上划好方格，然后在画稿上按比例放大，接下去，只要将一个个小格子里的图像，依样画到大格子里就可以了，拼在一起，就是一幅完整的大画像了。"小伙伴们听过算过，我却动了心，私下里跟大明商量，能否带我一起学画。

我正式自学绘画，就是从那时开始的。

大明是一个对画画十分专注和执着的人，与他聊天，话题永远只有一个，那就是绘画。不管白天还是深夜，到他家去，只要他在家，不会在干别的什么事情，肯定就是在画画。一个大雪飞舞的冬夜，滴水成冰，记不起为了何事，我冒雪上大明家去，爬上了他窝身的那个暗阁楼，清盖瓦和板壁四处透风，只见他披着床棉毯，将双脚插在了用来焐饭锅的一只稻草囤里，还在那里临摹一幅连环画。这是沪上著名画家华三川绘制的《白毛女》，是连环画创作的精品，用毛笔绘出素描般的效果，对美术功底的要求很高。我见大明的临摹稿，已几乎可以乱真，不由赞叹："快成小华三川啦，介冷的天，还不歇歇！"大明放下笔，搓着快冻僵了的双手，憨憨地笑着说："我们业余搞搞的，起点低，起步晚，不拼命赶，怎么成？！"

受这位亦友亦师的小伙伴影响，那段日子里，我也是没日没夜地沉浸在画画里。大明说："冬天枯叶落尽了，最适合画树的速写。"我们就背了画夹到野外去写生。树叶掉了，树干树枝的线条都清晰地显现出来，看似杂乱，实质上参差有序，没有两根枝条是重复和重叠的，充分展示了自然之美。"红海洋"的热潮过去了，颜料有得多，我们就尝试着自学油画。没有教材，没有老师，自然也少了许多框框，一切都凭我们自己的感觉，摸索着来。我在自家小屋关起门来，学着画了一幅《重上井冈山》，画好以后，家人都说蛮像。大姐结婚不久，还将此画要了去装点她的新房。胆子大了，我就拿了照片，尝试将人物改画成油画像。记得给大哥画过一幅，他很满意，没有镜框，拿去压在了他家写字桌的玻璃台板下。搬过几次家，他都舍不得扔掉，不知道事过半个世纪，这幅画如今还在不在？

我们这样的学画，不成系统，没有章法，学院派看了可能会摇头。但有追求、有干劲，没规矩、没束缚，大着胆子、由着性子，干中学，干中练，只要有机会逢名师指点，假以时日，说不定真能混出个把人才。

可惜的是，上山下乡的大潮，把我辈进大学深造的梦想都击破了。我和大明一伙"学画小团体"，也被冲得七零八落，边疆农村，靠锄头铁耙刨生活，再也不指望凭画笔去谋前程。

本以为，此生已与绘画绝缘。想不到当了 8 年钳工，读了 4 年大学，在某省厅机关待了 1 年多，我会调到一家省报当编辑，更有缘的是，与省里有名的漫画家庸非先生成了朋友，约稿编稿，竟将我心中的绘画夙愿重新唤起。

我与庸非相识是在 1983 年夏天，那次《浙江日报》文艺部和《经济生活报》"花市"副刊联合在普陀山举办笔会，大家有幸聚在了一起。其时，庸非已是知名度很高的漫画家了，而我大学毕业才不过一年，仅在报上发表过几篇随笔，还是一个不入流的通讯员。但庸非却从不倚老卖老，没有一点架子。我们住在"百步沙"旁边的陆军招待所，那时海滨泳场没有淡水淋浴设施，每天下午，我们几个年轻人都赤着膊穿着一条游泳裤到海里去游泳，然后再回招待所冲澡。庸非虽年过半百，也秃着脑袋、腆着肚子，乐呵呵地和我们一样赤膊来回。

庸非的讽刺漫画锋芒毕露，但他的为人却十分谦和，甚至有时候显得有点过分地宽厚。记得有一次我请他画幅漫画头像，他一口答应，当场就展纸握笔为我画起来。不一会儿，一幅头像就完成了。我拿来一看，画像上的我端端正正的，一点也没有漫画的那种夸张和变形。我请他尽管往丑里画，他笑着说："你并不丑呀！"说着拿回画，在头像的下巴上添了几点胡子楂，便又交给了我。我寻思，对朋友，特别是初识的，他不愿失礼。

庸非是公务员，画漫画是他的业余嗜好，但他却全身心地投入。我调到报社后，曾负责过《社会周刊》的采编。为了增加可读性，我们开辟了一个"市井志异"的栏目，每篇稿件都要配一幅漫画。有时候画稿要得急，今天约稿，明天就要组版，庸非总是有求必应。往往下班的时候，我们住在拱宸桥的一位编辑顺路将文字稿带到他家，第二天早晨再去，就能拿到他连夜赶出来的画稿。

庸非为人随和，视漫画为终生事业，但天不假年，年届花甲竟然患上了绝症。闻知他病危住院，我与几位朋友相约去浙江医院看他。只见庸非瘦骨嶙峋，躺在病榻上，已自知不起。我们宽慰他，他很感伤，说："人总是要死的，但遗憾的是，手头还有很多事想做，恐怕是没有时间了。"他跟我们诉说了很多心中久存的构思。他知道《钱江晚报》辟了一个《浙江话·浙江人》文配画专栏，他说，民间的那些谚语多好呀，若能逃过此劫，他想把杭州的民谚用漫文漫画的形式一一表现出来。呜呼，此情此景如在眼前，庸非墓上的草却已青青了。

我本来是想工作空闲一点后，拜庸非为师，正正经经地学几年漫画的，现在只能自己摸索着干了。好在漫画不求形似，贵在内含，要有针砭时弊的锋芒，如能带点幽默，那就更好了。我喜欢写杂文，自忖在讽刺和幽默方面，还比较能够驾驭，只要在绘画的技法上面多学多练，一定不至于滥竽充数。我买了很多中外漫画家的作品集，放在案头，反复研读。国外名家中，我最喜欢的是德国的施拉德尔，国内最服膺的，则是《人民日报》的方成先生。细观他俩的作品，技法上有一个共同点，就是造型夸张接地气，线条简洁明快，却又透露出深厚的笔墨底蕴。我边学边干，编稿之余，随时留心着，有没有适合漫画的素材。每有所获，便尝试着将文字内容，化成漫画图稿。

我曾买到过几本画册，里面有方成和叶浅予先生早年的漫画作品，而今两位先生都已故世，成了中国漫画界标杆性的人物，可细观当年他们刚出道时的画作，构图和造型也显稚嫩。没有生而知之的哲人，同样，也没有生而就会的画家。只有通过大量的实践，反复、比较、升华，才能提高自己的艺术素养。现在报纸杂志上，纯粹漫画的发表机会很少。为了"创造"漫画实践的机会，我开始尝试文配画的方式。这样的画作，说是漫画可以，说是插图也行，说是新式文人画，也未尝不可。这样一来，就大大拓展了我的创作空间。我有很多亲友是绍兴人，我听他们说话，风趣幽默，流传下来的俗语很多。这种民间俚语，杭州人戏称为"套头话"，形式生动活泼，内容既接地气，又富含人生哲理，我觉得很有必要以图文相配的方式，将它们记录保存下来。我试着在晚报副刊上面开辟了一个"听竹说谚"专栏，一次介绍一条谚语，如："日里说到夜里，菩萨来咚庙里""丝瓜儿跟着黄瓜儿荡"……图文相配，短文阐释这条俗谚之用意，配图则给人以形象化的解读。刊发以后，读者觉得文章读起来不累，配画看起来有趣，还是蛮有点意思的。

　　湖南出版大家钟叔河先生为帮助孙辈提高文字水平，精心挑选了一批短小不逾百字的古文，亲加诠释，以供鉴赏。后来钟先生将这批文章结集，成《念楼学短》和《学其短》两册，出版旨意借用郑板桥的一句话："有些好处，大家看看；如无好处，糊窗糊壁，覆瓴覆盎而已。"我得读其书，深感古人为文，的确简约隽永。于是心生羡意，决定随叔河先生之前辙，也来选一些精辟的古文，附以自己的点评和配图，在报上辟专栏介绍给读者。栏目的名称为"夜读抄"，为了配合反腐倡廉的形势，所选古文，大多与倡导清明、整肃吏治有关。这次所配之图，除了习用的漫画手法这外，我还有意吸取了历代文人画的一些构图和笔墨技巧，使配图和古文相衬，不致有违和的不谐。

专栏开出以后，随着时间的推移，反响越来越好。待到出满 50 期后，一天上午，我在办公室接到了一个陌生电话，是浙江大学出版社一位编辑打来的，恳请我能否介绍"夜读抄"专栏的作者和画家与他见面，饭馆、茶室或咖啡厅都可以，他们急着想与作者商量，尽快将此专栏文图结集出版。电话中不能细述，我跟那位自称"小宋"的编辑说："吃饭喝茶就免了，你明天来报社吧，到时我们详谈。"

第二天，小宋如约来到报社。这是一个敦厚的小伙子，毕业于名校，专业是古典文学，讷于言，却能感受得到他内在的谦逊和诚意。在老实人面前，我也不想浪费时间兜圈子："出版可以，版税无所谓，到时给一些书就好了。"小宋迟疑地说："这就能定了，我还没跟作者和画家见面呢？"我笑笑："文章是我写的，图也是我自己配的。我同意了就行！"小宋大吃一惊："啊，都是你自己一手搞的呀！我本以为，作者可能是大学中文系的某个退休教授，绘画的，应当是一位专业画家吧！"小宋和我相视而笑，出版事宜几句话谈妥。

这本起名为《当官不容易》的书，我是在钟叔河先生两本文集的启发下，才得以完成的，我想最好能请钟先生写个序。我与叔河先生素昧平生，请谁给介绍呢？我想及新闻界的两位前辈 Y 君和 Z 君都和钟先生认识，就恳请他俩代为引荐。两位前辈是热心人，一位写了书信，一位打了电话；我自己写就一封长信，冒昧地就往长沙钟府寄了过去。钟先生那年已 80 多岁了，不久前刚失去老伴，两个女儿都在国外，一人独居长沙。信发出了，我的心却十分不安，歉疚不应该在这样的时刻去打扰老人。谁料想，叔河先生提携后进，一个月后，就给我回了信，并附来了长长一篇序言。序文中，钟先生讲了清朝清官张伯言的一个故事，觉得当官不容易，要当个好官清官，则更为不易。对我著作的主旨，作了精当的提炼和肯定。前辈风范，真的令我感佩！

细思学画的好处，除了每有所获，心中会油然生发一种成就感外；提升了审美感，对日常生活情趣，补益或许更加无法估量。学过美术的人，双眼对事物的观察，会加倍细致；内心对美的认知，会变得更加敏感。

杭州的街道两侧，大都植有悬铃木，俗称法国梧桐。这种阔叶乔木，生长迅速，不出几年就长得枝干粗壮，浓荫蔽日。一般路人，行色匆匆，往往只感受到它们遮阳的好处，不会从审美的角度，对其多看一眼。一天我在报社值夜班，刚构思完成了一幅配画，内有一抹秋林、几株大树，回家路上，不禁对身边的行道树多看了几眼。时近半夜，细雨飘零，街上已少有车辆行人，浓黑的夜空中，街灯投下昏黄的光圈，我抬头仰视，道路两旁悬铃木向天的枝丫，在空中交织成一个偌大的网状穹顶，覆盖无余，却又疏密有致。人行其下，宛如穿行在一条青枝玉叶搭就的隧道之中。我简直不相信自己的眼睛，这可是我每天都会走过的街道呀，只因多看了你一眼，当然是带着学过绘画的目光，就会呈现出如此的美景。

同样一枚秋叶，一般人眼中，无非是一片枯叶而已；但在学过诗，学过画的人心中，却会触发无穷的愁思，想到枯藤，想到老树，想到日暮乡关，想到人在天涯……这种敏而细腻的感情，从某种意义而言，正是人和禽兽的差别，也是诗意栖居本义的所在。

学医的趣事和糗事

我本来是有机会成为一名医生的，但不是城市大医院的那种，而是故乡小山村里的中医。

我读初一的时候，正是 20 世纪 60 年代"三年困难时期"的最后一年。市场衣食商品，一切都要凭票供应，物资紧缺；我家人多，老小十口人，就靠父母每月 60 多元工资生活，吃了上顿愁下顿，随时有揭不开锅的可能。初冬的一天晚上，全家又是靠一锅番薯充作晚饭。天气寒冷，我们一帮孩子做完作业，早早都睡了。一觉睡醒，蒙眬中，我听到父亲小声地在和母亲商量，想把我送到乡下外婆家去学当草头郎中。外婆所在的村在山阴道上，依山傍水，风景十分秀丽。浙东农村素有耕读传家的古风，所以村里民风淳朴，乡人以知书为荣，对村里唯一的一位老中医尊奉备至。那位乡村医生在家中排行第6，说话慢声细语，有儒者之风，乡人不论老少，皆尊称其为"阿六先生"，即使在公社化之后，也不改口。

父亲说："阿六先生那里我已经说好了，乡下的个体中医，没有编制的，他同意就可以了！"

阿六先生是母亲的远房亲戚，家中世代行医。外婆家那个山村，离最近的镇还有 15 里路，村里人有个头痛脑热，都在阿六先生那里抓几帖中药煮服，先生医术不错，为人也忠厚，在当地百姓中口碑相当不错。

"可老四才只有 14 岁，介小年纪，能做什么？"母亲放心不下。

"学中医向来都是师傅教徒弟，一对一带出来的。忙时帮先生抄方子，得空背背'汤头歌诀'，老四这点文化应该够了。"父亲宽慰母亲。

夏天，我刚考入了百年名校杭州一中，其前身是浙江两级师范，鲁迅、李叔同等都曾在这所学校当过教员，而今是省里数一数二的重点中学。我所在的小学，那年被录取进一中的，也只有我一人。母亲虽然没文化，这点她还是清楚的。

只听她沉默良久，最后还是对父亲说："可老四读书好，放弃了总有点可惜。"

母亲看样子仍下不了让我弃学的决心。

人生的岔路，往往就在这样的不经意中。

后来的生活之路，曲曲弯弯。每当我面临人生歧路时，我都会想起那个寒夜父母的对话。我也曾千百遍地自问：当年如果去了，会是怎样？是喜是忧，真的很难预料。

旧日杭州东城一条闹市街口，有一家草药店铺。店主是兄弟俩人，三四十岁年纪，都长得胖胖墩墩的，沉默寡言，脸上常年没有表情，不知内心是喜是愁，给人一种神秘的感觉。兄弟俩既接诊又出售草药。那年月，城里人已普及了"劳保"，到这种私人诊室来看病的人不多。除了偶尔有几个外乡农民来求诊外，大多数时间，店堂里都没有生人。兄弟俩或静静地站着整理刚收购来的草药，或默默地坐在店门口看街景，好像很耐得住这份寂寞。我很好奇，新中国成立10多年了，杭州城里几乎已经没有私人诊所，这家诊售合一的草药铺是怎么能在这商业闹市立足的；门庭冷落、病人少有，这两兄弟又何以养家糊口？

闹"文革"了，城里口号喧天，整日有游街示众的队伍从街上走过，店门口闹得沸反盈天。好几次我从那儿经过，见草药铺内，两兄弟的生活仍跟过去一样，照样默默地守店，照样默默地看街，好像外面发生的一切，都与他们无关。此时，我的父亲正遭受着单位的批判，我自己也面临着去边疆还是本省农村插队的选择。我突然很羡慕眼前这对兄弟草头郎中与世无争的生活，心想，如果当年我遵父命去跟阿六先生学医，可能今天也能安坐在乡村诊所里，独立门诊都是有可能的。虽然条件简陋，但总比去处无定、前程渺茫，要来得安心嘞。

在此后很长一段时间，我都十分向往医生的生活：有一份任何时代都缺不了的技术，即使没有现代器械，几根银针、一把草药，照样可以救死扶伤，拯病人于水火。

我痴迷《本草纲目》，按图索骥，满山遍野地寻找各种中草药材，西湖边的群山足迹几乎踏遍。我狂热地自学针灸推拿，对照《赤脚医生手册》上的那张人体穴位图，在自己身上做针刺试验。

我首先选中的，是最常用的"合谷"穴。该穴位于大拇指和食指的虎口间，拇指和食指如两座山，虎口似山谷，此穴正居其中，故名"合谷"。它是手阳明大肠经的原穴，长于清泻郁热、疏解风邪，是一个止痛的特效穴。我年轻时扁桃体经常发炎，听医生说，针刺或指掐合谷，能缓解喉咙疼痛，我就决定首先尝试体验这个穴位。那天我正好受了风寒，有点喉咙痛。我从一位医生朋友那里搞得了一盒银针，先用手掐找准穴道，然后将一枚银针快速一扎，刺入皮肤，再放慢速度，轻轻地捻了进去。人的痛点，主要在表皮，进针快，可以避免疼痛；而银针刺入后，手法就要放缓，轻捻慢进，让患者充分体会针刺穴位的感觉，一旦酸胀感达到顶点，就可停针片刻；针刺结束后，起针则要果断迅速，越是迟疑，则越是容易滞针难取。我完全是按照要求做的，所以试针的效果相当不错。我感到手上的穴位，随着银针的刺入，酸胀感越来越强；待到银针停留在穴位深处，一阵阵酸胀袭来，好像把喉咙里的疼痛，一丝丝地都泻走了。

过了几天，我到同学吴产家去玩，他寄居在外婆家中，舅舅正好喉咙发炎病休在家。我跟他们说起学针灸的事，他舅舅很有兴趣，恰巧他家中备有一盒银针，就非要我给他试试。我按上次试针的经验，很顺利地完成了在别人身上的扎针实践。舅舅说："扎时一点不痛，起针后喉咙痛好多了。"舅舅是附近一家机械厂的工程师，我想，学工科的人，可能更推崇和鼓励动手试验吧。我至今很感谢吴产舅舅对我这个自学者的无比信任。这是我"学医"生涯中，首次，也是唯一一次在别人身上的医疗实验。

针灸穴位大多是用来治病的，但也有一些，据说有养生健体的功效。我想多多地进行针刺体验，年纪轻，没有病，只有从具保健功效的那些穴位入手尝试。我粗略地找了一遍，一个是"足三里"穴，在小腿外侧离膝眼四指宽的部位，用指甲掐或针刺，能生发胃气、燥化脾湿，有强壮作用。一个是"三阴交"穴，是足太阴、厥阴、少阴三条阴经的交会之处，位于足内踝尖上四指宽处，经常刺激该穴，能调肝补肾、安神补血。更有一个保健要穴，在肚脐下三寸，即"关元"穴。医书上说，此穴为元阴元阳之气闭藏之门户，是男子藏精、女子藏血之处，统摄元气之所，针灸"关元"穴，有培元固本、补益下焦之功。这几个穴位，我一个一个都试扎过，针感都很强，穴位扎准了，会有一股"气"沿着经络往下走。特别是"关元"穴，那"气"一直能下行到会阴那儿，感觉特别好。但那穴位，我劝自学者千万不要擅自试扎。原因，一是位置在小腹上部，皮下就是腹腔；二是腹部皮下脂肪丰富，自扎一不小心，就会造成"滞针"，也就是银针被柔软的皮下组织裹缠，一时拔不出来。我那时年轻草率，也不懂"滞针"是怎么一回事，只看到书上说"关元"这个穴位补益功效强，就决定要试一试。

记得那天下午，我一人在楼上，看书累了，就躺到了床上，想给自己"补一补"。我褪下裤子，露出肚皮，将左手四指并拢放在脐下；找准了穴位，我右手持针，按照实践过多次的手法，顺利地把针扎了下去。那针感，与别的穴位有所不同，酥酥麻麻的，一直往下窜到了会阴深处，令人特别舒畅。我庆贺自己又试扎成功了一个养生好穴，美滋滋地躺着享受了十几分钟。该起针了，我动作稍一迟疑，感觉那针被皮肉紧紧地裹缠住了，根本拔不出来。我慌了神，心越慌，那针被缠得越紧。我又不敢起身，生怕人一动，银针会断在肚皮里面。我想，只有请别人来帮忙了。遇到这种糗事，又不便声张，我只好静静地躺在床上，等待在厨房忙活的母亲上楼。还好，不一会儿，母亲就上楼来晾晒衣服了。她知道我在学针灸，却料不到会搞成这样。我小声教母亲如何操作，看能不能把针取出来。母亲胆子小，捻了几次，见皮肉都裹在了针上，哪敢再动。"要医生来才拔得出了！"母亲嘟哝着。她突然想到，前院王家女婿是学医的，休息天，正好来丈人家吃饭，何不请他来帮个小忙。此时的我乱了方寸，也顾不上面子了，连忙点点头。邻家那位女婿来了，他察看一番，把针提了两下，问我有没有备用的针。我说桌上针盒里就有。他取来一枚，轻轻刺入"滞针"旁边的皮内，随后迅即一拔，就把那枚"滞针"顺利地起了出来。我起床连声道谢，请教缘故。他说，门诊中，起针迟疑，或患者过分紧张，都会造成这类"滞针"。处理办法也很简单，只需另取一针扎在紧张处的皮下，那部位的皮肉遇刺激后松弛，"滞针"便很容易被取出了。

除了针灸，那时的我，对草药和偏方也很感兴趣。

秘方，又称偏方、单方，杭州话有叫"单头棍"的，意谓一帖服下，犹如一棍打去，立马叫痛，有药到病除之神效。秘方有时候是几味草药，有时候仅仅是一种治病的手段，于疑难杂症会有疗效甚至显效，对这一点，不少科班出身的医生是不大相信的，但尝过甜头的老百姓却深信不疑，故民间有"草药一剂，气杀名医"的说法。

偏方，大多是民间口口相传，得以流布。我最初知道的几则偏方，就是从老人口中听闻的。

一则是治一种小儿疾患的。那种男童疾患，医学上应如何称谓，我不得而知，但民间认为是由蚯蚓造成的。夏秋季节，天气炎热，男孩子总喜欢光屁股或穿着一条开裆裤满世界撒野。有时候蹲在地上喂蚂蚁，小鸡鸡不慎会被蚯蚓"嗯"了，肿痛难忍。对付这种炎症，乡人自有办法。据说只要捉一只鸭来，掰开嘴巴，把小孩的鸡鸡放入满是口涎的鸭嘴中含一会儿，第二天就会肿消痛解。这则偏方，我小时候就知道，但一直将信将疑。前些天翻看曹聚仁的回忆录，见上面也有这方面的记载，始信或许确有疗效。

还有一则，是治小儿腹泻的。这种腹泻，并非感染病菌所致；一般都是孩子脾胃虚弱，又外感寒凉所引发的。我儿子一两岁时，就常无缘无故地拉稀，喝了牛奶消化不了，排泄物中且常有乳白色的奶块。医院跑了多家，中西医儿科都看了，除了配点有助消化的药，好像没有有效的办法。正是清明过后的日子，一天，我母亲从野外拔了一大捧艾草，将其摊开在太阳下暴晒，然后把枯干了的艾叶捻成碎末。

我说："老妈你这是要干啥？"

母亲说："取一撮敷在宝宝的屁眼口，这种偏方很灵的。"

我想，艾叶新鲜时，裹清明团子，人都可以吃，晒干敷在体外，应该不会有问题，就放心地让母亲去试了。

只见老人家把干艾叶用手指捻了又捻，将里面的筋筋缕缕都捻了出来。晚上在宝宝临睡洗完屁股后，取一撮艾叶搓成团，敷贴在了孩子的肛门口，再给抄上尿布，"治疗"就完成了。出乎意料的是，第二天，孩子的腹泻次数就大大减少；敷了 3 天，大便已然成型，排便次数也完全正常了。更令人欣喜的是，这样搞了一周，宝宝顽固的腹泻彻底痊愈，此后一直没有复发；孩子自此食欲大增，吸收良好，成了邻里欣羡的健康宝宝。

亲身经历，屡屡显效，我对民间的偏方，从此不敢小觑。

如果要考证各类秘方的来历，肯定是五花八门，故事多多，足可以出一套丛书。但约略言之，我想，总是因为缺医少药的缘故吧。老百姓生了病，只能摸索着自己治。运气的，捣鼓好了；晦气的，折腾苦了。成功的经验，口耳相传，就成了药方。偏方重实证，轻理论。掌握偏方的人，也往往知其然，而不知其所以然。深究下去，无非是"吃啥补啥""以毒攻毒""一物降一物"之类理由，仍然是停留在表层的认识上面，而没有揭示出深层的因果。鉴于此，对各类秘方的态度，愚意应当"不可不信，也不可全信"。

我喜览杂书，日前在书店觅得一册《中国秘方全书》，是台湾名中医周洪范编著的，书中搜罗了 3000 多个秘方，按病症分类，以方便读者查阅。我翻看一遍，觉得是一本有趣且实用的书。但上述几个偏方，书中都未见收集，可见中国地域辽阔历史悠久，民间流传的偏方一本书岂能收尽。而各种偏方秘方，真假良莠混杂，亟待用现代科技手段予以甄别。如《全书》上刊有一则治疗阳痿的方子，说是只要找一些"写坏的陈旧败笔头（毛笔），每日五钱，以开水三碗，煎取一碗去渣，顿服，服过三日，自有殊效"。据说"此法用败笔头，乃取其久写之腕力，用来治心怯引起之阳痿，确有不可思议之功"。书上言之凿凿，我读后则将信将疑。阳痿是由器质性疾患或忧思郁怒等心理原因引起的。如果坚信此方有效，对心怯诱发的阳痿患者或许有效，但对各类因脏器有疾而导致阳痿的病人，喝几碗败笔汤，焉能收效？如果现代科技能对这类偏方的药物构成和作用机制进行深层次的分析，应当是一件功德无量的事。

一个门外汉的收藏爱好

我玩收藏，起步的时间并不晚。社会上初刮收藏风，我就尝试着买点古董了。那时候，耳朵里还从未听说过如今藏界人尽皆知的大腕马未都的名字，可能那时的小马，也跟我一样，在古玩地摊沙里淘金，祈愿检漏呢！所以事实证明，人往往不是输在起跑线上，而是输在中途不能坚持。因为持之以恒，所以老马成了人尽皆知的收藏大家，因为随兴而为，本人至今仍只能算是收藏的门外汉。

20世纪80年代初，百业复苏，城里有点文化和余钱余暇的人，开始玩起了收藏。各类地摊、文玩集市应运而生，我家楼下，如今寸土寸金的武林商圈地块，也开张了一个"收藏品市场"。刚起步，大家都是小打小闹，市场里的卖家是小本经营，摊位上值钱、大件的东西不多，摆放的多是一些案头文玩、随身佩饰的小杂件。买主初次试水，也都小心翼翼，生怕踏了汪凶，看走了眼，不敢买贵的物件。

一个夏日的周末，我进市场闲逛。午后时分，市场里客人不多，有的摊主还趴在柜台上小憩，有的则四人凑在一起，围着矮桌打扑克"斗地主"，只有一位摊主上来揽生意，热情地邀我"随便看看"。我见他的货柜上，只有几十枚铜锈的钱币和一堆"文革"时各种材质制成的领袖像章，正想掉头离去。那老头却一把拉住了我，神秘兮兮地说："还有好东西可鉴赏。"只见他弯腰从一只板箱内掏出一个纸包，打开几层泛黄的报纸，里面是一尊约八寸高的玉白塑像。那人像头戴翎帽，身穿马褂，明显是个清代官员模样。我从未见过这样的塑像，拿在手中掂了掂，分量不轻，便问："是老货？""没错，先生有眼力，是老家出土的清代器物。""象牙的吗？"我问（现在看来，我当时这样的发问，实在是太幼稚了。一听就是一个啥也不懂的新手。）老头咧嘴笑笑，露出一口烟熏的黄牙，说："现在哪敢卖象牙的东西？不瞒您说，这是骨雕的塑像，这刀功，都是清代名家的手法。"一般卖家，都会无端吹嘘自己的藏品如何稀缺和昂贵，这位老头，却诚实否定手中的物件并非象牙所雕。我不禁对眼前这老汉产生了好感，没有讨价还价，便掏出 50 元钱，果断买下了这件"骨雕清代人物像"。

回到家中，我拿一块湿布，将骨雕仔细地擦拭干净，然后将它小心地放置在了五斗柜的顶上。这是我购置的第一件"文物"，放在堂前显眼之处，似乎给斗室小家也增添了一些古雅之气。

如果一直这样供放下去，可能我收藏的积极性今天还会更高一点，毕竟旗开得胜嘛！但事实无情地从反面给我上了一课。那天周末家中搞卫生，读小学三年级的儿子也来帮妈妈擦桌柜，擦到五斗柜时人矮够不着里面，踮起脚尖抹过去，手势重了点，一不小心就把那具雕像摔掉在地上了。我见那古董碎成了几块，心痛不已，刚想训斥孩子。妻子过来捡起了碎片，察看一番，笑着对我说："你也不要怪孩子了，自己打几个嘴巴吧！"我接过妻子手中的碎片，一下子还不明白她话中的意思。妻子指着那雕像的断口说："你看仔细点，这像是骨头雕的吗？"我低头细看，果真整座雕像都是实心的一坨。骨头中间有骨髓腔，一般都是空心的，这明显不是用骨头雕刻出来的人像。后来打电话去请教一位资深藏家，才知道这些所谓骨雕古董，都是制假团伙用骨粉翻模浇成的，难怪当初掂在手里就感到特别的重。当时相信了摊主的话，还以为这是上好兽骨为材料制作的呢。想不到文玩市场的汪凼有介深。

其实，搞收藏，初次练手，买了赝品，缴点学费，是很正常的事。不要说我这样的新手会上当，就是入门多年的行家里手，也难免会有看走眼的时候。考古专家傅振伦所著《七十年所见所闻》中，就记录了同行郭葆昌亲历的一件收藏轶事。郭曾任故宫博物院专门委员，1934年，他购得一件天蓝小尊，自认为是柴窑珍品。郭葆昌是瓷器专家，对柴窑尤有独到研究，曾出版过专著《柴窑考》。柴窑所产瓷器，"青如天、明如镜、薄如纸、声如磬"，早在明代，就有"片柴值千金"之说。郭所购这件"天蓝小尊"，古董商说是军阀张宗昌、诸玉朴在胶东作战时，于黄县一宋代古墓中出土的。郭葆昌验看后，大喜过望，认为其"足多粗黄土"，是真品无疑。当即卖掉了家乡河北定兴的一项良田及一处宅院，将这件小尊收归己有。谁曾想，几年之后，多方鉴定，发现这竟然是一件赝品，老专家也上了大奸商的当，可见上当缴学费委实难免。这是收藏的第一个阶段，表面上看，浪费了一些钞票，花费了不少时间和精力，收得的不过是一堆劣货或赝品；但客观地说，这是玩收藏者人人都要过的一道坎，要想登堂入室，就必得跨越这道坎。而这种寻寻觅觅，千回百转，找不到门径而入的探索过程，本身也是充满刺激的一件事，用一句古诗词来形容，那真是"雾失楼台，月迷津渡"，事后想及，还真的既长知识，且饶有兴味的呢。

待到学费缴得多了，阅历和眼力兼长，机会也就会接踵而来。而这一切，往往事先并无征兆，难怪收藏界要将人和古物的邂逅，称之为"缘"了。

那年，我参加报社组织的一个小组，到川西北去进行考察采访。我们是沿着当年红军长征的路径，一路前行的。那天下午，抵达松潘时，大家的兴致还很高。松潘离九寨沟有140多公里，一般游客大都住在景区附近，不会到松潘宿夜的。我们因为有当地四川日报朋友作陪导，所以被安排住到了收费较低的县府招待所里。县领导得知我们是省报请来的客人，特地设宴为我们接风。晚饭后，招待所的经理还在乒乓桌上铺开了几张宣纸，说是浙江远道而来的文化人，难得下榻松潘这样的偏远小县，一定要请我们组里的几位年长编辑，为他们留下几幅墨宝。主雅客勤，自有一番热闹。诸事完毕夜已深，可上床后我却怎么也无法入睡，起初以为是睡前闹腾得太兴奋了，后来发觉并非如此，不是脑子里在想事情，而是一颗心好像浮起在心窝上面，如同老话所说的"心不落舍"那种感觉，总是不踏实。一直到天亮，我都心浮气促没有睡熟过一忽。问同事，竟然也都有差不多的感觉，我这才知道大家都着了"高原反应"的道。松潘海拔 2850 米，沿海平原来的客人，是应该有反应了。下一站红原位于青藏高原东部，县城海拔3504 米，比松潘要高得多，我们都担心身体会吃不消。

次日车到红原，还只是下午 3 点钟光景。红原属阿坝藏族羌族自治州管辖，全县常住人口只有 5 万左右，80% 以上是藏民。县城居民估计都不会上万的，不足百米的一条冷街，稀稀落落的几家小店，就是城里的商业中心了。我们一班人下了车，走路都有点头重脚轻了。不少同事一看无甚好逛，就催促着早点下榻休息。旅馆就在小街尽头，大家都赶前走了，只有我一个人落在后头，还想体察一下藏地风物。我走进一家店铺，见有卖红珠彩石串成的藏式项链，便挑了几串，回家亲戚小女孩中好送个人情。出来见旁边有一家简陋的商铺，便又掀开门帘钻了进去。这是一家小小的杂货铺，除了柜台内侧一位老人在眯着眼打盹外，没有一个顾客。我快速扫视一下架上的货物，见都是一些日常厨卫用品，正想离开，不经意向边角一只玻璃货柜瞄了一眼，发现里面居然陈放着一尊锈迹斑斑的铜佛；细看，那佛跌跏而坐，低眉浅笑，似乎在向远道而来的我打招呼呢。我心中暗喜，早就渴望有机会能请一尊藏佛回家供奉，想不到缘分到时，竟在这样一座偏远县城给我遇上了。我合掌上前，问店主能不能将这尊铜佛请出供我礼瞻。店主笑笑，打开柜门，将其捧出放到了我的手里。我见那佛衣袂上铜绿斑驳，莲花座长年受烟火薰缭，已有点发暗发黑，知道这是真正来自藏民家供奉之佛，更是一心想将其请回珍藏。我轻声问店主出多少钱可以请回？那老头又咧嘴一笑，竖起一个指头，我以为是 1000元，正疑惑间，老头说道："100 元。"我抵制不住内心的激动，赶紧掏出钱，将那尊铜佛紧紧地捧在了手中。回到旅馆，同事们都已到餐厅吃饭了。我将铜佛小心地收放在旅行箱内，赶到自助餐厅，心里美滋滋地，饭也多吃了一碗。

不久回到杭州，星期天下午，我捧着那尊铜佛，去宿舍巷口的"收藏品市场"请行家鉴赏。市场内没啥生意，好几位店主都围上来观看我的家藏。一位专收佛像的古董商问我："这尊铜佛是哪里请来的？"我说："是在川北藏区请到的。"另一位不由赞赏："那可是真品，看来起码是清代的制作了！"起初那位店主把我拉到一边，衣袖下伸出两根手指，悄声问道："2000元，良心价了，交个朋友，转让给我如何？"我摇摇头："那可不成，给两万元也不行，千里迢迢请来，这尊铜佛我可是自家要收藏的。"

我心想：没有收藏意识，行色匆匆之中，我不会去注意搁在杂货店冷角落头的这尊铜佛，即使眼光扫到了，可能也会视而不见；而如果没有缘分，旅途劳顿之际，我也势必会随同伴径去旅馆，不会一个人落在后面去逛那片小店。现在回想，当时我心中就有一种潜意识在，那就是既然到了偏远异乡，就不妨到沿街店铺逡巡一番，万一有老古董可捡漏，也未可知！机会（也可称缘分），总是垂青有准备之人，对收藏来说，此言也同样不谬！

"众里寻他千百度，蓦然回首，那人却在灯火阑珊处。"这种心有所盼，寻寻觅觅，百转千回，终得所获的喜悦，可能就是收藏给予人的最大乐趣吧！

著名作家冯骥才也喜欢玩收藏，且热衷于逛荒郊冷摊，期望能有意外的发现。冯自述，一次他逛市场时，发现一位"黑脸黄牙，额头上深皱如沟"的老农在摆摊，地上一块破布上摆放着几个黑黑的罐子，虽是汉代绳纹的陶罐，却并不值钱。冯正想离去，瞥眼见他身边筐中有一个陶俑，通体素白，不加彩绘，六寸大小，人头鱼身，造型十分奇异。冯骥才突然忆及，《中国美术全集》之"隋唐雕塑"中，就有这样的人头鱼身俑，而唐俑多彩绘，这素俑，无疑是汉俑了。冯强抑心中的惊喜，蹲下身，假装端详摊放着的那些陶罐，随口朝那草筐动动下巴问道："那小孩玩意要几个钱？"没想到老农开口竟是50元！冯大喜过望，想，"我怕真给他50元，他反而反悔，便狠心往下压着说：'30元。'最后40元成交。"冯说，当递上100元等他找钱时，心里恨不得把100元全给他！冯骥才在《遛摊》一文中感叹道："玩古董的乐趣，最具刺激性的常常是这种时候。一种与宝物的意外邂逅，与历史有血有肉的碰撞，被美所惊动，人与物的初恋，正是来自于遛摊。"

当然，这还仅在"收"的一步，至于后面"藏"的益处，那还远未道及。

我们小的时候，老底子家中留存的铜钱铜板当不了钱用了，扔来扔去，男伢儿用其"滚铜板"比远近赌输赢，女孩子用它扎毽子踢着玩，根本没有人把它当回事。近年来，古钱币在收藏界日益走俏，我赶紧把家中角里角落的铜钱铜板都搜集起来，装在了一只盒子里。我岳母积攒有几枚"银洋钿"，问我们要不要，我一看是民初铸的"袁大头"，就说："好呀，好呀！"谢过岳母也收存了。手里有了一点"货"，我开始关注市场上的古钱币价格。不了解莫知莫觉，一打听，还真吓我一跳，有的古钱币价格惊人，像2016年香港的一场拍卖会上，一枚品相完好的"大清铜币"，以325.7万元成交。而同是银洋钿，"民国三年袁大头"2018年最新价格竟已达200万元以上。我赶紧找出自己收藏的那些钱币比照,却懊丧地发现,手头的几枚古钱和"袁大头"皆是普通品种,大都只值两三百元钱。为啥同是"袁大头",价格会有如此大的差别。深究下去,真是大长知识。过去只以为收藏的钱币是年代越久的越值钱,后来才知道并不都是如此。决定古钱币行情的因素有好几个方面,发行年代、钱币品相和材质、存世数量之多少……都跟其的现实买卖价格有关。如汉代的五铢钱,如果不是形制特殊,往往都是卖不出好价的。虽然西汉距今已有2000多年历史,但由于当初朝廷曾允许私人铸钱,所以那年代的五铢钱存世量大,在收藏品市场一枚也仅值几元钱。而如果当年铸造时出现叠字等失误,这样有缺陷的五铢钱十分少见,如今反倒能卖个好价钱。

收藏钱币,了解行情的同时,势必对当时社会经济的情况要有所涉猎,使我学到了很多平时不会去关注的知识。

盛世玩收藏,香港嘉德、杭州西泠拍卖……海内外拍卖市场火爆,收藏品价格逐年大幅攀升,收藏文物古玩能保值增值,已是不争的事实。但真正的藏家,早就看淡了金钱的诱惑。著名收藏家张伯驹先生出身名门,早年和张学良、溥侗、袁克文一起,被称为"民国四公子"。张伯驹酷爱书画,不惜变卖家产,以巨资收藏名贵真迹。据他夫人潘素回忆:一次张伯驹听说,有藏家要将隋朝展子虔所作《游春图》以2万余美金之价转售给外国人,极为担忧,捎信说自己愿意购买。谁知那人狮子大开口,竟然索价800两黄金。后好说歹说,总算答应以240两黄金成交。张伯驹无处筹措这笔巨款,只得将自己弓弦胡同原购李莲英的一处房院出售,凑足24根金条,才将这一幅国宝级的名画保存了下来。新中国成立不久，张伯驹先后将这幅隋画以及所藏晋代陆机的《平复帖》卷、唐代杜牧之《张好好诗》卷、宋代范仲淹《道服赞》卷等一批珍贵文物，全部捐献给了国家。

像张伯驹这样的收藏家，历来不乏其人。"替国家收藏文物，身后仍回归国家"，已成为不少收藏者的共识。"既然身后一件不留，生前又何必孜孜以求？"有人或许会问。不入此行的人，往往难以理解收藏者的初衷。其实，越是痴迷收藏的人，越是明白世事流转，刹那与永久的辩证关系。他们知道，再好的文物，在自己手中留存的时间，在历史的长河中，都只是转眼一瞬间。爱之愈深，虑之愈切。家藏总不如国家收藏有保障。自己家藏，懂之惜之者还知道慎重保管，百年之后，儿孙如果不喜欢收藏这一行，千百年的遗存，一旦有损，岂不悔煞痛煞。但是，如果懂行的人不去收藏，让那些珍贵的文物在古董贩子的手中辗转，那流散破损的概率更大。所以真搞收藏的人，如张伯驹那样，一见心仪之物，会不惜一切代价将之收入囊中。虽然最终他们会将所藏文物悉数捐赠给国家，但在此前，他们会将这些宝贝精心收藏入匣，并不时小心地拿出来把玩鉴赏。他们摩挲历经岁月洗礼古瓷器上的包浆，嗅辨虫蛀蠹咬后古书画中所散发的往古气息……此刻心情，恰如李白诗中所言：

众鸟高飞尽，孤云独去闲。

相看两不厌，唯有敬亭山。

这种时时处处与传统精华文化对话，浸润于秦砖汉瓦唐风宋雨之中的豁朗和喜悦，真是只有收藏者自身可感可会！

四、既耕亦已种，时还读我书

读书之乐

我读课外书，和同辈小孩一样，也是从"小人书"，即20世纪50年代风行一时的连环画开始的。记得那时候杭城东街上，我家附近有两家书摊。一家摊主是个干瘦的老头，本钱小，借用沿街一个大院的门楼，日出晚收，摆了小小的一个书摊。几个书架倚墙而立，旁边散放着十来张矮凳，专做小孩生意，大人坐久了腰腿都不舒服。斜对面不远处开店的，据说是老头的弟弟，40多岁，剃个光头，面相和善。他显然比老兄要来得气派，租了两开间的一个店面，沿墙摆放书架，当中横排两溜桌椅，大人也愿意到他店里看书。小伢儿不怕累，坐凳高低无所谓，计较的是书量的多少和老板的态度。一家是摊，一家是店，存书当然不好比，且老弟财力稍足，店里常有新书上架，大家首选的，自然是书店而非书摊。孩子们愿意上老弟的店里看书，还有一个原因是大人们都不知道的。这要从那时看连环画的行规说起。杭州城里，任何店摊，看小人书的价钱都是一样的：80页之内5厘，80页以上则要一分；且做煞规矩，一是挑书时只能快速翻几页，不能站着把整本书浏览一过；二是选好书后，只允许一人坐到凳上阅读，旁边不能有人挨着共读。现在看来，一分钱还可掰成两半用，当时的价钱的确不贵。但问题是那时大家都穷，孩子兜里，更是难得有几分钱。大家挑书时，都要考量一下性价比，接近80页的书最合算，刚刚超过几页的书，即使内容诱人，往往也舍不得选。遇到这样的情况，我们就会假装选书，挤到人多或隐蔽的角落，快速把整本书翻看读完。那书摊老头虽然常年戴着一副老花眼镜，却目光锐利，发现有人久站不动，就立刻会过来盘问；而他的那位老弟却好说多了，体谅伢儿们的"馋"相，常常开眼闭眼，装作没有看见。所以，我们一帮邻居发小，都宁愿多穿一条马路，到对过老弟的书店看书。

小人书也能租回家看的，一昼夜为期，价格比堂看翻番。如家中有三四个孩子，那么将书租回家，还是蛮合算的。我家兄弟姐妹多，因此哥哥姐姐有了零钱，常会租几本小人书回来，大家轮流看。最喜秋雨绵绵的周日，雨水从屋檐隔漏潺潺流下，将石板天井汇成了一个浅池，雨滴打在了积水的凼中，激起一个个涟漪，此时不能外出游玩，能窝在家里，听着雨声，翻看租来的连环画，实是我孩提时的一大享受。

那年月，是连环画创作和发行的黄金时代，很多现实和历史题材，都成了绘制的热门选题；很多名家，如华三川、贺友直、程十发……都参与了连环画的创作，我们这辈人，文史地理，很多启蒙知识，都是从小人书中获得的。

说到对书的喜好，我觉得是随着年龄和阅历的增长，而有所改变的。读小学时，最喜欢看童话和寓言。一次我从同学那里借得了一本《中国古代寓言集》，里面一个个小故事，真是有趣而含意隽永。我捧在手里，恨不得一口气将其读完。那时为了增加收入，墙门里很多人家，都接揽有家庭副业，就是架起摇车，为周边的丝绸厂加工摇丝。一卷卷丝线，绷在井字状的四根直竿上，线头通过头顶架着的一根细竹竿，绕在摇车的滚杆纤子上；转动滚杆，整卷丝线就会慢慢地转绕到纤子上。这工作坐着操作，看似不累，但一手捻线，一手牵绳转杆，双眼又要紧盯着丝线，实在是一件既费时又劳神的辛苦活。我放学回家，母亲见我有空，就让我接手她正干着的活计，自己要去淘米洗菜，准备一家人的晚饭。我万分无奈地坐上了摇车，心中却还挂念着书包里的那本寓言集子。实在忍不住了，就停机偷偷地看上一页。对书籍的那种"馋"相，至今还历历在目。

读初中了，知道的事情渐多，看小人书觉得不过瘾。学校里有图书馆，可以借书看，我就不再光顾街上的书摊。少年多幻想，有两类书成了我的新宠。

一类是武侠小说。那时，金庸的书还未在内地出版，《三侠五义》《七剑十三侠》《儿女英雄传》乃至《水浒》《说唐》等事涉武功的书，都成了我课余追寻的阅读材料。读完故事，意犹未尽，我和小伙伴们会热烈地争论，《水浒》中的西门庆如不走花路，元气没有被女色淘空，狮子楼上，到底打不打得过武松？《说唐》中十八条好汉的排名合不合理？第一条好汉李元霸如不早死，他和第二条好汉宇文成都比试，武艺谁更高强？那几年，武功精湛的海灯法师正走红，他身材瘦小，人过中年，却能靠一根手指凌空倒立，那"一指禅"的神功令人叫绝。校方见同学们对武术痴迷，有一天特地请了杭州市武术协会组队来学校表演。操刀舞棒、南拳北腿，各路高手竞相出场；令人惊讶的是，舞大刀的，竟然是隔壁班的一位男生。别看他平时斯文腼腆，此刻换上了一身短打装束，丝绸上衣扎袖，灯笼裤轻软飘逸，将一把装有响环的偃月长刀，舞得呼呼生风。操场上观者如堵，掌声如雷。我站在场外随众喝彩，心中却在奢想，如果自己能遇到一位高人，稍微教我一点轻功，即使不能飞檐走壁，校运会跳远比赛上夺个第一，也是蛮有面子的事。

另一类则是科幻小说。随着学业的进展，数理化课业的偏重，科学之求索与幻想，也日渐占据了中学生的头脑。《海底二万里》《陶威尔教授的头颅》等海外翻译过来的科幻小说，正迎合了少年蓬勃的求知欲，引发了我越来越强烈的阅读兴趣。旧时生活艰辛、交通闭塞，人们除了必要的探亲，很少有时间和财力，去做一次哪怕如沪杭之间，近在咫尺的旅游。漫游世界，上下求索，这是多少孩子心中的梦想嗬。记得当时，我们一帮同学很多都从没乘过火车，议论今后考大学的志愿，我首选的是大连海运学院，憧憬着日后能当一名远洋水手，漂洋过海、周游列国，那该多么有诗意。

至于《红岩》《苦菜花》《青春之歌》《林海雪原》《铁道游击队》之类革命文艺作品，更是儿时我辈的必读之书。俗话说"少不读《水浒》、老不读《三国》"，生怕有阅历老人，看了《三国》变得权谋奸诈；莽撞少年，读罢《水浒》个个都去造反。回想我辈年少，虽然少看古书，但读了不少宣传暴力革命的小说。怪自己的父辈，既然抗日了，为何不去延安？设想如果自己生逢其时，定当拉出一支人马，手提盒子炮，干一番惊天动地的事业！

少年心事，虽然浅薄，但却纯洁而美好！

可惜这种纯美的情愫，引导不当，也会成为祸端。"文革"初起，昔日温顺有礼的孩子，一夜之间，扔下书包，挥舞棍棒皮带，"杀"上街头，"横扫一切牛鬼蛇神"打得"有问题"的师长们皮开肉绽甚至一命呜呼。万事皆有因，现在想来，崇尚暴力的因子，大概早已在孩子们的心中埋下了。

读书诱发的错误认知，有时候，还得通过读书来纠偏。狂热的少年，很快，长成了沉思的青年。乱象百出，迷雾阻路，被安插到边疆农村的我辈却开始重新读书。"文革"十年，人都称是"书荒"年代，我们一帮同学，不论是闲散在家，还是上山下乡，都变着法儿找书看。读书，成了艰难岁月，慰藉我辈心灵的有效良药。当时彼此私下里转借阅读的书，不少都是运动初起抄家时，从一些知识分子家庭流散到社会上的，其中不乏世界名著。诸如《红与黑》《悲惨世界》《复活》《牛虻》《傲慢与偏见》《战争与和平》……我都是在或大雪纷飞的夜晚、或阴雨绵绵的凌晨，倚在床头窝在灶间读完的。我们这批"老三届"学生，不少后来变成了书痴。世事的难料和诡谲，真是莫过于此了！

倏忽人到中年，阅人无数，意兴阑珊，看书购书的喜好却没变。只是读的书多了，眼高手低，我的写作水平不见长进，对书的挑剔程度却增加了不少。文学类书籍，离不开男女卿卿我我之事。恰如鲁迅先生所言："女人的两大爱好，和穷人谈的都是钱，跟富人谈的都是感情。"而"男人的两大爱好，拉良家妇女下水，劝风尘女子从良"。见得多了，心中嫌烦，早已不再去翻这类书籍。人生的各种幻想，也早已随体内的荷尔蒙而消退，繁华落尽，归于平淡，凡是作者凭空想象之作，如非亲身经历，读来总觉隔了一层，对我已毫无吸引力。余华兄来"浙江人文大讲堂"做演讲，签名赠我近作《兄弟》一本。这是一本事涉"文革"的小说，主角之一名叫"李光头"，我静心看了20多页，都在写李年少时在公厕偷窥女人下身的事，实在失去耐心再往下读。

我想，这不能怪余华兄写得不好，现在的年轻人读此可能会感到既好奇又有趣；要怪就得怪我自己年岁已老，那种丑事，"文革"年代，街头巷尾真是常有所闻，当代阿Q干大事无能，抓这类有关风月的事，那是最有兴趣的了。

随着年岁的增长，我的阅读兴趣，越来越回归传统，喜欢看各类内容真实、情感朴实、篇幅短小的文章，各类纪实回忆录、历代笔记小说，鲁迅、周作人兄弟俩的文集，郁达夫、孙犁、沈从文、汪曾祺的散文和短篇小说，放置案头，读了又读仍有回味，是我的最爱。

老年读书，已没有了任何框框和功利性，知道了书亦如人，没有完美，只有"有趣"和"有益"多多少少之分。有的人有瑕疵，文章倒还可读，如周作人；有的早年才情过人，晚年却语多矫饰，如郭沫若；有的学问虽好，为人却太自大，下笔千言，每多浮夸，如李敖；有的沉潜书斋半生，老来著书为文，忆旧怀人，内容每有"干货"，行文却自带"八股"，缺少灵气和变化，如张中行；有的名声在外，初读其文，也觉有滋有味，但读得多了，总脱不了西北一隅的乡土气息和隐迹山林的名士之气，如贾平凹……上述这些还是我所喜欢的作家，至于平庸之辈，如过江之鲫，还真的不及逐一点评了。过去我买书和读书颇多挑剔，现在已平和多了。我不再会认准一个作者，一本书读到底；而是将很多近期感兴趣的书，从书架上挑选出来，统统置于床前案头，想看哪一本，就取来翻翻，不想看了，就随手更换一本，这样浏览阅读，不给书籍预设藩篱，不给自己强加束缚，最大的好处，是可以大大延长阅读的兴奋期，虽然年岁日增，但读书读得哈欠连连的事，却反而很少发生。

　　能自小养成阅读的习惯，且一直保持到晚年，能有效地避免老境的孤独，真是一件天大的好事。退休以后，我看很多老同学老同事闲得无聊，或整天凑在一起打麻将，赢了血压升高，输了情绪低落；或一门心思捉摸养生保健，神经过敏，今天这里疼痛，明天那里不适，注意力都放在了身体上面，对健康反而有损；或倒腾完一日三餐，就默默地守着个电视机，子女不来，同事不聚，两老夫妻你看看我，我看看你，整天没一句话说……有人说，"养小日日鲜，养老日日厌"，子女都管下一代要紧，谁愿常来陪父母唠嗑；有的说：想当年自己在位的时候，一帮小赤佬一口一声"老总"叫得欢，有事没事都要来家中坐坐，可如今"人一走，茶就凉"，阿庆嫂唱得真没错。有几位老同学，隔几天就会或电话或视频聊天呼我："哎，忙啥呢？我是没人说话，闲得快要得忧郁症了！"我总是笑笑："陪我的人多的是，我还要挑过才让他开聊呢！"朋友不信，有的还到我家来一探究竟。我指着书房里满满的几柜书说："你看，这些书的作者，都是我的朋友，古今中外，没有点名气，还上不了我家呢。什么时候想找谁聊天，聊什么话题，都由我说了算。我清茶一杯，尽管颐指气使；他们虽是名人，却脾气超好，真是时刻待命，随叫随到。"朋友闻言，莫不"羡慕嫉妒恨"，说我福气好。起初，我说现在出版物多、书价总体还不算贵，总劝他们也不妨试试。后来知道说了没用，阅读这个习惯，真的是要自小养成的。谓予不信，只要看看周围亲友家中，有几户真的家有书房，房有书柜，柜中有书，且能保持爱书、购书、读书的习惯的。老了的我，真的很庆幸自己保有了读书这样的好习惯。

　　但是比起真正的爱书者，我自知还差了一大截。我这样说，是有参照对象的，纪兰亭先生，就是我心目中真正的痴书之人。

纪兰亭是我的父执，平生无甚嗜好，只是爱书，是一个耿介的人。

纪先生只读过两年私塾，学历并不高，但他喜欢古文，靠自学，能把《古文观止》中的大部分篇章都背下来，在我们老家那个镇里，也算是有文化的人了。

纪兰亭个子小小的，瘦脸，留一抹稀疏的山羊胡，走路喜欢双手反背，低着个脑袋，大家都说他架子大，不理人头，其实那是冤枉了他。熟悉他的人都知道，纪兰亭除了看书，空余时间就喜欢琢磨书上的事儿。"学而不思则罔"，书上说的理儿，纪兰亭是很当真的。

听父亲说，纪兰亭是"土改"时开始藏书的。其时农会把土豪萧店王的浮财都分掉了，天井里堆放着一些古书无人要，纪兰亭把它们用一只麻袋装了，都搬回了家。

"阿亭，这些破烂搬回去，娶老婆用呀？"路人跟他开玩笑。

"何止成家，一辈子都有用的。"纪兰亭答。

不久，纪兰亭收藏的这些古书，倒真的派上了用场。立秋前一天，抢种晚稻，田头淋了雨，纪兰亭回来后便觉额头微烫，浑身无力。按乡间的说法，那是干活脱力了。第二天，他母亲炖了一只猪蹄，说补补就会好的。纪兰亭一顿吃了，谁知第二餐就茶饭不思，接连几天，吃不下，屙不出，人立马就掼倒了。家人慌了，请卫生院一位医生来诊治，说是"囤食"。服了几天"食母生"，病症却有增无减。纪兰亭想起收藏物中有几本医书，便强撑病体，捡出对照，认定系肝病无疑。遂自作主张，叫家人到草药摊上买了茵陈、老不大，用红枣煮服。说来也奇，第二天，呆了也似的腹部便有些松动，到了傍晚，竟拉下一大摊又黑又臭的硬屎来，自此，他胃口渐开，身上的黄也慢慢褪了，身体逐渐平复。古医书帮纪兰亭捡回了一条命，由此，他是更痴书了。

纪兰亭爱书到了何种地步，外人是无法想象的。我上小学那年，可能是为了培养我的书性吧，父亲曾带我到纪兰亭家去过。其时纪先生已与他的老婆离了婚，独自住在镇北石板弄的一间老屋里。六月雨季，他那清盖瓦的家中，到处都在漏水。只见纪兰亭用大幅油布覆住木板床的帐顶，然后将家藏的那些古书都整整齐齐码放在床上，自己则铺条草席，蜷缩在床底下过夜。父亲问他："人与书为啥不换个位置？"纪兰亭嘿嘿一笑："床底下，泥地潮。"真正是书比命重要。

纪兰亭将书作为衣食父母供奉，书也给了他应有的回报。自年轻时得了那场肝病后，纪兰亭体力大衰，再也无法胜任繁重的田间劳作了。好在他遍读家藏的医书，《医说》《千金方》《金匮要略》……他都啃过；针灸的穴道、推拿的手法，他也都在自己身上试过。见纪兰亭诊病确有两下子，也有行医执照，镇卫生院便聘用他当了推拿医生。

父亲去世后，我工作忙，很少回老家去了，也和纪先生断了联系。记得有年早春回故乡去采访一家民营企业，竟然在镇口街头，巧遇了阔别多年的纪先生。十来年没见面了，只见他原先常佝着的背，比过去反而挺了一些，脸色也红润多了。纪先生告诉我说，他早已退休了，亏得懂中医，自己调理，身体反倒比以前硬朗了。

我见他肩上挎着一只竹篓，脚上穿着厚厚的山袜，问他哪里去过了？纪先生笑着转过篓子，给我看里面的植株，原来他是进山挖九节兰去了。故乡山里，背阴的崖下溪边，常可找到这种野生的兰花草，三四月份开花，现在正是采掘的好时节。

纪先生取出两株含苞的兰草，一定要送给我；说是盆栽以后放在案头，看书累了，望望它，对眼睛有好处。

纪先生热情邀请我到他家去坐坐，说是自己积习未改，退休后仍是喜欢看书。现在条件好了，他的书房里，除了兰花，还有不少菖蒲和树桩盆景，都是他自己从山上挖来培育的。我接受了先生相赠的九节兰，因时间紧迫，未能到他家去转转。我祝他老人家吉祥如意。

在回杭的路上，我一直在想：在如此雅致的书房里，清茶一杯，好书一卷，纪先生的晚年，一定是充满诗意的。

鸡兔同笼

"鸡兔同笼"是中国古代一道有趣的算术题，记载于《孙子算经》。题曰："今有雉兔同笼，上有三十五头，下有九十四足，问雉兔各几何？"解法有多种，可以训练学生的推理能力。有一种算法是，假设让兔子和鸡同时抬起 2 只脚，这样着地的脚的数量就减少了总头数的 2 倍，剩下的着地脚数为 94−35×2=24（只）；由于鸡 2 只脚都抬起了，所以着地的就剩下兔子的 2 只脚了，剩下着地脚总数 24 除以 2，就得出了笼中兔子的只数为 12 只。总头数减去 12，就是鸡的数目 23 只。

这种趣味数学，的确饶有兴味，能寓教于乐，开发和启迪孩子们的智力，但却不是我们这次讨论的主题。本文只是借用这一现成的题目，引出一段生活中的旧事，却原来养鸡养兔，也是一件乐趣无穷的活计。

我家养兔，先于养鸡。

在我 5 岁时，邻居家养了一只白兔，有时一蹦一蹦地会跑到我家厨房来。逢母亲正巧买菜回来，我们就把拣剩下的青菜叶、剥下的竹笋嫩壳拿来喂它。兔子的嘴唇一张一翕的，吃什么看上去都有滋有味。我吵着要母亲也买一只兔子来饲养，母亲一直没有应承。这不能怪母亲，那时城里也确实没有地方可买兔子呀。

我小的时候，外婆还健在，每年春秋两季，她老人家都会由乡下姨娘陪同，一起来杭州小住几天。我读小学二年级那年，清明节刚过，外婆和姨娘又进城来做客了。姨娘放下了一饭篮现做的艾饺团子，我接过她手提的另一只篾篮，开盖一看，原来里面是送给我的两只小兔子，一公一母，一灰一黑，让我喜出望外。当晚，我把篾篮放在了厨房，准备明天就去河边拔青草给兔子吃。第二天一早，我睁开眼睛就去了厨房，一看篾篮的盖子掀开了一条缝，开盖发现，里面只剩下了黑兔，那只雄的灰兔不知逃到哪儿去了。此后几天，哥哥姐姐四处帮我找寻，却都没有一点踪迹。"或许是被野猫拖走吃了呗。"母亲说，我为此伤心了好几天。亏得还有一只黑兔，可千万不能再丢失了。父亲朋友多，在东街上的"仁德堂"里，帮我搞来了一只兔笼。"仁德堂"是一家中药铺，前店后场，后面堆放药材炮制中药的场地很大，时逢60年代初"三年困难时期"，政府号召大力发展畜牧业，店家就在里面架起木笼养起了兔子。朋友赠送的那只笼子有半人多高，体积比家用的五斗柜还宽大，框架是用结实的杂木做的，笼顶和后壁钉有木板，其余几面皆用筷子般粗细的铁条隔成栅栏，左右两室，前面各有门和食槽，是畜牧场里那种专用的款式，一笼可关养七八只兔子。可我家只有一只小黑兔，如此"大套房间"，未免太过"奢华"。后来父亲又买来了一只母鸡，那只木笼，半间关兔，半间就用来关鸡了，故有开头所谓"鸡兔同笼"之说。

　　小兔一天天长大了，厨余的菜边皮之类，已根本无法满足它的食量，我只好到处去拔青草以补不足。好在我家不远就是省体育场，老式木栅看台下面长满野草，我放学后去那儿转悠片刻，就能拔一大捧草料。过去我去那儿翻石板捉蟋蟀，总会被母亲斥责。现在借拔草为由，顺便捉几只回来，母亲也不再烦言。可惜秋去冬来，时令转换得也未免太快，露天的草经霜一打都枯黄了。一天早晨我拌了一点米糠，去给鸡兔喂食，惊诧地发现兔笼的门大开，里面的黑兔已不见踪影。我伤心地以为灰兔的悲剧又要重演，却不料早餐的时候，那兔子竟然在饭桌底下出现了，像猫一样，好像是来觅食的。我想这几天食料喂得少，半夜时分，兔子一定是饿慌了，才撞开笼门外逃的。我掰了一片菜叶扔在地上，想把它捉进笼舍，但黑兔很机警，竖着长耳朵来吃菜叶，我手一伸过去，它就飞快地跑走了。我们前院这个公用厨房很大，又连通后面那个墙门，要捉住一只跑得飞快的成年兔子，谈何容易。

　　冬天来了，一连几天大雪，街上挑担卖菜的小贩几乎绝迹，大家都靠深秋压在缸里的腌白菜下饭，绿色蔬菜不进门，厨房的地上干干净净的，哪里还有丢弃的黄叶菜根。我担心那只流浪的黑兔，大冷天，没有吃食，岂不要冻饿而死。临近期末考的一天清晨，我早早起床，在厨房背诵英文单词，突然发现一只动物从柴堆里窜出，如一道黑色的闪电，一会儿就从厨房消失了。那不就是我家的黑兔嘛，它跑得飞快，看样子还活得好好地呢！我放下书本，蹲到柴堆前察看，发现好几捆柴枝上面的边皮，都已被黑兔啃光。我诧异兔子的消化能力竟然这么强，没得吃了，干枯的树皮都可以充饥作食料。我豁然明白，为什么"仁德堂"里要养兔子，却原来，炮制中药材时，拣剩的那些残枝败叶，很多都可以充作兔子食料的呵。

年关近了，半夜，猫们开始在屋顶上叫春，声音有点像婴儿的啼哭，追逐起来更是弄得青盖瓦砾碌碌作响，吵得人睡不熟。一天深夜，我被猫叫惊醒，迷糊中，突然想起那黑兔逃逸前，曾被捉去"仁德堂"兔舍"打雄"（即交配）过。兔子的妊娠期一般为28天至30天，现在两个月都快过去了，不知我家那只流浪兔分娩了没有，万一生了，那些可怜的兔宝宝会不会被野猫叼走？我的心里又添了一层牵挂。

残冬的一个午后，我和姐姐在堂前负暄读书，太阳晒在背上暖洋洋的，已有了些许春意。我合上书本，刚想眯眼打个盹，恍惚间，似乎看到有几只兔子蹦跶到了身边。我睁眼细看，咦，这不就是我家那黑兔，带着5只小兔子出来晒太阳了。乡下姨娘曾告诉过我，兔子是会打地洞的。可不，我们这前后院相连的大墙门，一楼都是泥地，这黑兔保不定在哪个隐蔽的角落打洞做窝，两个多月过去，竟然生养哺育出了一群小兔。小兔子不怕人，被我一只只抱进了笼中。黑兔做了妈妈，性子也温顺了许多，见兔宝宝都进了铺有稻草的窝，也很乖地跳了进去。原先的木笼不够大了，父亲又买了两只竹制的兔笼。那年，我家的兔子越养越多，黑兔应该给记头功。

我家养鸡，也是从单只发展成一群的。

"三年困难时期"，日常菜肴，荤腥几无，为给孩子们增加一点营养，母亲一直想弄只生蛋鸡养养。一次父亲到乡下看望祖母，归途就在农家买回了一只芦花小母鸡。那鸡面冠血红、毛色发亮，胃口很好。我每天将菜叶切碎拌了米糠喂它，一个多月就重了两斤，三个月后，就开始下蛋了。别人家的鸡，下二三十个蛋后，一般都会"赖孵"，即使不让它孵蛋，那母鸡也赖在窝里不起来，"茶饭不思"，戒备心增强，人走近了，那"赖婆鸡"会颈毛齐耸，喉咙里发出威胁的咕噜声，样子十分难看。如果任它这样，那接下去的一个月，你就甭指望这鸡下蛋了。为了早点"弄醒"它，人们想了很多办法：有用冷水淋"赖婆鸡"头，让它瞌睡醒醒的；有用绳子把鸡单脚吊起拴在柱上，不让它抱窝的；但效果都不太好。有一种更"极"的办法，是用布蒙住母鸡的头，让它站在高高架起、摇摇晃晃的一根竹竿上，使它提心吊胆、日夜惊魂，不几天，"赖婆鸡"的瞌睡肯定就会醒了。现在想来，当时人们的做法，未免有点"残忍"，但饥荒的年月，人们都这样做，从不以为过分。好在我家的那只芦花鸡从不"赖孵"，每天一个鸡蛋，一连可生五六十天，然后间隔几天不生，休养生息，体能恢复了，又照生不误。我每捡一个蛋，就会在日历上画上一笔，年终盘点，那芦花鸡当年竟然生了 336 个鸡蛋，真可评为"生蛋冠军"了。为了表彰芦花母鸡的贡献，我为它取了一个绰号叫"芦老忠"。这个绰号在墙门里传开了，说起"芦老忠"，邻居们都知道是我家那只天天下蛋从不"赖孵"的老母鸡。别的母鸡下蛋后会炫耀般地"咯咯哒、咯咯哒"叫上一阵，但"芦老忠"好像觉得生蛋是母鸡的分内事，从不叫唤。为了奖励它的奉献，也为了补充它的营养，捡了蛋后，我会上楼抓一把米喂它。"芦老忠"很聪明，每次下了蛋后，都会守在楼梯口，等候我对它的犒赏。

鸡不但聪明，而且生命力也很顽强的。后来我家又养了一只会"赖孵"的母鸡，索性让它孵了一窝小鸡。那群小鸡养到斤把重的时候，公鸡母鸡已经分得很清楚了，而穿街走巷的"阉鸡"师傅，也会吆喝着上门来兜生意："做种，留一只公鸡就足够了。""鸡阉过后，才长得壮长得肥。"那些师傅这么说。这些人大多来自对江萧山，那里出产"大种鸡"，乡间的农民多年养鸡，不少人都有"阉鸡"的本事。周末下午没课，我们几个小孩就在天井里"观摩"一位萧山师傅"阉鸡"。只见他在矮凳上坐下，膝上摊开一块油布，将绑住双足的小公鸡按在布上，不使动弹。只见他两根手指"唰唰"几下，把小公鸡下腹腔一侧的毛拔尽，拣起一把如同刻图章用的锋利小刀，"卟"地一下，在鸡腹上切开一个小口，再用自制的一个竹篾小弓，将切口稍稍撑开，然后将一根尖上带勺、缠着棕丝的探针伸入鸡腹，手捻棕丝牵扯几下，不一会儿，随着探针取出，如饭粒般大的公鸡睾丸也摘取了下来。待到"手术"结束，师傅收起工具，把雪白的两粒睾丸塞进鸡嘴，让它吞食"自生自补"，再将刚才拔下的鸡毛敷在闭合的创口上。"阉"过的小公鸡江浙一带称为"献鸡"，一放到地上，就又活蹦乱跳了。几天后，伤口长好，"献鸡"的性情变得十分温顺，它们只顾吃喝，不思争斗，吃下去的养料全都用来了长肉。年底称重，我家留种的那只公鸡体重4斤半，而小的"献鸡"重7斤，最大的一只锦毛"献鸡"重达9斤，且肉质鲜嫩，比公鸡要好吃得多。

最小的那只"献鸡"体重略轻，是有原因的。"阉割"手术两周后，其他"献鸡"都食欲大开长个了，有一只却不知为什么"囤食"了，嗉囊（俗称"鸡囤裹"）里面积满了谷糠，吃不进，拉不出，命在旦夕。我急了，心想与其让它倒毙，不如模仿"阉鸡师傅"，开刀为它做一次手术，"死马当作活马医"。我捉住病鸡，用剪刀切开了它的嗉囊，把里面的积食全部掏出，又用针线把切开的部分重新缝合。鸡的这部位血管好像不太丰富，手术过程中，跟"阉鸡"一样，竟然不见一点出血。那小"献鸡"也没有大声叫和挣扎，伤口缝合，放到地上，它就跑入鸡群中去觅食吃了。术后没几天，那鸡就恢复了正常，鲜龙活跳，争抢吃食，只是伤口有一处我缝线不密，形成了一个瘘口，进食后，有少许食物会从中漏出来。我又第二次给它补针缝合，几天后，伤口长好，那鸡就痊愈了。过去曾听说，鸡的皮肤再生能力很强，至此，始信此说不谬矣！

开春了，鸡瘟流行，巷子里好几户邻居家的鸡都病死了。我家的公鸡和"献鸡"过年时都杀了，只剩下"芦老忠"常年下蛋留养着，岂能轻易被鸡瘟染上。墙门里的鸡都是散养的，为了隔离，那段时间，我把"芦老忠"抱到了楼上，在走道上为它搭了个窝，平时用绳子拴住一只脚，不让它随便走动。"芦老忠"颇通人性，安安静静地待在窝里，只是在我放学回家为它喂食时，才轻轻地"咕哝"几声，好像在对我表示感谢。这样隔离了半个多月，瘟疫过去了，我把"芦老忠"重新放回天井里，它照例每天一个蛋，我也照例每次在楼梯口赏它一把米，人和动物能够建立这样的默契，这种感觉真的十分美妙和暖心。两年后，"芦老忠"不吃不拉，无疾而亡。壮壮实实的身体，怎么说死就死了呢？疑惑之下，我为它作了解剖，却原来它肚子里即将产下的一只硬壳蛋，被人踢破了，卵巢里面，大大小小的，还有数不清的卵子，都被堵死，下不来了。"芦老忠"平时不怕人，且喜欢粘人，在它的眼中，可能以为世上的人，都像那位每天喂自己一把米的小主人。惜乎我的芦花母鸡，你没有死于鸡瘟，也没有死于老弱，竟然死在人的脚下，现在忆及，还令我心中怆然！

稼穑之难

有了院子有了地，就可以种庄稼了。种稻种麦费地，城里人小园"务农"，种的多是蔬菜。

种蔬菜也有学问，并不是一桩轻松活。

先是掘地整垅。江南山地的土，普遍贫瘠，不管是红壤还是黄壤，都偏酸性，雨后几个大太阳晒了，就容易干燥板结。我家院内多树，几年下来，落叶飘零，虽在地表积了一层腐殖质，但一锄掘下去，下面仍是硬硬的黄泥，土地的肥力总嫌浅薄。

那年6月，我冒着太阳，出了几身大汗，总算锄尽灌木杂草，在后院整出了三畦地。心想，初干农活，先拣容易的种吧，印象中，毛豆、玉米、番薯好侍候，就分别种了一畦。毛豆和玉米的种子，是在当地的农资店买的，番薯则下的是菜场买来已开始发芽的种。种子播下去了，天天盼出芽；新芽绽出来了，又天天盼长大，初学稼穑，那份焦虑劲儿，让人难受。

有时浇完水，呆立在地头，自己觉得好笑，始信成语中的"拔苗助长"，一定真有其人其事，决非古人瞎编的诳话。

好在老天给力，入梅以后，一忽太阳一忽雨，人吃不消，庄稼却最喜欢这样湿热的天气。眼瞅得地里的豆苗开始分叉，玉米开始拔节，番薯开始延藤，可各类杂草铲锄不尽，也开始疯长。我真怀疑这些杂草——野苜蓿、车前草、狗尾草、三叶草……基因中一定有某种神助的密码。否则，怎么前几天刚刚将它们连根拔除，过几天又都长出来了呢？！

接下去的暑天，山里午后，几乎隔三岔五有雷阵雨。大暑那天，

96岁的老母亲不慎左腿股骨颈骨折，要住院动手术，我在医院陪侍没回家。一周后回到山居，那些庄稼没有旱死，只是几畦地里，青绿一片，已分不清哪是苗哪是草了。我忆及陶渊明《归园田居》中的诗句："种豆南山下，草盛豆苗稀。"不禁哑然失笑。

总算盼到了秋后，收获的季节到了。我的地里，玉米秆细细矮矮的，只结了少得可怜的十几穗棒棒；剥开包衣，里面的玉米粒也稀稀落落的，好像换牙时缺失的孩子牙床。毛豆结荚稍多一点，但茎竿亦细弱，一场秋雨后倒伏了不少，害得一些豆荚浸泡在泥水里，胀烂掉了。

请教当地的邻居老郑，他上门来看了我的菜地，告诉我说，这都是肥料不足的缘故。原本以为，玉米、毛豆抗旱抗涝，贫瘠的山地都可种植；其实这两种作物，据老郑说"吃料"都很厉害。尤其在播种之前，底肥一定要施足，否则"发棵"不良，植株细弱，收成肯定要受影响。至于那畦番薯，种前，基肥我是施足的，可惜播种迟了两周，误了农时；发芽后又没有二次剪苗再栽；听老郑说，这些看似小事，但都会影响地下的块根膨大结实。难怪我收获时，掘出来的番薯都像发育不良的伢儿，个头都很细小。

吸取了教训，我决定加大施肥的力度。现成的化肥，农资店内品种很多，且价格也不贵，但考虑到要种植有机蔬菜，我和妻子早商量定了，农药和化肥那是绝对不买不用的。妻从网上学了一招自制有机肥的方法，尝试将果皮豆壳、厨余垃圾收集起来，剪碎塞进空余的塑料罐中，然后加两倍的水，拧紧罐盖，让其腐化成为酵素。我则将院内凋落的枯枝败叶、拔掉的秸秆杂草，统统摊晾在后院那块硬化地坪上，让秋阳暴晒几天后，点火焚烧。这种炽后的草木灰，据说含多种营养元素，且偏碱性，对改良山地的酸性土壤大有好处。

冬天来了，我们决定种些应时的叶菜。一畦种瘤芥菜，菜秧是在村里的农贸市场现成买的；一畦种的是包心菜，老郑家育有多余的苗，匀了一些给我们；余下一畦妻想种菠菜，她网购有一袋菜籽，说明书上说是初冬育苗，时令对头，正好自己播种试试看。这次我们给三畦地都施足了基肥，妻生怕霜降影响出苗，还给那块菠菜地罩上了一层薄膜。一切都进展顺利，杭州的初冬温柔，晨雾迟迟没有演变成早霜，雾气散了以后，日头朗朗地照着，给人有晚秋的感觉。三块地里的蔬菜都长势良好：包心菜株株活了，每株上都长出了好几片真叶；瘤疥菜的梗子上，已长出了小小的疙瘩，膨大以后，这种芥菜疙瘩，或腌或炒，都是餐桌上的美味；最好玩的是那些菠菜苗，在薄膜下面既温暖又潮湿，铆着劲儿往上长，顶不出薄膜，就乖乖地都趴伏在了地上。我赶紧把薄膜掀了，妻担心晚上冷，别冻坏了娇嫩的幼苗。我灵机一动，找来一些竹片，模仿农家，搭了个塑膜蔬菜小棚，这样菠菜苗在里面，既能舒展生长，又不怕风凌霜冻。

旧历年前，天降大雪，三畦菜地都被半尺深的积雪覆盖了。我求教邻居，老郑说，冬令的蔬菜不怕寒、就怕冰，积雪赛过给地里盖上了一床棉被，里面的蔬菜反而不会冻坏了，叫我尽管放心。

果然，半个月后，寒潮过去、积雪消融，后院菜地又是青葱一片。

春天来临了，瘤芥菜梗上的肉疙瘩已长得有乒乓球那么大了。包心菜发棵后长势想不到这么霸气，我们种时植株间距已经预留了一些，但是显然留得还不够大，才两个多月，这垅地里的空隙已经全被包心菜蓝绿的叶子占满；几十棵植株挤挤挨挨的，不少当中的菜心已经卷曲，显露出马上就会包起来的迹象。菠菜的塑膜棚早已拆除，片片嫩叶在煦风中摇摆，惹人喜爱。一天午后老郑来串门，连夸我这季的蔬菜照料得好。他笑着说："好早点割来吃了，嫩菜味道鲜。"可自己的劳动成果，眼瞅着一天天长大，就这样割了吃掉，我心中总有点不舍。妻也与我同感，说："葱翠一片，当绿化看看也好呀！再留些时日吧！"我们只割了一些菠菜尝鲜，每天仍到菜场买菜，心中根本没有起割自家菜的念头。

可大自然，却不像我们这样多情。清明后，我们到妻舅家作了几天客，回到山居，放下拎包，我就到后院察看。结果大吃一惊，菜地里原本长得好好的包心菜，叶子和菜心都被虫啃噬得一片狼藉。我翻检残叶，发现上面蠕动着一条条青蚕那样的菜虫，它们吃光了菜心，已经爬到边上来啃老叶了。才一周时间呀，虫害竟然发展得这么厉害！我心痛不已，逢人就叹息："想不到刚过清明就会有虫！""想不到春天的菜虫也这么贪婪！"……唠唠叨叨的，颇有点祥林嫂说狼的腔调，自己想想都觉得好笑。

那年仲春，我辛苦一季的包心菜"颗粒无收"。

回头细想，种菜，还真是有大学问哪！

田园稼穑，格物致知，使我悟到了很多人生哲理。

"种瓜得瓜，种豆得豆"，如此简单的道理，问自己，你可真正懂得？其实，不少时候，我们总是怀有各种各样的奢想。譬如：老底子的"白墨先生"，字没识得几个，上衣口袋里插几支钢笔，以为人就会变得斯文；如今的"塌鼻小姐"，摄影不上照，用硅胶充填鼻梁，以为颜值改变就能人见人爱。老婆买一张 10 元钱的彩票，全家就想发财；

儿子砸巨资送进了"贵族学校"，今后就一定能进北大清华？"我播下的是龙种，收获的却是跳蚤"，德国著名诗人海涅对命运都不敢期望太高，何况我们本身都是俗人呢！生活，不能说一点没有变异，但"种瓜得瓜，种豆得豆"，却是基本不变的大概率。从哲学的角度，这可以视为一种"宿命"；而从科学的角度讲，这其实就是客观规律。无视它，人会变得盲目和怨愤；正视之，则会变得理性和平和。

"拔苗焉能助长"，这是又一个简朴的道理。"桃三杏四梨五年，要吃核桃等十年"，这是果农的谚语，种蔬菜也是同理。去年开春，我学邻居老郑的样，也在地角下了一垄毛豆。这回我吸取教训，播种前，深翻土地，底肥施得很足，出苗后，豆苗果然茎秆粗壮，与老郑家有得一比。记得儿时，母亲有一句口头谚，叫作"勿会做官，学别人样"，意在教育小辈要虚心向他人学习。我想"做官"这样，种田何尝不是如此。于是，见老郑除草，我也除草；见老郑追肥，我也追肥，自忖这次收成，也肯定不会比老郑家差。劳动节一过，我见老郑在收摘毛豆了，回家便也开始收获。谁知剥开几荚豆壳，发现里面的豆子还都只有像米粒般大小，完全没有发育成熟。我赶紧拿了几荚去请教老郑。这位经验老到的菜农捏捏豆荚，咧嘴笑了："老弟，你种的毛豆是六月白，比我家种的要迟一个月才上市呢！"原来老郑家种的是早熟品种五月白。毛豆一共三个月左右的生长期，岂能相差一个月？！"耐心等等，再耐心等等！"老郑拍拍我的肩。我发觉，老郑和他的那些乡里乡亲，虽然当了半辈子农民，但言谈举止，很多地方，反而比我们这些拿笔杆的城里人要来得沉稳。这从一些生活小事上都看得出来。一天傍晚，我们那一片，突然停电了。询问物业，说是夏天用电超负荷，前山的那只变压器烧坏了，电力工人正在抢修。得知消息，从城里迁居来此的业主都急了，纷纷走出家门，聚堆抱怨："电灯墨黑，饭都要吃到鼻子里去了！""汗湿天，没热水洗澡，人要臭出来的呀！"……可我发觉，土地征用后回迁入住的几家农户，像老郑他们，都把晚饭搬到了庭院里吃，小圆桌一张，矮凳几只，一家围坐，该喝酒的喝酒，该吃饭的吃饭，情绪一点没受影响。"变压器拆落装上，哪有介便当？！"老郑抿了一口小酒，缓缓地对我说。我心想：种菜种稻，春播秋收，经年的劳作，惯常的莳护，早已磨灭了老郑们心中的燥火，沉得下性子，耐得住等候，农家身上，也有亮点嘞！

"一分耕耘一分收获"，这应该也是人们在劳动中提炼出来的一句格言。英国古典经济学家威廉·配第曾说过："劳动是财富之父，土地是财富之母。"其实不必读经济学课本，当过农民的人，可能都知道并相信这个道理。他们晓得，土地是不会骗人的，你种下去什么，它就给你长什么；你在它上面耕耘、施肥、除草，流了多少汗水，付出了多少劳力，投入了多少成本，只要符合天地之法则、自然之规律，一般来说，土地都会给予你相应的回报。所以务农的人，脚下有依靠，那就是土地；心中有敬畏，那就是上苍。只要有了一亩三分地，老天垂顾风调雨顺，自己的辛劳就一定不会白费。本分、踏实、少奢求、忌冒险，农民身上的这些品质，或许正是长年在土地中刨生活所养成的吧。"No pains no gains"（不劳则无获），西方也有类似的格言。可这样的说法，过去，特别是农耕文明时，人们或许信；而今"在商言商"的年月，渴求"一本万利"，奢望"空手套白狼"，还有多少人，能领悟并服膺其中内含的深意呢？！

种菜种粮，靠天凭地吃饭，是否就可以无为而治？答案应该是否定的。"花开须折直须折，莫等无花空折枝"，这句古人赏花惜时之诗，用在稼穑中，也同样适合。今春在菜园朝南的地块上，我试着种了一些黄瓜和南瓜，时令对头，施肥充足，几场春雨过后，瓜蔓便开始延展。我学农家的办法，用山里砍来的细竹，为它们搭了棚架，瓜蔓顺竿攀升，绿意盎然。暮春时节，一天早晨，我欣喜地发现竹架上的几株黄瓜，靠近根部的地方已经开出了朵朵黄花，而南瓜的藤延伸得更快，一直翻过竹架，攀爬到了旁边的桂花树上，我走近察看，发现瓜藤上也已有了几个花蕾，有一个花托膨起，显然是朵雌花。正好隔院的老郑来借修枝的钢锯，我便向他讨教瓜类授粉的知识。老郑蹲下身，把黄瓜刚开的小花一朵朵全部摘掉了。

见我诧异，他解释说："这种长在底端的小花，即使结了果，往往也长不大，徒耗植株的营养。"

我问："那以后上端的花开了后，要不要人工授粉呢？"

"不需要。"老郑回答得很干脆。

他说："黄瓜属于单性结实的蔬菜，不需授粉即可结瓜。而南瓜则是典型的异花授粉作物，露地栽培的南瓜当然也能靠蜂蝶授粉，但结果率较低，一般只有25%左右，所以最好能人工辅助授粉，这样结果率能高达70%多。"

他向我传授具体的做法，可以用棉签蘸取雄花的花粉，抹在雌花的花蕊上；也可以将整朵雄花摘下，然后罩在雌花上，两种方法都很简单，关键是动作要轻柔，时间最好是在花刚绽放的早上。却原来，当农民不是一味地听天由命，还得"该出手时就出手"嗬。

"地误一季，人误一生"，这是耕稼对人生的又一启迪。节气，这个老祖宗传下来的东西，没种地前，我是感受不深的。城里人只晓得夏天开空调、冬天赖被窝，街边的悬铃木树叶落了，始知秋天来临，对节气的敏感和重视，是一点也没有概念的。读中学时，曾去郊区农村支援"双抢"，也听老农说过晚稻"插秧不过立秋关"这类农谚，但听过算过，与己无关，并没深究。而今两鬓带霜，山居学种蔬菜，播种早了，豆荚干瘪；迟了，番薯歉收……才省悟节气于农业之重要。种粮和种菜，是一样的道理。晚稻插秧拖过了立秋，前期是看不出什么的，可一旦到了结实期，生长迟缓的遇到早霜，就会形成瘪谷，轻则影响收成，重则颗粒无收。种地误了农时，大不了损失一季的收成，做人如果误了时节，少年误了读书，青年误了创业……到老终将一事无成。

> 茅檐低小，溪上青青草。醉里吴音相媚好，白发谁家翁媪？
> 大儿锄豆溪东，中儿正织鸡笼。最喜小儿无赖，溪头卧剥莲蓬。

这是宋代辛弃疾的词《清平乐·村居》。

> 昼出耘田夜织麻，村庄儿女各当家。
> 童孙未解供耕织，也傍桑阴学种瓜。

这是同代范成大的诗《田家》。两首诗词中透露出来的那种平和、闲适的气息，读了令人陶醉，让人向往。辛弃疾和范成大都是南宋的名臣。北宋沦丧时，辛弃疾曾组织义军抗击金兵。范成大虽然比辛氏要小一辈，出生在南渡之后，但也曾奉命出使金国，备尝艰险，不辱使命。云烟过尽，两人皆归隐乡间。从某种意义上说，正是晚年这段亲历稼穑、与农樵相伴的生活，才抚平了两人心头的创伤，也开启了中国田园诗的崭新格局。

五、汲来江水试新茗，买尽青山当画屏

问茶之意岂仅在茶

"新西湖十景" 1984 年评定公布，其中有一景为"龙井问茶"。我曾痴想，吾辈草民，不是领导，更非茶叶专家，到龙井，不过是游山玩水，最多问问新茶的价钿，觉得划算，就买几两回去，至于对茶叶今年的品质如何，产量多少，恐怕不会问这问那，予以过多的关注。既然如此，那么我们口称"问茶"，到底可以问什么呢？

既是"问茶"，那么对名茶之所以成名，其原因和历史，当然应当了解一下的喽。

俗话说"一方水土养一方人"，茶树直接靠水土滋养，所以如果切换一下，说"一方水土育一方茶"，亦未尝不可。杭州西湖，秀绝天下。清乾隆帝游江南，曾亲临龙井采茶，感此地青峰屏立，松篁掩映，一泓寒碧，清冽异常，遂题"湖山第一佳"予以褒扬。

其实，山，尤其是水，于茶之品质的关系，古人是早就明白的。宋代苏东坡在杭州当地方官，就经常到龙井品茶，且写有："人言山佳水亦佳，下有万古蛟龙潭"的诗句。明人陈继儒更有"泉从石出情宜冽，茶自峰生味更圆"联以赞之。龙井茶固然以"四绝"即"色翠、香郁、味醇、形美"著称于世，但如离了龙井及周边虎跑这两泓泉水，名气恐怕还不会这么响亮。

如果说，茶树的生长与山水关系密切，那么，茶叶是要靠水来冲泡的，烹茶之水的质量如何，就更直接地影响了人们的口感。明代田艺蘅《煮泉小品》说："山厚者泉厚，山奇者泉奇，山清者泉清，山幽者泉幽，皆佳品也。"陆羽《茶经》更断言，煮茶"山水上，江水中，井水下"。

传说苏东坡初登仕途，第一站是被派到长安周边凤翔府当判官。凤翔周至县仙游寺内有一个玉女洞，里面涌出的泉水十分甘甜。据宋人吴聿《观林诗话》记载："东坡爱玉女洞中水，既致两瓶，恐后复取而为使者见绐。因破竹为契，使寺僧藏其一，以为往来之信，戏谓之调水符。"

为了喝到真正的泉水，不被取水者欺骗，苏东坡竟想出了"凭符取水"这样的办法。一个刚出道的芝麻绿豆官员，泡茶的水还要如此大动干戈地派专人去取，苏东坡年轻时，看来也是恣意任性，不大懂官场规矩的。还是他弟弟苏辙少年老成，写诗规劝兄长："多防出多欲，欲少防自简……置符未免欺，反覆虑多变。授君无忧符，阶下泉可咽。"苏东坡这才放弃了这一有损清誉的做法。在苏辙看来，即使设了"调水符"，也不一定就防得了下人的欺蒙。兄长你对喝的水都这么挑剔，说明你内心的嗜欲太盛。只要能清心寡欲，其实，屋阶下的泉水照样可以泡茶吃的。弟弟开导哥哥，说得还真句句在理！

一般人，的确很难辨别清净之水观感口感上的细微差别。可王安石据说就有这样超乎常人的本事。话说有一次苏东坡要到四川去出差，王安石让他归途船经三峡时，汲几瓶中峡水回来。王自称幼时用功过度，及至年老患上了痰火症，太医让他用中峡之水泡阳羡茶喝，说是可以治愈此症。谁知苏东坡过中峡时忘了这事，只好取了点下峡水来应付。岂料王安石煮茶一看，就揭穿了苏的把戏。苏东坡只得赔礼道歉，并请教王，是如何识破花样经的？王安石笑笑说，长江奔涌而下，上峡水势太急，下峡太缓，惟中峡不急不缓，可以引经，治老夫中脘之病。且水急则浓，水缓则淡，中峡之水不浓不淡，泡茶正好。今用你带回的水煮茶，茶色半晌方见，故知是下峡之水矣！苏东坡听了频频颔首，算是服了老夫子啦。

问茶问泉，确是一桩蛮有兴味的事。

记得30多年前我到莫干山采访，那时旅游之风远没有今天之盛，山上几十幢民国时建造的别墅都空关着，野藤攀墙，青苔漫径，整条荫山街上，只有知了在枝头噪鸣，很少见到游客的身影。我已完成了一篇采访札记，题目也想好了，就叫《可惜啊，莫干山》，准备第二天一早就搭班车下山去。是薄暮时分，晚饭还早，闲着无事，我手捧一只旅行茶杯，从下榻的荫山街逐级而下，到不远的剑池逛逛。前天刚下过一场暴雨，剑池山崖上，一道瀑布喷涌而出，汇成一池清冽的山泉水顺势而下，飞珠溅玉，铮淙有声。落日余晖中，我见临涧山岩上，有一山民搁着扁担在喝茶憩息，便上去递了一支香烟，和他闲聊了起来。老农约莫60出头年纪，住在山下庾村，刚为山顶的一家旅馆担了两筐蔬菜上来，见天色尚早，就在此地歇歇力再下山。我说："你们剑池的水真好，清澈得池底的细石都粒粒可数。"老农咧嘴笑了，提起随带的茶壶，执意要让我喝几口，尝尝山泉水泡高山茶的味道。我捧上自备茶杯，接了半杯茶水品尝，果然清爽甘甜，回味绵长。见我夸赞，老农自己也喝了一口，抹抹嘴唇说："好茶还须好水烹哪！不瞒你说，以前上海滩的大老板来莫干山避暑，回去还要装几桶泉水带走呢！""那真是笨人偷捣臼了，怎么带？""怕山路颠簸，老板们先坐自备汽车到山脚，让山民将剑池的泉水一路挑下山，再装桶运回去。"说到这里，那老农狡黠地朝我眨眨眼："他们会享福，小民也会耍刁。听老辈说，等到阔佬们的汽车一转弯，挑夫就会把担桶内的泉水统统倒掉，然后挑着空担笃悠悠地荡下山，快到山脚时，再找一处水潭把空桶灌满。那些老板兴冲冲地把这些山水拉回上海，根本喝不出这究竟是剑池的泉水，还是山脚的潭水。"我闻言窃笑，忆及苏辙"置符未免欺"的老话，心想十里洋场的老板们赚钱有方，于人情世故，竟还不如千年前的古人明了。

佛门戒酒，而不戒茶，所以，问茶到了寺院，遇到高僧，那品茗之余，不妨问禅，"禅茶一味"，自古就是连在一起的。禅宗公案"吃茶去"，就是上好之例。却说唐代赵州从谂禅师在观音院住持，一天有两僧远道来问禅。从谂问其中一人："此地你来过吗？"那人说："没有。"从谂说："吃茶去。"又转头问另一僧来过否？此僧答说："来过的。"赵州禅师又让他"吃茶去"。一旁的监院听了不解，问道："请教住持，两位僧人，一个没来过，一个来过，怎么你都叫他们'吃茶去'？"从谂回答监院仍是那句话："吃茶去！"高僧说禅，总是那样云里雾里，要你自己去悟。

有人悟出来了，说从谂禅师的意思，日常生活中就蕴含着禅理，禅与茶的道是相通的，想悟禅，那就不妨"吃茶去"。

有人更引申开来，以泡茶、盛茶、品茶来阐发禅机。

或说禅师先以温水泡茶，茶叶浮泛水上，茶味寡淡；后用沸水冲泡，茶叶翻腾，茶香四溢，茶味这才浓郁。悟禅之道也是同理，历经磨难，方能领悟人情世故，人间至理。

或说禅师将泡好之茶注入桌上一只盛满水的杯中，杯本已满了，茶汤自然外溢，倒不进杯中。禅师然后将杯中之宿水倒掉，空杯注茶，茶水自然能盛满杯子。据说悟禅也是一样，只有把心中已有的陈腐观念清空，清新的禅理才能被人接纳吸收。

或说禅师把沏泡的第一杯茶奉客，来客一尝，茶味是苦涩的；第二次再续水冲泡，茶味变得甘甜；待到尝第三次泡的，茶汤却已变得淡淡的了。茶味随机而变，人生况味，无常即常，何尝不是这样的呢？

真是"茶性时时现，禅心处处圆"，问茶问禅，意味无穷。

酒后醉语，不可当真；正襟危坐之际，讲的又多是大道理；唯有清茶一壶，三两知己，才可天上地下，无话不谈，聊些轻松有趣乃至玄虚荒唐的话题。

清末邹弢《三借庐笔谈》，曾记载有《聊斋志异》作者蒲松龄的一则轶事："相传先生居乡里，落拓无偶，性尤怪僻，为村中童子师，食贫自给，不求于人。作此书时，每临晨携一大磁罂，中贮苦茗，具淡巴菰一包，置行人大道旁，下陈芦衬，坐于上，烟茗置身畔。见行道者过，必强执与语，搜奇说异，随人所知；渴则饮以茗，或奉以烟，必令畅谈乃已。偶闻一事，归而粉饰之。如是二十余寒暑，此书方告蕆。"招待过路的乡民抽烟饮茶，请他们歇息闲聊，畅谈所见所闻的奇人异事，蒲松龄《聊斋志异》中的很多素材，据说都是这样得来的。

有人说邹弢所述是编造的，蒲松龄著书时僻居乡间，穷困潦倒，哪有闲钱和闲情来购烟备茶，招待路人。我倒宁可相信这是真的，因为自己也曾茶烟之余，听人说过此类真真假假的"大头天话"。

儿时我家住在东河边的一个大宅院内。旧时杭州城里这种大墙门很多，石门框厚木门，马头墙高高的，用来"封火"，防止邻里失火，"火老鸦"（即大火时飞腾的火苗或残烬）飞入惹祸祟。一个雨夜闲来无事，邻居们围炉品茗，我就听阿旺伯讲过一个离奇的故事。阿旺伯60挂零，清光绪末年就住在这条巷子里了，是这里的老土地。那天老人喝了一口刚泡的狮峰新茶，兴头来了，不免话旧："想当年，下城大火，前面巷内有一户人家，前门着火了，想从后门逃生。谁知他家后门通一大户人家，那家富人怕有人趁火打劫，将门紧紧关住，死也不肯打开。结果前门邻居一家五六口人，都被活活烧死。次日火灭之后，人们查看现场，发现那门上还留有大人孩子许多焦黑手印，真是惨不忍睹。知情的邻居都咒这家富户必遭天谴，不久那富人暴死，几天后托梦给家人，说他投胎到某地某家做猪去了，叫儿子将其买回奉养。据说当地某佛学杂志上还刊有此事，说那家仆人喂猪时叫声"老爷"，那猪竟会"哼哼"作答。

那年秋天有友人自沪来杭，我陪友访抱朴道院，从葛岭翻山而下，到镜湖厅喝下午茶。从镜湖厅南望，正是孤山，天净波平，风日正好，有一个老年旅游团队也在那里品茗聊天，看衣着，好像是港客，听口音，又多是沪语。友人说："新中国成立前夕，上海有钱人移居香港的不少，年老思乡，可能是回家乡来观光的吧！"我悄声问坐在邻桌的一位老伯，果然如是。一杯绿茶品完，旅途疲惫顿消。这时，只见一位被同伴称为"大师"的长者站起身来，兴致勃勃，指点湖上，讲了一个有关风水的故事。"大师"讲的是带点港腔的上海话，我们坐在一侧，听得一清二楚。1929年，张静江主政浙江时，开办首届'西湖博览会'，会址就在北山街新新旅馆附近。主办方为了扩大影响，不惜损坏景致，在湖上此地架了一座便桥，以便孤山游客跨湖前来观展。说来凑巧，上海报业大老板史量才的湖边别墅'秋水山庄'，紧挨着新新旅馆，那桥如一把利剑，剑头正对着史家别墅。有人悄悄提醒史，如此一来，风水破坏，对你家大不利，弄得不好会有血光之灾。可史量才不信这套，置若罔闻。结果没多久，当史从杭返沪，车经沪杭线翁家埠时，即被埋伏的杀手枪击而亡。讲者绘声绘色，听者啧啧称奇，想不到西湖碧波之下，还蕴藏有这样离奇的故事。

这种事，我是听过算过，不大相信的。但若细思，传言背后，也必有缘故隐在其中。前者说的是"因果报应"，目的是"劝人为善"。后者借"风水"说事，或许是反映了人们对主政者破坏西湖自然景观的不满。现在看来，把这种思绪，编造、归结成富翁投胎变猪，名人暗杀遇害，都未免牵强附会。但旧时科学远不如今日昌明，人们谈玄说怪，无非是想借这类因果报应、飞来横祸的故事，来规劝人们善待同胞、崇尚自然而已。有此慈悲心愿，大约总比唯利唯名，其余啥也不信，要来得好一点吧！

很多时候我们"问茶"，实际上是在"寻景问幽"。

杭州西溪国家湿地公园，现在是很热闹了，但20世纪初，还河港密布，芦荡幽深，人迹罕至。而有雅兴之人，偏喜欢到这种偏远之处去寻野趣。请看郁达夫民国廿四年深秋，到西溪一游后的所记："前天星期假日，日暖风和，并且在报上也曾看到了芦花怒放的消息；午后日斜，老龙夫妇，又来约去西溪，去的时候，太晚了一点，所以只在秋雪庵的弹指楼上，消磨了半日之半。一片斜阳，反照在芦花浅渚的高头，花也并未怒放，树叶也不曾凋落，原不见秋，更不见雪，只是一味的晴明浩荡，飘飘然，浑浑然，洞贯了我们的肠腑。老僧无相，烧了面，泡了茶，更送来了酒，末后还拿出了纸和墨，我们看看日影下的北高峰，看看庵旁边的芦花荡，就问无相，花要几时才能全白？老僧操着缓慢的楚国口音，微笑着说：'总要到阴历十月的中间；若有月亮，更为出色。'说后，还提出了一个交换的条件，要我们到那时候，再去一玩，他当预备些精馔相待，聊当作润笔，可是今天的字，却非写不可。老龙写了'一剑横飞破六合，万家憔悴哭三吴'的十四个字，我也附和着抄了一副不知在哪里见过的联语：'春梦有时来枕畔，夕阳依旧上帘钩。'喝得酒醉醺醺，走下楼来，小河里起了晚烟，船中间满载了黑暗，龙妇又逸兴遄飞，不知上哪里去摸出了一枝洞箫来吹着。'其声呜呜然，如怨如慕，如泣如诉，余音袅袅，不绝如缕'，倒真有点像是七月既望，和东坡在赤壁的夜游。"

郁达夫喜欢西溪，对其有过一番精当的评价："还有北面秦亭山法华山下的西溪一带呢，如花坞秋雪庵、茭芦庵等处，散疏雅逸之致，原是有的，可是不懂得南画，不懂得王维、韦应物的诗意的人，即使去看了，也是毫无所得的。"

我想，郁的这一评价，如果移用来"评茶"，也是十分贴切的：自从明代大书画家董其昌倡山水画"南北宗"之说，中国画就分为了南画和北画两种流派。南方多雨，云雾缭绕，植被丰茂；北方干旱，大漠风烟，山石裸露。南北画家对所在地的观感不同，画风也随之有别。南画清淡而润泽，北画粗犷而浑厚；南派灵秀，北派大气，可谓各有特色。而王维和韦应物虽然出生在北方，前者长期住在终南山的"辋川别业"中，过着半官半隐的生活，后者常年在江州和苏州担任地方官，两人皆亲近自然，共同开创了"山水田园诗"的淡雅诗风。而名茶多产自江南名山，其味清雅、其香隽永，如果不懂"南画"，不懂"山水田园诗"的韵致，即使面对香茗，或许还真的只知牛饮解渴，很难品得茶之真味呢。

采药山间

"松下问童子，言师采药去。只在此山中，云深不知处。"唐代贾岛的这首诗，文字浅显，意境却很悠远。虬松之下、童子遥指，采药云山、师迹不知……那绝美的画面，那扑朔的行踪，撩得我们很多人，对深山采药既感神秘、心中又充满了无限向往。

回忆自己首次上山采集草药，起因和心情，好像并没有诗中所描述的这么浪漫。

那是五十年前的往事了，一场重症伤寒过后，20出头的我养病在家，工作无着，心意阑珊。一天午后，我踱到邻居发小吴可家，想借本书看。吴可从小腿有残疾，终日猫在家里翻看着那本《常用中草药手册》，也正闲得无聊。谈话间，吴可提议，秋日正好，我们不妨上山去辨采草药，万一以后有机会，能当个草头郎中，或许也能混口饭吃。

吴可腿脚带疾，不便上山，我们决定先到湖西坡度不高的赤山埠一带去试试。那年月西湖景区管理不严，再说社会舆论都在提倡用针灸和中草药治病，赤山埠植被丰茂，人迹罕至，读小学时，我们就去采过树种，估计去采点草药，应该没有问题。

　　吴可虽然腿瘸，但游泳、骑车样样都会，是个生性要强的男生。我从小和他彻天彻地玩耍，深知他的禀性，从不把他当残疾人看待。记得那个深秋的中午，我俩各自借了一辆自行车，带着装备，早早地就来到了赤山埠。这是南高峰下向阳的一片坡地，路边笔直的水杉，叶子已经变黄，点缀着几株火红的枫树，给群山抹上了一道亮丽的秋色。沿坡而上，则是成片的橡树和苦槠树林，它们圆褐色的果实，有点像小一码的板栗，杭州人统称为"麻栗果儿"。俗话说"大树下面无小草"，要采药，还得避开那些繁茂的树林。我们将自行车锁在林中，沿着山间小路，想到坡地深处去碰碰运气。果然，前方林地逐渐开阔，大树少了，灌木丛生，一条浅谷从高处迤逦而下。春夏雨水丰沛，谷底有条小溪；如今秋旱，水源枯涸，溪坑里，谷坡上，绿茵一片；各类草木竞长，细寻肯定会有珍稀药材。我和吴可事先已做过功课，半夏、麦冬、车前草、佛耳草等，我们都识得，但其功效，或清热，或化湿……我们身体没有实症，采回家也没有用场可派，所以都不想要。寻寻觅觅中，吴可眼尖，在溪谷坡岸的草丛中，发现了几株像番薯藤那样的植物。"这可是何首乌呀！"吴可兴奋得喊出了声。他从背包里掏出那本《手册》，一一指点给我看。我翻看坡上的藤蔓，对照《手册》上的图片：那缠绕的藤，那心形的叶子，还真的完全相同。"掘一棵试试看吧"，我拿出随带的一把短柄铁锄，顺藤找根，小心地刨了起来。溪谷土层深厚，杂草和灌木丛生，根须都纠缠在了一起，初掘时颇费力。我蹲下身子，手锄并用，连拔带刨，待到把表层的草根去除，再挖下去就省力多了。"咦。真的有何首乌，太好了！"我手捧着从土层深处挖出的一个块根，拳头那么大小，像极了番薯，只是表皮紫中带黑，不像番薯那么红，岂不正是传说中的何首乌？！

我和吴可交换着细看掘得的这个宝贝疙瘩，心中都高兴极了。我说，"我最早听说何首乌这东西，还是读初中时呢。那时语文课有鲁迅先生《从百草园到三味书屋》这篇散文，老师是要我们能全文背诵下来的"。吴可说："我到现在还没忘呢！"他是班上的语文课代表，记性好，果真流利地背了一段："不必说碧绿的菜畦，光滑的石井栏，高大的皂荚树，紫红的桑葚；也不必说鸣蝉在树叶里长吟，肥胖的黄蜂伏在菜花上，轻捷的叫天子忽然从草间直窜向云霄里去了。单是周围的短短的泥墙根一带，就有无限趣味。油蛉在这里低唱，蟋蟀们在这里弹琴。翻开断砖来，有时会遇见蜈蚣；还有斑蝥，倘若用手指按住它的脊梁，便会啪的一声，从后窍喷出一阵烟雾。何首乌藤和木莲藤缠络着，木莲有莲房一般的果实，何首乌有臃肿的根。有人说，何首乌根是有像人形的，吃了便可以成仙，我于是常常拔它起来，牵连不断地拔起来，也曾因此弄坏了泥墙，却从来没有见过有一块根像人样。如果不怕刺，还可以摘到覆盆子，像小珊瑚珠攒成的小球，又酸又甜，色味都比桑葚要好得远。"

"今天就掘这味药材了！"我对吴可说，我俩相视而笑，把掘得的何首乌放进背包，便沿着这条溪谷，去找寻下一个目标。搜挖草药这件事儿，还真有趣，若无心，触目皆是荒草，一旦心中有了谱儿，"十步之内，必有芳草"，还真能不时有所斩获。这天下午，当夕阳西沉，暮霭四起时，我和吴可已掘得了12枚何首乌块根，大的如拳头，小的似鹅蛋，装满了一背包。

第二天正好是星期天，秋阳高照，我和吴可在井台上把采得的何首乌一一洗净，找了个竹匾，就把这些宝贝疙瘩摊放在阳光下晾晒。墙门里的邻居都来看稀奇了，没人识货，都笑话我们掘的是野番薯。我父亲走过来了，一眼就认出了这些是何首乌。他说："你们光挖了篰头，为啥不把藤也掘来，那也好做药的呀！"

记得读高二时，母亲贫血、夜间常常失眠，配得的中药中，有一味"夜交藤"，父亲说那就是何首乌的藤，功效可以养血安神。父亲幼时上过私塾，读的都是儒学经典，居然略知医理。

他说："传说何首乌藤蔓，即使相距数尺，夜来都会交缠在一起，所以又叫夜交藤。"

父亲考我和吴可："你们知道这种药材为啥叫何首乌？"

我俩都答不上来。父亲便给我们讲了一个传说。

那是唐代的事情了，顺州地界，有一个姓何名叫田儿的男子，生来身体羸弱，年纪58岁了，仍郁郁寡欢，无妻室之想。一天他醉卧荒野，夜来忽见山坡上有藤本两株，相距三尺多远，却蔓延相交，缠绵在了一起，久而松解，俄而又交，直到天明始才分开。何氏惊诧之余，便连根带藤，掘了两株带回了家。他请教多人，都不识得此物。后来碰到一位高人，说这是天生尤物，请他不妨杵粉而服，或许会有神效。这男人信而试之，服食七日，春心萌动，连服数月，宿疾皆消，身体日益强健。据传此人后来娶妻成家，儿孙满堂。家里人自此皆服此藤的块根，至老身强体健，须发不白。缘此，老爷子将自己的孙子取名"首乌"。后来其孙将此药的功效传述给了乡邻，乡人试服，兼得长寿，人们无以名之，便将此药材以其原主人的姓名"何首乌"称之。

见邻居们听了一惊一乍的，父亲笑了："这故事，李时珍的《本草纲目》上都有记载的，可不是我瞎编的嘛。"

"夜交藤可安神、养血，何首乌的块根能乌须发、强筋骨、补肝肾，但有微毒，非得经九蒸九晒，炮制过了才可入药。"父亲特意叮嘱我们。

邻居们都尊称我父亲为"赵先生"，说他"天上晓得一半，地上晓得全完"，其实父亲只读过几年私塾，肚中这点学问，都是靠平时爱读古书积累的。

年纪轻怕麻烦，怎么耐得牢"九蒸九晒"，那些何首乌，后来都不知道被我和吴可扔到啥地方去了。最近听说何首乌多吃可能会对肝脏造成损害。我发微信和吴可开玩笑，亏得当时我们年轻气盛不想进补，否则这么多没炮制过的何首乌吃下去，身体都要弄出毛病来。当然，这都是后话了。想当初，我们上山采药，也不是为了实用，纯粹是为了好奇和好玩。

云遮雾绕的深山峰壑间，衣袂飘飘的白发采药人，似仙非仙，极具梦幻感。宋代陆游《老学庵笔记》中，就记载有这样一则轶闻："青城山上官道人，北人也，巢居，食松麨，年九十矣。人有谒之者，但粲然一笑耳。有所请问，则托言病聩，一语不肯答。予尝见之于丈人观道院。忽自语养生曰：'为国家致太平，与长生不死，皆非常人所能。然且当守国使不乱，以待奇才之出。卫生使不夭，以须异人之至。不乱不夭，皆不待异术，惟谨而已。'予大喜，从而叩之，则已复言聩矣。"大意是，四川青城山有一位老道，筑巢而居，以炒熟的松花粉为食，已经90高龄了。别人向他请教养生之道，他总是笑笑，借口耳聋，一语不答。一次陆游在丈人观道院碰到他，忽然听到他在自言自语："为国家致太平，和长生不死，都不是常人所能办到的。但应当管理国家使不乱，讲究卫生使不夭，以待有才能的人出现。不乱不夭，都不需要特别的本事，唯一需要的只是谨慎而已。"陆闻言大喜，想再详问，那老道又装聋不答了。

这位老道巢居深山，以采得的松花粉为食，90多岁高龄了，仍头脑清楚，且能将养生与治国相对照，说出"不乱不夭""惟谨而已"这样富含哲理的话来，是不是太神秘了，令人闻之而心生好奇，萌生拜他为师、随他上山，在采药和云游中度过一生的冲动呢？！

陆游在诗词中就有这样的心意流露，例如他所做的一首《破阵子》曰：

> 仕至千钟良易，年过七十常稀。眼底荣华元是梦，身后声名不自知。营营端为谁。
> 幸有旗亭沽酒，何妨茧纸题诗。幽谷云萝朝采药，静院轩窗夕对棋。不归真个痴。

眼前荣华都是梦，官场混得再好，还不如归返林泉，在静院弈棋，到幽谷采药，来得逍遥自在。

药可以治病疗伤，药也可以养生健身，与须发皆白却精神矍铄的采药翁待在一起，会让人心中产生诸多期待：却病、益寿，乃至长生，是不是皆有可能呢？

古人诗文中常见这样美好的寄托。唐代卢纶有诗云：

　　春风生百药，几处术苗香。

　　人远花空落，溪深日复长。

　　病多知药性，老近忆仙方。

　　清节何由见，三山桂自芳。

同是唐人，刘商收到了一位朋友深山采集的药，喜出望外，当即作诗答谢：

　　玉英期共采，云岭独先过。

　　应得灵芝也，诗情一倍多。

宋代张抡有词：

　　割断凡缘，心安神定。山中采药修身命。青松林下茯苓多，白云深处黄精盛。

　　百味甘香，一身清净。吾生可保长无病。八珍五鼎不须贪，荤膻浊乱人情性。

张抡这首《踏莎行》是期望"长无病"，唐代储光羲这首田家诗，则想通过采药，一步登天做神仙：

　　田家趋垄亩，当昼掩虚关。

　　邻里无烟火，儿童共幽闲。

> 桔槔悬空圃，鸡犬满桑间。
>
> 时来农事隙，采药游名山。
>
> 但言所采多，不念路险艰。
>
> 人生如蜉蝣，一往不可攀。
>
> 君看西王母，千载美容颜。

补益强身或可行，但要像王母娘娘那样长生不老，则是不可能的。白居易在一首《海漫漫·戒求仙也》的诗中，就写道："云涛烟浪最深处，人传中有三神山。山上多生不死药，服之羽化为天仙。秦皇汉武信此语，方士年年采药去。"但事实证明，这一切皆是弥天诳言，撒谎的术士徐福们都去而不归，迷信的帝王则个个撒手尘寰。"君看骊山顶上茂陵头，毕竟悲风吹蔓草"。诗的结尾，白居易告诫读圣贤书的人们，应当"不言药，不言仙，不言白日升青天"。

当然，中国传统士大夫，读的是儒家孔孟书，忧的是经世家国事，是很少有修仙飞升之奢想的。他们之所以热衷于采药，与其说是在乎药材治病和滋补的效果，倒不如说更看重采药之过程：那种跋山涉水与自然的亲近，那种与山水亲近后的自我反思，那种反思后消释名利的愉悦和放松。请看唐人施肩吾的诗：

> 老去唯将药里行，无家无累一身轻。
>
> 却教年少取书卷，小字灯前斗眼明。

老来采药山中，始悟人生真谛，回想年少夜读，真是白白糟蹋眼睛嘞。

元杂剧《西游记》第十八折唐僧师徒迷路问道，作者借一位采药高人之口，抒发了类似的感悟：

> 山兮山分高，水分水分深。山高摩世界，水深流古今。百年惟有山水在，英雄豪士何所寻？道可道人莫毁，名可名就里难言。若离得酒色财气，便堪为尘世神仙。

更多不得志的士人，是把入山采药，当作了一件洗涤身心疲累的修行雅事来看待的。无可否认，采药山间，确是一件颇有诗意的事。采药的过程，深山中，沟谷里，爬上涉下的，听松涛，沐林风，足以怡心健身。明代的止庵法师如此描写采药：

> 语声了了出溪湾，只隔桃波一步间。
> 自爱黄鹂春后至，多愁燕子雨中还。
> 坡晴细草平如剪，花曙闲门半不关。
> 欲觅行踪云满地，人言采药在他山。

且看陆游采药下山，又是何等欣然怡然：

> 采药归来，独寻茅店沽新酿。暮烟千嶂。处处闻渔唱。
> 醉弄扁舟，不怕黏天浪。江湖上，遮回疏放。作个闲人样。

徜徉在溪谷间，做个山野闲人，我想真也是一种福分。后来吴可进了街道一家丝织厂工作。我独自一人，又去了玉皇山采野菊花、小和山挖"平地木"。

"平地木"本地人又叫"老勿大"，是一种喜荫的多年生矮小灌木。小和山的北坡背阴潮湿，常可掘到这种有利湿活血功效的药材。我是在雪后去寻这种草药的。秋后，平地木叶下会结一串串果实，经霜后红赤如珠，经久不凋。我喜欢平地木不畏严寒，红果映白雪的那股倔劲，掘得几株，移栽在花盆里，颇有"岁寒三友"的风骨，观之令人神旺。

玉皇山又叫玉龙山，与东侧的凤凰山遥遥相对，背靠西湖，面向之江，故民间有"西湖明珠从天降，龙飞凤舞下钱塘"之说。山的南坡向阳，秋日盛开野菊，花瓣不大，色泽金黄，晒干后可代茶饮，有清热利湿之功效，只是味道比白菊花要来得苦，一般人不大喜欢喝，所以任其自生自枯，采摘的人不多。我去那里，倒也不是泡茶时杯盏中缺几枚菊花，而是看中了这里的山势：站在半坡上南眺，潮起潮落的钱江就在眼底；江对岸平畴万亩，直抵江口，再无丘壑阻隔。江风浩荡，吹动着我的衣袂，也吹走了我心中的阴霾。尽管日子仍然灰暗，面对寥廓江天，我的心中却卸下了忧怨，充满了对未来的期待。

台湾作家三毛命途多舛，内心却痴情地向往着诗意的生活。她敏感多情，有一次逛中药铺，"看着那一墙的小抽屉一开又一开，变出来的全是不同的草根树皮，连带加上一个个又美又诗意的名字，我又换了念头，觉得在中药房深深的店堂里守着静静的岁月，磨着药材过一生也是一种不坏的生涯"。我相信她此刻的情感是真实的，不禁喟叹：如果三毛能有幸随一位上师到深山采药，她的忧郁症，或许也不至于发展到自尽的地步吧。

不妨独游

儿时喜欢结伴出游，一个人会感到孤单；年长以后却更愿意独游，来去无羁，自在自由。

有时反顾，这样的心思，其实少年时就已萌生。当年五位高中同学一起去大串联，首站北京，住在丰台铁路二小，到城里还有一个多小时的车程。起初五个人还是同进同出，不久就散了队形。有的喜欢跑大学，借看大字报为由，趁便考察一下自己今后入学的意向，如能进京，到底是选清华还是报北大？私下猜度，运动搞个一年，就会恢复高考，年纪轻，就是心高好幻想。有的同学爱玩耍，从来火车都没坐过，有机会上北京，天坛、故宫……那么多景点，三五天怎么玩得转？我嘛酷爱文史，圆明园的遗址、卢沟桥的石狮，故都这许多历史陈迹，都想一一亲往凭吊。每天清早，吃罢免费的早餐，两个馒头、一块酱萝卜或大头菜；我们几个同学就三三两两，自愿组合，各奔自己的目的地而去。我往往落单，一个人也好，喜欢看的就多盘桓一会，没兴趣的，就拍屁股走人，乐得逍遥，不必顾及别人的感受。

现在岁数越大，这种感觉越明显。与其和一个话不投机的朋友同游，宁可一人独行。旅伴朝夕相处，不光所观所瞻、所玩所乐的兴趣点要相同相近；连一日三餐的口味、起居作息的习惯，乃至连床共宿，夜来呼噜有否……也都会影响身心的愉悦和旅行的品质。写作此段文字时，我的一位朋友正在西藏旅行。他是独自驾摩托从香格里拉沿滇藏线去拉萨的。旅途中，他在微信朋友圈发了以下一段自问自答的感慨："一个人旅行好不好？很好！每个人都经历不一样，每个人兴趣爱好不一样。你认为美的，他认为一般；你认为精彩的，他还是认为一般；你不停留拍照，他会烦透了；于是你选择了孤独，但收获了自由；你选择了苍凉寂寞，但收获了无拘无束。当然会有些不便，但你稍加努力就解决了。如：拍照留念，要么一声'扎西德勒'，马上有人热情相助；要么搞一个八爪钩，延时摄影帮上忙……人生，有时就是比一个心态。"

难怪有人会说，男女相恋，是否契合投缘，考察的最好方法，就是结伴去做一次远游。一路行来，皆无矛盾，那日后成家过日子，便一切OK！如果旅途中就疙里疙瘩，以后肯定矛盾争执不断，那这小日子还怎么过？！

其实，这种喜欢独游的心态，古人就早已具有。南宋爱国诗人陆游《独游城西诸僧舍》一诗，对此便有过坦诚的描述：

> 我是天公度外人，看山看水自由身。
>
> 藓崖直上飞双屐，云洞前头岸幅巾。
>
> 万里欲呼牛渚月，一生不受庾公尘。
>
> 非无好客堪招唤，独往飘然觉更真。

诗中第四句中的"岸"，这里的意思是头巾高戴，前额外露。第五、六句，陆游用了两个典故。前者讲东晋时谢尚镇守长江马鞍山旁的牛渚，夜来泛舟江上，听到才子袁宏在另一艘船上吟诵诗作，十分赞赏，当即移舟迎请袁宏上船来畅谈。后者讲的是东晋庾亮驻守外镇，手握重兵，趋附者蜂拥，车骑过处，尘土飞扬，遮天蔽日。现在我们诵读全诗，陆游卓尔不群的形象呼之欲出。诗人不愿趋炎附势，自认是不被朝廷（天公）看好之人，觉得这样也无所谓呀！正好可以一人独游，上青崖、探云洞，"看山看水自由身"。独往独来，飘然自在，不是更符合人的本真吗！

或许正是这种风雨侵夕、天涯孤鸿般的独游，才触发了陆游江山无限却报国无门的无穷感慨，写出了诸如"衣上征尘杂酒痕，远游无处不销魂。此身合是诗人未？细雨骑驴入剑门。"这样的千古名诗。

独游是富有诗情的。

独游能让人的观察更细微、感觉更敏锐。

西溪是杭州西郊的一大片湿地，过去那里罕见游客，有大片的芦荡，也有散落在柿林竹丛间的清修尼庵。正因为荒寂，所以有情趣的文人更喜欢到那里去；而要感受寂寞和天籁，独游甚至是夜游，效果往往更为深切。明代高濂在《遵生八笺》中记述了一次"乘舟风雨听芦"游：

> 秋来风雨怜人，独芦中声最凄黯。余自河桥望芦，过处一碧无际，归枕故丘，每怀拍拍。武林唯独山王江泾百脚村多芦。时乎风雨连朝，能独乘舟卧听，秋声远近，瑟瑟离离，芦苇萧森，苍苍萩萩，或雁落哑哑，或鹭飞濯濯，风逢逢而雨沥沥，耳洒洒而心于于，寄兴幽深，放怀闲逸。身中之人谓非第一出尘阿罗汉耶？避嚣炎而甘寥寂者，当如是降伏其心。

高濂是钱塘人，所以《遵生八笺》中很多休闲游乐活动都与杭州有关。"乘舟风雨听芦"是"秋时幽赏"中的一篇。秋天的风声雨声，在芦花飞白的芦苇荡中，听起来最令人伤感。王江泾百脚村现在不知在哪里了，明代的杭州，据说就那一带特多芦荡。高濂站在桥上望过去，真是一碧万顷。如果碰到连日风雨，能独自乘一只小船深入芦荡，躺在船上听窸窸窣窣的秋声，那才叫适意呢。独坐孤舟，视觉和听觉都变得特别敏锐。雁群在沙丘上哑哑地鸣叫，白鹭在水面上欢快地飞翔，风吹得船篷逢逢作响，雨淅淅沥沥地下个不停，人身上虽然有点寒意，而心中却十分愉悦，寄兴幽深，放怀闲逸，感觉真是像神仙一样呵！高濂感叹：要避开尘世的喧嚣，降伏躁动的凡心，风雨听芦，这真是一剂绝妙的良方。

古代文人游乐，重在养心怡情，故高濂此书专辟章节，介绍杭州春夏秋冬各个季节拟进行的"幽赏"活动，强调通过应时的休憩来调养身心。除了"风雨听芦"以外，高濂建议秋天还可到"满家巷赏桂花""三塔基听落雁""胜果寺月岩望月""水乐洞雨后听泉"……今天我们也休闲，也到吴山赶庙会，到满觉陇赏桂花，到改造一新的西溪湿地公园，去赶"花朝节"或"火柿节"……但莫不呼朋邀友，茶肆酒楼定个包间，啤酒喝喝鸡腿掰掰，麻将扑克一桌桌摆开。有几人具有真正的雅兴，会像高濂那样独自乘舟，去风雨听芦，去与天地自然作一次心灵的约会呢？

独游能让人的身心更自在、精神更舒畅。

记得 1985 年，省有关部门为辛亥革命老人张任天举办"百寿茶话会"，我有幸列席。

张任天是浙江仙居人，自幼聪颖，学文习武，14 岁就中了秀才。1904 年张东渡扶桑求学，加入了光复会；1911 年，回国参加辛亥革命，参与光复杭州。虽是革命元老，张任天却多年安于教席，曾当过大学讲师、中学教员……晚年被聘为浙江省文史研究馆馆员。张任天先生诞生于 1887 年，逝世于 1995 年，享寿 109 岁，是辛亥革命亲历者中最长寿的老人。

会上一位参事讲了张的一件轶事，我至今未忘。张任天晚年一直寓于杭州，90 多岁了，腿脚还很轻健。听张老的家眷说：老人每天清晨四五点起床，天气好的话，一般吃过早饭就独自一人出门了，一整天都在西湖边的山林间游走，饿了渴了就吃随带的馒头开水，一直要到日暮，才如倦鸟归林般回转家门。深秋的一天，这位参事和朋友去登山。晌午时分，山幽林寂，他们沿小径下山，转过一片密林，只见远处山岩上毛茸茸地伏着一团东西。他们起初以为是野兽，壮着胆子走近一看，才发现是张任天先生。原来张老那天爬山困了，就在山石上躺着小憩，不知不觉竟睡着了，松毛落叶覆了一身也不知晓。这位参事很感慨：山深秋凉，即使年轻人也不敢露天打盹，张老却酣然入梦，浑然无事，身体真是强健。

其实，这就是张任天老而弥坚、寿逾百岁的秘诀所在。或说，养生的最高境界，就是不刻意养生。饥则食，渴则饮，困则眠；顺天意，法自然，张老就是在这样一种无忧无虑的状态中，寄身山林，尽享天年。

而要达到这种境界，绝非易事，需要一种通透的颖悟和洒脱的天性的。张和蒋介石的文胆陈布雷是旧识知交。1948 年陈布雷自杀前两个月，曾从上海打电话给张说有事面谈。张任天连夜乘火车赶到陈家，发现陈布雷面容憔悴，一支接一支地抽烟，同张任天的谈话也是语无伦次。张任天以为他终日政务劳顿、压力太大，便为他念了《诗经·民劳五章》的两句诗："民亦劳止，汔可小休。民亦劳止，汔可小息。"意思是劝陈早日摆脱身心交瘁的官场政务。谈话就这样没头没尾地结束了，没想到两个月后张任天却在报上读到了陈自杀的消息。

晚年张老悠游山林，每年清明、冬至，必去杭州九溪陈布雷的墓前，凭吊这个自称一介书生、却挣扎在宦海中并始终未能摆脱的老朋友……

"达则兼济天下，穷则独善其身"，将个人的荣辱看得很淡，将精神的自由看得很重，这是中国知识分子的固有传统。

明代著名散文家归有光，也是这样一位洒脱的独游爱好者。请看其赴京赶考落第，返回家乡昆山途中的一篇《归程小记》："予每北上，常翛然独往来，一与人同，未免屈意以循之，殊非其性，杜子美诗：眼前无俗物，多病也身轻。子美真可语也。昨自瓜洲渡江，四顾无人，独览江山之胜，殊为快意。过浒墅，风雨萧飒如高秋，西山屏列，远近掩映，凭栏眺望，亦是奇游，山不必陟乃佳也。"译为白话文，意思是：我每次北上会试，总是无拘无束地独自往来。一和别人结伴同行，就免不了要委屈自己、迁就对方，这实在不是本性所愿。杜甫的诗说："眼前如果没有庸俗的人，就算体弱多病，身心也会感觉轻快。"杜甫真是一个和我有共同语言的人！昨天从扬州瓜洲渡过长江，身边一个人都没有，我独自饱览江山之胜景，感到特别惬意。经过京杭大运河苏州段的浒墅关时，风雨萧飒如深秋，西边太湖边的群山像屏风一样排列着，远山近丘互相掩映。我身倚船栏极目远眺，不必登临，便可饱览山色，也算得上是一种奇特的旅游方式了。

归有光 35 岁中举后，八次进京参加会试，每次都铩羽而归。本文是他《己未会试杂记》中的一则。己未即嘉靖三十八年，归有光第 7 次赶考又名落孙山。独自回乡的他，明知朝廷取士的种种潜规则，却不屑攀附权贵以求闻达，独往独来，纵情江山之秀美，完全把功名抛在了脑后。归有光60岁第9次会试才得中进士，66岁即去世，仕途短暂且坎坷。但正是因了他特立独行的个性和高远洒脱的才情，才使他能不落平庸，写出了饱含真情的不朽散文，成就了自己"明文第一"的文坛地位。

独游会遭遇很多意想不到的趣事。

宋人刘斧《青琐高议》，记载有北宋王安石罢相后的一则趣闻："王荆公介甫，退处金陵。一日，幅巾杖屦，独游山寺，遇数客盛谈文史，词辩纷然。公坐其下，人莫之顾。有一人徐问公曰：'公亦知书否？'公唯唯而已，复问公何姓，公拱手答曰：'安石姓王。'众人惶恐，惭俯而去。"

王安石字介甫，是北宋名相，在任时力主改革，变法失败后，被朝廷剥夺相权，勉封为荆国公，退居金陵。一天，他头裹方巾，挂竹杖着麻鞋，独自出去游览山寺，遇见有人在那里聚谈文史，争议纷纷。王安石坐在他们下首，没人顾及他。有一个客人低声问王说："你也懂得文史？"王安石不置可否地应答了几声。那人又问他姓名，王拱手回答说："我姓王，名安石。"那群人得知面前这位老人，就是前任宰相王安石，个个惶恐不已，羞愧地低着头散走了。试想，如果王安石带着随从，前呼后拥地去游山，还能发生这样富有戏剧性的一幕吗？！

一人独游，无玩伴可以对话，反而能静下心来独自审省；而沉思之后，心中往往会有所悟。

一年初夏，雨丝飘忽，时断时续，我独自在家，心里闷闷的，如同这天气，都快要长出霉斑来了。于是一个人骑车去了灵隐，大殿是不进去了，就转到了飞来峰下，去细赏那些隐藏在岩洞里峭壁上的古代摩崖石刻。雨歇了，山路泥泞，腐叶和新草间，到处可见杭州人俗称的"香烟虫"在爬动。

迈过湿漉漉的山径，撩开挡眼的枝叶，令我心头震颤的是，那些崖壁上的石佛，历经千年，却仍然慈眉善目，或额首沉思，或拈花微笑，笑对飞来峰前的水暖泉冷，坐看慈云岭上的雾起霞落，世态的炎凉，千年的风雨，在这些石像的面前，真的宛如过眼烟云。

早些年我一直不明白，古人为何要花费那么多的人工，镌刻这些石佛？如果说为了信仰，那么，泥塑木雕不也同样可以达到目的。随着岁月的流逝，而今，我似乎悟到了祖辈们蕴含此中的深意，草木易朽，金石长存，他们不是分明在借石刻昭示我们，在市声喧嚣心浮气躁的时候，要像磐石一样沉得住自己的心志；在红尘万丈财诱色惑的面前，要像磐石一样站得定自己的脚跟。

人，有时候真的需要去山里走走，不光是为了减点脂肪，降点血压，更是为了替心灵卸去一重包袱，寻回一份本真。桃李无言，石佛无言，美好的东西很多时候总是那么默默。但如果我们去潜心体察，我们会从中感悟良多："心远地自偏"，"金刚不坏身"……人坚定了，百病难侵，百鬼难缠。

综上所述，独游，真是一件极具诗意的事。翻看唐诗宋词，不少名篇，都是作者在孤独的旅途中借景抒怀所完成的。

独在异乡为异客，每逢佳节倍思亲。

遥知兄弟登高处，遍插茱萸少一人。

这是唐代诗人王维的名作。其时，年轻的王维正独自在京城长安漂泊，重阳节那天格外思念家乡亲人，所以才有这样的诗作。茱萸是一种香草，古人认为重九登山插戴茱萸，可以避灾克邪。王维遥想兄弟登山，遍插茱萸，少了自己，一定也在思念之中。同胞深情，在独游分离时，会变得格外强烈。

君问归期未有期，巴山夜雨涨秋池。

何当共剪西窗烛，却话巴山夜雨时。

这是晚唐诗人李商隐所写的绝句《夜雨寄北》，有说是他寄给妻子的，有说是寄给诗友温庭筠的，时隔千余年，已渺不可考。但不管所寄何人，雨夜孤旅，残灯独坐，思念之情却是一样深切的。

千山鸟飞绝，万径人踪灭。

孤舟蓑笠翁，独钓寒江雪。

这是唐代柳宗元参与政治革新失败，被贬柳州以后所做的五言绝句《江雪》。大雪纷纷，天地茫茫，千山万径，鸟绝人无，只有一个戴着蓑笠的渔翁，还独自泊舟在寒江上垂钓。《古唐诗合解》称："江寒而鱼伏，岂钓之可得？彼老翁独何为稳坐孤舟风雪中乎？世态寒冷，宦情孤冷，如钓寒江之鱼，终无所得，子厚以自寓也。"一个"独"字，把柳宗元（字子厚）清高孤傲、正气凛然的性格，生动地表达了出来。

> 前不见古人，后不见来者。
>
> 念天地之悠悠，独怆然而涕下。

陈子昂的《登幽州台歌》更是把这种俯仰古今，放眼天地，报国无门，孤独悲伤的情感，发挥得淋漓尽致。其时武则天篡唐自立为帝，公元696年，契丹发兵攻陷营州，武氏敕令武攸宜率军征讨，陈子昂即在军中担任参谋。武攸宜为人粗率且刚愎自用，次年兵败，陈子昂请求遣万人作前驱以击敌，武不允。随后，陈一再进言，武皆不听，且将陈降为军曹，坐了冷板凳。正是在这样悲凉的心绪下，陈子昂独自登临了附近的这座幽州台。传说，幽州台是战国时燕昭王为求士而筑的金台。一时，乐毅、郭隗等天下贤士纷纷来归，燕国自此得以强盛。斯人已逝，空留此台，陈子昂登台远眺，天地苍茫，寂无一人，不禁悲从心来，难免要怆然而泪如雨下了。

非独游，无以体会这种心境，当然也产生不了这些让后人千载传诵的诗章了。

六、借问酒家何处有，牧童遥指杏花村

吃虾嗜蟹和食素

民以食为天，"诗意地栖居"，自然离不开口腹之福。或说，唯美食与春色不可辜负。至于何为美食，各地出产不同，民众口味与嗜好各异，标准自然也不会一律。

江南水乡，盛产的是鱼虾蟹蚌，这四类淡水产物，若要论口味之鲜，可能蟹和虾要比鱼蚌略胜一筹。

俗话说"秋风起，蟹脚痒"，螃蟹一般要等中秋后才陆续上市，不像河虾，几乎一年四季都有。当然价格，蟹也要比虾贵得多。所以，江南人家餐桌上，虾要比蟹多见。杭州人吃虾，那真是家常小菜一碟，平常得很。

说到虾的吃法，最经典的，要算"龙井虾仁"了。此看选用"色绿、香郁、味甘、形美"的明前龙井新茶和鲜活河虾仁烹制而成，虾仁白玉鲜嫩，茶叶碧绿清香，色泽雅致，滋味独特。

这种烹饪法，始于何时，众说纷纭。有说是杭州厨师受苏东坡词《望江南》"且将新火试新茶，诗酒趁年华"的启发，方有这种创举。有说是乾隆皇帝游江南时，一厨师误把茶叶当作葱花，加入炒虾仁的锅中所致。类似这种田夫野老的传说，只能当大头天话，听过算过。而台湾著名作家高阳在《古今食事》里曾提及："翁同龢创制了一道龙井虾仁，即西湖龙井茶叶炒虾仁，真堪与莲房鱼（《山家清供》里介绍的名菜）匹配。"

高阳本名许晏骈，出身于名门望族杭州横河桥之许氏。许家门第显赫，高祖许乃钊曾当过江苏巡抚；许乃钊兄许乃普是嘉庆庚辰榜眼，官至吏部尚书；光绪初年的军机大臣许庚身，再早些入值南书房的许寿彭，都是高阳的曾叔祖。所以高阳撰写的晚清史事，大都有所依据。且茶叶入馔，古已有之。据唐《茶赋》载，茶乃"滋饭蔬之精素，攻肉食之膻腻"。相传，清末安徽的厨师就已在用"雀舌""鹰爪"等茶叶去炒河虾仁了。翁同龢是咸丰六年的状元，同治、光绪两代帝师，这位晚清重臣祖籍苏州常熟，在任刑部右侍郎期间，又平反过轰动全国的余杭杨乃武与小白菜这一冤案，与杭州渊源颇深，龙井虾仁由他首创，言来可信。

餐桌上还有一道虾肴，为醉虾。

著名红学家俞平伯是德清人，20 世纪 20 年代，曾随舅家在杭州住过好几年，一度住在外西湖的俞楼。他曾著文回忆杭州的美食，"醋鱼以外更有醉虾，亦叫炝虾，以活虾酒醉，加酱油等作料拌之。鲜虾的来源，或亦竹笼中物。及送上醉虾来，一碟之上更覆一碟，且要待一忽儿吃，不然，虾就要迸起来了，开盖时亦不免"。

这两样菜，酒筵上常有，但家居，杭州人却不大做。试想龙井虾仁一大盘上桌，你一匙我一筷，瞬间就碗碟见底了，真是"剥剥三夜头，吃吃一筷头"，不合算。而活虾醉吃，也不是男女老少都习惯和喜欢。

杭州人家，最常做的是油爆虾。油锅热后，先放姜片爆香，然后倒入鳌须剪净的鲜虾，再加糖、酒、酱油爆炒即成。我个人烹饪此肴的经验，一是调料宜浓宜足，虾浸透汁水才更入味；二是葱宜等到起锅前一二分钟再放，这样葱绿虾红，色香味俱佳。

家人烹虾，简单的方法还有两种，于我记忆犹新。一是熬汤。记得儿时到了夏天，母亲会将事先晒好的虾干和霉干菜箭头一起煮汤。暑天出汗多，胃口不开，这汤味咸且鲜，既能补充盐分，又生津煞饭。二是炖蛋。新中国成立初期，杭州城里鱼塘很多，东园巷一带，据说就有 72 只塘；东河水清见底，也有鱼虾。我家那时就住在东河边上，有时候运气好，用淘米的竹箩，就能兜住小虾。记得每当我们兄弟有所收获，母亲就会打一只蛋，把这些小虾米倒入碗中一起蒸。蛋嫩虾鲜，营养丰富，吃得我们几个伢儿是个个舌头舔鼻头，碗底翻身了，还要讨添头。

所以，对于虾这样的食材，只要够鲜活，烹饪的方法繁简与否，其实是无妨的。丰子恺先生曾著文回忆民国初期住在杭州的一件趣事。当年他住在西湖招贤寺隔壁，常见一人在西湖边钓虾，钓得了三四只大虾，装入瓶子，这人就去到岳坟旁边的一家酒店里，叫一斤酒，却不叫菜，取出瓶子来，用钓丝缚了这三四只虾，拿到酒保烫酒的开水里去一浸，不久取出，虾已经变红色了。他向酒保要一小碟酱油，就用虾下酒，一只虾要吃很久。丰子恺先生和他攀谈以后，很赞赏此人这样简单随性的生活："此人自得其乐，甚可赞佩。可惜不久我就离开杭州，远游他方，不再遇见这钓虾的酒徒了。写这篇琐记时，我久病初愈，酒戒又开。回想上述情景，酒兴顿添。正是：'昔年多病厌芳樽，今日芳樽唯恐浅。'"丰先生的这段文字，使我们见识了杭州人最简单的一种吃虾法。丰子恺不是美食家，却是一位最懂得餐饮真味的人。

所谓"虾兵蟹将"，蟹，总是与虾连在一起的。虽说都是水产中的至味，但蟹，无论鲜味、价格和美誉度，似乎总比虾要高出一头。宋代诗人徐似道曾在《游庐山得蟹》一诗中写道："不到庐山辜负目，不食螃蟹辜负腹。"而章太炎先生的夫人汤国梨是位女中豪杰，辛亥武昌首义后，民军攻打南京，汤曾参与组织"女子北伐队"响应。和太炎先生一样，汤国梨也善诗词，请看她所做的《酒兴》诗："兴酣落笔书无法，酒后狂歌不择腔。"端的大气豪放。汤国梨祖籍江南水乡乌镇，喜食水产，尤嗜阳澄湖蟹。此湖位于苏州东北郊，故汤氏诗中有言："若非阳澄湖蟹好，人生何必住苏州。"汤国梨晚年一直住在苏州，1980年在那儿去世，享年97岁。

蟹之鲜，那是没得说的。晚清著名的书法家李瑞清，清亡后隐居上海，自署清道人，以鬻书画生活，可谓是蟹的铁杆粉丝，据称一顿能吃蟹百只，自号"李百蟹"。李瑞清1867年出生于江西临川官宦世家，光绪二十一年中进士，曾任两江师范学堂（今南京大学前身）监督（即今之校长），是著名画家张大千的恩师，清末民初蜚声国内书画界，却天不假年，1920年去世，只活了54岁。李氏去世的原因，民间一度传说与嗜蟹有关。周一行《饮食逸话》中，是这样记述李瑞清的死因的：每逢螃蟹上市时起，李瑞清日必以蟹佐酒，无蟹不欢，有一次恰值大风大雨，当差的买不到蟹，回来被主人痛责了一顿，命令他非买到不可。当差的没有办法，好容易觅到几只死蟹，便鱼目混珠，烧给主人吃。隔了一天，李瑞清得伤寒重症，药石罔效，不久便去世了。许多医生都认为病因起于吃死蟹。如真的这样，那确实太可惜啦！

螃蟹虽然味道鲜美，但在我幼时的印象中，销路似乎并不太好。

每到秋凉，东篱菊绽，四郊河塘的螃蟹就上市了。杭州的小菜场里，到处摆满了装蟹的铁丝笼子，一半浸在木盆的水中，一半露出外面，一只只毛脚大蟹爬满笼格，蟹嘴里吐出的水泡此消彼长，卟卟有声，引得我们一帮小孩蹲着观看，不肯离开。一般家境的主妇，除非家有客人，是宁愿买鱼虾，也不会停下脚步，来挑拣几只螃蟹尝鲜的。母亲也是这样，总会吓唬我说："小心湖蟹钳子咬手！"不让我在蟹笼前多逗留。

虽然生在江南，在我童年的记忆中，竟然从未有吃蟹的印象。其实那时，螃蟹的价格并不算贵，之所以鲜有买主，我想，按照现在的话来说，大约总是嫌螃蟹的"性价比"不高吧。螃蟹身肢皆有甲壳包裹，且越老越硬，坚锐如铁。恰如唐代皮日休《咏蟹》诗所言："未游沧海早知名，有骨还从肉上生。"试想这样的一副"铁甲"，分量会有多重！看看硕大的一只蟹，甲壳剥出，肉和膏其实只剩小小的一匙。所以此物只配下酒消闲，不宜过饭速食。而大户人家就不一样了。旧时诗礼簪缨之家，秋来搞一桌蟹宴，合家围坐，持螯品酒，吟诗赏月，那确是很有兴致的事。《红楼梦》中就描述过这样的一次蟹宴，宝玉和大观园内的一班姐妹品蟹斗诗，比下来，我看还是林黛玉写的一首最有韵味：

> 铁甲长戈死未忘，堆盘色相喜先尝。
>
> 螯封嫩玉双双满，壳凸红脂块块香。
>
> 多肉更怜卿八足，助情谁劝我千觞。
>
> 对斯佳品酬佳节，桂拂清风菊带霜。

而对升斗小民而言，柴米油盐都要算计着买，三碗饭扒落就要上班干活，剥食这种"费钱费时不煞饭"的大闸蟹，未免有点太奢侈了。

俗话说"众口难调"，有嗜荤的，也必有食素的。只要心态端正，细细品味，瓜果蔬菜，照样能够营养身体，吃出别样滋味。

金圣叹是明末清初的一位怪才，以荒诞而尖刻的言行，来对抗朝廷的残暴统治，终以莫须有的罪名被诛杀。在临刑前，刽子手问他还有什么遗言，他对两个儿子说了一句人们意想不到的怪话："花生米和豆腐干同食，有火腿味道。"也有版本说是："豆腐与菠菜同吃，有烧鹅滋味。"事过几百年，到底金圣叹是怎么说的，已无从查考。以这种怪诞的方式，来表达自己对死的无惧和对清廷的蔑视，我想，或许这就是金圣叹此说的初衷吧。也有人推测，"花生米和豆腐干""豆腐和菠菜"，两两都是素菜，两种素菜同食，可以产生"火腿"或"烧鹅"这类荤菜的味道。金圣叹之所以对两个儿子这样说，是担心自己死后，家道衰落，孩子们没钱买荤菜吃，那就用这样的方法"以素代荤"，聊解嘴馋也未可知。如真是这样，那也真是难为金氏，"可怜天下父母心"了。

其实，"以素代荤"，在吾国，不仅是佛家的传统，于普通百姓家庭，也是很寻常的食谱。

青菜萝卜，属家常菜，严格点说，还不能冠以"素斋"之雅号；真正能上台面的素食，大多是以豆制品为主料，外加香菇木耳等山珍烹制而成。素食之中，我最爱吃的，是母亲常做的"素烧鹅"，豆腐皮摊开，涂上糖、酒、酱油等调料，卷拢蒸熟即可食用。此肴做法简单，口感好坏，全在于豆腐皮的质量和调料的入味与否。

杭州的素菜馆，最有名的，应当是素春斋吧。我辈年轻时，饥荒连连，肚里油水常不足，偶开牙斋，不会想到去吃素斋。待到国家经济状况好转，自己衣兜里有余钱了，素春斋转制，店主几经更易，想上门品尝，延安路上却已难觅此店。听说前些年该店重现江湖，终应杂事缠身，至今无缘一饱口腹。灵隐斋堂的素筵，我倒去品尝过一次，素烧鹅、素什锦……烧得都很地道和入味。最使我难忘的，是席间获赠寺内方丈、时年已91岁的木鱼法师题诗的一把折扇，诗曰：

> 深山老木已成舟，不向西湖作乐游。
> 应自扬帆江海去，顶风逐浪砥中流。

说到素食，我妻子从小看她爷爷持守，比我感受更深。她爷爷世居嘉善，早年习儒，辛亥前柳亚子等一班南社成员来西塘，爷爷和他们互有诗词唱和。后来老人皈依三宝，读经念佛，基本吃素，成了一名居士。老人对中医中药很有研究，常自调一种药粉为患者治疗眼病，疗效很好，深得乡人敬重。我和妻子相识时，爷爷已88岁，等到我们结婚，儿子都上幼儿园了，老人家方去世，享寿九十有五，可见素食对健康之有益。

科学研究发现，人类和其他肉食动物的生理结构不同，消化系统的特点是适于消化素食而不是肉食的。肉类的纤维素少，食用后容易引起便秘，产生痔疮及肠道疾患；经过消化后所剩的残渣长时间停留在人体内，会产生较多的毒素，增加肝脏的负担，从而造成肝硬化等肝脏病变；且肉类中还含有大量的尿酸、尿素，食用后会增加肾脏的负担，导致肾病……所以现代社会，越来越多的人开始选择素食以养生。

但如果只是为了保健而吃素，格局未免太小。佛家茹素，着眼点在于慈悲和向善。

提倡素食，在我国是有传统的。孟子就说过："君子之于禽兽也，见其生，不忍见其死；闻其声，不忍食其肉。是以君子远庖厨也"。儒家是"眼不见为净"，戒杀生，但肉还是要吃的。佛家就更进了一步，认为动物被宰杀的时候，会产生恐惧，要长养慈悲心，最好天天吃素。其实，佛教虽然最早倡导素食，但是最初佛陀时代僧尼并非完全素食，因为当时是靠"沿途托钵"的方式乞食，信徒给什么就只好吃什么。后来随着佛教的发展，寺庙的供养条件得到改善，出家人才有可能做到完全素食。而在我国，极力倡导出家人吃素的，据说是梁武帝。

我国古代，有权有钱之人，不光肉食，且常有虐杀动物的恶习。如唐代张鷟所撰《朝野佥载》中就有一则这样的记载：武则天当朝时有个男宠叫张易之的，为竞奢斗奇，曾搞了一只"大铁笼，置鹅鸭于其内，当中取起炭火，铜盆贮五味汁，鹅鸭绕火走，渴即饮汁，火炙痛即回，表里皆熟，毛落尽，肉赤烘烘乃死"。用这样残忍的方法，为自己烹制奇味美食。

南北朝时，这种情况，估计应比唐代更为普遍和酷烈。而梁武帝是一位虔诚的佛教徒，不忍杀生，极力反对僧尼吃肉。在他的倡导下，出家人素食蔚然成风。

我非槛外人，但对因慈悲而吃素之人一直心怀敬意。

我觉得，食素与否，人各有所好，固不可强求。但为了生活的健美，人性的向善，而坚持素食，这样的追求和虔诚，总是值得我们敬重的吧。

一饮一啄识人性

我这人性格木讷，不会饮酒，因此最怕陪宴。一桌陌生人坐在一起，有些是方方面面的领导，有些是财大气粗的土豪，心情不好也得装出笑脸，没话也得找话搭讪，不胜酒力也得勉强自干几杯，一桌饭吃下来，至少得花费两三个小时；回到家里，头晕腹胀、口苦舌腻，则起码要三四天才能调整过来。

但在新闻单位工作，当记者时，要满世界跑，与形形色色的人打交道；有时候采访得迟了，人家招待吃饭，实在难以拒绝。后来有点职务了，有时候，报社请了嘉宾来帮助搞活动，人家忙了半天，作为东道主，一顿饭总得招待吧。于是，常有饭局。事后回想，宴饮虽然非我所好，但饭桌上的一饮一啄，却有助我识别社会上的种种人性，恰如《红楼梦》中所说"世事洞明皆学问"，细思之，也不失为一件有趣的事。

记得有一次是应一位朋友邀请，去参加一位和尚举办的新闻发布会。那位和尚自称是位画僧，不知从哪里搞来了一些"名家"书画，是真是假，当时的我，还真搞不灵清。但能够确定的是，这和尚的交际能力真行，居然把所谓"国学大师"文怀沙请来了。文先生是一位有争议的人物，关于他的争论焦点有二：一是学术成就，有人以为他只注释过《屈原集》等，不认可他是"大师"；一是关于他的年龄，有说是生于 1910 年，有说履历表上显示的是 1921 年，认为他故蓄长须，倚老卖老。这两个疑点，一直到文先生去世，都没有"盖棺论定"，我们也没必要在此究真。只是初次接触，文怀沙留给我的印象就是，这是一位豁达有趣的老头。记得会议开始，请文先生致辞，他就一抹银须，跟我们记者开起了玩笑："听说会议结束有聚餐，是法师作东。过去人们说出家人'吃八方'，我看还是你们当记者的厉害，今天吃'九方'，居然吃到和尚头上来了！"几句话，把大家都逗笑了。会议结束后的聚餐，安排在市区的一家百年老店，我和文先生正好在一桌。等菜上桌的间隙，我见文老顾自踱到窗前，朝楼下老城区的旧时巷陌久久地凝望。回来落座以后，只见他微笑着对我们说："楼下的街巷几十年都没怎么变哪！我有一位旧日情人，当年就住在这一带的。"说这话时，文先生总该80多了吧。我见他的眼神迷离，似乎仍沉浸在当年缠绵的恋情里。据说，文怀沙一生有过五次婚姻，至于恋情，那恐怕就更多了。不管怎么说，那时的文先生，总该算是个资深学者和名人了吧，但他在初次见面的记者面前，却毫不忌讳谈"女人"和"感情"方面的事。这种出乎人们意料的"坦率"，颇有《世说新语》中的名士气，一般的人，没有一定的功力，大约是很难做到的。2018年他以108岁的高龄去世，有文章评论说："一个曾被奉为国宝也被批为败类，年龄是个奇迹也是个谜团的人，从此不再长髯飘飘，永远告别了这个文化江湖。"我算有幸，和这位谜一样的老人，有过一饭之缘。

我在单位，曾分管文体科教部多年，接待的对象，多是文体名人，现在回想起来，虽然陪餐的过程耗时费神，但心智上的收获，有时却超出想象之外。

上海文化界的嘉宾我们请过不止一位，其中印象较深的是著名配

音演员童自荣先生。童自荣 1966 年毕业于上海戏剧学院表演系，1973
年入上海电影译制片厂，至 2004 年退休，近 40 年中，为上千部国内
外影视片配过音，而尤以为《佐罗》主角配音而为无数影迷熟知。网
上对童自荣的评价是："仅仅听听他的声音，相信就会有不少少女为之
着迷：明亮而帅气，潇洒中带着风流，音色华丽、充满儒雅的贵族气
质。"当报社为一次诗歌朗诵比赛而请来他当嘉宾时，出现在我们面前
的，却是一位温和低调的谦谦君子。我素来不善于和演员打交道，常
以为他们的言行都是在演戏，很难辨别真伪；想不到却与童自荣一见
如故，感觉到的都是真情。那场诗会工作量大，文艺部的不少同事都
参与了。活动圆满结束以后，我们在三台山的一家餐厅慰劳同仁、答
谢嘉宾，场面相当热闹。我们报社有一个特点，就是"没大没小"，领
导写稿编稿，也是"记者编辑"，无非职务上多了个"主任"或"总"而
已。一旦聚餐，同仁碰到一起，你开我玩笑，我罚你老酒，彼此嬉谑，
其乐融融。餐桌上那天上了些什么菜，我都忘记了，只记得坐在身边
的童自荣，餐后很感慨地对我说："你们的团队真好，真令人羡慕！"
说话时，我看得出他是动了真情。我早听说，因为单位人际关系复杂，
童老师工作一度不太顺心。职场嘻嘻哈哈仅是外表，哪里有真正的净
土呢？我感受了童老师的真心，却不便也想不出恰当的话来宽慰他。

旅美著名画家陈丹青，虽然祖籍广东，却出生和成长在沪上，也
是道地的上海人。陈丹青无疑是有才的，绘画是他的本行，其画才，
少年出名，业界公认，自不必说；其文才，则有《退步集》等多部畅销
书为证；他的口才也好，笑谑之中，绵里藏针，一度被邀到处演讲，
可见赞誉度不低。那年，报社人文大讲堂慕名请了陈丹青来做演讲，

会前在下榻的宾馆餐厅便宴，我与他得以有共餐的机会。记得初次见面，未等报社接待的同事介绍完毕，他就瞪着那双大眼睛，边和我握手边笑着说："喔，一看就是个领导。"我听出了他话语中的揶揄成分，也跟他开玩笑："侬眼光不错，一看就是个'老克勒'"。"老克勒"从英语 old clerk 音译而来，意译应为"老白领"，后来成了上海话形容人精明圆滑的戏称。他闻言朝我笑笑，两人心照不宣，就把话题扯开了。因为是工作餐，陪同的人不多，不喝酒，菜式也较简单，无非就是葱油鱼、炒虾仁之类。陈丹青对吃食倒并不挑剔，只是吃得不多。问他是不是菜肴口味不对，他连忙解释，菜很好，只是晚上睡得迟了，刚起床，没胃口的缘故。席间闲聊，陈丹青知道我只比他大 5 岁，在上海生活过 4 年，不知怎的，他突然冒出一句："最怕同代人。"

报社举办的人文大讲堂，听众以中老年人居多。前两年社会上兴起养生热，有一套《求医不如求己》的书很畅销，于是我们把作者中里巴人，也请来做了一次讲演。作者看上去大约四十几岁的年纪，真实身份是北京中医协会理事，中里巴人是他的笔名。中里巴人一上场，先夸了一通杭州西湖的漂亮，然后是抱歉，说昨天泛舟湖上，受了风寒，嗓子提不高，请听众多包涵。接下来他讲自己习武学医的经历和养生的心得：家学渊源，父亲为八卦掌传人；自幼，他便师承父亲练习道家导引养生功，继而拜师习武，是太极名家的关门弟子，后又研读了中医各家经典和现代医学典籍，体察到医武同源之旨趣。根据自己对人体经络的切身理解和体会，中里巴人认为治病不如防病、关注疾病不如关注健康，并当场向大家传授了几套防病保健的功法。

演讲结束，我们在会场附近的一家海鲜餐厅招待客人。中里巴人自称生活中是个百无禁忌的人，比如说吃，关键不在于你吃什么而在于你想吃什么，有人会说吃这个没营养，但你想吃，吃得愉悦，就是一种营养。有人说这东西有毒，什么没毒？蔬菜用化肥，水果喷农药，家禽用人工饲料，还有口蹄疫、疯牛病，今天说这个能吃，明天又说什么元素过量，这还怎么吃？他说：毒进入身体后只要能够排出来就没事，排毒排的是什么？一是浊气、二是浊水、三是宿便。如果为了怕中毒，这不敢吃那不敢碰，这样即使长寿也没了生活色彩，不妨效仿济公，让"毒物穿肠过，营养腹中留"，那我们也就安全了。既然嘉宾百毒不侵，吃菜没有忌讳，倒省去了我们点菜的不少顾虑。

　　一场报告下来，本报的几位女同事，早对这位养生达人佩服得五体投地，席间不断向中里巴人请教保健养颜秘诀，他也有问必答，侃侃而谈。酒酣耳热之际，我想起了散场时身边一位听众的一句疑问，大意是说：功夫介好，怎么湖风一吹，就受寒了呢？思想不觉就开了小差。我年轻时，也曾热衷习武，现在老了，知道锻炼有益身心，却并不能保治保防百病。至于功夫好坏，会说不会说，并不能作为标准。忆及20世纪70年代，自己练拳时拜的几位师傅，确有功夫在身，人前却从不显摆。老底子的人信奉"满瓶水不响，半瓶水晃荡"，江湖上真正的高手，大多深藏不露。转念一想，现在市场经济，讲求的是广告效应，凡事都要会吆喝，老辈人的内敛做派，如今还行得通吗？想到这里，我独自浮一大白，不由感慨万千。

　　和名人一起吃饭，会获得与原先印象截然不同的观感，感慨人性的复杂和平庸；与普通人共餐，也经常会从他们的谈吐中，获得自己人生中原本缺乏的一些感悟，从而丰富了阅历提高了识见。

　　1996 年秋，报社策划的"重走长征路"已到尾声。我和同仁驾车进入陕北，向当年红军的会师地吴起镇出发。深秋的黄土高坡，庄稼都已收割完毕，公路两旁的行道树黄叶飘零，放眼望去，几乎已看不到一抹绿色。路上的车辆很少，落日西沉，暮霭四起，打前站的记者手机来电，说镇里已联络上，管文宣的副镇长已备了晚饭，要请吃当地有名的炖羊肉为我们洗尘。我们早已饥肠辘辘，驾驶员小陈不由加大了油门。"前面是村庄，开慢一点！"坐在副驾驶座的我提醒他了一句。说时迟那时快，只见暮色中，一个小孩突然从车前窜过。小陈在部队当兵就是司机，手脚够快，立马一个急刹车。我赶紧下车察看，见一个五六岁大的男娃倒在车前，顿时吓出了一身冷汗。可能是听到了汽车的刹车声，路边的一间低矮的土坯房里钻出一位老汉，孩子爬起身，惊哭着，扑到了老人怀里。我见孩子手脚利落，略觉心安，但看到老汉衣裤褴褛，布满皱纹的脸上双眉紧锁，心想，在穷乡僻壤碰到这种事，不赔一笔钱恐怕走不了啦！为了对孩子负责，我跟他爷爷商量，是否一起上医院给男孩检查一下。老人起初不同意。我说，那怎么放心。一再坚持下，老人才肯带孩子上车。车到县医院，挂了急诊，骨伤科医生作了仔细检查，小孩只是受了点惊吓，身体一点伤也没有。老人铁青的脸上，这才绽出一丝笑容。天黑了，老人说要早点回家，我们执意请他们爷孙俩在面馆吃了晚饭再说。陕北的小饭铺，也没啥好吃的，我挑了最贵的大排面，每人要了一份，给爷俩额外又各加了两个煎鸡蛋。不一会，面端上来了。男孩可能是饿了，也可能很久没吃过这样好吃的面食了。只见他手捧大碗，大口大口扒拉，吃得比我们大人都快。可坐在一边的爷爷却光喝汤，一口面都不吃。我说大爷你牙口好吧，怎么一口面和肉都不吃呀？老汉憨笑着，说："家中老伴瘫痪在床还饿着肚子呢，带回去可给她充饥。"我问："孩子父母呢？"老人说："孩子父母都在南方打工，一个孩子留在家里让我照顾。""咱三代就这一独苗，管娃责任重呀！"我说："不好意思，这次让你老人家受惊吓了。""没有要紧事，你们也不会开得这么急。男娃顽皮，给你们添麻烦了，耽误了你们公家事。"说话间，我让小陈到后厨又多要了几块煎好的大排和两筒干面，一并打包。归程，我把爷俩送回家，掏出身边的几张百元钞，连同那只食品包，递给老汉。老人接下了食品，钱却坚决不肯收："不成不成，哪有让人请饭又收人钱的！"黄土地上的老农，说话做事，就是这么朴实。

车行在暮色中的黄土高原上，我心中仍是感慨万千，想起上月在贵州，途经怀化去赤水的路上，穿越一个集市，下雨天，当地小贩故意把杂货摊摆放在路上，去茅台酒厂参观、提货的车辆挤成了一条长龙，一不小心擦倒了支雨棚的竹竿，旁边的摊贩一拥而上，不赔上个二三百元，天黑了也不让走。同样的偏远之乡，同样的陌路之遇，为何映照的是如此不同的人性？颠簸在广袤的原野上，我思绪纷乱，真想效古人披发而啸，长歌当哭！

若论吃饭喝酒，当然最好是跟自己的哥们弟兄。那种酒到半醉，无话不谈的感觉，是任何珍肴美酒都换不来的。一次我留几位要好朋友在家中便饭，几杯黄酒下肚，不知怎的，话题就扯到了"做人难"这上面。一位弟兄说，最近他碰到了一件窘事。单位有位领导体检有一生化指标超标，医护室的人嘴快，传得沸沸扬扬，说是弄得不好会是重症。这位弟兄听到后，就买了鲜花上门看望，谁曾想被领导一顿臭骂："哪个说我有病来着，你们是巴不得我生病是不是？"怼得我那弟兄灰头土脸，至今还满腹狐疑，怎么送礼还送出鬼来了？他的话音刚落，坐在旁边的一位姐们也开腔了，她和这位弟兄是同事，说："这事我也知道的，我看他红光满面整天赶饭局，有啥断命毛病，才懒得去探望呢。谁知有一次在电梯里单独碰到，他竟然装出一副可怜样子对我说'我身体介不好，你都不闻不问，装作不晓得！'"同样一个领导，怎么会有两种做派？。一直顾自抿酒，我们这桌人中年岁最长的陈大哥放下酒杯说话了："人呀，不管是领导还是小八喇子，其实性格中都有强和弱的两面。你们这位领导在男性下级前，要显露自己强悍的一面，当然讨厌你说他有病。而在自己喜欢的女下属面前，他又会示弱，巴不得你去缕缕他的顺毛呢！"大家听了，都说有道理。我请教大哥："那碰到这类事，作为下级，该怎么应对？"陈大哥抿一口小酒，悠悠开导："问题不在于问还是不问，关键在于你怎么问。""有人显强，忌讳别人问疾；有人示弱，喜欢获得怜爱，我怎么知道他心中是怎样的想头？""所以我今天教你们一招，不管碰到何人，问候时，只要夸人家气色好、精神好，其余都不必多说。如有人喜欢唠叨，自己说病，那时你再问疾也来得及。"陈兄毕竟比我们多混过几年江湖，一番话，说得大家心服口服。

吃喝拉撒，本是俗事，却人人难免。一起吃饭，能拉近人与人之间的距离；如再能喝上几杯酒，脸燥耳热之余，面具脱却，往往能在不经意的言谈中，流露出彼此的真性情。古今中外，人来客往，难免饭局，恐怕这亦是一大原因。我想，请客吃饭，不求奢华，求的或许正是推杯换盏间的一片真情。

独酌的意趣

喝酒，人多固然热闹。独酌，或许更有诗意。

当代著名学者郑振铎在《宴之趣》中，回忆儿时看祖父饮酒，有一段生动的描述："独酌，据说，那是很有意思的。我少时，常见祖父一个人执了一把锡的酒壶，把黄色的酒倒在白磁小杯里，举了杯独酌着；喝了一小口，真正一小口，便放下了，又拿起筷子来夹菜。因此，他食得很慢，大家的饭碗和碗都已放下了，且已离座了，而他却还在举着酒杯，不匆不忙地喝着。他的吃饭，尚在再一个半点钟之后呢。而他喝着酒，颜微酡着，常常叫道：'孩子，来，'而我们便到了他的跟前。他夹了一块只有他独享着的菜蔬放在我们口中，问道'好吃么？'我们往往以点点头答之，在孙男与孙女中，他特别的喜欢我，叫我前去的时候尤多。"

郑振铎出身于书香门第，父亲早逝，祖父郑允屏在温州做过小官，对这位天资聪慧的孙子特别宠爱。郑振铎在文章中没有点明，独酌时祖父给他分享的，是何种好吃的东西。旧时，即使有钱人家，除非招待贵客，平时餐桌上也不会有什么山珍海味。一般家境，有点荤腥，都要留给当家人下酒。我估摸，祖父塞进爱孙口中的，大约也不外乎鸡脯鸭肝虾仁鱼圆之类家常菜肴。

其实，平居独酌，不是饕客，饮者的用意，也并不在于"大快朵颐"，所以下酒的菜，大都十分平常，只是做得较为精致有味，耐嚼耐品而已。

我父亲生前别无嗜好，唯劳累一天，回家晚餐亦喜欢独酌几盏。记得母亲为他准备的下酒菜，随季节而略有变化，也就是几小碟冷盘热炒。常见，且我今天还有印象的，春天往往是一碟香干马兰头，野生的马兰头焯水后切细，洒点盐末浇点麻油，与切成丁的香豆腐干同拌，入口清香而时鲜；一碗是清炒螺蛳，清明前的螺蛳肥壮且不带籽，素油葱姜爆炒，佐酒最好。夏天常吃的，是一碟现炒三丁（笋丁肉丁酱丁），鞭笋要切除老的箬头，肉要选全精的里脊，酱瓜则要买景阳观的双脆瓜；母亲说："越是家常食材，选料越要讲究。"有时也上一碟水煮毛豆，刚上市的五香毛豆，剪去豆荚两端，盐水煮熟，省事又入味。秋风起，蟹脚痒，此时，蒸只大闸蟹，膏黄肉满，八只蟹腿两只大螯，一只螃蟹就足够佐一餐酒；蔬菜配不配，简直已无所谓了。冬天是进补的季节，父亲下班回家，常会自己买几样佐酒菜回来，这就省得母亲操心了。有时是一包白切羊肉，夹筋带皮，连精肉旁边黏着的肉冻都是晶莹的；蘸料卖家亦已配好，一小包炒过的花椒盐，把咸香无私地贡献出来，把鲜味都让给了羊肉本身。有时是卤味店里所买，几只已经快孵成的"喜蛋"，"鸡喜""鸭喜"都好，"鹅喜"特别大，那是父亲的最爱。四季通吃的下酒小菜，也有几样。一种是油氽豆板，一种是油氽花生米，氽好以后撒一点细盐，就可解"有酒无菜"的不时之需。实在没有菜佐酒，父亲就会开动脑筋，自搜自便，有几次母亲回娘家省亲了，父亲酒瘾上来，就会把餐桌上搁着，准备过早餐的油条，取过一根，在里面塞进蒸好的霉干菜，然后一手捏油条，一手端酒盏，咬一截油条抿一口老酒，怡然自得。我曾尝过父亲的这道"创新"下酒菜，果然鲜香无比，有霉干菜焐肉的味道。

汪曾祺先生是作家当中的美食家，曾著文说："家常酒菜，一要有点新意，二要省钱，三要省事。偶有客来，酒渴思饮。主人卷袖下厨，一面切葱姜，调作料，一面仍可陪客人聊天，显得从容不迫，若无其事，方有意思。如果主人手忙脚乱，客人坐立不安，这酒还喝个什么劲！"我觉得概括得十分贴切，独酌时的配菜，可能更应如此。据汪自称，他也曾"琢磨出"油条里面塞馅这样的下酒菜。只是他油条里所塞是生的猪肉馅，掺有盐、葱花和姜末，须重新回锅油炸后才能食用。汪氏的这种"肉馅回锅油条"，口感肯定更好，但制作，比家父那样直接在油条里塞霉干菜，显然要麻烦一些。

从某种意义来说，独酌者，往往是真正懂酒、嗜酒，且会品酒的人。他们何尝不激赏"酒逢知己千杯少"时的那种酣畅，但他们知道，这种境况，可遇而不可求。有时，是好酒不常有，囊中羞涩，不便邀客；有时，是好友不常至，虽有名酒，也只能自酌自饮，自得其乐了。独酌者，一般不在乎酒和菜的多寡和优劣，而是在乎一酌一饮的过程，享受花未全开、酒方半醉，身心放松时的那种舒适和自在。

我有位老邻居姓徐，绍兴人，老家原本是开酒坊的，自小老酒氲边长大，生就的好酒量，工余就好喝两口家乡的陈酿酒。绍兴昔时有"三缸"，即酱缸、酒缸、染缸三种传统产业，徐师傅年少时不想再操祖业，而改行到了染坊做学徒，满师后跳槽，来杭进了一家国有印染厂。一晃几十年过去，徐师傅已成为厂里的技术权威，八级技工，每月工资八九十元，比刚毕业的大学生还多出一倍。家庭经济宽裕，徐师母又烧得一手好菜，徐师傅自诩是"老酒日日醉，皇帝万万岁"，每天落班以后，晚饭还没开吃，他就已坐在餐桌旁，抿一口老酒，夹一筷醉虾酱鸭，开始独酌了。那时候，我还没分到单位宿舍，一家三口挤住在父母家里。过去杭州的大墙门，72家房客，公用厨房，炒菜烧饭都在一起，邻里的关系特别密切。我儿子成成幼儿园放学一到家，厨房里左邻右舍正在准备晚餐，有好吃的，都会争相喂他。我母亲总说，成成这伢儿是吃百家饭长大的。徐师傅一儿一女成家后都不住在身边，他喜欢孩子，独酌时，总喜欢把成成接过去，抱在膝上，拣点可口的菜肴让他吃。有时徐师傅酒喝到兴头上，见成成盯着他手中的酒杯看，便会拿一根干净的筷子，将筷头在酒里浸一下，让成成舔吮，尝尝杯中物的味道。见成成眯细眼睛，咂着小嘴，徐师傅就会忍不住憨笑。我父母见了也陪着乐，并不介意。我下班回家得知此事，悄悄提醒父母以后要管牢成成，别让他去徐师傅那儿尝老酒。父母老家山阴，原本也归绍兴府管，笑着说："男伢儿今后要闯天涯的，没有酒量怎么行？"据说昔日萧绍一带，都是这样给小官人"开酒门"的。爷爷奶奶都呒介事，我这个做父亲的，还有什么话说。

近读汪曾祺女儿所著文章《"泡"在酒里的老头儿》，其中写道："最初对'爸与酒'的印象大约是在我三四岁的时候，那也算是一种'启蒙'吧，说来奇怪，那么小的孩子能记住什么？却偏把这件事深深地印在脑子里了。保姆在厨房里热火朝天地炒菜，还没开饭。爸端了一碟油炸花生米，一只满到边沿的玻璃杯自顾自地先上了桌。吃几个豆，抿一口酒，嘎巴嘎巴，吱拉吱拉……爸把我抱到腿上，极有耐心地夹了花生米喂给我，还用筷子头在酒杯里蘸了，送到我的嘴里。我被辣得没有办法，只好号啕起来。妈闻声赶来，又急又气：'汪曾祺！你自己已经是个酒鬼，不要再害我的孩子！'"阅读至此，我不禁莞尔，想不到汪曾祺会和徐师傅一样，用筷子蘸酒去逗小孩。看来著名作家和染坊师傅，独酌后都回复了童真童趣，变成老小孩啦！

当然，酒后的状态也略有不同，徐师傅不及洗漱，就会去睡觉；汪家子女则说，其父半醉之时，字写得潇洒，写意花鸟也画得特别传神。我想，这可能是一种普遍的现象：吃力气饭的人，独酌之余，或逗逗孩子，或骂骂山门，酒尽人困，倦意上来，不妨倒头就睡；而文人雅士，孩子逗过，意犹未尽，才思奔涌，或书或画，正可以一抒心怀。前者有益身体，后者有益创作，身心俱得畅快，旨趣上，毕竟有所差别。

陶渊明为《饮酒二十首》所作序中称：

> 余闲居寡欢，兼比夜已长，偶有名酒，无夕不饮。顾影独尽，忽焉复醉。既醉之后，辄题数句自娱。纸墨遂多，辞无诠次。聊命故人书之，以为欢笑尔。

国学大师黄侃每饭必饮酒，且酒量极大，常对人说："饮君子要浅斟细酌，用大杯咕噜咕噜喝下去，纵使喝得多，算不得饮君子。"所以他每次吃饭都要花上两三个小时；饭罢，还要拈韵，或作诗，或填词。

独酌没有酒筵的喧哗，无须陪客的奉迎，一个人安安静静地喝几杯，对文化人而言，即使酒后不吟哦书画，默坐一隅，虽感孤寂，却也正可借此机会，看看风景，想想心事，思接远古，面对现世，以求片刻超凡脱俗的精神享受。

民初清华国学四导师之一的王国维，性格孤僻，平日埋首书卷做学问，唯对菜肴却特别挑剔，每遇到饭菜不可口，他的筷子就在碗里慢慢地拨，好像食欲也打了折扣。据友人回忆，单身在北京任教的那些日子，王国维晚上常赴宣外大街喝大酒缸（即小酒店），以盐水毛豆、煮花生佐酒；酒是白酒。他酒量很小，稍饮即鼻、眼皆红，但仍乐此不疲，说是以此寻觅高阳酒徒的风味。

"高阳酒徒"，典出《史记·郦生陆贾列传》，说的是秦末高阳人郦食其前去投奔刘邦（沛公），刘邦起初以为郦不过是一介儒生，无助于自己征战沙场，便让守门人去回复说："沛公敬谢先生，方以天下为事，未暇见儒人也。"郦食其闻言，怒目按剑叱骂守门人说："走！复入言沛公，吾高阳酒徒也，非儒人也。"刘邦闻知，仍请郦入见，接谈之下，奉为上宾谋士。

从此，"高阳酒徒"，就成了"嗜酒成性、狂放不羁者"的代名词。想不到王国维文质彬彬的一介寒儒，也要借小店独酌来体验一下狂放酒徒的滋味，书生的可爱和酒的魅力，于此足见。

苏州作家陆文夫与汪曾祺是知交，两人都好美食，都喜欢独自或结伴到小店喝酒。据陆文夫观察："在酒店里喝闷酒的人并不太闷，他们开始时也许有些沉闷，一个人买一筒热酒，端一盆焐酥豆，找一个靠边的位置坐下，浅斟细酌，环顾四周，好像是在听别人谈话。用不了多久，便会有另一个已经喝了几杯闷酒的人，拎着酒筒，端着酒杯来到那独酌者的身边，轻轻地问道：'有人吗？''没有。'好了，这就开始对谈了，从天气、物价到老婆孩子，然后进入主题，什么事情使他们烦恼什么便是主题，你说的他同意，他说的你点头；你敬我一杯，我敬你一杯，好像是志同道合，酒逢知己。等到酒尽人散，胸中的闷气也已发泄完毕，二人声称谈得投机，明天再见。明天即使再见到，却已谁也不认识谁。"

江苏跟浙江一样，很多小镇酒店都是临河的。陆文夫很享受这种河边廊棚下慢酌的意味："一二知己，沽点酒，买点酱鸭、熏鱼、兰花豆之类的下酒物，临河凭栏，小酌细谈，这里没有酒店的喧闹和那种使人难以忍受的乌烟瘴气。一人独饮也很有情趣，可以看着窗下的小船一艘艘'咿咿呀呀'地摇过去。特别是在大雪纷飞的时候，路无行人，时近黄昏，用朦胧的醉眼看迷蒙的世界。美酒、人生、天地，莽莽苍苍有遁世之意，此时此地畅饮，可以进入酒仙的行列。"

文化人的这种独酌意趣，毕竟与常人有别，诗味悠长，境界清远，令人神往。

七、月明笙鹤归长松，修身洁行傥可逢

我的方外之缘

很小的时候，就听母亲说过，我生下来便害怕两样东西：一是棉絮，二是和尚。我的断奶听说很便捷，母亲扯两撮棉絮粘在奶头上，我就再也不敢靠近她的乳房了。母亲生我时27岁，奶水足，襁褓中的我长得很壮实。姐姐抱我抱得手酸了，想把我放到摇篮中歇一会儿，但一放下，我就会吵闹。姐姐捉弄我，索性把我扔到了一床刚买来的新棉花被上，吓得我号啕大哭，差点气都背了过去。姐姐把我抱起，哄我："囡囡乖，不哭！好了，好了，我们睡摇篮！"再把我放到摇篮里，我就可以乖乖地睡两个多钟头。

当时不得其解，婴童的我，为什么会有这样的畏避。现在想来，其实也可找出合理的解释。常见常接触的东西，习惯了其形状和质感，心中就没有怕惧；而平常少见的东西，感觉异样，心中就会产生无端的恐慌。可能襁褓中的我，接触到的，大都是有质感的物品，碰到棉絮，看似有形，触之绵软无感，心中以为是异物，嘴上又还不会用语言向大人请问和表述，只能通过哭喊表达自己心头的害怕。见到和尚也是同样，别人都有头发，只有他们脑袋光光，怎么会没有一根毛发？有了疑惑，以为碰见了怪物，心里就会惊惧。

但这样的解释，如果较真起来，也未必能完全让人信服：为什么同样年龄段的婴儿，很少听闻有这样的畏惧呢？我想，这也许只能归因于自己天生的早熟和敏感。当别的幼童还浑浑噩噩时，幼小的我，可能已经有了辨析力和神秘感，由诧异而生好奇，由神秘而生敬畏，这样的心理轨迹，应该还是在理的吧。如果要说得玄虚一点，惧怕棉絮，是我杭人血脉中，"怕软不怕硬"的"杭铁头"基因在起作用；那么敬畏和尚，或许就是我与生俱来的一种佛缘，亦未可知。

幼时的这种下意识感觉，长大后自然都消除了。家人或已遗忘，我也从未向人提及，只当是人生蒙昧未开时的一段插曲或笑话吧！

家乡老人常说："杭州是块福地。"言下之意，除了西湖山水好，周边寺庙多也是一大原因。中国历朝历代，崇佛的帝王不少。而寺庙，是唯一允许红墙黄瓦、飞檐大殿，模仿皇宫建筑的。红色如火，热烈欢腾，历来被国人视为喜庆的象征。远在周代，宫殿建筑特别是墙的涂料，就普遍采用了红色。到了汉代，刘邦斩白蛇起义夺得天下，人称赤帝子，红色更被尊崇为宫殿正色。而黄色在五行学说"金木水火土"中，对应的是土，代表的是中央方位，象征的是尊贵。据宋人王楙《野客丛书》记载："唐高祖武德初，用隋制，天子常服黄袍，遂禁士庶不得服，而服黄有禁自此始。"黄袍因之成了帝权的象征，赵匡胤正是被部将们拥戴，"黄袍加身"，才得以成为宋太祖的。也正是从宋代起，帝宫开始采用黄琉璃瓦顶。至明、清两代，更诏令规定，只有皇宫、陵寝及敕建的坛庙等，才准使用黄琉璃瓦，其他建筑一概不得擅用。即便如此，皇宫和庙宇建筑的区别还是有的，如皇宫主殿建筑的庑殿顶，寺庙就不得采用，而只能降格使用皇宫规制的次等歇山顶。庑殿顶建筑制式为五脊四坡，如太和殿；歇山顶又称九脊顶，外形看，如庑殿顶两端上"歇"了两个三角形的山墙。

实际上，真正喜欢逛寺庙的人，大多并不在乎其建筑的形式；在乎的，可能更多的是寺庙内外的那种脱俗的氛围。

建筑的审美，和对其他艺术品一样，初入门者观赏的是其外表，逐渐老到后，注重的重心，总是会转向它的内涵。而这一鉴赏的提升过程，离不开多看、多闻、多接触，舍此真的别无他途。

"南朝四百八十寺，多少楼台烟雨中"，西湖多寺庙，我们这些杭州伢儿，从小受灵隐、净寺香烛烟气的熏染，大庙小寺见得多了，审美情趣，不知不觉就与寡闻鲜见者有了不同。初来杭州，人们游寺庙，首选的必是灵隐寺，那巍峨的大雄宝殿，那涂金的如来大佛，的确让人看了心生震撼。但我们本地人习见了名寺的宝相和香客的熙攘，有时间，却宁愿多走几里山径，往飞来峰的深处，永福禅寺那几个小庙去坐坐。峰谷开阔之处，茂林翠竹之间，没有高大的殿宇，几处小院平屋，就是修行的胜地。可以花间品香茗，可以廊下读金经，无丝竹之乱耳，有近山之鸟鸣，徘徊其间，颇有唐诗"禅房花木深"的意趣。

寺庵的妙处，除了环境，还在于其之人文内涵给予人的心灵冲击。

曾看过西安电影制片厂所摄制的影片《桃花扇》，讲的是明末"复社"文士侯朝宗和秦淮歌妓李香君悲欢聚散的故事。剧终，避居尼庵的李氏得知侯已降清，愤而撕毁定情之物桃花扇；侯朝宗痛悔不已，趔出庵门，凄风苦雨之下，踉跄下山的场景，给观众留下了锥心的印象。

观影后没几天，我和几个小伙伴到葛岭玩。当年，那里除了山脊有抱朴道院外，半山腰还有几处僧尼的寺庵。我们是从宝石山那边沿山脊过来的，还没到山顶的初阳台，就看到了密林中有所小小的院落，白墙黑瓦，木门虚掩，小径旁边两排凤仙花红红白白的，开得正艳。我以为这是山上的一处普通民宅，天热口渴，想进去讨口水喝。谁知门刚推开一半，一条黑犬就呜呜地咆哮着，向门口扑来，吓得我转身就逃。"慌啥些，狗被链条拴着呢！"走在后面的几个同学欢叫着，嘲讽我。我止步回顾，看到一位尼媪捻着佛珠出来关门，正细声斥止着还在吠叫的狗。我的心这才定了下来，却原来这是一所尼姑庵嘛！庵院西侧是一条下山的石径，院墙依山势而砌，顶部檐线如波浪般起伏。此墙此路怎么如此熟悉？我一愣神，突然想起：这不就是侯朝宗跟跄下山，走的那条山路吗！想不到电影《桃花扇》借用的是这里的外景，难怪小院那么清静，小路那么幽深……我对这处小小的尼庵，心中不由升起莫名的好感。

有故事的地方，总是令人好奇的，寺庙也是这样。

杭州东城有个建于五代的古刹，据《武林梵志》记载：寺之东、南、北三面皆水，水之外皆菜畦，竹树幽茂，人迹罕到，俨然一清修的胜地。传说当年宋室南渡，一天，高宗赵构为避寇暂居寺内，夜半忽闻战鼓雷鸣，惊惶中，以为是金兵杀到。待方丈告知此乃钱江夜潮之声，赵构才敢放心入睡。后来高宗定都临安，忆及那夜情景，特敕此寺名曰"潮鸣"。悠悠岁月，转瞬即逝。几百年过去，东城日渐繁盛，1935 年，潮鸣寺大殿被改造成"觉民小学"，留下偏院给方丈居住。新中国成立初期，我的一位哥哥、两位姐姐，就都是在这里上的小学。我曾随兄姐到寺院去玩过，木漆剥落的殿宇，颓圮的土墙，都显露出岁月的留痕；殿前的庭院，已变为孩子们的操场；院墙一角，有两棵数人才能合抱的古樟，老根虬盘，枝叶却依然苍翠茂盛，观者站在墙外，恍然有置身古相国寺的感觉，会期盼偏院走出个倒拔杨柳的鲁智深来。说来你可能不信，那月洞门连接的偏院，还真住着一个胖大和尚，每天凌晨都会在空地上习武，将一把装有铁环的禅杖，挥舞得锵锵作响。姐姐毕业那年，"肃反运动"正紧锣密鼓地进行，一天傍晚，街坊上都在传，潮鸣寺里那胖和尚被公安逮走了。半个多世纪过去，古刹早已拆除。但那庙，那颓墙、那古樟，那和尚……却在幼小的我心中，留下了深深的刻痕，让我初次知晓了岁月的悠久以及人世的复杂。

杭州的寺庙中，我最想一游的是古白云庵，可惜吾生亦晚，此庵早已被毁无存。

白云庵原本坐落在夕照山下雷峰塔西侧。百余年前，雷峰塔虽尚未坍塌，但早已颓圮不堪，白云庵小小僧院，并非名寺古刹，隐没于湖山深处，人迹自然更为罕至。这样的冷清荒僻，反倒成全了这座小庵，得以在中国近代史上留名。

清末，白云庵成为浙江革命党人秘密集会场所之一。史载，1907年，安庆起义前，徐锡麟曾在庵中匿藏多日，与秋瑾、吕公望等人密商徽、浙同时举义事宜。随后，秋瑾即联络浙江同志，在庵中组建光复军。1911年10月10日，武昌起义爆发。陈英士等迅速从上海赶到杭州，邀集革命党人朱瑞、顾乃斌、褚辅成等人在白云庵开会，白云庵几乎成了辛亥浙江光复的地下指挥中心。而这一切，都是在白云庵住持得山及其徒弟意周和尚冒死协助下，才得以进行的。

民国成立后，孙中山先生曾到访白云庵，并题写了"明禅达义"的匾额，褒彰得山和意周的义行。令人敬佩的是，两位僧人舍生搏命，并非为图名利。功成以后，得山隐居海宁古刹、意周留在白云小庵，仍旧当他们的和尚，过自己晨钟暮鼓的修行生活。

抗日战争爆发，杭州沦陷，白云庵又作为掩护游击队员处所，被日军发现，意周外逃，白云庵遭日军焚毁。

好几次，我独自一人到夕照山下寻访白云庵的遗迹，时代变迁，旧貌新颜，哪里还可找见昔时的半点痕迹。我也曾到孤山浙图古籍部遍翻旧报宿刊，白云悠悠，斯人已逝，得山、意周不知所终，难觅何处是他们的最后归踪？

我年轻时在一家工厂当钳工，同事沈师傅曾颇为神秘地告诉我说："我看你有慧根，前世是和尚。"我问他："何以见知？"，他说："你的嗓音低沉宏远，有共鸣，像寺院的晚钟。"我心想，这是我读书时酷爱运动，肺活量较大的缘故吧，一笑置之。

沈师傅就是前面"直面生死"一节中，借我印光法师著述，劝我读经向佛的那位广忍法师。当年自己还是毛头小伙子一个，虽说现实暗淡，但毕竟对未来仍有憧憬，怎么会断得了尘缘。拨乱反正后，我到上海读大学，就此和沈师傅断了联系。想不到毕业回杭多年以后，一次我和几位报社同行结伴登山，居然在玉皇山南麓的栖云寺碰见了沈师傅。此时他已"归队"，恢复了"释广忍"的名号。广忍师还俗后历经磨难，为了自己的信仰，老迈之年决然重新上山，茹素诵经，与青灯古佛相伴终老。旧友相见，分外热络，广忍师带我们进了他的禅房，见文化人对禅学有兴趣，他开柜捧出一摞佛典，随我们选取。记得那次，我和同事们每人都选取了一大摞经书。广忍师已年逾八十，慈悲地微笑着，告别时一直把我们送到山门之外。

忙碌的日子消逝得特别快，一晃又是十几年过去。一次上网，无意中看见一位作家朋友的悼文，才知道广忍师已经坐化往生。我想起年轻时与老人的交往，心生悲恸，痛悔在广忍师生前，没能再见他一面。

5年后一个深秋的下午，我和妻相携去馒头山社区看一位朋友，完了时光还早，便信步登山游赏，山道蜿蜒，想不到前面竟然就是栖云古寺。我俩跨进山门，寺院依旧，出来接待的住持，却已是一位中年法师。施礼毕，我说："广忍师是我多年的朋友 想不到倏然离世，无缘再见他一面。"住持答道："偏殿设有先师的一个纪念室，你们不妨去看看。"我按照住持的指点，推开了偏殿尽头的一扇房门，昏黄的烛光中，依稀可见正中有一尊坐像，大小恰与真人相仿。我不知是泥塑还是木雕的，就走上前去，细看塑像不由一惊，恍如广忍师就在眼前，蔼然端坐，慈眉善目，宛若生前。我悄然退出门外，请教住持，方知这是一位雕塑家朋友尊崇先人，为广忍师塑造的一尊遗像。我赶紧请了几柱香烛，敬插在广忍师塑像前，低首默立，追怀那段飘逝的尘缘。

世事有时真是难料。三年前，我与妻到江苏木渎古镇做客，顺便到就近的灵岩山游览。苏州木渎一带皆平原水乡，有些丘陵，但都没有浙西天目群山的高峻。灵岩山海拔唯 182 米，从山脚缓步而上，半个小时就可登顶。山虽不高，但怪石嶙峋，松柏夹道，自有玲珑的秀色。我早知道山上曾有春秋时吴王夫差的行宫，一路上山，果然见到了诸如吴王井、西施洞等吴宫遗迹。但直到上了山顶，进了灵岩山寺大门，才知此寺曾是民国高僧印光法师最后驻锡之地，此山还是大师涅槃和埋骨之处。寺院法物流通处书柜内，摆放有一叠《印光大师文钞》，我第一次读的经书，就是印光法师的著述，想不到几十年后，竟能在这里觅见大师的全套著作。这种书，别的书店是很难看到的。我急切地想请购一套，向管事的一位僧人问价，这位中年和尚笑着说："施主想要，本寺就赠你一部吧！"说着走进内室，捧着还未拆封的一套书出来，递到了我的手上。布面精装，厚厚的7本，捧在手上，很有些分量，我感到受之有愧，但却之当然更为不恭。我把随身所带的零钱悉数掏出，塞在那位僧人的手中，他坚称不要，我急忙声称："真是没几个钱，就请法师代为收下，以后布施给有困难的人吧！"话已至此，那位僧人也就不再推辞，双手合十，微笑着向我致意。我双手抱着那套典籍，步出山门，心中充满喜悦，感慨这真是难得的缘分！

我一直以为，真正的宗教，都是劝人向善的。佛教当然也是这样。对虔诚的三宝信徒，我内心还是充满尊敬的；因为，佛说"大慈大悲""救苦救难"，不但和古往今来仁人志士的信仰相通，要切实做到，还真不那么容易。

无事此静坐

苏东坡一生所作诗词，留存后世的有3000多首，其中诗作《司命宫杨道士息轩》中，有一联"无事此静坐，一日似两日"，曾被喜欢习静的人广泛谈及。汪曾祺先生回忆说，他外公待客的房间中，就挂有这样一幅条幅。汪说："我的外祖父治家整饬，他家的房屋都收拾得很清爽，窗明几净。他有几间空房，檐外有几棵梧桐，室内有木榻、漆桌、藤椅，这是他待客的地方。但是他的客人很少，难得有人来。这几间房子是朝北的，夏天很凉快。""事实上，外祖父也很少到这里来。倒是我经常拿了一本闲书，静静走进去，坐下来一看半天。看起来，我小小年纪，就已经有一点儿隐逸之气了。"

静，是中国传统文化的精华所在，是古人极力推崇的人生大智慧。习静对心智开发的好处，儒释道三家经典中，都有阐述。

老子《道德经》言："重为轻根，静为躁君。是以君子终日行不离辎重，虽有荣观，燕处超然。奈何万乘之主，而以身轻天下？轻则失根，躁则失君。"意思是说：在轻重、躁静这两对矛盾中，厚重是轻率的根本，静定是躁动的主宰。因此君子终日行走，不离载装有行李的车辆；虽享有华屋美景，却依然能淡泊自处。为什么有人身为君主，却要轻率地作为而辜负天下的重托呢？要知道，轻浮纵欲，则会失去做人的根本；急躁妄动，则会失去头脑主宰的呀！

或说，佛经中只有"戒、定、慧"三学之说，似乎并没有提到静。"防非止恶曰戒，息虑静缘曰定，破恶证真曰慧。"静就在定的当中了。佛门要求习禅之人，常常持戒念佛，每有杂念，更要口诵咒语，长此以往，心若澄静之水，内中杂物慢慢沉淀，一颗心自然会安定下来，智慧之光就会映射出来。

而儒家将这一过程，说得更加明白晓畅。儒家经典《大学》认为："知止而后有定，定而后能静，静而后能安，安而后能虑，虑而后能得。""静"，成了天下读书人修身养性、格物致知过程中，不可或缺的重要一环。

而吾国古诗文中，关于"静"的佳句，可谓俯拾皆是。"心静声即淡，其间无古今。"这是白居易《船夜援琴》中的佳句。"静以修身，俭以养德，非淡泊无以明志，非宁静无以至远。"这是诸葛亮的自勉辞。"闲来无事不从容，睡觉东窗日已红。万物静观皆自得，四时佳兴与人同。"则是宋代大儒程颢的《秋日》诗作。

儒释道三家，阐述的"静"，表面看来，大都跟"静心"相关，但其实，"身"与"心"，是分不开的。"心"静了，神不离舍，百脉安泰，精神内守，病安从来，身体自然也会日益康健起来。

以静坐这种方式，来健身养生，可谓代不乏人，最能系统阐述并身体力行的，当数民初的蒋维乔先生。蒋维乔是我国近代著名的教育家、哲学家、佛学家和养生家。先生 1873 年出生于江苏武进，20 岁中秀才，青少年时，因主张"不主故常，而唯其是从之"，而自号"因是子"。蒋维乔年轻时体弱多病，28 岁时患肺结核咯血，病势日重，医治无效，于是决定自寻生路，摒除一切药物，隔绝妻孥，谢绝世事，苦练静功。85 天后，他自感小周天贯通，奇迹出现，诸病全消，身体一天比一天强健。1914 年，蒋氏将自己的养生方法和心得撰写成书，出版了《因是子静坐法》。蒋维乔在书中，从"静坐前后的注意点""身体的姿势""精神的集中""呼吸的练习方法""静坐的时间"等方方面面，详尽且深入浅出地介绍了"习静"的训练方法和注意事项，既有理论的阐述，又有自己练功的体会，《因是子静坐法》风靡一时，畅销全国各地以及欧、美、东南亚诸国。

当年，知识界修习"因是子静坐法"的名人有不少，有的还都尝到了"静坐"的甜头。郭沫若就曾著文说："每天清晨起来静坐 30 分钟，每晚临睡时也静坐 30 分钟……不及两个礼拜工夫，我的睡眠时间延长了，梦也减少了，心悸也渐渐平复……这是在我身体上显著的功效。而在我的精神上更使我彻悟了一个奇异的世界。"

国学大师钱穆在《师友杂忆》中也谈及了自己练习静坐的体会："初如浓云密蔽天日，后觉云渐淡渐薄。又似轻风微吹，云在移动中，忽露天日。所谓前念已去，后念未来，瞬息间云开日朗，满心一片大光明呈现。纵不片刻，此景即逝，然即此片刻，全身得大解放，快乐无比。"

三联书店前总经理沈昌文，也是蒋氏"静坐法"的直接受益者。据沈昌文回忆，1954 年前后，他从上海奉调到北京书店总部当秘书期间，由于工作压力繁重，他的身体很差，主要有三个毛病：一是神经衰弱，一个晚上只能睡几个小时；二是肺结核，在医院里打气胸，右肺有阴影；三是关节炎，南方人适应不了北方的气候。组织上知道沈昌文病了，就安排他回上海，一边工作，一边养病休息。

其时蒋维乔已 80 岁了，正好居住在上海。有朋友就介绍沈昌文去随老先生学气功。沈昌文回忆道，蒋维乔先生的功法非常简单，不讲什么外功内功等等，乱七八糟的更是没有，起首只有一条，就是"意守丹田"。怎么能"意守丹田"呢？沈昌文的悟性很高，蒋维乔讲的一句"破除我执"他领悟很深。他认为，越是"执"于一点，就越不能成功，所以要放松。放松之后，把注意力集中在肚脐之下一寸三分，老是想着那儿，那儿就会发热，一旦发热了，就是所谓"得气"了。然后，你就按着书上讲的经络路线，把得的气引导到一定的穴位上。需要治哪个部位，就让气走到哪个地方。慢慢地，你的病就会好了。

晚年的沈昌文总结自己的习静心得，觉得对自己助益最大的，与其说是治好了身体的病，不如说更是治愈了自己心理上的病："就是'破除我执'啊……从上海回来以后，我就遇事想得开了。人人都有天地，我只是尽我的努力，至于能做到多少，那就不是我的事情了，就是上帝或者是谁谁谁的事情了，这就能免除自怨自艾的心态，那是最糟糕的心态了。自怨自艾损失最大，而且损失的是自己，这使我茅塞顿开。我过去有那么一股进取之心，可我不知道退。他告诉我，要进还要退，你才能有真正的进步。哎呀，真是的，若是没有他告诉我这一点，我可能以后就毁了。我当然还是要进，但是不再刻意去追求效果了。有没有效果，除了自己努力，还有个缘的问题。你要做准备，一边努力，一边等那个缘的到来。不然缘来了，你没有准备，就错过去了。一个人，总是会碰到一些缘分的。你可能碰不上这个缘，可是那个缘会到你的身边。一个人，绝不能抱怨，怎么缘总也不到我的身边呢？这么一想，真是得益呀！"回忆这段往事时，沈昌文已80多岁了，依然身强脑健，著述出版不辍。看来，年轻时师从蒋维乔先生学习静坐的这段经历，对沈昌文确实是受用无穷。

吾生也晚，未能像沈昌文师从蒋维乔那样，系统地修习静坐气功，而只能从道听途说和断断续续的自习中，体悟静坐的奥妙。

记得最初教我静坐练功的，是我的形意拳老师易师傅。那时候社会上不作兴拜师授徒、拉场子练武，我们习练武术，都是在西湖边偏僻的公园里，一碰到下雨天，露天的训练就只得停止了。习武的人，都知道"曲不离口，拳不离手"的道理。"一天不练功，自己知道；两天不练功，师父知道；三天不练功，观众知道"；春秋两季，杭州的阴雨天来得个长，十几天不见日头，我们的功岂不都要白练啦？！易师傅看出了我们心中的忧虑，一天骤雨初歇，在孤山的放鹤亭里，向我们几个徒弟传授了"意拳"的练法。这里所说的"意拳"，并不是"形意拳"中象形绘意，模仿龙虎猴蛇等动作的拳法，而是人静坐在凳椅上，全身放松，凝神调息，双眼微闭，在头脑中想象自己练拳的过程，从起势开始，一招一式，操练下去，直至收势结束。这样在意识中习练拳法，不仅可以复习巩固学得的拳式，更大的好处是可以培养自己"意在拳先""以意引拳"的习惯，招式初展，拳脚未动，意念和受其引导的气血，就已到达在先。经常习练这样的"意拳"，不但拳术会得到提升，而且气血充沛四肢百骸，身心都会日益康健。

可惜这样的习练，我没能坚持下来。因为过不了几年，我这个"老三届"，年届三十，赶上了1978年恢复高考这趟末班车，到上海去求学了。大学课程紧，住的是集体宿舍，不可能让我独处一室去练静功。大学毕业后，从机关到报社，从白班接夜班，几十年繁杂忙乱的新闻从业生涯，哪有余暇和闲情再能让我静坐下来练习功夫。好在工作忙碌，生活充实，倒也让我心无旁骛，保证了自己身心的健康和愉快。

60岁退休，65岁终结了所有的返聘工作，所有的公事重担卸却，所有的时间都归了自己，一时间，我心中反倒变得空落落的，似乎迷失了生活的目标。年轻的同事纷纷向我表示祝贺，说自此可以"享闲福"了。可我是忙惯了的"劳碌命"，忙时倒头就能睡着，睁眼就开始想工作，筹措采访的计划，构思写作的腹稿……即使几个月没时间锻炼，身心都能保持健康。而今突然空闲下来，编稿写稿这些做惯了的有意义的事没得干，麻将扑克那类我自以为没意思的事又不想玩，心里空虚，就会反顾自身，东想西想，昨天那里痛，今天这里痒。而身体这个东西，跟心态是密切相连的，心绪不好，疑这虑那，郁郁寡欢，人真的就会不舒服起来。有一段时间，一直睡眠很好的我，开始失眠。心中知道睡眠对身体健康的重要，越是想早点睡熟，翻来覆去越是睡不着；越睡不着心中越烦躁，越烦躁头脑越清醒，睡意越是一点也没有了……我晓得自己陷入了"失眠恐惧症"的怪圈，知道要克服之，必须先消除顾虑。过去一有失眠，我就担心会影响身体健康和第二天的精神体力。这样越担心，顾虑越重，如果次日正好有急事要事须办，那更是顾虑重重，弄得一整夜都睡不安稳。后来我看到国外专家发表的相关论文，认为偶尔失眠，对人体并不会造成多大伤害，对次日的活动，也不会造成多大影响，人们不必为此忧心忡忡。明白了这一科学道理，从根本上消除了我对失眠的过虑。我觉得，只要我从技术层面上调整好自己的心态，我就一定能克服睡眠障碍。而要做到这一点，关键在于睡觉时必须将头脑放空，让身心都逐渐安静下来。但心中要啥事体都不想，谈何容易嘞！没有长期的习静训练，普通人，是很难做到这一点的。我忆及易师傅教过的"意拳"练法，暗自思忖，练"意拳"时我人很静，可心中也并非一点不想，而是一门心思在默想拳经哪！看来，要一步到位做到"心无所思"不现实，那我就先尝试"心系一念"，让一颗烦躁的心先安静下来。

我又开始了年轻时尝试过的"意拳"习练。试了一段时间，发觉效果并没有想象中那么好。检讨原因，是因为习练的目的发生了根本的改变。过去是为了习武，现在是为了防治失眠。一心想着武术套路中的招式，心思虽然单一而不纷乱，但一颗心总归还是系着的。如同蒋维乔对沈昌文所说的那样，没有"破除我执"，也就难以彻底放松。悟到这点，后来睡觉时我就不再刻意地去集中心思，而是任凭思绪自由自在地去流淌。当然，漫想的内容，起初主观上要有一个大致的引导，最好是忆想一些美好的往事，这样心境愉快而平和，比较容易达到快速入睡之目的。实践的结果，我发觉儿时，包括读小学那 6 年，社会大环境平和，课业负担轻松，于我而言，是岁月静好，无忧无虑的最佳年华。于是，每次睡不熟时，我就静静地躺在床上，让思绪漫无边际地在童年的美好回忆中徜徉，想着想着，如同宋代李清照词所言："兴尽晚归舟，误入藕花深处"，心如小舟慢慢地划向了梦湖深处，人，也就不知不觉睡着了。

习静，对人之身心健康会带来极大的益处，这是毋庸置疑的。而习静的修炼方式，也绝不像某些唬人的"气功师"所说的那样神秘和玄虚。当然，任何学问和功法，都有深浅之分。普通人，如果不想在修炼上有高深的造诣，而只想对养生有利，那么，不妨每天抽点时间，找个无人打扰的地方，放松身体，免除思虑，心无挂碍，静静地坐上十几分钟，最好半个多钟头，肯定会对身心的健康有所补益。我老母亲一生辛劳，不吃补药不锻炼，却健健康康地活到了 99 岁。我们一帮儿孙，百思不得其解，搞不懂老祖宗有什么养生的秘诀。还是我弟弟细心，他说："老妈有一个习惯，就是晚上家务做好后，她总是早早就洗漱完毕，进屋上床了，天冷了更是如此。上床后，老人家并不马上躺下，而是喜欢捂被头坐着，微闭双眼，似睡非睡，静静坐上一两个钟头才躺下睡觉。"弟弟说："老妈这是在静坐调息呢！虽然她老人家从来没有学过气功，但这可是她自己喜欢并长年坚持的独到一功呀！"我算是我们家族中略知气功皮毛的人，我也深以弟弟的话为然，觉得这或许正是老母亲得以健康长寿的秘诀所在。

寒夜盼客来

退休以后，我和老伴每年都会去纽约长岛儿子家住上几个月。回杭以后，常有亲友问起："在国外住得惯吗？"我总是笑笑，以客居海外家长群中流行的一句话作答，那就是："好山好水好寂寞。"

长岛蓝天白云，海水清澈，座座小别墅掩映在绿树丛中，自然环境是没得说的。吃的东西也样样都有，想下馆子，开车去法拉盛中国城，粤菜、川菜乃至杭帮菜……只要你叫得出名字，八大菜系随你品尝。如想自己动手，那么可去中国超市选购食材和调料，火腿、皮蛋、虾皮、榨菜、生抽、绍酒……现在运输方便，只要有销路，店家都会从国内进货。衣食无忧，偶居海外的老人，最不适应的就是寂寞。人从本质上说，是群居动物，需要人际交往沟通，才能摒除孤独。语言不通，文化不同，即使能简单寒暄对话，国人与老外毕竟不能像同胞一样唠嗑。不是说没有中国邻居，但偶尔碰面，彼此客客气气，礼貌性地交谈几句，也不可能聊个没完，更别说掏心窝地深谈。我所居住的小区，40 户人家，有 8 户是中国人，照理说，应该很热闹了，但其实不然。有 5 户家中没有老人，双职工夫妻，带一两个小孩，平时大人上班，孩子上学，白天家里根本没有人；有一家户主是杭州人，数学博士，在金融公司搞对冲基金的管理，收入不错，快 40 岁了，却还没有女友，单身住一幢别墅，上班还有同事相伴，下班回到家里，孑然一身更显冷清，养了两只猫做伴，日子过得比我们还寂寞。有一户江西人，前几年投资移民过来的，夫妇俩带了 3 个孩子，算是最人丁兴旺的了。可户主江西还有生意，常年住在老家，只有春节才回长岛住一个月；大女儿读大学，大儿子读高中，小儿子念小学，都早出晚归,忙于学业;家庭主妇倒是十分好客,邀我们去喝过茶。看到她既要照料一家的饮食起居,又要抽空去参加社区组织的英语培训,我们也不好意思常去打扰。扳着指头数下来,只有东头的陆先生家,夫妻俩都退休了,跟我们一样,算是最有闲空的了。陆先生夫妇都是上海人,"文革"前的大学生,陆先生毕业后在上海从事外贸工作,改革开放后被公司派到美国,业务熟悉之后自立门户搞起了转口贸易,80年代末就全家移民到了美国。不久,女儿嫁给了长岛本地的一个老美,陆先生夫妇在我们这个小区买了房子,准备长期定居于此了。陆先生夫妇为人热情随和,那年得知我儿媳生了孩子,当即前来探望,并把他外孙不用了的不少玩具都送给了我家。我们刚到儿子家,没住几天,他闻讯就来邀约我们到他家做客了。第二天吃过晚饭,我们带了两罐龙井茶叶,礼节性地去拜访他们。陆师母很客气,又沏咖啡又削水果地招待我们。大家围桌茶叙,彼此聊聊国内外的见闻,气氛倒也十分融洽。但生活经历不同,性格脾气都并不十分了解,很多话题也只能点到为止,不可能深入。陆先生夫妇已在纽约生活了二三十年,有他们自己的人脉圈子,退休之后,两人每年春秋天都会安排去世界各地旅游,暑期还会回一趟上海与亲友团聚,虽说让我们没事就去坐坐,我们怎么好意思常去叨扰。

其实在国内,何尝不是这样,即便同住一个小区,即便是单位的宿舍楼,现在大家也都不大互相串门,最多在楼道里,院子中,彼此碰见了聊上几句。退休老人热衷于去农家乐举办各种聚会,年轻朋友有事要谈,通常都会约在茶吧或咖啡屋碰面,到家中访友,不知从何时开始,已然成了有悖常情的稀罕之事。

　　过去可不是这样的嗬！人们会频繁地出去访友，也经常在家中接待友人的来访。手头正好新购有一套《胡适日记全集》，随便找一本翻看，就常有客人到访的记录，周六和周日更是"主雅客来勤"。例如，1921 年 5 月 21 日星期六的日记："今天上午来客最多，几乎没有坐处。"该年 9 月，因周六有课，胡适将会客的日子改在了星期天。此后每周日，胡适家总是访客不断。如，9 月 25 日："有许多客来。"10 月 2 日："早起，忽有所感，作一诗，未成而客来。"1922 年 2 月 12 日："今日本想做文章，不料客来不绝，竟未作一个字。"5 月 14 日："上午，会客至十二点半。"6 月 11 日："上午，来客不绝。"8 月 27 日："上午没有人来，是星期日很少有的事。"难得休息一天，胡适几乎把时间都用在了待客上面。难怪他老婆江冬秀要抱怨，说这是"胡适之做礼拜"。

　　民初的北京城，晴日灰沙漫天，下雨泥水满街。1919 年，胡适在美国哥伦比亚大学留学时的导师杜威偕夫人到访北京，在杜威夫人给亲友的信中，就对北京的街景有过如下的描述："两旁的道路，因为流量和使用的频繁，都布满了深深的坑坑洞洞。这些坑洞里的尘土细如灰，只要有人踏上去或者有车碾过，就立刻尘土飞扬。"市民的生活环境恶劣，胡适居住的四合院，没有自来水，没有下水道，条件也好不到那里去。但这并不妨碍胡适好客的热情，据文献记载，胡适曾多次邀请杜威夫妇到家中做客，并不因居处的简陋而心生自卑。胡适自己，当然也经常会去朋友家中串门，即使是暂居北京的外国友人寓所，他也乐此不疲。1922 年 6 月 24 日，胡适日记中就有这样的记载："晚间到柯乐文（Grover Clark）家吃饭，谈宗教问题；席上多爱谈论的人，如

Houghton（侯屯），Embree（恩布瑞），Clark（柯乐文），谈此事各有所主张。外面大雨，街道皆被水满了，我们更高谈。"

或有人说，这只是胡适这样有钱有闲文化人才有的雅兴，其实不然。即便像我父亲这样的普通百姓，往昔岁月，尽管生计艰难，家中照样也是亲友不断的。老家村里的乡亲，凡到杭州看病、办事，吃住一般都在我家。母亲手头紧了，难免要数落父亲几句："我们家又不是免费旅馆！"父亲呵呵一笑，塞给母亲几个铜钿，过几天仍旧会把亲友领进来。有事没事来坐坐的朋友，那就更多了。东街上有家潮面作坊的经理，文化不高，店里账目轧不平了，会来找我父亲咨询。此人长得人高马大，走路背手仰面，人头不理，街坊都暗中叫他"直头老虎"，可对有文化的父亲，他却十分敬重。有时月底报表上去没事了，他也会来我家找父亲闲聊。照他的说法："赵先生天上晓得一半，地上晓得全完。我就佩服这样的读书人。"其实父亲只读过三年私塾，肚里的一点学问，全靠平时自学得来的。父亲最要好的朋友寿先生，那才称得上是真正的读书人。听父亲说，寿先生出生官宦世家，自小酷爱读书，家道败落后，虽下放在农村，劳作之余，他仍手不释卷。80年代平反回城后，寿先生被聘在图书馆整理古籍，得空了也会来我家闲坐，与父亲清茶一杯，谈的都是文史话题。父亲习得一手好字，尤擅小楷，写得跟雕版宋体几无差别。退休后，寿先生推荐父亲到他工作的图书馆誊写古籍，两人的交往就更密切了。寿先生瘦小的个子，长年穿一套蓝布中山装，领口上的风纪扣总是扣得紧紧的，不管天晴落雨，出门总不忘带一柄油布雨伞，是一个行事十分严谨的人。不知是双眼过度近视，还是心中总思考着学术上的事，好几次我在街头迎面碰到他，他都视而不见，好像不认识我一样。直到我走到身边，叫他一声"伯伯"，他才如梦初醒，连忙跟我点头。我也曾随父亲到寿先生家中去串过门，背街小巷，石砌墙门，泥地清盖瓦两间旧屋内，别无长物，唯有几架老式书柜内叠满的线装书，透露出户主家曾经的辉煌和自信。

多有人情味和书卷气的朋友互访嗬！这本该是国人固有的人际交往传统呀。

翻检古人的诗文，可见很多充满诗情画意的访友记载。

请看唐代吴兴杼山妙喜寺住持僧皎然，到郊外青塘别业拜访陆羽不遇后所做的诗：

移家虽带郭，野径入桑麻。

近种篱边菊，秋来未著花。

扣门无犬吠，欲去问西家。

报道山中去，归时每日斜。

皎然是著名的茶僧和诗僧，比陆羽要年长20多岁，出于对茶学的爱好，甘愿以大事小，远道前往未来茶圣陆羽的居所造访，足见古人行事之谦卑和问学之虔诚。全诗的意境亦悠远：城外陆羽新搬的家，掩隐在一片桑麻丛中，只有一条荒僻的小径可以抵达。篱边迁居来后才种下的菊枝，秋天来了竟还没有开花。敲了半天门，连狗叫声也没有，想离去又不甘心，还是向西边的邻居打听一下吧。邻居说：那小子又到山里去了，每次太阳偏西了才会回家呢！通观全诗，没有一个字是着墨在陆羽身上的，但通过对其荒郊野居，篱边栽菊，云游深山，日暮始归的描述，一个不落尘世凡俗、穷究山林野趣的青年茶圣形象，已经呼之欲出。

再看宋代杜耒所著《寒夜》诗：

寒夜客来茶当酒，竹炉汤沸火初红。

寻常一样窗前月，才有梅花便不同。

诗的词句明白易懂，却又可以引发读者的诸多联想：天寒地冻的夜里，还有兴致到别人家里去串门，想必主客之间一定关系热络，且有许多共同的话题可以畅谈。对兴冲冲来访的客人而言，此时对方家中有没有酒，已一点也不重要，只要有一杯热茶暖手，能和主人围炉品茗神聊，就是人生的一大乐事。而对于主人来说，孤寂的冬夜，能有知心的朋友登门造访，就好像窗前的明月，有了梅花的映衬，环境的气氛和内在的心情，也与寻常日脚，有了完全的不同。长岛幽居，寒夜枯坐，我心中总会无端地遐想，此时此刻，要是有个友人来叩门闲谈，那该有多好！

古代的交通，水路靠渡船，陆路靠骑马。如果没有这些交通工具，那只能跋山涉水，靠双脚来解决问题。但即便如此，也阻止不了古人路远迢迢，千里访友的热情。谓予不信，有诗为证。

明代高启之《寻胡隐君》，说明路途遥远根本不是问题：

渡水复渡水，看花还看花。

春风江上路，不觉到君家。

一路辗转上下，渡过多少江河，只要能和挚友见面，心情舒畅，放眼都是鲜花。

唐代雍陶之《城西访友人别墅》，说明地址不详也一定能够找到：

> 澧水桥西小路斜，日高犹未到君家。
>
> 村园门巷多相似，处处春风枳壳花。

古代没有门牌号码，但只要有一个村落的大概位置，即使家家门院相似，日头老高了还在寻问，但枳壳花盛开的寻常巷陌中，肯定能找到您的家！古人访友的诚心，于此可见一斑。

现代人会朋友，多在饭局，拉关系，托人情，所谓"酒后好说话"，功利心是不加掩饰的。而读往昔的诗文可以发现，古人访友的目的，很少是为了嗟一餐、醉一场，更多地是为了问道、谈心、话禅，切磋学问、交流心得，痛快地聊一场，来一顿精神会餐

读清代袁枚的《夜过借园见主人坐月下吹笛》，这种感受尤为深刻：

> 秋夜访秋士，先闻水上音。
>
> 半天凉月色，一笛酒人心。
>
> 响遏碧云近，香传红藕深。
>
> 相逢清露下，流影湿衣襟。

袁枚 23 岁就考上了进士，才高八斗，仕途却并不顺畅，仅当过几年知县，就辞官养母，在江宁小仓山买了一个院子住了下来。秋天的一个晚上，袁枚到借园去拜访一位他称之为"秋士"的朋友。古籍《淮南子》中有"春女思，秋士悲，而知物化矣"之说，女子思春，男士悲愁，都是被外物所化，触景而生的感受。可见这借园主人，也是一位怀才不遇的隐逸之士。秋凉如水，红藕香残，月光下，主人正在荷塘边吹笛。袁枚静静地陪坐在侧，听朋友的笛声在水面上回响，不知不觉中，竟发现身上的衣襟都已被露水沾湿了。多有画面感的场景嗬！这样的访友，没有礼节上的客套，无须物质上的靡费，兴来就去，兴尽即归，可花前品茗，可湖畔赏月，可松下抚琴，可溪边默坐……比酒宴歌厅，吆五喝六，卖笑买醉，是不是更具诗意？

行文至此，余兴未尽，想到宋代秦观的散文《龙井题名记》：

> 元丰二年，中秋后一日，余自吴兴来杭，东还会稽。龙井有辨才大师，以书邀余入山。比出郭，日已夕，航湖至普宁，遇道人参寥，问龙井所遣篮舆，则曰："以不时至，去矣。"
>
> 是夕，天宇开霁，林间月明，可数毫发。遂弃舟，从参寥策杖并湖而行。出雷峰，度南屏，濯足于惠因涧，入灵石坞，得支径上风篁岭，憩于龙井亭，酌泉据石而饮之。自普宁凡经佛寺十五，皆寂不闻人声。道旁庐舍，灯火隐显，草木深郁，流水激激悲鸣，殆非人间之境。行二鼓，始至寿圣院，谒辨才于朝音堂，明日乃还。

辨才是一位得道高僧，隐居在杭州龙井的方圆庵，尽管寺外风篁岭的山路难走，慕名来访者依然很多。辨才其时已年逾古稀，不胜来客烦扰，便在寺院山门外贴了一则告示："山僧老矣，精神衰惫，不能趋承。谨以二则预告：殿上闲话，最久不过三炷香；山门送客，最远不过虎溪。垂顾大人，伏乞相谅。"话是这么说，可碰到谈得来的朋友，辨才还是乐于接待的。苏东坡在杭州任职时，常去拜访辨才，两人心语相契，辞行时，辨才执意相送，边走边聊，一不留神就已过了虎溪。为纪念这段佳话，苏东坡调离杭州后，辨才法师还专门在虎溪桥上建了一座亭子，取名为"过溪亭"。

秦观正是通过苏东坡的介绍，才得以和辨才法师相识的。秦观祖籍会稽，某年中秋节后，他收到了辨才大师的书信邀约，于是决定连夜去龙井看望大师。出城的时候，太阳就快下山了。坐船摆渡到湖西的普宁，秦观下船后碰到了道士朋友参寥，便打听到龙井的轿子还有没有得雇。参寥答道："你来得不是时候，这么晚，轿夫都已走了。"亏得那晚天气晴朗，月光明亮，秦观就与参寥结伴沿湖而行。他们翻过雷峰和南屏两座小山，涉水过了惠因涧，进入灵石坞，找到了一条小路登上风篁岭，然后在龙井亭稍微休息了一会儿，蹲在山石上掬了几捧泉水解渴。从上岸的普宁到这里，一路上经过了十五座佛寺，都黑寂寂的不闻人声。山路旁边的庐舍中，隐隐约约还有一点灯火显现，山中的草木太深郁了，山涧流水激石悲鸣，感觉上好像是到了世外之境。直到二更时分，秦观才到达寿圣院，在朝音堂拜见了辨才法师。第二天秦观就下山回城里了。

宋代的杭州，虽然繁华，但城郭范围不大，西湖都被挡在了城墙外面。秦观坐船渡湖，翻岭涉涧，深夜进山前去拜访一位老和尚，一僧一俗，一老一少，两人的相知相交该有多契合，朋友之情谊该有多深厚呀！

　　古人访友，如此高远雅致，真是令今天或纸醉金迷，或锱铢必较；心思都花在了物质和感官享受上的我辈汗颜！